Oniriie

3. Les fils du destin

Julie Muller Volb

Oniriie

3. Les fils du destin

« Le Code de la propriété intellectuelle interdit les copies ou reproductions destinées à une utilisation collective. Toute représentation ou reproduction intégrale ou partielle faite par quelque procédé que ce soit, sans le consentement de l'auteur ou de ses ayants droit ou ayants cause, est illicite et constitue une contrefaçon, aux termes des articles L.335-2 et suivants du Code de la propriété intellectuelle. »

© 2024, Julie Muller Volb
Tous droits réservés.

Édition : BoD • Books on Demand GmbH, In de Tarpen 42, 22848 Norderstedt (Allemagne)
Impression : Libri Plureos GmbH, Friedensallee 273, 22763 Hamburg (Allemagne)

ISBN : 978-2-3225-4295-6

Dépôt légal : Août 2024

*À toutes les âmes différentes
qui voient au-delà du visible.*

Résumé du tome 2

Éfi n'est plus guide et Nora doit fuir les Dream Jumpers et les Chimères à sa recherche, envoyés par la Grande Tisseuse. Celle-ci est persuadée que Nora connaît le secret des Onirigraphes, car elle en est la dernière représentante, mais ce n'est pas le cas. Et ce n'est pas sa priorité.

Sa nouvelle condition a de lourdes conséquences : elle peut voyager à sa guise sur Terre et en Oniriie en emportant son corps partout, cependant celui-ci ne trouve jamais le repos et cela la mène chaque jour davantage aux portes de la mort.

Éfi et elle ignorent comment faisait Euristide, son grand-père, pour survivre et se reposer. Ils se retrouvent seuls face à ce problème, car l'âme d'Euristide erre sans fin sur le Lac des illusions perdues et des vérités retrouvées à la suite d'une attaque de Chimères. Il a perdu toute notion identitaire et tous ses souvenirs, Nora est une inconnue à ses yeux, et le secret qu'il conservait farouchement a disparu.

Nora doit donc absolument trouver un moyen de reposer son corps pour survivre, puis réunifier l'âme et le corps de son grand-père pour enfin recevoir le secret des Onirigraphes.

En parallèle, Elias et Liorah se réincarnent sur Terre en même temps, dans la même famille, quelque part dans les Cotswolds. Nora décrète qu'elle ne fera plus partie de la vie des nouveaux jumeaux pour les protéger de son influence et surtout de la Grande Tisseuse. Elle sacrifie douloureusement son bonheur pour leur offrir un avenir paisible, loin d'elle.

En fuyant les Dream Jumpers, elle se retrouve à la bibliothèque des psychés, à plonger pour la première fois dans le passé. Elle est avertie des dangers de tels voyages, elle risque de s'y perdre et d'y laisser une part d'elle-même, mais elle en fait fi et découvre ainsi deux de ses vies antérieures avec Elias. Elle vit l'amour véritable, la puissance du lien qui l'unit à lui et saisit l'ampleur de l'influence de ses autres vies sur sa vie actuelle.

À son retour, trois années ont passé. Éfi a construit une alliance avec les Souffleurs d'ombres, il a rassemblé les rebelles et fondé une nouvelle académie, ainsi qu'une armée dont Nora est l'image de proue qui en véhicule les ambitions et les valeurs (sauver l'Oniriie et les mondes du joug de la Grande Tisseuse). Entourée d'Amshul, d'Éfi, de Cibèle (une Souffleuse d'ombres qui veille sur elle depuis longtemps) et de Kimiko, ils parviennent à la conclusion que la première Onirigraphe devait être de la lignée de Nora. Et puisqu'elle a la réputation d'avoir réussi son dédoublement de conscience avec brio dès sa première heure à l'Académie, ils décident de suivre cette piste qui offrirait à Nora la possibilité de détacher à nouveau sa conscience de son corps pour le laisser au repos.

Avant de s'y rendre, Nora rencontre Aelerion Elenath, maître de la nature et professeur de Flortilèges à l'Académie. Malgré ses mauvais pressentiments, elle accepte qu'il l'entoure d'un charme de protection qui rend sa vibration indétectable pour la Grande Tisseuse.

Ensuite, Éfi demande à June et Jude, les meilleures ensorceleuses d'Oniriie de leur génération, de protéger les jeunes Elias et Liorah, car ils se révèlent être des éveillés imprudents qui se hasardent hors de leurs bulles de conscience alors que les chemins de l'Oniriie ne sont plus sûrs. Celles-ci acceptent et reconstituent par la même occasion la main coupée de Nora grâce à l'énergie universelle.

Ils prennent tous la direction des psychés du passé sur les traces d'Éléonore, la première potentielle

Onirigraphe, pour vérifier leurs soupçons sur son affiliation avec Nora. Ceux-ci se confirment rapidement.

    Nora effectue donc sa troisième plongée dans le passé d'Éléonore cette fois. Il s'agit de sa toute première vie avec Eliyan, l'ancêtre d'Elias. Elle l'incarne avec passion, les évidences se dessinent. Éléonore et elle ont le même parcours, les mêmes difficultés. Elle a effectué ses premiers voyages astraux seule, intégré l'Oniriie et l'Académie à la seule force de sa détermination. Elle est tombée éperdument amoureuse, un amour qui transcende le temps et l'espace, puis elle a failli mourir de ne pas parvenir à reposer son corps. Eliyan, pour la sauver, a remué l'univers et a fini par lui offrir un ancrage pour que son corps demeure sur Terre et que son esprit puisse le rejoindre en Oniriie : des pierres de lave. Malheureusement, cela est arrivé aux oreilles de la Grande Tisseuse et a attisé ses désirs et sa jalousie. En voulant s'emparer de ce secret, la corruption s'est infiltrée en elle. Et tandis qu'Éléonore devient de plus en plus forte, de plus en plus libre et de plus en plus puissante, l'avidité de la Grande Tisseuse ne s'en est trouvé qu'exacerbée. Elle a maudit les amants pour l'éternité, par vengeance et cruauté, jusqu'à ce qu'elle puisse obtenir le secret d'Éléonore, le secret de la première Onirigraphe. Eliya meurt dans les bras d'Éléonore, poussé au désespoir par les Chimères qui se sont repues de son esprit. Dans un ultime effort pour le sauver et les repousser, Éléonore a créé les gantelets de nuit piquetés d'étoiles, seule arme contre ces horribles créatures. Des étoiles de lumière des yeux de son amour perdu.

    Lorsque Nora revient, quinze ans se sont écoulés. Quinze années qu'elle ne récupèrera plus. Elle est si désorientée et bouleversée qu'elle ne sait plus qui elle est. Tout se confond, passé, présent, réel ou imaginaire, ses autres vies… Une seule chose est sûre pour elle en cet instant : Elias et elle sont maudits. L'un d'eux meurt toujours trop tôt et jamais ils ne pourront être heureux tant que plane l'ombre de la Grande Tisseuse sur eux.

À son retour à la Nouvelle Académie, Cibèle et Éfi lui relatent les événements des dernières années. La Nouvelle Académie bat son plein autant que la guerre fait rage. Le père d'Estéban est mort des mains de la Grande Morue, cependant Estéban demeure trop dans le déni pour rejoindre la rébellion. Elias et Li ont intégré la Nouvelle Académie à leurs seize ans. Euristide va bien, il erre toujours sur le lac. Et les rebelles attendaient le retour de Nora avec impatience. Cependant, la priorité reste toujours de mettre le corps de Nora au repos pour lui assurer une survie.

Éfi et elle récupèrent donc un bracelet en pierre de lave sur Terre, mais l'ancrage ne fonctionne pas. Amshul et Éfi proposent de s'en occuper pour que Nora économise ses forces. Elle demeure en sécurité dans la Nouvelle Académie et retrouve Kimiko, que le temps a marquée. Celle-ci parvient enfin à lui présenter des excuses et lui expliquer les raisons de sa trahison : elle a cédé au chantage de la Grande Tisseuse pour retrouver sa sœur disparue. De rage et de frustration, car elle pensait avoir retrouvé la dernière Onirigraphe, la Grande Tisseuse a envoyé sa sœur Aiko dans un autre monde. Elle a promis à Kimiko de lui fournir une boussole d'éternité, seul moyen de la retrouver, en échange de la véritable Onirigraphe : Nora.

Nora lui pardonne, mais elles sont interrompues par Aelerion qui l'interroge sur ses voyages dans le passé. Sur un quiproquo (il voulait savoir si elle avait trouvé le secret et elle pensait qu'il lui parlait d'un moyen d'ancrage pour son corps), il révèle enfin ses véritables intentions. Il travaille pour la Grande Tisseuse et ambitionne de lui livrer Nora maintenant qu'elle a connaissance du secret qu'elle convoite. En fuyant, Nora bascule à la bibliothèque du passé avec Kimiko. Son amie la pousse dans une psyché pour la protéger d'Aelerion et des Chimères.

Cette dernière plongée involontaire dans le passé est différente, Nora flotte au-dessus de ces vies et de ces scènes, sans les vivres de l'intérieur. Elle découvre sa vie d'avant avec Elias, sa mort par sa main, puis une autre vie, et encore une… jusqu'à ce qu'elle saisisse enfin : elle connaît le secret depuis toujours, car il n'en est pas vraiment un.

Le secret consiste en la liberté totale, loin des frontières imposées, du conditionnement, de l'éducation, des certitudes inculquées sans expériences. Elle devait découvrir l'Oniriie et ses capacités par elle-même, sans brides, sans que personne n'ait forgé de cadre rien qu'avec des mots. Sa liberté et son ignorance lui ont offert le secret et la possibilité de s'affranchir des carcans. Elle est une Onirigraphe, car elle ignorait tout simplement certaines limites qui l'auraient entravée. Elle ignorait ne pas pouvoir l'être. Elle peut emporter son corps à sa guise et être libre de toute entrave, car elle ignorait qu'il y en avait. L'intention suffit à faire éclater tous les plafonds. Car on ne se pose que les limites que l'on s'invente, il n'y en a aucune en réalité. Tout réside dans les croyances, les rêves, et l'intention.

Ce dernier voyage a duré environ un an pour les autres, et elle en revient changée. Entière. Puissante. Forte de ce nouveau pouvoir : le secret des Onirigraphes.

À son retour, Éfi l'attend avec le bracelet d'ancrage sans se douter qu'il ne lui sera plus d'aucune utilité. Elle ne peut pas le lui révéler, ni à lui, ni à personne. Si la Grande Tisseuse avait conscience de ce secret, cette vérité, l'univers serait perdu.

Et derrière Éfi se tient sa nouvelle famille : Euristide dans le coma, Amshul, Cibèle, Kimiko, June et Jude… ainsi que Liorah et Elias qui sont de retour à ses côtés. Ils ont tout juste dix-huit ans, comme elle.

Prologue

Je pleure mes dernières perles sur le voile de l'oubli.
    Tout ce qui faisait de moi celle que j'étais n'est plus.
    J'ai été choisie.
    Ma vie m'est arrachée.
    Ma vie est effacée.
    Il ne reste rien qu'un mot.
    Un prénom qui fut mien, jadis.
    Je m'accroche à ces réminiscences.
    Elles m'échappent, elles aussi.
    Le destin m'emprisonne.
    Anahi n'est plus.

Chapitre 1

Je foule les berges du lac la boule au ventre, je sais que je n'ai que très peu de temps, comme à chaque fois. Mon cœur vibre d'espoir. L'espoir que cette fois, ce sera la bonne. Pourtant, mon estomac se tord d'appréhension, les doutes m'envahissent. La crainte s'empare de moi. Combien de temps avant que les évènements se précipitent et que je ne puisse plus venir ? Les Chimères, ces créatures cauchemardesques sombres et inconsistantes, sont-elles déjà là, à m'attendre ? Ont-elles compris que je reviendrai tant qu'il le faudra, que je ne l'abandonnerai pas ?

La coque de protection d'Aelerion, l'elfe professeur de Flortilèges et maître de la nature au service de la Grande Tisseuse, m'a été retirée et même si June et Jude, les jumelles ensorceleuses, m'en ont forgé une nouvelle, la Grande Tisseuse sait que j'ai appris où *il* se trouve et que je ne peux me résoudre à le laisser errer sans fin sur le Lac des illusions perdues et des vérités retrouvées.

Mes pieds nus s'enfoncent dans le sable humide, le bas de ma robe en lin flotte derrière moi à chacun de mes pas, je lève ma lanterne à hauteur de visage et la balance lentement de droite à gauche.

Je l'appelle.

Un parfum frais de rosée matinale, de pins sylvestres et d'océan embaume les lieux.

Les eaux paisibles du lac ondulent lentement jusqu'à venir lécher mes orteils dans un clapotis délicieux. Des centaines de sphères de toutes tailles — des milliers peut-être — illuminent la surface de leurs lueurs diaphanes mystiques. Je me penche pour ramasser l'une d'elles qui flotte au bord de la berge. Elle remplit ma paume. Sa texture granuleuse pleine de cratères reflète parfaitement ce que Cibèle m'en avait dit : on dirait de minuscules lunes tombées du ciel.

Elle est tiède et légère, et renferme un secret.

Je l'ai découvert en côtoyant ce lieu empreint d'une aura mystérieuse, et son gardien. Le secret trop lourd d'un rêveur, ou celui oublié d'un autre. Des secrets, des rêves abandonnés, des espoirs perdus… Chaque lune qui flotte sur ce lac est une partie manquante de quelqu'un, mais le pire, je crois, c'est que ces gens l'ignorent. Ils ignorent qu'ils ne sont plus complets.

Une lumière plus haute se dirige vers moi, une barque fend les brumes légères de l'aube qui recouvrent le voile lisse de l'eau. Je reconnais la silhouette de mon grand-père qui se découpe dans les rayons de lune.

Mon cœur rate un bond, se serre, s'impatiente.

Il amarre son embarcation au ponton tandis que je le foule de mes pieds nus en grimaçant. Je n'aime pas la sensation du bois rêche sous mes orteils.

Sa lanterne oscille à son crochet, il baisse la capuche de son manteau couleur de rouille et dévoile son visage marqué par les rides du temps. De magnifiques pattes d'oies s'étirent aux coins de ses yeux, souvenirs de nos joies et nos peines. Sa dense chevelure d'un gris foncé semble aussi soyeuse qu'avant, tout juste parsemée de cheveux blancs, à l'inverse de sa barbe touffue, sa moustache et ses sourcils broussailleux bien plus clairs. D'une voix terne, il s'adresse à moi comme à une inconnue.

La flamme d'espoir en moi est soufflée en une fraction de seconde par le vide dans ses prunelles, mais je me force à lui sourire.

— Bonjour Euristide.

— Euristide ?

— C'est ton prénom, oui.

Il secoue la tête, je lis son trouble sur ses traits sans substance.

— Je ne crois pas, je ne suis que le gardien de ces eaux.

— N'es-tu pas davantage ? Ne l'as-tu jamais été ?

J'ai maintes fois tenté de lui expliquer, de lui raconter, de lui rappeler qui il était. Qui il est pour moi.

J'ai échoué.

Je n'ai réussi qu'à le braquer plus encore.

Pour je ne sais quelle raison, il se croit investi d'une mission divine protectrice. Je dois découvrir pourquoi. C'est la seule solution que j'ai trouvée pour le ramener à la raison.

À lui.

Je suis intimement persuadée que lorsque nous aurons mis le doigt sur le motif de son errance qui le retient ici, nous pourrons le libérer de ce fardeau qu'il s'impose. Ainsi, même s'il ne peut se souvenir de qui il est, il acceptera de me suivre pour que je puisse le réunifier à son corps.

Du moins, je l'espère de tout mon cœur. Et je prie en mon for intérieur pour y parvenir. Je veux retrouver mon grand-père, j'ai besoin qu'il se souvienne. J'ai besoin de lui.

— Qui sait ? Et quelle importance cela fait-il de toute manière ?

— Je trouve ça important, moi.

— Pourquoi ? me demande-t-il en m'invitant à monter dans son bateau. Qu'est-ce que tu cherches ?

— Moi, je cherche l'ancre de la vie, et toi ?

— Moi ?

Il semble perplexe, comme si quelque chose remuait sous la surface. L'enthousiasme me gagne trop vite. Il reprend.

— Je ne cherche rien, j'aide les gens à trouver. Allons chercher ton ancre.

Il pousse sur sa perche de navigation pour nous faire quitter les berges du lac et nous propulser au cœur des sphères flottantes. Moi, je soupire en songeant qu'*il* est mon ancre. Je voudrais tant qu'il s'en souvienne.

Il navigue lentement en scrutant chaque lune. Je l'interroge.

— Comment vas-tu savoir quelle lune est celle que je cherche ?

— L'illusion de l'avoir perdue, la vérité est là.

Je garde le silence devant ces paroles énigmatiques qu'il répète sans cesse à chacune de nos rencontres. Puis je tente ma chance à nouveau.

— L'avoir perdue est une illusion ? La vérité est là ? lui demandé-je la main sur mon cœur, en plongeant mon regard dans le sien sans la moindre gêne.

Il n'y a qu'avec les personnes en qui j'ai une totale confiance que ce geste est naturel, presque aisé. Mais ses yeux restent désespérément vides. Vides de souvenirs, vides de tendresse, vides de lui. Alors je recommence avec plus de conviction, je frappe mon cœur du poing et ancre mon regard dans le sien. Il traduit tous mes espoirs, toutes mes prières. J'attrape sa main et le contrains à s'arrêter.

— Euristide, la vérité est là. Tu ne la sens pas ?

Je pose ma paume sur sa poitrine diaphane.

— Les vérités retrouvées sont là, sur l'eau, elles attendent leurs propriétaires. On va retrouver ton ancre, il suffit de chercher. Ne t'inquiète pas, ma petite.

Il m'offre un magnifique sourire rassurant, un de ceux qui font écho au passé et qui me projette des années en arrière, lorsque tout était humble, mais si simple. Je redeviens cette petite fille angoissée à la recherche de sécurité dans les bras de son seul parent. Or, ils me restent inaccessibles.

Je ne retiens pas les tremblements de mes lèvres ni les larmes qui viennent remplir un peu plus les eaux du lac. J'en viens à me demander si ce lac est né des larmes de désespoir des gens qui ont perdu quelque chose.

Inutile d'interroger Grand-père, il ne saurait pas me répondre.

Je reste silencieuse et le laisse me bercer sur les horizons de sa folie.

Depuis combien de temps est-ce que je reste accrochée à ce moment ensemble, mais incomplet ? Pas assez.

Et le voilà qui s'agite et se confond en excuses, attrapant chaque lune qui croise sa voie pour me demander si c'est de celle-ci qu'il s'agit. Je finis par acquiescer pour apaiser ses tourments et accepte la sphère qu'il me tend. Aussi grosse qu'une pastèque, je la presse entre mes bras et le remercie avec un sourire feint qui ne le trompe pas réellement. Ses yeux fous fouillent les lunes tandis que ses mains s'activent pour me ramener au bord. Je pourrais basculer vers ma bulle en un clignement de paupières, mais je ne veux pas l'abandonner. Je voudrais rester encore. Trouver comment le ramener à la raison et pouvoir étreindre ce grand-père qui me manque tant.

— Il est là, quelque part… je sais qu'il est là…

— Tu l'as retrouvé pour moi, regarde, je l'ai, soupiré-je en lui montrant la sphère.

— Oh oui, mais l'autre ?

— L'autre, quoi ?

— Il est perdu, il est là dans l'illusion.

— Qui est perdu ? insisté-je doucement.

— L'autre. L'autre. L'autre. L'autre…

La barque heurte le ponton et craque sous l'impact. Je m'accroche aux rebords, elle tangue. Euristide manque de basculer par-dessus bord, mais le choc a le mérite de le ramener plus ou moins à l'instant présent. Il n'a pas l'air de comprendre comment nous sommes arrivés là. Il avise ma lune, sourit et reprend :

— Je suis content d'avoir pu t'aider. Au revoir petite.

Je me lève, je descends, et il s'en va. Comme ça. Sans un regard. Sans un mot de ma part. Comme si je n'étais personne. Je ne *suis* personne à ses yeux, il ne me reconnait pas.

Et ça fait mal.

Ça fait très mal.

Cependant, rien ne sort de moi. Pas un son, pas une larme. Rien. Je ne sais pas comment faire. Je ne sais pas quoi faire. Je ne sais plus rien.

Alors je serre dans mes bras cette sphère qui ne m'appartient pas et m'assieds en tailleur au bord du ponton en bois. Je glisse le tissu de ma robe beige sous mes pieds pour éviter la sensation désagréable, puis j'attends.

Je le regarde s'en aller, pousser sur sa perche, les yeux sur les eaux du lac, à la recherche de je ne sais quoi. Je contemple ses lèvres ridées qui marmonnent des mots trop légers pour parvenir jusqu'à mes oreilles et je savoure cette image malgré la douleur lancinante qui déchire ma poitrine. Parce qu'il est là. Il n'est pas entièrement perdu.

Il est juste là.

Et je vais trouver comment le ramener à moi.

J'inspire lentement et dépose délicatement la lune dans l'eau. Elle ne m'appartient pas. Elle s'enfonce un peu sous son poids, puis remonte à la surface. Rendue brillante par le liquide, elle reflète la lumière des cieux et de ses congénères. Elle roule quelques instants et se stabilise.

Je songe à tous ces gens qui ont perdu une part d'eux-mêmes sans le savoir et me demande si certains parviennent à venir ici les récupérer un jour, ou s'ils poursuivent définitivement sans. Que contiennent-elles ? Est-ce que certaines d'entre elles m'appartiennent ?

Je soupire et m'allonge, les paupières closes, pour quelques instants. Je réfléchis aux rêves d'enfance que j'ai abandonnés, aux illusions qui ont bercé mon passé, à toutes ces choses que j'ai laissées derrière moi. Les ai-je confiés à ce lac ? Comment savoir ?

Un subtil bruissement m'arrache à mes contemplations intérieures. Toujours sur le qui-vive, je me redresse aussitôt, en alerte, et me tourne vers l'endroit d'où provenait le bruit.

Chapitre 2

Mon cœur s'emballe quand mes yeux rencontrent le visage fermé d'Elias, assis dans les fourrés. Il n'esquisse pas le moindre sourire ni même une excuse à mon attention.

— Depuis combien de temps tu te caches ici pour m'espionner ?

— Suffisamment pour savoir que tu n'as pas été prudente. Éfi…

— Tu vas aller cafter ? C'est Éfi qui t'envoie pour me surveiller ?

Il grogne sans répondre. Il attend que je l'invite à me rejoindre, dommage pour lui, je ne le ferai pas. Je me l'interdis.

Toutes les images de nos autres vies se superposent à ma vision et embrasent mon âme, mais je me souviens aussi de cette espèce de malédiction qui nous poursuit de vie en vie, et je refuse qu'elle se répète. Je refuse de le perdre encore. Je refuse de baisser ma garde, de le laisser m'approcher, de laisser naître de nouveaux sentiments entre nous. Ce serait inconscient, irresponsable et complètement insensé. Pourquoi est-ce que je choisirais de souffrir encore et encore ? Pourquoi, en connaissance de cause, je lui infligerais ça ?

Non, je ne l'invite pas à me rejoindre. Malheureusement, il est aussi têtu que tous ses autres lui. Il a emporté ce trait de caractère d'une réincarnation à l'autre, je dois bien l'avouer.

Alors, toujours en grognant, il sort des sous-bois et se laisse lourdement tomber à côté de moi. Je m'écarte légèrement pour lui témoigner mon mécontentement, et lui tourne le dos.

Ma lanterne luit toujours, j'ouvre la vitre et souffle la bougie. Le silence s'éternise, je ne le briserai pas. Qu'il se sente mal à l'aise et qu'il parte, je m'en accommoderai parfaitement. Je bâillonne les émotions contradictoires qui remuent en moi, à grand renfort d'arguments : il n'est pas le Elias dont je suis tombée amoureuse. Il n'est pas lui. Je ne connais pas le nouveau, je ne suis pas amoureuse de celui-là. Il nous reste le libre arbitre, nous ne sommes pas obligés de nous rapprocher. Nous ne le devons pas.

Elias prend une longue inspiration et dans un souffle rageux, il crache :

— Je me souviens de toi.

À ces mots, ma raison entière se fait la malle. Je me tourne avec vivacité pour lui faire face. Ses lourdes boucles brunes me cachent à demi son visage ainsi que ses yeux d'un vert aussi profond que le nombre de vies qui nous lie. J'entends ce que mon cœur espère et redoute, sans chercher à comprendre le véritable sens de ses mots. Sans vouloir me rappeler que c'est impossible, qu'il ne peut pas se souvenir de moi. De nous.

J'élabore une réponse sensée dans ma tête avant de trouver quoi répondre. Lui demander s'il a visité le passé ? Comment peut-il se souvenir ? Est-ce qu'il m'en veut ? Lui parler de la malédiction ? Tout s'embrouille, je vais trop vite. Mais il poursuit avant de m'avoir donné l'occasion de me ridiculiser.

— C'était bien toi, n'est-ce pas ? Cette nuit où Li et moi, on est sortis de nos bulles.

Je reste mutique et fuis son regard déterminé. Je cache ma déception et me fustige de ne pas avoir su gérer mes émotions. Je dois me contrôler, enterrer mes espoirs, pas les nourrir !

— Tu peux rester aussi silencieuse que tu veux, tu peux même nier, je le sais. J'en suis convaincu. Liorah me prend pour un fou, mais moi, je me souviens. Je sais que c'était toi !

Son ton emporté laisse filtrer sa colère. Je ne comprends pas d'où elle vient, lui qui était si doux et posé. Avant. Peut-être est-ce normal, il est encore si jeune. Il recommence tout. Il n'a pas encore acquis l'expérience qui faisait de lui cet être si pragmatique.

Puis je me souviens que je suis censée avoir le même âge que lui, physiquement du moins, puisque mon corps est resté le même durant mes longues années d'errance dans mes vies antérieures et que, dans nos vies passées, il lui arrivait aussi de perdre le contrôle. Je me rappelle notre première rencontre et toutes ces fois où il me cachait son secret, cette frustration qui le rongeait, les remords, la honte et l'appréhension qui le poussaient à être si distant parfois. Or le jeune homme qui cherche mon regard, à mes côtés, ignore tout ça. Pourquoi est-il si prompt à s'énerver ?

Je finis par hocher la tête. À quoi bon le lui cacher, alors que mentir m'est une torture ?

Il s'adoucit instantanément et détourne enfin le regard. Toute la tension qui tenait mes muscles en haleine s'envole et mes épaules s'affaissent.

— Je le savais. J'avais raison. Tu nous as sauvés. C'est toi qui as demandé aux ensorceleuses de veiller sur nous et de nous protéger, de nous garder loin de ce monde et ses dangers, n'est-ce pas ?

— Techniquement, c'est Éfi qui s'en est chargé.

Il ne se tourne pas vers moi, mais je parviens à distinguer une fossette creuser sa joue. Je tente de me détourner de ce spectacle hypnotique, en vain. Ma raison est aux abonnés absents.

— Merci, soupire-t-il.

Je hausse les épaules, incapable de prononcer le moindre mot, et je suis beaucoup trop confuse pour ne pas laisser transparaître mon trouble.

Il se relève et s'en va. Sans un regard, sans un mot.

— Tu vas me cafter ? ne puis-je m'empêcher de crier un peu trop fort.

Il camoufle un rire taquin dans un souffle.

— Tu le découvriras bien assez tôt.

Je l'observe de loin, à la dérobée, jusqu'à ce qu'il soit hors de mon champ de vision, le cœur battant à tout rompre. Puis je m'effondre, et me laisse couler sur le ponton, les mains plaquées sur ma poitrine douloureuse pour faire cesser ce traître de cœur qui bat plus fort à ses côtés.

Je suis dans de beaux draps.

Je retrouve sans encombre ma bulle de conscience après de longs moments au Lac des illusions perdues à regarder mon grand-père se perdre dans des recherches inexplicables.

Un crève-cœur.

Je me sens tellement impuissante.

Et moi qui pensais que ce serait la partie la plus simple !

Je passe devant le canapé confortable qui me supplie de venir m'y lover, loin des gens et de mes responsabilités. J'hésite, et renonce. Je rejoins la chambre où les Orchifées jouent les infirmières pour nos enveloppes charnelles. Brume vole dans mes cheveux jusqu'à me tirer un rire joyeux, alors je la remercie d'avoir pris soin de nous et la dépose sur la table de chevet. Je dois réintégrer mon corps pour quelque temps, sans quoi je risque de perdre en masse musculaire, sans compter mes repères et mon équilibre.

Je m'en approche et détaille le corps qui est le mien sous mes yeux, je ne m'y ferai jamais. L'impression reste perturbante.

Je ferme les paupières et, par la seule force de mon intention, je réintègre mon corps. Lorsque je les rouvre, le brouillard d'un long sommeil s'accroche à mes cils, embue ma vision et étreint mon corps affaibli. Mon esprit, lui, reste vif, mais il me faut quelques minutes pour me réapproprier mes membres et me reconnecter à lui. L'autisme alourdit nettement ce processus, car lorsque je me promène en esprit en Oniriie, tout semble plus simple, plus rapide. Mes fonctions exécutives réagissent au quart de tour. De retour dans mon corps, je me sens plus lourde, plus engourdie, plus maladroite, et surtout je ressens beaucoup plus de difficultés à m'y connecter. Le repos que je peux désormais lui offrir en mon absence lui a été salvateur, les marques d'épuisement s'estompent petit à petit, j'ai repris quelques kilos et des couleurs. Mon reflet dans le miroir ne me renvoie plus l'image d'une jeune anorexique aux portes de la mort. Le sommeil et ses bienfaits réparateurs ont fait leur œuvre.

Je me redresse et bascule mes pieds au sol, un coude sur les genoux et ma tête enfoncée dans ma paume, je gémis.

— Ça va ? L'atterrissage est difficile ?

Éfi.

Je l'ai entendu arriver, je reconnaîtrais ses petits bruits de pas entre mille.

— C'est un euphémisme.

Je ne le provoque pas, dans l'espoir qu'Elias ne soit pas allé lui rapporter mon imprudence. Inutile de lui tendre la perche. Mais c'était sans compter sur sa totale dévotion :

— Tu es encore allée voir Euristide toute seule.

— Pas vraiment, puisque ton apprenti espion était là.

— Ce n'est pas moi qui l'ai envoyé.

Mince. Si seulement ç'avait été le cas, tout aurait été plus simple. Pourquoi me suit-il ? Voulait-il juste me dire qu'il se souvenait de moi ? Ce doit être ça. Il avait l'air très tendu, il en avait déjà discuté avec sa sœur et, le connaissant, il *devait* prouver qu'il avait raison.

— Nora ? Tu es toujours là ?

— Oui pardon, je n'écoutais pas. Tu disais ?

— Je disais que tu ne devrais pas y aller seule, la Morue sait qu'il est là-bas et que tu t'y rends. C'est trop dangereux.

— Qu'est-ce que tu veux qu'elle me fasse ? Mon corps reste en sécurité, et les Chimères ne peuvent pas me gober, je suis indigeste, tu vois bien.

— Sauf que ce n'est pas aussi simple. Euristide ne s'en est pas sorti indemne, tête de linotte !

— Hou qu'elle est mignonne ton insulte. Tu devrais prendre des cours chez Cibèle pour être un peu plus crédible.

— Arrête, gronde-t-il. Tu n'y retournes pas seule ! Point !

Il me sous-estime, mais comment le lui avouer sans révéler tout ce que j'ai compris de ce monde et son fonctionnement, de mes pouvoirs illimités et de ma puissance ? Comment le rassurer sans risquer l'équilibre de l'univers ? Ceci est la priorité, c'est ici que se trouve le plus grand danger. J'ai placé mon entière confiance en lui, en toute mon équipe, ma nouvelle famille ; malheureusement j'ai bien vu ce dont est capable la Grande Tisseuse. Si elle décèle le moindre changement, si elle comprend qu'ils ont été mis dans la confidence, elle n'aura aucun scrupule à les détruire pour obtenir ce qu'elle souhaite. Si cela devait advenir, alors ce serait la fin de tout. C'est impossible de prendre le moindre risque.

— Tu recommences ! s'emporte-t-il soudain. Tu me refuses l'accès à tes pensées !

— Parce que ce sont les miennes et qu'elles ne te regardent pas. Je suis sûre que June a dû t'enseigner les bases des limites à ne pas franchir, ce n'est pas parce que tu es mon guide que ça te donne le droit de fouiller dans mon jardin secret.

— Je ne fouille pas !

J'éclate de rire devant cette évidente manifestation de mauvaise foi et décide de lui donner une petite leçon qu'il n'est pas près d'oublier. J'ouvre la grille de mon esprit et le laisse y pénétrer, il ne perd pas une seconde et s'y engouffre comme un affamé dans un garde-manger. Dommage pour lui, je mets toute ma volonté à me replonger dans les réminiscences de ma première vie avec Elias et, plus précisément, je songe aux moments d'intimité que nous avons partagés, sans honte. Il est mon guide et veut tout savoir ? Voilà de quoi le refroidir.

Sa réaction ne se fait pas attendre, je sens les griffes de son esprit se rétracter dans le mien et se ruer loin de ces images.

— BEURK ! NORA !

— Hé, c'est toi qui as demandé.

— Mais pas ça !

— Alors tu acceptes que je te refuse l'accès à mon esprit de temps en temps ?

— Pour ça, oui ! Mais je suis sûr que tu me caches des choses. Des choses importantes.

Je prends une profonde inspiration et expire tout aussi longuement. Je me prépare à jouer avec les mots pour ne pas mentir, mais sans lui révéler la vérité non plus.

Finalement, je décide d'être honnête, de rester fidèle à celle que je suis. Mentir, jouer de fourberies, ce n'est pas moi.

— C'est le cas, en effet.

— Je le savais ! HA !

Il saute devant moi, fier de m'avoir percée à jour, puis se plante droit comme un i et attend bras croisés, que je lui livre mon secret.

Le secret.

— Je ne peux pas accéder à ta demande. Il va falloir que tu me fasses confiance, Éfi. Je dois suivre tes enseignements et penser à la sécurité de tous, alors pour cette raison, je ne peux pas te parler de ça. Et j'ai besoin que tu aies foi en moi. J'ai besoin de ton soutien.

Mon guide se décompose. Je lis l'angoisse dans ses yeux et la tension sur son petit corps. Mais je décèle également une part de fierté et une autre, moins visible, de résilience.

— Évidemment, finit-il par capituler en râlant. Mais j'espère pour toi que c'est important, si j'apprends que c'était juste un caprice pour jouer les inconscientes, crois-moi, je te botte le cul !

Il secoue la tête de dépit, râle beaucoup, mais je sais qu'il a compris que l'enjeu va au-delà de lui et moi.

— Tu as trouvé le secret, hein ? demande-t-il avant de se détourner de moi en secouant la tête et les bras. Non, non, ne dis rien, je ne veux rien savoir. Allez, viens, Li nous attend.

Il saute à terre et prend garde de ne pas me regarder jusqu'à ce qu'il soit sûr que j'aie pu me reconstituer un masque indifférent sur lequel il ne verra rien de ce que je lui cache. C'est difficile, mais je m'exécute. Je voudrais lui en parler, me confier et partager ce poids. Or, c'est impossible.

Ce secret est mon fardeau.

Chapitre 3

La Nouvelle Académie devrait porter un nom qui la différencierait de L'Académie de la Grande Tisseuse, mais jusqu'ici, personne n'a rien trouvé de plus percutant que la « Nouvelle Académie ». Je dois admettre que je n'ai pas fait beaucoup d'efforts pour lui trouver un patronyme plus convenable. Évidemment j'ai pensé aux grandes écoles prestigieuses de notre monde, mais ça manque de poésie, je trouve. Un jour, peut-être que nous aurons l'occasion de la baptiser comme il se doit, mais ce jour n'est pas encore arrivé. L'heure n'est pas à cette préoccupation futile.

— Tu traînes les pieds, râle mon guide. À quoi tu penses ? Tu ne veux pas y aller ?

— Je me disais qu'on n'a toujours pas de nom pour la Nouvelle Académie.

— Ne te fatigue pas trop, ça fait des années que c'est la Nouvelle Académie, c'est ça son nom.

Des années. Parfois il oublie que pour moi le temps n'a pas coulé à la même vitesse. J'avais déjà l'impression de vivre à un autre rythme que les autres personnes avant, mais maintenant, tout est pire. Ou du moins, mes impressions se concrétisent.

— Tu ne trouves pas que c'est un peu nul ?

— J'me suis jamais posé la question. Tu réfléchis trop.

— Ce n'est pas nouveau ça.

— Franchement, même si tu changeais de nom maintenant tout le monde continuerait de l'appeler la Nouvelle Académie, alors abandonne.

— Oui, mais quand il n'y aura plus l'autre Académie, et que les années auront passé, ça n'aura plus aucun sens.

— Bah si, ce sera quand même la Nouvelle Académie, celle qui n'a pas été créée par la Morue, mais par le plus courageux, le plus séduisant, le plus intelligent des guides. On sera entré dans les livres d'Histoire !

— Ah ? Je croyais que c'était toi qui t'étais occupé de la construire…

Il ravale un hoquet de surprise devant l'outrage de ma plaisanterie. Je n'en suis pas peu fière. Je tente de garder mon sérieux le plus longtemps possible, tout en cherchant à le pousser à m'expliquer qu'il parlait de lui, mais il grogne et fronce les sourcils. Je suis percée à jour. J'éclate de rire, il se renfrogne.

— C'était mesquin.

— Tu étais si humble, comment ne pas saisir la perche ? Tu ne peux même pas m'en vouloir, l'élève dépasse le maître.

Je ne lui laisse pas le temps de préparer un plaidoyer, je bifurque à gauche et me dirige vers la bulle de sécurité secrète qui cache la Nouvelle Académie. Elle a été conçue sur le même modèle que la précédente, celle compromise par la trahison d'Aelerion. Je n'en suis pas mécontente, puisque moins il y a de changements, mieux je me porte.

En réalité, j'aurais pu m'y rendre en un battement de cils, Éfi le sait aussi, et cela aurait été plus prudent, puisque je m'encombre de mon corps pour les quelques heures à venir, mais j'avais besoin de temps pour réfléchir. Si comme mon guide me l'a affirmé, Li nous attend, c'est qu'elle est prête.

Voilà des semaines qu'elle travaille sur la conception d'une boussole d'éternité pour Kimiko. Un moyen de franchir les mondes et de retrouver sa sœur.

La culpabilité me ronge, car aujourd'hui je sais que tout ce que je pense, je le crée, et que l'intention suffit à briser les barrières mentales forgées par notre éducation et nos conditionnements. J'aurais pu leur dire, leur épargner ce travail, tout ce mal qu'ils se donnent alors que tout est à portée de désir, mais je ne le peux pas.

De plus, je ne suis pas certaine que cela aurait suffi à effacer une vie entière de croyances. Donc il fallait que le processus prenne du temps, qu'il devienne tangible pour ouvrir le champ des possibles de leur esprit. J'aurais pu voyager dans ces mondes, trouver sa sœur et lui avouer qu'elle en est capable aussi, mais elle doit le comprendre par elle-même, cela fait partie du secret. Il faut avoir la foi, vivre, s'affranchir de ses chaînes par soi-même. C'est pour cette raison que j'ai créé un placebo. Un livre que Kimiko recherche depuis des années : le manuel ancien qui révèle le secret de fabrication d'un portail intermondes nommé *boussole d'éternité*.

Li s'est aussitôt attelée à la tâche. Elle est devenue une experte en mécanique quantique et, si elle a perdu sa coquetterie d'antan, elle n'a rien perdu de sa joie de vivre et de son humour. Elle est un véritable boute-en-train, débordante d'énergie et de positivité. Son tempérament solaire et sa vibration restent identiques. Elle illumine chaque pièce qu'elle occupe de sa bonne humeur communicative. J'aime passer du temps avec elle, comme avant, toutefois elle ignore cette partie. Et par-dessus tout, j'aime la personne que je suis à son contact, rien ne me semble insurmontable. Je me sens forte, capable et pleine d'ambitions. J'aime sa façon de faire abstraction de mes difficultés, de me pousser hors de ma zone de confort tout en me montrant que ce n'est pas si grave, qu'on peut apprendre les choses sans se mettre dans un état lamentable. En cela, elle ressemble trait pour trait à l'autre Li, celle qui est morte par ma faute.

Voici l'ombre qui plane au-dessus de cette nouvelle relation qui se construit.

Que dira-t-elle si elle découvre que parfois mes erreurs ont été véritablement graves ? Fatales pour elle. Que dira-t-elle si elle apprend que je lui mens ? Que je lui cache cette chose horrible ? Restera-t-elle aussi accueillante et chaleureuse avec moi si elle sait tout ça ? Continuera-t-elle de me tenir en si haute estime ? De chercher ma compagnie ? Continuera-t-elle à vouloir être mon amie, si elle apprend que je l'ai tuée ?

— Nora, tu recommences, arrête.

J'avise Éfi qui vient de se glisser entre mon poignet et mon autre bras pour que je cesse de tirer inconsciemment sur l'élastique qui ceint mon poignet. Son panache roux si doux qui caresse ma peau rouge vif m'irrite. Je comprends que je me suis encore perdue trop loin dans mes regrets. Je lui offre un demi-sourire navré et lève les yeux sur le paysage face à nous. L'Académie se fond dans la verdure, mais je pourrais m'y rendre les yeux fermés à force d'en avoir foulé le sol.

— Si elle savait, Éfi. Si elle savait.

— Et alors quoi ? Tu crois que Li t'en voudrait vraiment ?

— Elle est morte à cause de moi quand même.

— Elle est morte à cause d'une Chimère. Ce n'est pas ta faute.

— Tu ne parviendras jamais à m'en convaincre. C'est moi qui ai ouvert la porte.

— Et Elias qui t'a retenue le temps qu'elle y pénètre sans que vous ne le remarquiez. Son frère.

Je soupire.

— Ils sont tous les deux morts par ma faute.

— T'es chiante.

— Éfi ! Je te fais part de mes états d'âme et c'est comme ça que tu les accueilles ?

— Tu rumines ça depuis tellement longtemps, c'est redondant. Et très chiant. T'es chiante en fait, ouais. Parce qu'au fond, tu sais très bien que c'était un mauvais concours de circonstances, que les accidents arrivent, que c'est comme ça et qu'on ne change pas le passé. T'es intelligente, tu le sais, tu aimes juste bien t'apitoyer sur ton sort et te trouver des excuses pour angoisser pour rien. Franchement, je devrais leur dire, histoire qu'ils te clouent le bec et qu'on puisse passer à autre chose. Ils te prouveraient que tu peux leur faire confiance et qu'ils ne t'abandonneraient pas pour si peu et…

— Tu rigoles ! Ils sont morts ! Li a une autre famille ! Elias et moi on était… on… Non, tu ne peux rien dire, tu ne dois surtout rien dire ! Lui et moi, on est maudit, je ne veux pas causer sa perte, encore une fois.

— Non, mais ça aussi, cette malédiction à la con, j'y crois pas une seconde.

Choquée, je stoppe net, le souffle coupé. Je lui ai parlé de mes autres vies, de tout ce que j'y ai appris — ou presque — comment peut-il ne pas comprendre ?

— Parce que tu crois que c'est le hasard ? La vie a un sens de l'humour plutôt pourri dans ce cas. Comment expliques-tu que le même schéma se répète encore et encore ? Comment expliques-tu que soit lui, soit moi mourons ? Qu'on n'a jamais d'enfant, de longue vie heureuse ensemble ? Si ce n'est pas une malédiction, tu appelles ça comment ? Je te rappelle que du moment où on est ensemble, un de nous y reste ! Alors je fais quoi avec cette information, je la joue à pile ou face pour cette vie ?

— Non, mais tu exagères, ce n'est pas possible. Il y a peut-être un blocage dans l'énergie ou je ne sais quoi ? Je vais demander à Dilemna.

— Non, merci, Éfi. Je t'en ai parlé à toi, ce n'est pas pour que tu ailles le répéter à tout le monde. Puis la question ne se pose pas, le nouvel Elias ne nourrit pas beaucoup d'affinités avec moi, et moi je n'ai pas envie de recommencer... Pour souffrir encore ? Non. Alors, il n'y a pas de problème.

— Tu exagères encore.

— Si peu. Elle est dans son atelier ?

— Où d'autre, lâche-t-il avec emphase en levant ses bras.

Je ris en déambulant dans les couloirs comme si j'étais à la maison. Les élèves travaillent avec leurs professeurs sans relever la tête à notre passage. Il n'y a que June et Jude qui nous saluent de loin. Éfi n'a pas réussi à débaucher tous les professeurs de l'Académie de la Morue, certains parce qu'ils ne sont pas dignes de confiance, d'autres parce qu'ils souhaitaient rester pour protéger les jeunes rêveurs tombés sous le joug de la Grande Tisseuse et ses partisans. Dilemna, la professeure d'Équilibre, fait partie de ceux-là, je n'en ai pas été surprise.

Amshul et elle parviennent à se retrouver de temps à autre à *La Flûte Enchantée* pour échanger des nouvelles. Le chaman veille sur elle, et elle veille sur les âmes innocentes qui lui sont confiées.

Amshul, quant à lui, a réussi l'exploit de rapatrier les bulles de ceux qui ont déserté l'Académie tandis que les jumelles leur ont créé des sorts de protection indétectables. On pourrait dire que cette guerre se passe pour le mieux dans le meilleur des mondes. Cela ne ressemble pas à une guerre à vrai dire, pourtant ça l'est. C'est une chasse aux sorcières et une révolution.

Je suis la sorcière qui a mis le feu aux poudres.

Au même instant, comme si l'univers entier s'accordait, une explosion retentit du fond du couloir. Je sursaute et recule d'un pas, puis d'instinct me rue vers la fumée dense qui s'échappe de l'atelier de Li.

— Ce n'est pas vrai, cette fille est une calamité ! s'exclame mon guide. Elle va encore réussir à faire sauter la bulle toute seule ! La Morue aurait dû tout miser sur elle, ç'aurait été plié en moins de deux !

Si je n'avais pas été aussi morte de trouille, j'aurais sûrement ri. Toutefois ma préoccupation principale à cet instant va droit vers Li. Je tends l'oreille en priant pour l'entendre jurer comme un charretier. Mon cœur rate un battement quand en arrivant devant la porte, je constate que celle-ci est ouverte et que mon amie ouvre déjà les fenêtres en grand pour faire évacuer l'air souillé.

— LI ! hurle Éfi.

— Je n'ai rien fait ! se justifie-t-elle aussitôt, la figure noire de suie.

Éfi : un.

Crédibilité de Li : zéro.

— Je te jure, j'ai rien fait, c'est venu tout seul ! insiste-t-elle.

— Mais Li, non, non, non ! C'était quoi cette fois ?

Il la sermonne en furetant dans tous les coins, tandis qu'elle essuie ses joues, penaude.

— Mais rien, promis.

— Tu ne peux pas rester tranquille, hein !

— C'était juste une toute petite expérience de rien du tout...

Li entortille ses doigts puis replace ses lunettes de soudeuse sur sa chevelure blonde emmêlée et souillée de saletés avec la prestance d'une reine et la culpabilité d'une enfant qui vient de faire une énorme bêtise. Si avant elle était toujours à la pointe de la mode, aujourd'hui c'est à la pointe de la technologie qu'elle s'intéresse, engoncée dans sa salopette brune marquée par ses nombreuses expériences douteuses. Elle a le look étrange d'une mécanicienne-aviatrice, et la beauté innocente d'une elfe. Je dois me faire violence pour ne pas pouffer de rire. Je voudrais la serrer dans mes bras, mais je me retiens et ravale mon sourire. Malheureusement pas assez vite pour ne pas être prise sur le fait par mon guide.

— Ah non, tu ne vas pas t'y mettre aussi ! Elle ne peut pas continuer à faire flamber tout ce qui lui passe sous la main !

Li secoue la tête et mime l'outrage, une main sur le cœur.

— Pas tout. Tu abuses !

Il n'en fallait pas plus pour raviver une complicité qui transcende le temps et les vies. Nous échangeons un regard et nos rires rebondissent sur les murs de l'atelier.

La fumée s'est dissipée, et Éfi a jeté l'éponge. Il grommelle des insanités dans ses poils en cherchant à comprendre d'où venait l'explosion.

Li et moi nous calmons et commençons à ranger le bazar quand soudain Poil de carotte se tourne vers nous en brandissant une arme étrange dont j'ignore l'usage.

Un simple coup d'œil vers lui et je sais à quoi m'en tenir. De toute évidence Li aussi, parce qu'elle recule d'un pas, les mains dans le dos, et baisse la tête. L'atmosphère devient glaciale.

— Tu as voulu faire un annihilateur ? UN ANNIHILATEUR, LI !

Chapitre 4

Un annihilateur.
Je n'ai aucune idée de ce que c'est, mais à en croire la rage sombre dans laquelle Éfi s'est mis, je dirais que ce n'était pas l'idée du siècle. Je détaille l'objet qui ressemble comme deux gouttes d'eau à un vieux pistolet, à la différence près que celui-ci est orné de rouages à crans en laiton et d'engrenages étranges.

Éfi le repose brusquement et pointe un doigt accusateur sur mon amie.

— Tu as perdu la tête ! Où est-ce que tu as réussi à dénicher ça ? !

— C'était dans les livres que vous avez récupérés à la bibliothèque de l'Académie. J'ai lu le descriptif et je me suis dit que ce serait cool d'avoir une arme contre elle. Elle est toute puissante, mais avec ça, on pourrait juste… l'effacer ?

— Tu n'as pas lu la partie « avertissements » ?

Elle grimace, j'ignore si elle les a lus et en a fait abstraction, ou si elle les a carrément zappés, mais ça me rappelle trop bien une vieille discussion avec Éfi. Je vole à sa rescousse.

— Tu veux dire comme les lignes en petits caractères en bas des contrats ?

Je n'en reviens pas d'avoir relevé le défi du sous-entendu avec brio ! Éfi aspire une réplique, saisit le message caché et soupire en secouant la tête, dépité.

— C'est trop dangereux. Tu pourrais effacer l'Oniriie entière avec ce truc. Ce n'est pas pour rien qu'ils ont été interdits et qu'il n'en existe plus. Je ne sais même pas comment tu t'y es prise pour en faire un.

— Le talent ? suggère-t-elle devant la mine radoucie de l'écureuil, avant de vite se reprendre. Trop tôt pour l'humour, je note.

— Li, détruis-moi ce truc.

— Oh ! Mais non ! Promis, je ne le perfectionnerai pas, il ne fonctionne pas, allez laisse-moi le garder !

— Quelle partie de « il pourrait détruire l'Oniriie entière » tu n'as pas comprise ? Une fausse manipulation et tu aurais pu effacer notre Nouvelle Académie ! Nous avec !

— Oui, mais j'ai fait attention.

— C'est un objet interdit !

— Interdit par qui ? ne puis-je m'empêcher de soulever.

Il me dévisage, fronce les sourcils et penche la tête.

— Non, non, non, je vois très bien où ton raisonnement te conduit, jeune fille, et c'est non.

— Par la Grande Tisseuse, n'est-ce pas ? Peut-être que c'est simplement pour se prémunir du danger et rien de plus, dans ce cas ?

— Non.

— Tu réponds du tac au tac sans même y réfléchir deux secondes ?

— C'est tout réfléchi. Ce truc est un ANNIHILATEUR, bordel ! Va faire tes recherches et tu comprendras vite fait bien fait que je ne te raconte pas des salades ! Et je te rappelle que c'est moi le guide qui prodigue les bons conseils, alors je ne veux plus rien entendre !

— Abus de pouvoir.

Je râle ouvertement, déçue de voir une solution à mon problème me filer entre les doigts, mais cela ne m'empêchera pas d'effectivement faire mes propres recherches. Si Li est si douée qu'elle en a l'air, elle pourrait peut-être effectuer quelques améliorations à son prototype pour le sécuriser davantage. Et par la même occasion, me donner une chance face à la Grande Tisseuse, une chance que je ne possède pas et qui éloignerait l'obligation qui pèse sur mes épaules depuis que j'ai compris le secret, ses tenants et ses aboutissants. Depuis que j'ai entrevu la finalité de ce conflit antique et que cela me ronge.

Tout le monde se met à la tâche pour redonner à l'atelier de Li une allure plus nette. Le silence coupable s'étire longtemps entre nous qui sommes chacun absorbés par nos ruminations. Éfi est tout à ses grommellements mécontents, Li serre les dents et élabore déjà d'autres plans et moi je décide qu'il est temps de me sortir du cauchemar qui me hante avec un peu de positivité :

— Pourquoi tu nous attendais au fait ? Tu as terminé la boussole d'éternité ?

Un sourire franc illumine son visage et fait pétiller ses yeux bleus de malice. Elle doit avoir à peu près mon âge, mais elle semble si jeune. Ou peut-être est-ce parce que je n'ai jamais été si insouciante, ou que le poids de mon fardeau pèse trop lourd sur mes épaules, que la différence entre elle et moi me semble aussi flagrante.

Cela et le fait d'avoir vécu mille vies depuis.

— Yep ! Mais Éfi ne voulait pas qu'on la teste sans toi et Kim.

— Quel rabat-joie ce Éfi, commente-t-il en imitant la moue exaspérée de Li. C'est fou comme il est chiant, on dirait trop qu'il veut qu'on survive.

Je pouffe de rire, bientôt suivi par Li et Éfi lui-même.

— Donc, on attend Kim ?

— Oui, il me faut un ancrage.

Je glisse aussitôt mes doigts sous l'élastique et le bracelet en pierre de lave qui ne me quitte plus et qui fait office d'ancrage pour mon corps. Il est désormais inutile, mais ceci aussi reste un secret que je ne peux pas partager.

— Pas comme celui-là, remarque-t-elle. Il me faut un objet ou une projection du monde dans lequel on veut se rendre.

Elle fouille son établi jusqu'à dénicher le carnet que j'ai conçu en cachette, souffle dessus, l'époussette et l'ouvre à la page concernée. Une magnifique boussole en verre, en argent et en ruban entrelacé y est dessinée, elle laisse apercevoir en son sein des rouages compliqués, des aiguilles et dans son cœur de cristal, un univers entier y flotte dans une brume colorée. Li pose le doigt sur une ligne un peu plus bas et récite à voix haute des mots que je connais déjà.

— C'est là : « *... le voyage est facilité par la projection mentale. Servez-vous d'un objet ou d'une illustration du lieu que vous souhaitez visiter avant de partir...* » Le reste n'est pas très utile.

Je ris intérieurement, parce que j'ai moi-même imaginé ces mises en garde et je les trouvais importantes, moi. Je m'en souviens parfaitement :

« *... Cependant, il est important de noter que les excursions intermondes peuvent s'avérer extrêmement dangereuses. Il est donc essentiel de prendre les précautions* *appropriées avant de se lancer dans un tel voyage. Assurez-vous de bien conserver la boussole sur vous, elle vous aidera à vous ancrer dans le présent en vous rappelant que vous êtes dans l'ici et maintenant... »*

En réalité, je n'ai besoin de rien de tout ceci, mais je dois jouer le jeu, je suis très douée pour ça. Je l'ai fait ma vie entière pour paraître plus normale.

— Et donc ?

— Bah le problème, c'est qu'on ne sait pas vraiment où la Morue l'a envoyée, souligne Éfi. Donc on s'est dit que ce serait peut-être plus efficace si Kim apportait un objet qui appartient à sa sœur, ça pourrait servir d'ancrage, peu importe où elle se trouve.

— OK, ça me paraît pertinent. Comment elle fonctionne ? feins-je en me rapprochant du manuel de fabrication.

Li s'empresse de me donner tous les détails de la boussole qu'elle a élaborée et de m'expliquer que celle-ci réagira à la vibration de la personne qui s'en saisira.

— Comme si l'intention suffisait à l'allumer ?

Oui, je n'ai pas pu m'en empêcher. Je me suis dit que je pourrais les mettre sur la voie quand même et que peut-être ils comprendront par eux-mêmes. C'est un brin irresponsable de ma part, mais surtout très égoïste, car plus vite ils s'éveilleront à cette vérité, moins longtemps je serai seule avec mes soucis. Pourtant, qui suis-je pour les empêcher d'accéder à la connaissance ? Je ne veux pas les maintenir dans l'ignorance non plus, ce secret qui n'en est pas vraiment un n'est réservé qu'à ceux qui l'expérimentent par eux-mêmes lorsqu'ils sont prêts. La Grande Tisseuse ne doit pas y avoir accès, mais rien ne m'empêche de mettre mes amis, ma nouvelle famille, sur le bon chemin.

— Exactement !

— Tu l'as essayée ?

Elle secoue la tête, les yeux toujours rivés sur le manuel. Éfi enchaîne tout en refermant la fenêtre derrière nous.

— Comment tu as fait pour ne pas voyager s'il suffit d'en avoir l'intention ?

— Bah justement, crois-le ou non, mais je n'en avais pas l'intention. Il m'arrive d'être raisonnable.

Éfi s'esclaffe et poursuit :

— Comment tu sais qu'elle fonctionne alors ?

— Mais je n'en sais rien ! C'est toi qui voulais attendre Kim et Nora ! Figure-toi que parfois j'écoute !

C'est ce moment que choisit Cibèle, la Souffleuse d'ombres au regard translucide, pour passer devant la porte grande ouverte de l'atelier. Ses cheveux blond cendré reflètent un rayon de lumière tandis qu'elle jette un œil, secoue la tête et disparaît, pour mieux faire demi-tour dans la seconde. Je lui lance un regard appuyé, lourd de menaces, comme me l'a si bien enseigné mon guide. Elle le saisit et en fait fi.

— J'étais obligée de m'arrêter, s'excuse-t-elle. Je ne pouvais pas rater une occasion de voir Éfi s'énerver.

— Je ne m'énerve pas !

— Oh, la brosse à chiotte, on se calme. Moi je suis juste là pour regarder mon apprentie mettre en pratique ce que je lui ai appris.

Li écarquille de grands yeux ronds et lâche enfin son manuel pour se tourner vers l'écureuil outré. Mains devant elle, elle jure que c'est faux, qu'elle n'est pas son apprentie, sous les rires moqueurs de Cibèle, qui n'en rate pas une.

Je me positionne légèrement en retrait quand le ton monte, car le volume sonore s'accroît. Sans le vouloir, je place mes mains sur mes oreilles pour atténuer le bruit et attendre qu'ils aient fini de se chamailler, malheureusement je crois que je place mes espoirs au mauvais endroit.

Cibèle et Éfi se volent dans les plumes — magnifique expression qui prend son sens quand mon guide fonce véritablement droit dans la cape parée de plumes de la Souffleuse d'ombres — tandis que Li attend en se frottant le visage que les deux autres se calment.

Je me rapproche d'elle, elle me tend une paire de bouchons d'oreille que je ne refuse pas. Je les enfonce juste assez pour atténuer le bruit et soupire d'aise, paupières closes, juste quelques secondes.

— Ça va mieux ? Tu m'entends quand même ?

— Oui, merci beaucoup.

— Cool, je les ai faits pour toi, ils sont discrets, tu peux les emmener partout.

— Merci, c'est adorable.

Je suis véritablement touchée par son geste désintéressé. Je ne me plains jamais de mes difficultés, et tout le monde en a connaissance, jongle avec ou, à l'image d'Éfi et Cibèle, s'en contrefiche royalement, alors ce présent me va droit au cœur. Je crois qu'il vaut mille bouquets de fleurs à mes yeux.

Elle doit le remarquer à mon mutisme et mon regard insistant qui peut être malaisant pour certains, elle me donne un coup d'épaule taquin en se grattant l'arrière de la tête.

— Arrête, ce n'est rien du tout. Si ça peut te rendre la vie avec ces deux idiots plus facile, tant mieux. Bon, tu veux voir cette fameuse boussole ?

Elle n'attend pas ma réponse et déniche un coffre en cuir dans le placard à sa gauche pour me le déposer entre les bras.

— Tiens, ouvre.

Je ne me fais pas prier. Li, elle, ressort son crayon de derrière son oreille et le mâchouille comme à chaque fois qu'elle est tendue.

J'ouvre le couvercle, l'écrin dévoile le précieux objet qui y repose dans un velours carmin. La boussole est parfaitement identique au croquis, si ce n'est que les volutes de fumée qui s'enroulent à l'intérieur de la sphère et des galaxies qu'elle recèle la rendent plus vivante et prodigue une aura mystique à sa création.

— Li ! Elle est sublime !

Je me tourne et dépose la boîte sur l'établi pour plonger ma main à l'intérieur et m'en saisir. Je l'apprécie du bout des doigts, en estime la texture, étudie ses aspérités, la douceur du verre et les irrégularités de l'acier. Je la sors de son écrin et la soulève à hauteur d'yeux pour la contempler à la lumière. Là, au cœur du cristal, une fine aiguille flotte et tourne sans but.

— Elle cherche sa destination, elle n'attend qu'un ordre de toi. Sois prudente. Si Éfi te voit, il va péter un câble.

— Je pourrais l'essayer, dis-je avec un demi-sourire mutin.

— Et désobéir ? Toi ? Fais-moi rire !

C'est fou, voilà à peine quelques semaines qu'on se côtoie et déjà elle me connaît comme avant. S'en est-elle rendu compte ? Parfois j'aimerais lui demander si c'est si facile avec tout le monde pour elle, ou si elle ressent une affinité particulière avec moi — une affinité que nous avions tissée dans sa vie d'avant. Peut-être que je pourrais la questionner sans lui révéler, ce ne serait pas si terrible…

— Li, comment tu…

Je suis interrompue par des bruits de pas hâtifs dans le couloir.

Chapitre 5

Kimiko arrive à bout de souffle dans l'embrasure de la porte, elle se retient au chambranle tout en reprenant sa respiration. J'oublie souvent qu'elle approche la quarantaine, son corps a pris de l'âge, mais j'ai tendance à ne pas voir ses rides et les marques du temps. J'ai toujours l'impression d'avoir l'adolescente devant moi, comme si rien n'avait changé. Pourtant elle a gagné en expérience et en maturité, c'est indéniable. Peut-être que cette quête débutée il y a longtemps la ramène toujours à sa vulnérabilité d'antan… Quoi qu'il en soit, elle a beau être une adulte désormais, ses yeux brillant d'espoir fouillent déjà la pièce à la recherche de la confirmation qu'elle espère. Elle croise enfin le regard de Li et celle-ci lui offre son plus beau sourire. Le regard de Kimiko s'embue de larmes, elle étouffe une plainte et plaque une main sur sa bouche. Émue, elle avance vers Li sans nous voir.

— C'est vrai ?

Mon amie hoche la tête de haut en bas avec enthousiasme et se précipite sur Kim pour la retenir lorsqu'elle vacille.

— On essaiera quand tu seras prête, pas d'urgence.

— Je suis prête depuis presque dix-huit ans ! Comment on fait ? Elle est où ?

Li me désigne d'un léger mouvement du menton sans se départir de son sourire à faire fondre le plus glacial des icebergs. Kimiko m'étudie jusqu'à découvrir la boussole entre mes mains tendues.

— Tu veux la prendre ? lui proposé-je.

Elle recule imperceptiblement, hésitante. Ses mains frémissent, tandis que l'affolement la gagne. Je ramène la boussole à moi, le temps de lui offrir un moment de réflexion supplémentaire.

— Elle fonctionne avec l'intention, et les vibrations, il faut que tu conserves la boussole sur toi quand tu voyageras. Et il faudrait un objet personnel ayant appartenu à ta sœur afin de lui donner une direction, sans quoi nous risquons de nous promener dans les mondes inconnus. Ce ne serait pas pour me déplaire, j'adorerais découvrir tout ça, mais pas aujourd'hui, et pas sans m'y être préparée, ris-je pour détendre l'atmosphère.

— Tu vas m'y accompagner ?

Je n'arrive pas à saisir si elle espère que je réponde de manière positive ou s'il s'agit d'une question polie qui sert à me faire comprendre qu'elle préfèrerait y aller seule. Nous avons beaucoup parlé de mes difficultés avec les sous-entendus, et tout le monde fait de gros efforts pour être parfaitement limpide en général, mais la nature humaine étant ce qu'elle est, il demeure souvent des ratés. En est-ce un ? Je l'ignore. Alors j'adopte la seule et unique stratégie que je connais : la transparence.

— Seulement si tu le souhaites.

Kimiko reste mutique, je vois ses lèvres frémir et ses cils se perler d'humidité sans pouvoir l'interpréter.

Éfi vole à ma rescousse, ou à celle de Kim peut-être, et s'emporte.

— Allez, c'est bon, le spectacle a assez duré, bande de rats, on dégage pour qu'elles puissent discuter.

Li ne se fait pas prier, elle presse légèrement le bras de Kim en guise de soutien, celle-ci lui répond d'un murmure reconnaissant, tandis que j'ai droit à un clin d'œil complice sans contact physique. Cette fille est un amour.

Cibèle reste bras croisés à la porte, la mine renfrognée.

— Je pars seulement si lui aussi.

— Mais c'est pas vrai, soupiré-je. Vous êtes terribles ! Allez, oust !

Tout en riant, je balaye la pièce de mes deux mains comme le font les gens dans les films pour leur signifier de quitter le plancher. Mais mon guide fronce les sourcils et ne cède qu'après m'avoir sermonnée d'un « pas de bêtises en mon absence » que je souffle d'un lever de regard au plafond.

— Ne lève pas les yeux ! s'offusque-t-il.

— Pourquoi ? Ce privilège t'est réservé, peut-être ?

Je referme la porte derrière eux et reviens vers Kim, la boussole dans les mains. Elle prend place sur un tabouret, alors je m'installe sur l'établi face à elle. J'attends de longues minutes qu'elle se décide à parler, malheureusement elle n'en fait rien. La bienséance voudrait que ce silence ne s'éternise pas, moi il ne me dérange pas, mais je sais qu'elle attend quelque chose de ce tête-à-tête. Du moins, Éfi semblait le croire.

— Il y a un problème Kim ? Tu ne veux plus retrouver ta sœur ?

— Bien sûr que si ! J'ai passé ma vie entière à provoquer ce moment ! À espérer qu'il arrive !

Je n'en doute pas et me rappelle qu'elle m'a trahie pour cette boussole. Mais je ne comprends pas son dilemme.

— Tu n'es pas prête ? spéculé-je. Tu veux qu'on discute en détail du plan ?

Ça, c'est quelque chose que je comprends et qui me rassurerait également.

— Non.

Ah.

— Kim, je vois bien que quelque chose te tracasse, mais je n'arrive pas à deviner quoi. Est-ce que tu veux bien qu'on en parle ? Ou peut-être que tu préfères justement qu'on n'en parle pas ? Mais alors, dis-moi ce que je dois faire, ce que tu attends de moi. Est-ce que tu veux que j'y aille seule ? Enfin, avec Éfi, sinon il va faire la tête.

Elle lève ses yeux humides d'espoir, de tristesse et de peur vers moi, et soudain je me sens accablée par tout ça. La violence de ses émotions m'étouffe. Je fuis ses prunelles et scande mon mot fétiche dans mon esprit pour ne pas perdre pied. Pourquoi cette souffrance ? Elle hurle l'écho de mes vies passées. Je respire et me concentre : ces émotions ne m'appartiennent pas, elles sont à elle. Je dois juste la soutenir, l'écouter, être là pour elle.

Je perçois le subtil réflexe d'inspiration qui sonne le point de départ d'une confidence, alors je serre les poings et me rassemble. Je fixe un point entre ses deux yeux pour lui témoigner ma présence et ne pas lui manquer de respect, puis je patiente.

— Nora... et si elle m'a oubliée ? Si elle est perdue comme l'est Euristide ? Ou si elle a refait sa vie ?

— Elle ne peut pas avoir refait sa vie, puisque son corps est resté sur Terre avec vous. On cherche juste son esprit.

— J'y ai beaucoup réfléchi, tu sais, et je me demande si la Grande Tisseuse a réellement pu envoyer l'esprit de ma sœur dans un autre monde. Ça n'aurait aucun sens, les esprits ne se baladent pas sur Terre non plus.

J'en doute. J'ai lu beaucoup de choses à ce sujet lorsque j'ai cherché à comprendre mon don, mais ceci est un autre débat.

— J'y ai pensé aussi, mais on ne sait rien de ces autres mondes, peut-être que certains sont comme le nôtre et d'autres non. Peut-être qu'il existe des mondes où l'esprit tient lieu de substance.

— Dans ce cas, elle aurait pu refaire sa vie, non ? Tu crois qu'elle nous a attendus ? Tu crois qu'elle désespère de nous revoir ? Et si elle a cru qu'on se fichait de la retrouver et qu'elle a fait une croix sur nous ? Et si…

Les mots cessent, alors je rebondis.

— Je crois qu'on ne saura pas avant de l'avoir retrouvée. Je crois que ça ne sert pas à grand-chose d'émettre des hypothèses, on sera fixées quand on y sera. Mais, on attendra que tu sois prête.

Elle détourne le regard, je relâche la pression et j'en fais de même. Elle essuie ses larmes, prend une grande inspiration et affirme avec aplomb :

— Tu as raison. Je suis prête. Advienne que pourra, au moins on sera fixées.

Elle tend les mains vers moi, je dépose la boussole entre ses paumes, celle-ci s'illumine aussitôt. Kimiko se relève et enfonce une main dans sa poche, elle en ressort un ruban turquoise en satin et l'enroule autour de la boussole. Elle m'explique qu'il s'agit du ruban que sa sœur utilisait lorsqu'elle était petite pour s'attacher les cheveux.

— Je sais, les élastiques sont mille fois plus pratiques, mais elle avait un goût prononcé pour les détails élégants venant d'une autre époque. Je ne t'ai jamais parlé de sa collection de robes victoriennes ? Mes parents devenaient dingues, rit-elle. Ils n'arrêtaient pas de râler qu'on devrait faire une extension juste pour sa garde-robe alors qu'elle ne pouvait même pas les porter. Ma sœur prétendait qu'elle s'en fichait, qu'elle les porterait quand même, même pour le quotidien. Son fiancé était subjugué, elle a réussi à le convaincre. Enfin… avait.

Un voile de tristesse passe sur ses traits, et la joie disparaît.

— Il a construit sa vie sans elle maintenant.

— Kim…

— Peut-être que ce serait mieux pour elle qu'elle ait tout oublié, qu'elle revienne comme ton grand-père.

— Tu ne le penses pas, rassure-moi ?

— Presque deux décennies ont passé, Nora.

— Elle mérite d'avoir au moins le choix, tu ne crois pas ?

Mes mots font mouche, elle baisse la tête. Puis résolue à poursuivre, elle la relève.

— Oui. Tu as raison, lâche-t-elle dans un soupir vaincu. Alors je dois juste penser à elle, c'est ça ?

— Pense à elle, et surtout, avec l'intention de la rejoindre. De la retrouver.

Elle hoche la tête et ferme les paupières. Elle serre fort la boussole entre ses mains, celle-ci s'embrase d'une lumière vive éclatante qui éclipse tout autour de nous. Et soudain, l'une de ses mains quitte la boussole et s'empare de la mienne. Elle souhaite ma présence.

Par précaution, je bascule dans ma bulle, y laisse mon corps et rebascule auprès de Kim. Le tout n'a pris qu'une fraction de seconde, elle ne l'a même pas remarqué.

Je ferme donc les yeux à mon tour et choisis de la suivre où qu'elle se rende. La lumière immaculée qui irradiait l'atelier vient percer le voile fin de mes paupières pour envahir tout mon esprit et me plonger dans un océan de vide lumineux. Je ressens la pression des doigts de Kimiko sur les miens, elle s'accroche à moi. Nous vibrons à l'unisson.

Nous nous laissons emporter par la boussole vers une destination inconnue. Nos repères se brouillent. Je perçois son hoquet de frayeur, alors je décide de lui offrir ma deuxième main. Un ancrage. Un soutien.

Dans mon cœur, je musèle l'angoisse et garde le contrôle. Je veux être là pour mon amie.

La lumière nous engloutit.

Puis s'efface lentement.

Chapitre 6

Lorsque mes yeux s'habituent à l'obscurité qui nous entoure, je remarque le front plissé de Kimiko. Sa main enserre la mienne, et tremble. Elle ajuste sa vision et détaille les lieux d'un air troublé que je ne saisis pas. À mon tour, j'observe ce qui nous entoure : une ruelle sombre, des bâtiments pittoresques, de nombreuses vieilles maisons traditionnelles japonaises, au loin un temple, et je devine dans le clair de lune que la ville est encadrée par des montagnes et de denses forêts. J'y trouve un certain apaisement, mais ça ne semble pas être le cas pour Kimiko.

— On est chez moi ! s'emporte-t-elle. Cette foutue boussole ne fonctionne pas !

— Chez toi ? dis-je en penchant la tête.

— Dans mon village, Nagiso. Sur Terre ! Ce n'est pas un autre monde !

Elle s'affole, s'énerve et craque. Elle s'effondre à genoux en plein centre de la rue, le visage enfoui dans ses paumes déjà humides. Elle est secouée par des sanglots si violents que je me retrouve impuissante et intimidée face à sa détresse. Mes bras ballants le long du corps, je suis pétrifiée. Je devrais l'entourer de tendresse, la consoler, dire quelque chose, mais sa douleur si vive embrase la mienne, trop récente, et je me revois à mille vies de là, pleurant le seul être au monde qui semble partager mon âme. Elias.

Des larmes acides dévalent mes joues, la sensation m'arrache à mes souvenirs et me ramène à l'instant présent.

À Kim et son monde qui s'effondre. À sa vie entière consacrée à sa recherche. À la raison pour laquelle je suis là : la soutenir.

— Tu es sûre ? Tu as pensé à ta sœur, peut-être que la boussole s'est méprise. Recommence en évitant les interférences peut-être ?

Elle renifle sans la moindre grâce — mais qui peut rester digne dans ces moments-là ? — et essuie ses larmes d'un revers de manche sans vraiment réussir à cesser de pleurer malgré tout. Sans répondre, elle s'agrippe à la boussole, qui s'illumine à nouveau, et ferme les paupières. Pour ne pas rester sur le carreau, je dépose ma main sur son épaule et m'apprête à repartir en voyage, cependant le décor demeure le même, la boussole s'éteint et… c'est tout.

Nous sommes toujours au milieu d'une rue de Nagiso, sous la lumière diffuse d'une pâle lune, mais rien n'a changé. Les yeux de Kim plongent dans les miens et s'y accrochent avec force, l'abîme sombre de ses prunelles en détresse m'engloutit. Je détourne les yeux et presse ma main plus fort sur son épaule.

— Il y a forcément une raison. Li a peut-être raté quelque chose, on va y retourner et elle va…

Je n'ai pas le temps de terminer ma phrase que mes yeux s'attardent sur une ondulation autour de nous.

— Kim, elle t'a dit quoi la Morue quand elle t'a parlé de ta sœur dans un autre monde ?

— Je ne comprends pas, lâche-t-elle en secouant la tête, confuse. Elle m'a juste dit qu'elle pouvait m'aider à trouver ma sœur dans n'importe quel monde.

— Ses mots précis, c'était ça ?

Kimiko se redresse, et ses larmes se tarissent au ton ferme de ma voix. Elle doit pressentir quelque chose, mais elle ne voit rien de ce que je découvre petit à petit.

— Non, enfin, je ne sais plus. C'était il y a si longtemps.

Si longtemps, pour elle…

— Elle t'a dit que la boussole t'aiderait à trouver ta sœur dans n'importe quel monde ?

Elle réfléchit assidûment, les rides qui s'accentuent aux coins de ses yeux plissés et le mouvement rapide de ses pupilles qui fixent ses souvenirs en elle me le confirment.

Elle bégaie :

— Je ne… Je… Je n'arrive pas à m'en souvenir. C'est important ?

— Je crois que ça l'est, admets-je en parcourant des yeux le voile presque imperceptible qui recouvre ce monde et qui se dévoile à moi.

— Je voulais juste revoir ma sœur, elle m'a dit que ce serait possible, peu importe le monde dans lequel elle serait. Je crois.

Voir.

Nous y voilà. La différence est subtile, mais elle est là. Elle n'a pas dit qu'elle retrouverait sa sœur telle qu'elle l'a quittée, mais juste qu'elle pourrait la *voir*.

— Kimiko, je crois que c'est ça. Nous sommes dans le monde dont la Morue t'a parlé.

— Non, déclare-t-elle avec toute l'assurance dont elle est capable.

Elle se relève, les poings serrés, et me fixe les lèvres tremblantes avant de lentement agiter la tête. Une supplique silencieuse, une prière, un dernier espoir. Elle ne peut pas accepter.

— Non, répète-t-elle. Nous sommes chez moi. Sur Terre. Ma sœur n'est pas là. Elle n'est plus là depuis près de vingt ans. Crois-moi, je le saurais si c'était le cas. J'ai passé ma vie à la chercher !

Mon cœur se serre devant sa douleur en comprenant qu'elle ne veut pas entendre ce qu'elle devine.

— Kim…

— Non ! C'est impossible ! La Morue a dit qu'elle l'a envoyée dans un autre monde ! Ta boussole ne fonctionne pas ! Retournons voir Li !

— Kim…

Je tends une main vers elle, prête à lui faire part de mes soupçons avec douceur et soutien quand une silhouette diaphane s'extrait soudain d'une demeure endormie. La teinte bleutée et blanche qui s'en dégage semble illuminer la nuit. Elle ne prête pas attention à nous, du moins jusqu'à ce qu'elle prenne conscience de nos regards appuyés sur elle. À cet instant, le voile trouble qui recouvre le monde ondule encore et Kim ravale un hoquet d'horreur. Elle recule brusquement et vient se placer devant moi. Un instinct de protection très caractéristique de l'adulte qu'elle est devenue. Je prends une longue inspiration face au visage qui me détaille avec curiosité en penchant légèrement la tête.

Je devrais être effrayée, mais je ne le suis pas. Je fais un pas de côté tandis que l'esprit se dirige vers nous et s'arrête face à moi. Ses lèvres s'entrouvrent soudain et une voix éraillée d'avoir si longtemps gardé le silence monte dans la nuit. Je n'en comprends pas un mot.

— Kim ? Tu comprends ce qu'elle dit ?

— Elle demande qui nous sommes et ce que nous faisons là. Elle dit que nous…

— Que quoi ? la pressé-je en avisant la tenue d'une autre époque de cette femme au teint blafard et aux lèvres rouges.

— Que nous ne sommes pas de ce monde, que nous n'avons rien à faire là.

La Japonaise à la posture droite fronce les sourcils et pince les lèvres. Puis l'espace d'une seconde, son visage se décompose et l'espoir y ressuscite, avant d'expirer en un éclair furtif. Elle parle à nouveau et je me tourne vers Kim qui demeure très calme.

— Elle veut savoir quand elle pourra partir, s'étrangle-t-elle.

Elle n'a pas besoin d'apporter plus de précisions, j'entends ce qu'elle tait. Malheureusement, je ne sais pas comment l'aider. Kim hausse les épaules et détruit tous les espoirs de notre interlocutrice. La force de façade de l'âme errante se craquelle une fraction de seconde avant qu'elle ne se recompose un masque placide et froid. Elle joint ses mains devant elle, nous salue et s'en va. Non sans que j'aie eu le temps de remarquer ses prunelles brillantes de déception, de chagrin et de désespoir.

— Dis-lui qu'il lui suffit de se détacher de ce qui la retient ici, lancé-je à mon amie avant qu'elle ne s'évanouisse au loin.

— Pourquoi ? Comment tu le sais ?

— J'en sais rien, une intuition. Vite, dis-lui !

Kim hurle par-dessus mon épaule dans cette langue inconnue, et la jeune femme se retourne, nous dévisage, sourit et s'en va sans plus un regard pour nous.

Nous demeurons ainsi quelques secondes de plus, les yeux perdus sur le vide qu'a laissé cette apparition étrange, jusqu'à ce que Kim soupire à en fendre l'âme.

— Donc c'est ça ? Nous sommes de l'autre côté du voile ? Dans ce monde invisible où errent les âmes en perdition ?

Je ne sais pas quoi lui répondre. Je crois que ce ne sont que des questions rhétoriques, elle connaît déjà ces réponses. Je suis sûre qu'elle a eu le temps d'explorer cette hypothèse également durant ces dernières années. Toutefois, veut-elle que je le confirme. Ou que je l'infirme ? Est-ce un moyen pour elle de dédramatiser ? De briser l'épaisse atmosphère qui nous encercle et nous oppresse ? Est-ce qu'elle tente de fuir une vérité qui risque de la détruire ?

Elle s'est battue durant toutes ces années pour retrouver sa sœur perdue dans un autre monde sans même se douter qu'elle était juste là, près d'elle et à mille lieues d'elle à la fois.

La Morue lui a promis qu'elle pourrait revoir sa sœur dans cet autre monde grâce à la boussole d'éternité. La métaphore est cruelle.

— Comment vais-je la retrouver ? désespère-t-elle.

Elle est à deux doigts de s'effondrer, alors je fais le premier truc qui me passe par la tête et qui me taraude.

— Pourquoi est-ce que je comprends ce que tu dis ?
— Pardon ?
— Ce que tu dis. Quand tu parles, je te comprends. Pourquoi ? Tu ne parles pas japonais ? Je sais qu'en Oniriie toutes les langues se muent en langue universelle, mais ici ? On est sur Terre non ? Même derrière le voile, on est sur Terre. Je n'ai pas compris l'autre femme.

— C'était une geisha.

Je note l'information dans un coin de ma tête et j'y reviendrai sûrement plus tard, pour assouvir ma curiosité. Mais pour l'heure elle ne répond pas à ma question.

— D'accord, mais pourquoi je ne l'ai pas comprise et toi oui ?

Elle m'offre un sourire mature et avoue :

— J'ai eu le temps d'apprendre quelques langues ces dernières années, dont l'anglais. Je voulais pouvoir communiquer avec l'un ou l'autre d'entre vous si on devait se croiser ici.

— Tu as appris l'anglais ? Pour… moi ?

— Oui. Enfin, pas que pour toi sinon j'aurais appris le français. L'anglais est la langue la plus parlée au monde et, en général, tout le monde arrive plus ou moins à se débrouiller pour se faire comprendre avec, alors que le japonais c'est tout de même bien plus difficile.

Je ris malgré moi, ravie qu'elle ait pris cette initiative, parce que je peine à imaginer comment on se serait comprise aujourd'hui.

D'instinct mon esprit se tourne vers Elias et Li qui sont nés en Angleterre. Des images se forment, des scènes tendres où Li et moi nous pourrions prendre un café sur une terrasse, rire et discuter comme avant. Et d'autres, où l'aura charismatique d'Elias prendrait toute la place, où ses lèvres me murmureraient des mots que mon cœur rêve d'entendre.

Je secoue la tête pour les chasser. Je ne veux pas revivre le même scénario, encore et encore. Je n'y survivrai pas cette fois.

— Nora ?

— Oui, pardon, je suis touchée. Et très heureuse d'être là avec toi.

Elle soupire longuement et passe une main fatiguée sur son visage usé.

— Qu'est-ce qu'on fait ?

— Je ne sais pas. Est-ce que tu es prête pour la suite, quelle qu'elle soit ?

— Non, lâche-t-elle dans un souffle accablé. Je ne veux pas être prête pour ça, mais est-ce que j'ai le choix ? Je n'ai pas fait tout ça pour rien… je suis si près du but. Je veux la retrouver. Il n'est peut-être pas trop tard pour elle.

— Alors, allons-y. Allons trouver ta sœur.

Chapitre 7

Kimiko m'a invitée à visiter son foyer dans l'espoir de retrouver l'âme errante de sa sœur.

En déambulant dans les rues presque désertes de Nagiso, nous avons découvert que le monde que nous connaissons et que nous foulons ne peut pas nous voir tant que nous sommes derrière le voile. Un peu comme si nous avions un pied sur Terre, l'autre dans le monde invisible. Je ne m'étais jamais interrogée sur ce que nous devenions après la mort, ce qu'il advenait de nous. Je crois que je vivais dans l'évidence d'un *après*, d'une subsistance de l'âme dans un ailleurs lointain et lumineux. Je ne m'étais jamais demandé si nous pouvions rester coincés dans un entre-deux, retenus par des tâches inachevées, des regrets ou des sentiments trop intenses. Je ne doutais pas non plus de l'existence de fantômes ou esprits, mais allez savoir pourquoi, je n'ai jamais fait de lien quelconque entre les deux.

Bercée par les films d'épouvante, j'imaginais sûrement que ces esprits vengeurs étaient trop sombres pour passer de l'autre côté, ou je ne sais quoi. Jamais je ne me serais doutée que d'autres raisons pouvaient nous retenir ici, juste derrière le voile, mais invisibles pour les vivants.

Si je sais que la Grande Tisseuse est responsable de la prison d'Aiko, que c'est elle qui l'a envoyée errer ici, j'ignore cependant comment elle s'y est prise. Elias aussi était dans le coma, et pourtant, son esprit est resté en Oniriie, lui.

Quelque chose me dit qu'elle avait tout orchestré, qu'elle a tiré les ficelles pour m'amener à elle. Garder Elias auprès d'elle en Oniriie malgré sa défection faisait partie de son stratagème, elle savait qu'au regard de notre passé, il ne pourrait se tenir éloigné de moi lorsque je reviendrais. Elle savait qu'en le plaçant sur mon chemin, elle pourrait m'atteindre. Tout comme elle savait qu'Euristide serait un appât de choix, et que la disparition d'Aiko pousserait Kimiko à me trahir. Elle lit dans les fils du destin et joue avec les lacets des possibilités pour les amener à servir ses propres desseins.

Je soupire, envahie par une lassitude et un découragement plutôt rare chez moi. Je m'interroge réellement sur ce que nous faisons ici. Et si cela faisait partie intégrante de son plan ? Et si, quoi que je fasse, aucune de mes décisions ne m'appartenait vraiment ?

Puis je me souviens que j'ai déjoué ses plans. Certes elle m'a amenée à elle, mais j'ai résisté. Il me reste mon libre arbitre. J'ai perdu tant de choses, mais j'ai trouvé l'essentiel : moi. Ma volonté et mes intentions pèsent dans la balance. Je dois m'accrocher à cela.

Je peux déjouer ses désirs, je le sais.

J'espère encore trouver une alternative au tableau d'avenir qui s'est dessiné, qui s'est imposé à moi. Or je sais aussi que quoi qu'il arrive, j'irai jusqu'au bout.

Un fin sourire étire mes lèvres quand mon regard se pose sur le dos tendu de mon amie, quand mon esprit s'évade jusqu'à mon grand-père, Li, Éfi, Elias et tous les autres.

Pour eux, je sacrifierai tout.

Nous avançons à pas lents jusqu'à la porte de sa demeure. Elle n'a jamais déménagé et vit toujours chez ses parents. Je suppose qu'elle n'a pas voulu les abandonner…

Kimiko tente de faire coulisser les portes, mais chacune de ses tentatives reste infructueuse. Ses mains n'ont aucune prise sur la matière. Du moins le croit-elle. Maintenant qu'elle a assimilé être dans le monde des esprits, elle pense également être un fantôme, être limitée par ce qu'elle a intégré durant toute sa vie. Si Kimiko suivait sa logique, nos pieds s'enfonceraient également dans le sol, comme si nos corps n'avaient réellement aucune substance.

Nous en revenons donc toujours à la construction identitaire de chacun selon ses croyances, son conditionnement et les limites arbitraires imposées.

Je pourrais parvenir à ouvrir cette porte si je le souhaitais, et Kimiko également si elle faisait éclater ses plafonds de verres, ses limites et toutes ses croyances obsolètes. Mais je n'en montre aucun signe. Je suis ici pour l'accompagner et la soutenir devant l'épreuve qui l'attend, et c'est déjà bien assez.

Aussi, lorsqu'il semble évident qu'il lui suffit de franchir les panneaux pour pénétrer dans sa demeure, elle me lance un regard inquiet et traverse la porte en retenant sa respiration. Elle a peur. Je ressens sa crainte de se rendre dans l'inconnu. Ou peut-être celle de savoir précisément ce qui va se présenter à elle.

Je lui emboite le pas sans tarder et la retrouve dans le genkan, ce sas d'entrée où nous sommes invitées à retirer nos chaussures. Kim agit de façon machinale et s'exécute, sans réfléchir. Elle ne se rend même pas compte que c'est inutile puisque nous sommes derrière le voile et que nous ne laisserons aucune empreinte. Toutefois, il s'agit plus d'une marque de respect qu'une action physique, alors j'y consens instinctivement également.

Nous laissons nos Converses insubstantielles là et grimpons la marche qui sépare le genkan du reste de son foyer. Les pièces sont épurées, des panneaux en papier ou en bois servent de portes pour les fermer et les ouvrir, et un silence serein y règne. Kimiko me désigne un escalier qui monte vers les chambres puis glisse un doigt sur ses lèvres, m'implorant de ne faire aucun bruit. Comme si quelqu'un pouvait nous entendre. Elle ne veut pas réveiller ses parents et oublie qu'ils ne nous percevraient même pas.

Je comprends qu'elle veut monter rejoindre la chambre de sa sœur, elle espère l'y trouver.

Elle s'apprête à escalader la première marche quand une brise légère et fraîche vient se glisser dans nos nuques et nous arracher des frissons. Je n'ai pas besoin de me retourner pour comprendre. Je devine à la brusque raideur de mon amie qu'elle aussi l'a sentie.

Elle se redresse, droite et forte, mais ne se tourne pas. Pas encore. Elle cache les tremblements de ses mains en serrant les poings.

Les secondes s'égrènent, et pas un mot ne brise le silence. Pas un son. Pas un geste.

Puis, je perçois un subtil gémissement venant de mon amie. Il ne m'en fallait pas davantage pour glisser ma main sur son épaule, le long de son bras et jusqu'à sa main. Elle ne desserre pas le poing, alors je l'entoure de mes doigts. Je ne la lâcherai pas.

— Kimi ? Souffle une voix fébrile d'où exhale toute une palette d'émotions.

Appréhension, espoir, crainte, joie, tristesse.

Mon propre cœur se gonfle et se brise, comme si je pouvais ressentir exactement tout ce qu'éprouve mon amie.

Un sanglot déchire le silence, Kimiko pivote lentement et tente de cacher ses larmes. En vain. Elles ne sont que le pur reflet de celle de la jeune femme qui se tient face à nous. De longs cheveux sombres détachés encadrent un visage fin, pale et jeune. Un sourire timide étire ses lèvres roses, et une larme dévale la peau lisse de sa joue, jusqu'à se suspendre à l'arête de sa mâchoire. Elle porte un jean et un chemisier blanc tout simple. Je sais d'instinct qui elle est, et le sanglot déchirant que ravale mon amie me le confirme aussitôt.

Elle avance lentement d'une démarche peu assurée vers sa sœur qui lui ouvre les bras. Je lâche sa main. Elle est prête.

Je recule d'un pas et me fonds dans le décor pour leur offrir l'intimité de retrouvailles tant attendues.

— Oh, Kimi…, soupire celle-ci en l'étreignant avec douceur et force.

Dans un mélange de cheveux noirs, de larmes et de chaleur, les années de doutes, de peur, de manque et de souffrances s'effacent pour ne laisser qu'un cœur entier brûlant d'évidences qui n'a jamais cessé d'aimer.

— Tu m'as tellement manqué. Je t'ai cherché chaque jour, je te le promets, je n'ai jamais arrêté ! J'ai tout fait, tout…

— J'étais là, Kimi ; j'étais juste là. J'ai vu. Tu n'aurais pas dû sacrifier ta vie pour moi.

— Je ne pouvais pas continuer sans toi, c'était trop dur… pleure mon amie.

Cet instant de grâce dont j'ai l'honneur d'être témoin me permet de comprendre et de ressentir ce que leurs cœurs de sœurs éprouvent : un lien indéfectible, un attachement sincère et puissant, un amour pur inconditionnel.

Le sel du savoir brûle ma cornée. Je frotte discrètement mes yeux pour ne pas entacher leurs retrouvailles. L'émotion déchire mes entrailles et ne me rappelle que trop bien celles que je n'ai jamais eues. J'imaginais qu'il n'y avait qu'une seule forme d'amour aussi extraordinaire, capable de déplacer les mondes, mais je me trompais. Les âmes de Kimiko et Aiko sont tellement entremêlées que ces années l'une sans l'autre ont dû être un calvaire. Je revivrais mille fois sa trahison pour les savoir ensemble à nouveau. Et pourtant, rien de ce que je ferai ne suffira…

— Écoute-moi, se raisonne Aiko et repoussant sa sœur pour plonger son regard dans le sien, les mains en coupe autour de son visage. Tu dois repartir.

— Je ne peux pas te laisser ici ! Comment on peut faire pour que tu réintègres ton corps ? La Grande Tisseuse a dit que la boussole d'éternité m'amènerait à toi, ce n'est pas pour rien, il doit forcément y avoir un moyen !

Aiko lui offre un sourire compatissant, doux et triste. Je lis sur ses traits avec une facilité déconcertante ce que Kim refuse de voir. Mon amie se tourne brusquement vers moi, les prunelles brillantes d'espoir.

— Comment on peut faire ? Elias, il… Non. Et ton grand-père ? Tu vas le réunifier, non ? Comment tu vas faire ?

Aucun mot ne franchit la barrière de mes lèvres. Je vois sa détresse et sa supplication, je sais ce qu'elle attend de moi, et je ne peux le lui offrir. Je n'arrive pas à lui dire.

Je secoue lentement la tête, et hausse les épaules en signe d'ignorance et d'impuissance.

— Son grand-père est un Onirigraphe, son corps est en Oniriie. Kimi…

— Non, on va t'emmener à la clinique où repose ton corps, et puisque je t'ai trouvée, on va prendre la boussole d'éternité pour voyager sur Terre, tu pourras alors de nouveau… je ne sais pas, sauter dans ton corps ? Faire quelque chose !

Aiko me jette un regard suppliant et, encore une fois, aucune parole n'a besoin d'être prononcée. Je comprends.

Toute cette comédie n'a été qu'un leurre. La Grande Tisseuse n'a eu aucune pitié, aucune intention de la laisser errer dans ce monde. Elle a juste pris ce qu'elle voulait et s'est débarrassée de ce qui ne lui servait plus quand elle a compris qu'elle s'était trompée : Aiko n'était pas moi.

Elle est restée derrière le voile, accrochée à sa vie, à sa sœur, parce que leur séparation a été trop brutale. Elle n'était pas prête, elle avait la vie devant elle. Elle n'a pas compris ce qui lui arrivait. Ou peut-être que si, et qu'elle a choisi de rester pour Kimiko, pour ses parents.

— Kim, dis-je d'une voix étranglée pour tenter d'amener la chose avec délicatesse.

— NON ! On va essayer !

Je recule et retire ma main de son épaule. Je ne me souviens pas l'y avoir déposée, mais ce contact me brûle désormais. Comme si à travers ce lien, elle déversait en moi toute sa peine, sa colère, ses espoirs et son déni.

Elle s'agrippe à Aiko et hoche la tête avec virulence, comme pour se convaincre elle-même que le flot de paroles et de projets incompréhensibles qui s'écoule de ses lèvres se réalisera. Mais au fond, elle sait déjà.

Aiko lui sourit avec patience et bienveillance. Elle attend que Kimiko se calme et continue de lui sourire, sans un mot. Quand le silence revient, mon amie est persuadée que tout est acté, elle sort sa boussole de sa poche, rayonnante.

Aiko place sa main sur la sienne et referme les doigts de sa sœur tout autour, puis la dépose sur son cœur.

— Je t'ai vu Kimi. Je n'ai rien raté de ta détermination, de ta vie, de tes espoirs et de tes sacrifices. Je t'ai vu soutenir Maman et Papa jusqu'à ce qu'ils acceptent que je ne revienne pas, je t'ai vu les détester de continuer de vivre et de rire aussi. Je t'ai vu t'éloigner de tes amis, refuser leurs invitations, te renfermer sur toi-même, les repousser…

— Ne fais pas ça, gronde Kimiko entre ses dents serrées en secouant la tête. Je t'en prie, arrête !

— J'ai vu les années couler sur toi, comme l'eau sur la pierre. J'ai vu la vie autour de toi ne jamais t'atteindre. Tu es restée hermétique au bonheur. Je t'ai vu choisir la torpeur plutôt que la vie. Je t'ai vu te perdre, et t'oublier… pour moi. J'ai hurlé à tes côtés, j'ai prié et supplié, sans jamais que tu m'entendes. J'ai tant pleuré de te voir t'abandonner. Mais c'est fini, Kimi.

— Non… Viens avec moi, on peut y arriver, j'en suis certaine !

— Et ensuite ? Ma vie s'est arrêtée il y a longtemps, ma douce Kimi. Je ne veux pas que la tienne reste en pause pour moi.

— Si tu reviens, alors on recommencera ensemble !

Aiko glisse une main sur la joue de sa sœur, essuie ses larmes, et vient la placer sur le cœur de Kimiko. Elle attrape la sienne et en fait de même.

— Nous avons toujours été ensemble. Tu ne comprends pas ? Quoi qu'il arrive, nous sommes ensemble. Je suis restée derrière le voile pour toi, j'ai refusé de continuer sans toi aussi. J'ai attendu ce jour, et j'aurais attendu jusqu'à ce que tu me rejoignes un jour s'il l'avait fallu. Mais ce n'est plus nécessaire, parce que tu sais maintenant.

— Non, je ne sais rien ! Reste encore avec moi, apprends-moi !

— Tu sais que nous serons toujours ensemble, tu l'as toujours su. Aujourd'hui, je choisis la lumière, et je choisis la vie pour toi. Il est temps.

— Aiko, non, je t'en prie, sanglote mon amie de plus en plus fort. Ne me laisse pas, j'ai besoin de toi !

— Et je serai là. Ce n'est pas une fin en soi, juste la continuité de l'âme.

Les sanglots de mon amie redoublent d'ardeur, et je sens mon cœur se fragmenter devant cette scène insoutenable. Kimiko redevient l'enfant qu'elle était à la disparition de sa sœur, comme si les années n'avaient pas compté.

Soudain, Kim renifle bruyamment, essuie son nez et ses larmes, puis se redresse. Il est étrange de les voir ensemble, Aiko si jeune me rappelle combien Kim lui ressemblait quand on s'est rencontrées. Le temps a parsemé son corps de quelques cheveux gris et de sillons sur sa peau, toutefois elle n'a rien perdu de sa beauté et de son audace, bien au contraire, elle a gagné en assurance.

Kimiko se plante face à sa sœur, et dans ses yeux s'embrase une flamme de défi et de détermination que je ne lui connais que trop bien.

— Alors je viens avec toi.

Chapitre 8

Aiko tressaille. Ses bras lui tombent le long du corps, elle recule d'un pas.
— Non.
— Si tu choisis la mort, alors pourquoi je ne le pourrais pas ? J'ai déjà fait la moitié du chemin, regarde-moi. J'irai te chercher aux confins des mondes et jusque dans la mort s'il le faut !
— Kimi, c'est mon choix…
— Et j'ai fait le mien. Je viens avec toi !
— Tu renoncerais à la vie juste comme ça ? Sur un coup de tête ? Pour me montrer combien tu es bornée ? Tu crois que je ne te connais pas ?
— On dirait bien que non, sinon tu aurais accepté d'essayer.
— C'est du chantage ? Tu serais prête à me condamner à une vie de misère pour me garder près de toi ?
— On recommencerait à zéro ! Qui te parle de vie de misère ?
— Il y a toujours des conséquences. Je devais mourir ce jour-là, j'ai refusé pour vous permettre de l'accepter. Je vous ai offert du temps. Et tu voudrais me punir ?
— Mais non ! Est-ce que ce serait une punition de revenir vivre avec nous ? Ou de m'avoir à tes côtés dans la mort ?
— Plus rien ne m'attend dans cette vie-là, si ce n'est des années de souffrance, prisonnière d'un corps qui me fera

défaut. Je ne vivrai plus, Kimi, tu comprends ? Je ne serai qu'un fardeau pour vous, une coquille, une prison pour mon âme assoiffée de liberté.

La volonté de Kimiko vacille, elle n'avait pas envisagé cette possibilité. Elle cherche une solution, ses prunelles oscillent, mais Aiko l'arrête.

— Je ne veux pas revenir, et je ne veux pas que tu viennes maintenant. Ton heure n'est pas encore venue, tu le sais, tu as encore de grandes choses à accomplir. Et tu n'as rien d'une égoïste, tu vas me laisser partir, on le sait toutes les deux.

— Mais je peux…

— Non, tu ne vas rien du tout. Tu vas me serrer dans tes bras et tu vas partir sans te retourner ! Tu n'es pas stupide, tu sais que ce n'est pas la fin. Sushi te guidera et moi je serai toujours là. Je l'ai toujours été !

La silhouette diaphane de la belle jeune fille aux longs cheveux de nuit s'étiole lentement et brille d'une lumière de plus en plus dense.

L'image d'Eliya s'y superpose une fraction de seconde et mon cœur se serre. Je me retrouve à nouveau dans la peau d'Eléonore, dans cette première vie que nous avons partagée et je perds mon âme sœur une nouvelle fois.

— Aiko, c'est trop dur…

— Pourquoi ? Élargis ta vision des choses et célèbre la vie ! Célèbre ma renaissance et ma libération ! Vis, tu entends ? Vis fort ! Vibre ! Aime ! Ris ! Vis plus fort et plus intensément que tu ne l'as jamais fait, parce que bientôt tu seras au crépuscule de ton histoire et tu te demanderas où sont passées toutes ces années. Mais je serai là. Je serai toujours là. Je t'attendrai.

Kimiko sanglote de plus belle, mais cette fois, un mince sourire étire ses lèvres rouges. Une acceptation. Un accord scellé. Une âme unifiée, sereine et apaisée. Deux âmes libres.

Je m'avance à ses côtés et lui offre ma présence, elle comble le silence et le vide de la pièce, alors que le visage doux de Aiko s'efface dans un éclat de rire joyeux.

J'attends la solitude comme une vieille complice, mais elle ne vient pas. Au lieu de cela, la chaleur d'une amie se glisse dans ma paume et je remplis la sienne de tout mon soutien.

Aux retrouvailles déchirantes a succédé un épanouissement libérateur.

Je sais le vide qui s'est emparé de son cœur, et je sais que rien ne le comblera.

Jusqu'à ce que ces deux âmes se retrouvent.

Mais pas aujourd'hui.

Maintenant, elles doivent apprendre à vivre seules.

Enfin pas tout à fait, me dis-je en serrant plus fort sa main dans la mienne.

Ni elle ni moi ne sommes obligées d'être seules.

Nous sommes restées un long moment silencieuses dans le salon de Kimiko, jusqu'à ce qu'elle m'avoue ne pas vouloir retourner à la Nouvelle Académie. Elle ne voulait pas affronter les regards curieux et plein d'espoirs de nos amis, et je la comprends. Je me suis alors saisi de la boussole d'éternité, tombée au sol durant leur dernière étreinte, et la lui ai placée dans les mains en lui demandant de fermer les yeux et de choisir l'endroit où elle souhaitait passer le reste de sa nuit.

C'est ainsi que nous voilà assises sur un énorme rocher face à la cascade Ushigataki, un petit écrin de nature près de chez elle. Les premières lueurs de l'aube offrent à l'eau claire des bassins de jolies nuances chaleureuses. Le vrombissement des chutes est apaisant. Nous demeurons ainsi un long moment, dans le silence, à contempler la beauté des lieux et le calme serein si caractéristique de ces trésors cachés. Du moins le sont-ils avant que les touristes n'affluent, je suppose.

— Aiko et moi, on venait souvent ici, dit-elle en soupirant avant de reprendre un ton plus bas encore : je ne sais pas comment faire.

Elle ne termine pas sa phrase, aussi je ne sais pas ce qu'elle n'entend pas « faire ». Faire quoi ? Vivre sans sa sœur ?

J'ignore quoi répondre, alors je me contente de sourire et de serrer un peu plus fort sa main entre mes doigts.

En revenant du passé, je me suis sentie si perdue. Je ne comprends que trop bien ce qu'elle ressent. Je ne savais plus qui j'étais ni où et quand j'étais. Je savais seulement que j'étais seule. Vide. Malheureuse. Je ne savais plus comment être moi sans lui, comment avancer sans lui, comment vivre avec cette douleur lancinante qui me déchirait la poitrine à chacun de mes souffles comme pour me rappeler que même respirer sans lui était une torture.

À la lumière de ma propre expérience, je comprends que c'est exactement ce qu'elle ressent à cet instant et ce qu'elle entend par « faire ». Toutefois, je n'ai aucun mot à lui offrir pour soulager sa peine, aucun qui suffirait à rendre justice à cette perte de repère, à ce chamboulement inexorable. Aucun mot ne suffit jamais pour témoigner son soutien après ce genre d'évènement. Comment le pourraient-ils ? Comment un simple « je suis désolée, courage » suffirait à effacer la douleur ou à l'apaiser un tant soit peu ? Non, rien n'aide réellement, je crois. À part le temps. Je sais bien que les gens tentent maladroitement de témoigner leur compassion, leur soutien, leur empathie, et c'est touchant, mais ça n'aide pas.

Lorsqu'on nous arrache le cœur de la poitrine, aucun « courage ça va passer » n'aide.

Alors, je vais juste rester là, en silence à ses côtés, et je vais m'abstenir de prononcer toutes les paroles creuses qu'elle entendra bien assez dans les prochains jours. Je vais lui serrer la main et rester avec elle jusqu'à ce qu'elle ne veuille plus de ma présence, jusqu'à ce qu'elle ait besoin d'aller se cacher dans la douche pour pleurer en toute intimité.

Je vais juste rester là et écouter.

— Est-ce que ça devient plus facile avec le temps ? me demande-t-elle soudain.

Je sursaute et la dévisage. Mes pensées se bousculent dans ma tête, les visages se succèdent, les scènes, les pertes... et les mots ne viennent pas.

— Je ne sais pas exactement ce que tu as vécu Nora, mais je reconnais maintenant ce que je ne comprenais pas avant. Je voyais bien le naufrage dans ton regard sans en saisir la profondeur. Maintenant, je sais.

Est-ce que c'est plus facile avec le temps ? Je l'ignore. Qu'est-ce que ça implique ? Je pleure moins en cachette, certes, mais la douleur reste aussi vive qu'hier. Je ressens encore ce déchirement, les images me hantent. Li, et Elias… Tant de fois, Elias.

Trop.

Je hausse les épaules et tente une explication rationnelle, sans pincettes et sans mensonge.

— Plus facile, je ne le crois pas. Je pense qu'on s'habitue. Le vide reste, je ne crois pas qu'on puisse le remplir, le remplacer. Mais la douleur devient supportable. Puis la nuit se parsème d'étoiles, de rayons de lune et des lueurs de l'aube. Peut-être qu'avec le temps, la nuit et le jour cohabiteront, ou s'alterneront. Mais je crois que la nuit reste. On l'agrémente de souvenirs et d'espoir. Je sais qu'on se retrouve toujours d'une manière ou d'une autre, Aiko l'a confirmé. Ça ne rend pas les choses plus faciles sur l'instant, mais je crois qu'on a le droit de vivre pleinement cette peine. Je ne sais pas vraiment me projeter dans l'avenir, vivre un jour après l'autre me semble déjà insurmontable parfois, et je pense que c'est déjà bien, non ? Peut-être qu'on peut vivre comme ça, sans savoir de quoi sera fait demain. Sans savoir comment on fera demain. Aujourd'hui suffit.

— Aujourd'hui… soupire-t-elle. Aujourd'hui est douloureux.

— Oui, dis-je en sentant sa poigne ferme dans ma main. Oui, ça l'est.

— Tu ne vas pas me dire que je suis forte, hein ?

— Est-ce que c'est ce que tu veux que je fasse ?

— Non, ricane-t-elle dans un souffle. J'aime ta franchise et je suis contente que tu sois là. Je n'ai pas eu à faire ça seule.

— C'était un honneur de te voir accompagner ta sœur dans ses derniers instants. Je suis émue par l'amour qui vous unit et je sais qu'il ne s'est pas envolé avec elle.

Elle ravale un sanglot et hoche la tête, le dos voûté par le poids du chagrin et des années. Puis d'une main discrète, elle essuie sa joue et tourne les yeux vers le soleil qui se lève derrière les arbres. Elle sort la boussole d'éternité de sa poche, je la contemple longuement. Les volutes ondulent à l'intérieur, l'aiguille tourne avec lenteur et poésie au centre de cet univers miniature.

Puis je comprends.

Il n'y a aucun hasard, même dans les termes que choisit la Grande Tisseuse.

Elle avait semé des indices bien avant qu'ils nous conduisent à cet instant précis, elle nous avait mis sur la piste. Et malgré elle, elle vient de nous ouvrir au concept de la continuité de la conscience.

Une boussole d'éternité.

Un compas de l'âme.

Une rose des vents qui transcende l'espace et le temps.

Chapitre 9

Kimiko et moi sommes retournées à la Nouvelle Académie juste avant que sa conscience ne rejoigne son corps, elle m'a laissé la boussole d'éternité et le soin de rapporter notre voyage aux autres. Elle doit affronter la vraie vie et avec elle, l'annonce officielle du départ de sa sœur, ses parents éplorés et tout ce que cela implique. J'ignore si elle nous rejoindra la nuit prochaine ou si elle préfèrera s'isoler quelque temps pour vivre son deuil.

Je dépose la boussole dans son écrin et fais apparaître un loquet sur la serrure du coffre par sécurité. Cet objet est un placebo, néanmoins, mieux vaut le sceller pour l'instant. Je pousse le coffre sur une étagère de l'atelier de Li et contemple les lieux baignés d'une lumière chaude, de verdure et de bazar. Li et son frère ne tarderont pas à s'endormir et rejoindre l'Oniriie. Je devrais rejoindre Éfi afin de l'épauler dans cette guerre froide qui me répugne tant, mais je n'en ai pas la force.

Je ferme les paupières et me retrouve instantanément dans ma propre bulle, il est temps de réintégrer mon corps qui a eu assez de repos pour l'instant. Je ne dois pas le délaisser trop souvent sous peine de risquer une fonte de mes muscles et d'autres conséquences. Je glisse donc mon âme dans mon corps physique et rouvre les paupières sur ce monde avec davantage de maladresse. Je me sens si lourde, si gauche et tellement à l'étroit. C'est une sensation étrange, comme une impression d'être serrée dans un vêtement trop petit, de ne pouvoir respirer pleinement, de ressentir l'apesanteur puissance dix.

Je frotte mon visage pour en effacer les dernières traces de sommeil, même réfléchir est plus ardu dans ce corps trop étriqué. Mes pensées fourmillent, mais ne trouvent aucune cohérence. La liste des choses à faire me semble insurmontable, je voudrais me rouler en boule et appuyer sur le bouton off. Malheureusement, c'est impossible. Alors je commence par répéter mon mantra en boucle pour éviter de me perdre dans une crise d'angoisse.

Pétrichor.

Pétrichor.

Pétrichor.

Je n'ai de cesse de repenser au départ d'Aiko. Le parallèle résonne trop fort en moi pour m'épargner, et le vide dans ma poitrine se creuse un peu plus encore. Parviendrai-je un jour à faire le deuil d'Elias ? Ou plutôt de nos relations, car lui est bien vivant, et pourtant si loin de ce que nous avions.

— Ah te voilà ! s'écrie Éfi en me rejoignant.

Ce lien qui nous unit est assez spectaculaire, parce qu'il trouve toujours le moyen de se pointer lorsque je suis au fond du gouffre sans même qu'il puisse s'en douter. Inutile de préciser que ma bulle est désormais sa bulle et que je lui laisse libre accès sans restriction. C'est ainsi que je me retrouve à devoir me rassembler pour lui cacher mon état lamentable.

— Il faut qu'on voie comment faire pour stopper les agissements de la guilde des guides, ils commencent sérieusement à me gonfler ceux-là. Qu'est-ce qu'ils sont chiants, tu connais la dernière ? Les guides de Li et Elias ont dû démissionner parce qu'ils ne voulaient pas rejoindre la « vraie » Académie ! Depuis quand la nôtre est fausse ? C'est quoi ces conneries ? Et le libre arbitre alors ? Mon cul, le libre arbitre ! Tu vois ! J'avais raison de les envoyer ch...

— Éfi, l'arrêté-je. Moins vite.

— Moins vite ou moins de grossièretés ? Tu m'arrêtes toujours en plein élan ! J'avais vraiment besoin de vider mon sac !

— Éfi.

— OK. Moins vite : c'est juste une bande de lèche-culs. Voilà.

— Mets-toi à leur place, ce n'est pas évident de démissionner de la guilde, tu n'étais pas hyper en forme non plus quand ils t'ont coupé de la conscience collective.

— J'étais à leur place ! Je ne me suis pas dégonflé, moi !

— Elias et Li, ils le vivent comment ? Ils sont tout seuls maintenant.

— Bah, ce n'est pas comme si leurs guides étaient super impliqués avant non plus, hein.

— C'est pas faux, il n'y a vraiment que toi pour me coller aux basques vingt-quatre heures sur vingt-quatre.

— Non, il y a Sushi aussi, se vexe-t-il. Et puis, fais pas genre ça te saoule. T'aimes bien que je sois là. Avoue.

Je me redresse un peu plus et souris. Je glisse mes doigts sur sa poitrine pour décroiser ses bras de boudeur et admets :

— Évidemment, sinon je t'aurais déjà viré, tu le sais bien. Alors, ça va se passer comme pour moi ? Il n'y a pas eu de réattribution de guide ? Allez, reprends depuis le début et explique-moi le problème.

Il soupire, vaincu, et grimpe sur mon genou pour me faire face. Il semble soudain bien moins confiant, la lassitude s'abat sur ses épaules et il lisse ses poils roux.

— Non, pas de réattribution tant qu'ils ne changent pas d'avis. La guilde nous met des bâtons dans les roues, sous prétexte d'être impartiale, ils désertent les âmes rebelles. Mais ça n'aide personne. Leur petite guerre avec les Souffleurs d'ombres nuit à notre rébellion.

— Ils ne trouveront jamais d'accord ?

— Je crains que non. Ils ont trop peur de la Grande Tisseuse. Ils sont bien trop bien-pensants pour se remettre en question.

— Pour l'instant.

— Nora, j'ai des doutes.

— Dans ce cas, puisque nous ne pouvons rien faire pour ça, autant ne pas s'en soucier pour l'instant. Ils finiront bien par revenir à la raison en voyant le nombre d'éveillés rejoindre nos rangs. Et si ce n'est pas le cas, il sera toujours temps de leur parler plus tard.

Éfi soupire, peu convaincu par mes paroles, mais il laisse tomber malgré tout. De toute manière, il n'y a rien à faire, il en est conscient.

— Et toi de ton côté ? Qu'est-ce que ça a donné avec Kimiko ?

— J'aurais parié que tu m'aurais sauté dessus à la seconde où je serais revenue pour étancher ta curiosité et satisfaire tes inquiétudes.

— Il faut croire que je lâche du lest…

— Vraiment ?

— Naaaan, tu rigoles ou quoi ?! Jamais de la vie ! J'ai mandaté Gertrude de vous attendre et de me prévenir dès que vous seriez revenues ! Elle a accouru à la seconde ou vous avez remis les pieds dans l'atelier de Li, et comme vous aviez l'air d'aller bien, je ne me suis pas précipité. J'étais en réunion avec Amshul, Dilemna et le grand manitou des Souffleurs d'ombres, Silas.

— Tu es incorrigible ! Et comment elle fait cette vieille gremlin pour toujours savoir où je suis !

Il me gratifie d'un clin d'œil amusé et confirme :

— Hehe, secret !

— Sérieusement, Éfi ?

— Tu te souviens de la méduse qui a agrippé ton poignet dans la bibliothèque de l'Académie quand nous étions en mission d'infiltration ? C'était un traceur.

Je me remémore la scène avec précision, et le détail de cet instant me revient avec une lucidité déconcertante — merci la synesthésie ! — si bien que je grimace en me frottant l'endroit même qui conserve une fine ligne blanche similaire à une cicatrice.

— Elle me piste depuis le début ?

— Heureusement qu'elle est des nôtres hein, ricane-t-il. Et maintenant, dis-moi, dans quel monde vous avez atterri ? Aiko est revenue ?

Je prends une grande inspiration et secoue la tête. Vu mon air triste, il comprend très vite.

— Oh non… Kim doit être dévastée. Qu'est-ce qu'il s'est passé ?

— La boussole nous a conduites sur Terre. Derrière le voile. Aiko est morte le jour où la Grande Tisseuse s'en est prise à elle, mais elle a attendu tout ce temps pour Kim. Elle est libre maintenant.

— Merde.

— Comme tu dis.

Je ne lui parle pas de mes doutes sur les cordes qu'a actionnées la Grande Tisseuse pour qu'on en arrive là. Je veux croire qu'on a le choix, malgré toutes ces coïncidences. La boussole d'éternité devait servir à conduire Kimiko à sa sœur pour la libérer, j'en ai conscience. Cependant, je dois croire qu'il nous reste une chance de déjouer ses plans. J'ai besoin de museler mes craintes d'être manipulée. Je veux garder l'illusion du choix. Je le dois. J'y crois si fort qu'il est impossible que mon intention ne suffise pas.

— Qu'est-ce qu'on peut faire ? me demande-t-il.

— À part relayer l'information et lui laisser du temps ? Pas grand-chose.

— Et toi ça va ? Ça n'a pas dû être facile pour toi non plus. Tu…

Je l'arrête avant qu'il n'en reparle, je ne veux pas y penser, il vient tout juste de parvenir à me changer les idées.

— Ça va. Allez, dis-je en me relevant, c'est quoi le programme du jour ?

Il glisse le long de mon tibia et n'insiste pas. Il ouvre la marche et énumère lentement la longue liste de tâches qui m'incombent : faire acte de présence à la réunion prévue plus tard avec les Souffleurs d'ombres et tenter de les raisonner pour éviter une guerre ouverte avec la guilde des guides, recruter un nouveau professeur d'art du combat, car l'ancien a péri sous les griffes des Chimères et Amana reste la professeur officielle de l'Académie infiltrée chez la Grande Morue, tenter de déjouer les plans d'Aelerion qui traque nos sympathisants…

— OK, je vais commencer par aller voir Gertrude.

— Mais ce n'est pas du tout dans la liste des priorités !

— Pas dans la tienne peut-être, mais moi je veux savoir pourquoi et comment elle me piste.

Je bifurque à la sortie de ma chaumière et me dirige vers le portail qui mène à la Nouvelle Académie, Éfi sur mes pas.

— Nora, il faut que tu viennes ! Ça fait longtemps qu'ils ne t'ont pas vue, tu ne peux pas te dérober à chaque fois. Silas veut te voir, savoir comment tu veux diriger tout ça.

— Mais tu sais bien que je ne veux pas diriger votre armée. Je ne l'ai jamais voulu, Éfiiii.

— Je sais, je sais. Allez, juste une fois encore ?

— Tu dis ça à chaque fois et chaque fois je me fais arnaquer. Ce n'est pas mon truc les grandes réunions avec plein de gens. Je sais à peine prendre soin de moi, comment tu veux que je prenne des décisions qui risquent de changer le monde ? C'est trop pour moi.

— Je sais. Viens, hoche la tête de temps en temps et puis tu pourras rejoindre Gertrude, elle est dans le jardin d'intérieur.

Faire acte de présence, hocher la tête, et partir… c'est dans mes cordes. C'est ce qu'ils attendent de moi. Je peux faire ça pour leur faire plaisir.

Encore juste une fois…

Chapitre 10

Silas est encore plus intimidant que Cibèle. Il est accompagné d'une meute de loups noirs aux yeux de neige qui s'enroulent à ses pieds sous la table. L'un d'eux frôle mes mollets en passant, je frissonne. Pas que je sois très inquiète qu'il s'en prenne à moi, mais plutôt parce que la sensation est étrange, dénuée de toute comparaison possible avec les loups sur Terre, quand bien même ils semblent trait pour trait identiques. Ils sont aussi vaporeux que consistants. Je suis certaine de pouvoir les caresser et, en même temps, je suis convaincue que des volutes d'ombres s'enrouleraient autour de mes doigts.

Je vais tenir l'expérience à distance pour l'heure et tenter de me concentrer sur ce qu'ils disent.

Éfi enjoint Silas de se calmer, il assure que la guilde des guides n'a pas voulu les attaquer, qu'il doit y avoir une explication et qu'il n'est pas utile de lancer les offensives. Il tient ce discours avec aplomb, alors même que je le sais inquiet de ce que la guilde entreprend en catimini. Continue-t-il de les défendre parce qu'il ressent toujours un sentiment d'appartenance ou simplement parce qu'il veut éviter une guerre ouverte ? Je l'ignore.

Je les laisse débattre longtemps en jouant distraitement avec l'élastique autour de mon poignet. Je le fais claquer de temps à autre lorsque le ton monte et que les discussions s'animent. Je déteste la violence qui transpire de ce genre de débats infertiles. La politique résume tout ce que j'ai en horreur.

Derrière nous, la porte grince, annonçant un nouvel arrivant dont je reconnais immédiatement la vibration.

Elias.

Je me tends légèrement, mais je n'y prête pas plus attention que cela, toute préoccupée que je suis à ne pas perdre pied. Éfi gronde, Silas se relève, les loups l'imitent. Amshul soupire en se massant les tempes, faisant onduler ses arabesques d'encre sous ses doigts, et propose de changer de sujet, j'acquiesce avec vigueur, cloitrée dans mon mutisme, mais Éfi et Silas n'en ont pas terminé.

Je détourne les yeux vers les plafonds en ogive vitrés qui donnent sur un univers recomposé. Le ciel laisse transparaître planètes et étoiles alors même que la lumière illumine la voute. Des sphères en acier ou en verre, des engrenages ressemblant à un système solaire agrémentent le plafond et rythment le silence d'un léger cliquetis régulier. Contre les murs, des centaines d'étagères contiennent le savoir d'un monde inaccessible derrières des reliures de cuir. Je n'aurais jamais assez d'une vie pour tous les lire.

Quant à nous, nous sommes au centre, autour d'une longue table en merisier vernie, élégante et froide, elle reflète l'infini des cieux et la palette d'expressions des visages qui la bordent. La tension est à son comble.

Je tire sur mon élastique.

Clac.

Amshul secoue la tête et poursuit sans eux. Il s'adresse au reste de la tablée, à Cibèle, étrangement silencieuse, et quelques autres personnes qui restent des inconnues pour l'instant.

— Le nouveau prof d'art du combat ou le cas Aelerion ?

Haussement d'épaules général, sauf Éfi et Silas bien sûr qui ne prennent même plus de pincettes pour se jeter des atrocités à la figure.

Je tire sur mon élastique, encore et encore. Il claque contre ma peau, s'enroule autour de mon bracelet en pierres de lave, et je recommence. La douleur libère des endorphines, mais rien ne m'apaise.

— Le nouveau prof, tranche Cibèle.

Les cris de la dispute.

Clac.

Toutes les conversations se mélangent.

« J'ai une liste, j'attends vos suggestions – Les guides veulent nous pousser dans nos retranchements ! – Tu n'es qu'un idiot si tu penses que rester pacifiste suffira cette fois ! – Un elfe des bois ? Ils sont posés et précis. – Plutôt une guerrière comme Amana – Mais elle reste à l'Académie pour former les Dream Jumpers, Dilemna et elle se sont mises d'accord pour les pousser à la réflexion par eux même – La Grande Tisseuse les tient ! Les guides travaillent pour elle ! – NON ! Ce sont juste des crétins froussards ! – Je propose de recruter Vanapra, c'est une elfe d'or qui maîtrise la lumière, je suis sûre que ça nous sera utile de nous former dans ce domaine avec les heures sombres qui se profilent à l'horizon – ON DOIT RIPOSTER ! LES ATTAQUER ! LES METTRE HORS D'ÉTAT DE NUIRE ! – LES RALLIER À NOTRE CAUSE ! … »

Je m'enlise dans ce tourbillon de conversations sans plus réussir à suivre, à m'y raccrocher, à comprendre qui prononce quoi. Plus rien n'a de sens. J'entends juste du bruit, écorchée par la violence, les sons, les cliquetis des engrenages qui se referment sur mon esprit, et le claquement de l'élastique sur ma peau.

    Je sombre.

    Je ferme les paupières, inspire.

    Clac. Clac.

    J'expire.

    Je répète mon mantra dans ma tête.

    Pétrichor.

    Clac.

    Pétrichor.

    Clac.

    Pétrichor.

    Clac.

    Je me coupe de tout et de tout le monde.

    Seule, perdue au milieu de l'effervescence.

    Tenir bon, ne pas flancher, ne pas me laisser submerger par la crise.

    Juste une dernière fois.

    Attendre que ça passe, que le silence revienne, qu'ils se mettent d'accord.

    Et soudain, un contact doux et léger effleure mon épaule et me fait l'effet d'un tisonnier ardent contre ma peau nue. Je musèle mon cri et, malgré moi, sursaute et me dégage de ce geste sans parvenir à m'y confronter. Ma main fuse sur l'endroit précis de mon corps qui brûle dans mon esprit, comme pour en effacer l'empreinte persistante. Puis je cède et abandonne toute retenue. Je dresse une muraille entre le monde et moi, me renferme en moi-même, plaque mes paumes sur mes oreilles, ramène mes genoux contre ma poitrine et me berce lentement d'avant en arrière jusqu'à trouver un peu d'équilibre sur le flot agressif de ce naufrage. Je dois tenir bon.

— Nora, souffle une voix profonde à mes côtés au milieu du brouhaha incessant.

Personne n'a remarqué ma crise, je suis un peu à l'écart des autres.

Personne sauf Elias qui me fixe avec émoi et articule mon prénom entre ses lèvres.

— Viens avec moi, Nora, on s'en va.

Il me tend une main fébrile, ses yeux flamboient d'inquiétude et de colère.

Je suis incapable de lui répondre, je continue de me balancer les mains sur mes oreilles, sans réussir à le regarder vraiment. Sans comprendre ce qu'il attend de moi. Je dois rester, attendre.

Attendre.

Me concentrer sur le mouvement qui me berce, ne pas sombrer, ne pas perdre pied, ne pas me perdre tout court.

Attendre.

C'est bientôt fini.

Je referme les paupières et vogue sur le balancier apaisant, seule stabilité de mon monde pour l'instant, quand le grondement sourd d'Elias franchit la barrière de mes paumes et fait trembler mon âme.

Non, je ne peux pas maintenant, je n'arrive pas à rassembler mes idées, mais je sais que je ne peux pas. C'est dangereux. Pour lui. Pour moi.

Attendre.

Brusquement, je sens qu'on me soulève et que l'on m'étreint avec force.

Qu'*il* m'enserre dans ses bras. Qu'il me rassemble, me contient, me prend en charge.

Alors seulement, je m'abandonne.

Un poids s'évapore de mon corps et mon esprit. Je n'ai plus à réfléchir, à prendre de décision. Il le fait pour moi. Il me soulage. Il allège mon esprit et m'offre du répit.

Je ne contrôle plus rien, je devrais paniquer, je le sais, je me connais. Et pourtant, je ne me suis jamais sentie aussi en sécurité qu'en cet instant.

Je prends une longue inspiration et m'abandonne à lui. Je peux m'autoriser à lâcher prise, à me perdre.

Et c'est exactement ce qui se passe : je m'éteins pour un temps. Libérée de toute décision, toutes réflexions, je me laisse porter. Emporter. Je fuis avec légèreté.

J'ignore combien de temps s'est écoulé depuis mon effondrement interne, mais lorsque je rouvre les paupières, je me trouve allongée sur un lit aux draps de lin aux teintes sable et la lumière de l'Oniriie décline lentement. L'immense ouverture dentelée de la pièce donne sur un balcon isolé. La forêt verdoyante s'invite jusqu'à ma porte et fleurit les montants de la structure, s'enroule autour de la pierre ivoire sculptée, se mêle aux garde-corps. Si bien que la limite du bâtiment de style elfique se fond dans la nature environnante. Il ne fait pas froid. Il ne fait jamais froid dans cette bulle. La Nouvelle Académie évolue dans un climat constant, un éternel printemps parfumé et délicat.

    Je me sens si vide. Mon corps est épuisé, trop affaibli par ces moments d'inactivité prolongés Aussi, sans la moindre difficulté, je m'en extrais afin de lui laisser tout loisir de se reposer. J'aurais dû y songer avant de me rendre à la réunion d'Éfi, c'était imprudent et irresponsable de me donner en spectacle ainsi. Il est bien difficile de choisir entre le bien-être de mon corps et celui de mon esprit.

    Je me relève, bien plus légère et moins confuse que lorsque je suis prisonnière de ma chair. Je contemple cette enveloppe charnelle si fragile et me promets d'en prendre le plus grand soin à l'avenir.

    Je m'apprête à quitter les lieux pour retrouver mon guide et lui présenter mes excuses quand un raclement de gorge discret m'interpelle. Je fais volte-face pour découvrir qu'Elias n'a pas quitté mon chevet durant tout ce temps. Il est assis sur le balcon, à l'ombre d'une pivoine en fleur. Je ne l'avais pas remarqué avant et je devine que c'était tout à fait intentionnel de sa part. Il veillait sur moi tout en respectant mon espace et mon intimité. Là encore, il m'offre la possibilité de quitter les lieux en faisant comme si je ne l'avais pas vu, et celle tout aussi délicate de le rejoindre si je le souhaite.

    Je devrais partir. Je songe à la malédiction qui nous lie.

    C'est plus fort que moi, je m'élance vers l'extérieur. Vers lui.

    J'essaie de me convaincre que c'est juste pour le remercier, qu'il est malpoli de fuir ainsi sans témoigner de gratitude alors qu'il m'a extraite d'une situation plus que difficile.

Si je fais assez semblant, je peux y parvenir.

Juste le remercier, ce n'est pas grand-chose et ça ne risque pas de nous précipiter vers la mort.

Je m'accoude à la rambarde, sans le regarder lui. Mon cœur bat si fort dans ma poitrine, et pourtant ce n'est qu'une projection astrale, mon corps repose plus loin. C'est insensé. Intense.

Il ne prononce pas un mot.

J'observe l'escalier qui serpente lentement plus bas, vers une mare couverte de nénuphars en fleur. Des pensées s'épanouissent entre les dalles de marbre jusqu'à nous, comme un rappel de ce qui nous lie et nous sépare à la fois. Mais lui l'ignore, et je le tais.

Je ne sais pas quoi dire.

Je surprends son regard sur moi, ses mâchoires serrées, son air revêche. Il est en colère, comme toujours. C'est bien mieux que cet élan de compassion que j'ai cru lire dans ses prunelles avant qu'il me prenne dans ses bras.

Pourquoi a-t-il fait ça ? Devrais-je le lui demander ?

Non. Je sais pourquoi, même si lui l'ignore. Peut-être est-ce pour cette raison qu'il semble toujours si en colère en ma présence ? Parce qu'il sent ce lien qui nous attire et qu'il ne le comprend pas ? Parce qu'il lutte contre ?

C'est mieux ainsi.

Il grogne. Je sens la frustration qui le gagne et qu'il ne saisit pas. Il veut que je lui parle et il veut me fuir. Il veut rester. Il veut comprendre. Il en a besoin, comme j'en ai eu besoin… avant. Je le sais. Je le sens. Et je le lui refuse.

— Merci, dis-je dans un murmure fébrile.

Ni plus ni moins.

Je ne peux lui offrir qu'un merci timide et distant alors que je rêve de tout lui avouer, que je rêve de le retrouver, autant que je le crains.

Il n'est pas mon Elias, ce n'est pas de lui que je suis tombée amoureuse, encore et encore. Cela ne doit plus arriver. Il ne mérite pas d'en souffrir. Il n'a rien demandé.

Mon cœur se brise. Je me consume d'espoir et d'angoisses. Je désire tant qu'il se lève et qu'il soit cet Elias qui me manque, qu'il m'étreigne comme avant. Et je suis horrifiée à l'idée que cela puisse se produire. Se *reproduire.*

D'un geste, il se redresse. S'approche.

Mon cœur bat si fort que c'en est douloureux. Je ferme les paupières, je ravale une larme et prie pour qu'il s'en aille tandis qu'il s'approche et se glisse dans mon dos. Bientôt, je sens son souffle dans ma nuque, sur mes cheveux. La chaleur de sa proximité sur ma peau. L'électricité qui parcourt mon corps alors que mon âme se souvient.

Il se penche sur moi, m'effleure sans me toucher.

Je sens sa rage, sa frustration, ses interrogations.

Je sens les fils d'énergie brûler, chercher à se nouer entre nous comme s'ils avaient trop longtemps été séparés. Je ressens cet élan dans toute mon âme. Je me contrains à ne pas esquisser le moindre geste. Je ne bouge pas. Je cesse de respirer. Je cesse d'exister autrement qu'à travers ces sensations retrouvées et hors de portée.

Je lutte si fort pour ne pas me tourner et me fondre dans son âme.

— Merci ? chuchote-t-il à mon oreille d'un ton grave et dangereux.

Il veut des explications. Pas aux raisons de ma crise qui sont désormais de notoriété publique, non, ce qu'il désire se trouve ailleurs. Il veut comprendre pourquoi il s'est senti poussé vers moi, pourquoi il s'est senti si perméable à ma détresse, pourquoi celle-ci a explosé dans sa propre chair de manière si insoutenable qu'il a *dû* venir à moi. Je ne formule aucune hypothèse, je n'ai besoin d'aucune preuve scientifique, aucune validation, car je le sais. Je le sens en moi, comme il le sent en lui. Nous sommes irrémédiablement connectés. S'il me fallait une preuve, je crois que je viens de l'obtenir. Il ne me connaît pas, il me déteste de lui avoir menti par omission — même si ça ne peut pas vraiment être considéré comme un mensonge — il sait que c'était moi devant leur bulle lorsqu'ils étaient petits, il sait que je lui cache quelque chose, il me hait pour ça !

Pour cette raison, et celle qui n'a de cesse de le pousser vers moi, je tente de le repousser pour le sauver.

Mais nous échouons.

Je me sens glisser sur les remparts de ma forteresse intérieure, l'abaisser pour lui.

Un gémissement à mi-chemin entre souffrance et tristesse s'échappe de mes lèvres. Son torse frôle mon dos. Son souffle caresse la peau sensible de mon oreille, de ma nuque. Je frissonne au son du râle qui lui échappe.

Je suis muselée par le déchaînement d'émotions contradictoires qui me traversent. Pétrifiée par la peur, cramponnée à la rambarde pour ne pas me laisser emporter par l'envie de me lover entre ses bras. Je recule malgré moi de quelques centimètres à peine. Le contact ne dure qu'une seconde.

Il murmure au creux de mes sens un « de rien » si froid et sensuel à la fois, que je me retrouve pantelante l'instant d'après. Celui empreint du vide de sa présence.

Ses pas s'éloignent.

Je me retourne, ouvre la bouche pour le retenir, et m'abstiens. Je reste accrochée à sa silhouette qui s'éloigne dans l'espoir qu'il se tourne vers moi, que ses yeux s'accrochent aux miens et que l'évidence le frappe enfin.

À quelques pas de la porte, il s'arrête.

Chapitre 11

Il s'immobilise et attend sans se tourner vers moi. Qu'attend-il ? Que je lui demande de rester ? C'est le moment idéal, je devrais l'arrêter, tout lui avouer !
Les secondes s'égrènent, le temps ralentit, mais je reste muette, pétrifiée. Je ne peux pas.

— On va à *La Flûte Enchantée* avec Li et les autres un peu plus tard. Si tu veux venir…

Puis il s'en va, fidèle à ce nouvel Elias qui ressemble beaucoup trop à ceux qui ont partagé mes vies : droit, déterminé et charismatique.

Je m'adosse à la rambarde et relâche enfin mon souffle. Je me détends un peu, sans pour autant réussir à me défaire de cette tension palpable qui flamboie entre nous. Je sens mes résolutions flancher. J'aimerais m'y tenir, mais suis-je assez forte pour cela ? J'en doute.

Je respire mieux quand il est là, je me sens plus vivante, plus entière que jamais à son contact ! Aussi odieux et farouche puisse-t-il se montrer, aussi différent puisse-t-il être dans cette vie, je ne vois que son âme. Identique et éblouissante.

J'ai beau me tenir à l'écart, il a beau y mettre toute l'ardeur dont il est capable à en faire de même, rester loin l'un de l'autre est douloureux. Je devine que ça l'est sûrement autant pour lui que pour moi, alors même qu'il n'y comprend rien. Moi je sais pourquoi. Mais lui ?

Que Dieu nous vienne en aide, si même lui ressent cette force qui nous pousse l'un vers l'autre, nous sommes perdus.

Je descends du balcon vers la mare aux nénuphars, l'esprit vagabond. Les pans fluides de ma longue jupe blanche frôlent la surface et s'imprègnent du liquide froid qui l'alourdit. Je m'assieds au bord de l'eau, les yeux perdus sur le miroir lisse vert sombre qui reflète les réminiscences de mes passés.

Éfi ne tarde pas à crapahuter jusqu'à moi par bonds de branche en branche et jusqu'aux dalles humides. Il me tire de mes rêveries vers des sujets épineux qui me hérissent déjà le poil.

Je soupire avant l'heure.

— Éfi, me lamenté-je, honteuse. Je suis désolée, j'ai essayé, je ferai mieux la prochaine fois, promis.

— On n'aurait pas dû s'emporter comme ça, non plus. Ce n'est pas ta faute. C'est celle de Silas, il est tellement gonflant quand il s'y met !

Je ris devant cet acte évident de mauvaise foi. Il grogne, mais ne revient pas sur ses paroles. Il m'annonce avoir réussi à conserver l'équilibre pour un temps, mais cela n'en restera pas là.

— Il faut qu'on trouve un terrain d'entente avec la guilde des guides. Ça devient vraiment urgent, je ne vais pas réussir à conserver cette neutralité longtemps, les Souffleurs d'ombres sont vraiment sur le fil.

— Je veux bien, mais comment ? Tu ne crois pas qu'il a un peu raison, qu'ils travaillent avec la Grande Tisseuse ? Sinon, comment tu expliques ton licenciement ? Qu'ils aient voulu te tenir à l'écart pour me garder dans le droit chemin qu'eux ont défini ?

— Je sais, soupire-t-il en s'asseyant à mes côtés tout en frottant son museau de ses pattes, dépité. Mais je ne sais pas comment l'expliquer, je crois vraiment qu'ils ont voulu rester impartiaux pour éviter qu'on en arrive là, sans pour autant cautionner les actes de la Morue. Ils avaient peur que l'équilibre des mondes soit mis en danger, ils se voilaient la face parce qu'il l'était déjà à l'époque. Il s'est passé près de vingt ans, mais aucun des guides n'a influencé les choix de leurs protégés dans le sens des volontés de la Morue non plus. Tu comprends ? J'ai l'impression qu'ils… attendent.

— Je vois. Ça se tient. Mais, ils attendraient quoi ?

— C'est ça le problème, j'en sais rien.

— Et pourquoi est-ce qu'ils saboteraient les plans des Souffleurs d'ombres qui luttent contre la Grande Tisseuse, si c'est secrètement ce qu'ils espèrent ?

— Je n'en sais rien non plus. Une question d'ego mal placé après leur déchirement ? Leur petite guéguerre à eux date depuis bien plus longtemps encore.

— Le désaccord entre eux reste le même après tout ce temps. Chacun reste sur sa position, n'est-ce pas ?

— J'en ai bien peur… les guides restent toujours à distance et les Souffleurs d'ombres cherchent toujours à éveiller la lumière en insufflant l'ombre dans les esprits.

— Et personne ne veut céder du terrain.

— Bingo.

— Alors ce n'est pas gagné.

— C'est bien le problème, yep.

Éfi se laisse tomber en arrière et scrute le balancement des branches dans le vent. Les rouages de son esprit sont en marche, il a besoin d'une solution, mais je suis bien incapable de lui en fournir une. Pour l'instant.

— Ils ont choisi le nouveau prof d'art du combat ?

— Oui, ce sera Vanapra. L'elfe d'or. C'est un bon choix, elle est ferme et douce. Elle saura leur enseigner aussi bien les techniques de défense et de combat que la lucidité dans l'obscurité. Parfait.

— Elle va travailler avec Amana ?

— Nous travaillons tous ensemble.

— La Grande Tisseuse doit forcément le savoir, non ?

— Je crois que tout son être est tourné vers d'autres objectifs, et pourvu que ça dure, parce que oui, il lui suffirait d'un regard sur nous pour qu'elle sache.

Je balaye la surface de l'eau du bout des doigts, les ondulations légères que je provoque dansent sur le miroir et se propagent au loin. Aussi infimes en soient les perturbations, elles engendrent un effet papillon, des conséquences subtiles : l'envol d'une libellule, le déplacement d'un nénuphar, une grenouille dérangée et tout prend vie autour de nous.

Un seul regard sur les cordes d'énergie qu'elle tisse à longueur de journée et ces gens sont en danger. Tant de personnes menacées parce qu'elle cherche à m'atteindre... Nous sommes si vulnérables. C'est étrange qu'elle ne passe pas son temps à guetter mes faits et gestes, je ne suis à l'abri nulle part.

Est-ce qu'Éfi aurait raison, elle aurait trop à faire ? J'en doute. Elle semble assez déterminée et cruelle pour m'oublier si facilement au bénéfice de ses autres « protégés ».

À moins qu'elle ne sache déjà tout cela.

Ne serait-elle pas en train de nous laisser faire, tout simplement ? A-t-elle connaissance d'un destin qui nous est encore caché ? Probablement.

Quelque chose en moi remue, tente de monter à ma conscience, mais Éfi l'interrompt.

— Je suis désolé qu'on t'ait poussée vers la crise. Heureusement qu'Elias était là…

Il joue des sourcils d'un air taquin qui m'arrache un rire incrédule.

— Je n'y crois pas, tu es impossible. Il aurait tout aussi bien pu faire empirer la crise, en me touchant et me portant ! Tu aurais dû l'en empêcher.

— D'une, je n'ai pas vu, sinon je me serais peut-être interposé, ou j'aurais sûrement calmé la tension avant que tu t'effondres. Et de deux : je n'ai pas l'impression que sa proximité ait été si dérangeante.

— J'étais trop mal en point pour remarquer qui me portait, mens-je effrontément.

Évidemment, il n'y voit que du feu et se moque ouvertement de moi.

— Il t'a portée jusqu'au lit et a attendu que tu te réveilles, c'est un vrai gentleman dis donc. Est-ce que vous…

— Éfi ! Qu'est-ce que tu sous-entends ? Et puis, comment tu sais ?

— Bah je suis venu vérifier que tout allait bien, quand même, je suis ton guide protecteur. Je m'en serais voulu s'il avait porté atteinte à ta vertu sans ton consentement.

Je vire au rouge instantanément et secoue la tête, incrédule. Puis je le pousse de la main, pour le rabrouer et lui témoigner mon mécontentement.

— Tu n'aurais jamais dû le laisser m'emporter.

— Tu n'en penses pas un mot. Tu n'aurais voulu personne d'autre que lui. Tout ton corps, toute ton âme s'embrase en sa présence. Je le vois.

— Tu le vois, m'écrié-je plus rouge que jamais. Les autres aussi ? Elias…

— Non ! Non, rit-il. Ne panique pas. Il n'y a que moi qui puisse sentir ce changement subtil dans tes énergies quand il est là. Un truc de guide, tu sais. Il n'en sait rien. Personne n'en sait rien puisque tu le caches à la perfection. Presque un peu trop bien… quand il débarque tu fuis ou tu te renfermes.

— C'est parce que je ne veux pas être avec lui, dis-je dans un soupir en trempant mes pieds dans l'eau.

Je me fais la remarque qu'il s'agit presque d'un mensonge aussi, dans sa tournure lexicale du moins. Je veux être avec lui. Je veux juste éviter sa présence ou le moindre rapprochement.

— Je sais, ta malédiction… On dirait quand même que ça va être compliqué.

— Pas si je l'évite.

Il souffle d'exaspération devant le déni dans lequel je me cloître.

— Donc tu n'as pas remarqué que lui aussi change quand tu es là ? Que tout son corps se raidit sous la tension, qu'il semble pris d'une colère déraisonnée, d'une furieuse envie de te fuir ou te confronter — au choix — et qu'il a volé à ton secours avant même que quiconque remarque que tu étais en difficulté ?

Je secoue la tête en cachant un sourire beaucoup trop sincère. Pourquoi est-ce que ce qu'il me dit me fait plaisir ? Je devrais être dévastée ! Songer au lien maudit qui nous unit !

— Non, je n'ai rien vu.

— Menteuse. Et donc, tu ne vas pas aller à *La Flûte Enchantée* non plus ?

Je hausse les épaules. Je n'ai pas encore pris ma décision. Je ne devrais pas, et en même temps, j'ai envie de m'intégrer dans leur groupe.

— Ah ! Je le savais !

— Si j'y vais, ce ne sera que pour vérifier si mon anniversaire a changé quelque chose dans la façon dont Soli me servira.

— Pas pour Elias, bien entendu.

— Bien entendu.

Je laisse passer quelques secondes de silence où ni lui ni moi ne poursuivons ce petit jeu, puis je reprends :

— Tu y vas aussi ? Qui y sera ?

— C'est l'anniversaire de June et Jude, il y aura tout le monde. C'est devenu une tradition, on fête les anniversaires à *La Flûte Enchantée*. Mais on n'a pas vraiment besoin d'une raison pour se retrouver et décompresser un peu, en vrai.

Une tradition que j'ai ratée. Une pointe se fiche dans mon cœur. Le monde tourne toujours bien plus vite que moi.

Sans moi.

Je tente de masquer ma tristesse, mais j'échoue. Éfi ouvre la bouche et s'apprête à trouver une excuse pour expliquer mon exclusion involontaire, mais je ne lui en laisse pas le temps. J'ai été absente. Et quand bien même, ils ne me doivent rien. Surtout pas une espèce d'allégeance implicite stupide.

Et puis, Elias m'a invitée. Il a envie que je vienne. A moins que ce n'était que par politesse ? Est-ce qu'Éfi s'apprête à me donner une excuse pour ne pas m'en avoir parlé ? Pour tenter de m'inclure ? Je ne le mérite pas de toute manière. Je le coupe :

— Tout le monde, répété-je en proie à une espèce de panique indicible.

— Sauf Kim, je suppose. Quand auront lieu les funérailles ?

— Je l'ignore. Tu as prévenu tout le monde ?

— Oui, ils aimeraient que tu lui transmettes nos condoléances et notre soutien si tu la vois avant nous. Tu vas aller à l'enterrement ?

Je n'y ai pas réfléchi, mais je pourrais, je peux emporter mon corps où je le souhaite.

— Je verrai si elle désire ma présence. Je ne sais pas comment réagiraient ses proches en me voyant partager ce moment intime. Comment leur expliquer d'où nous nous connaissons ?

— Mhm, c'est pas faux. Sinon... reprend-il en se triturant les griffes d'un air contrit. Il faut que je te dise un truc qui ne va pas te plaire...

Chapitre 12

Pourquoi est-ce qu'il me dit ça comme ça ? Pourquoi est-ce qu'il me laisse poireauter et m'imaginer les pires scénarios du monde ? Il m'observe d'un œil fuyant, en serrant les dents.

— Quoi ? Éfi ! Quoi ?

— Estéban a été vu en train de roder devant la bulle de la Nouvelle Académie.

— Et ? Je ne comprends pas où est le problème. C'est bien pour cette raison que la Nouvelle Académie — mince faut vraiment qu'on lui trouve un nom — a été placée dans une bulle, non ? Pour limiter la casse, la bouger au gré des dangers... Il ne peut pas entrer, alors il suffit de déménager, non ?

— C'est déjà fait, le truc ce n'est pas ça.

— Alors quoi ?

— Ça fait plusieurs fois qu'il nous retrouve, mais il ne revient jamais avec des Chimères. Il n'a pas l'air de faire passer l'information plus haut, en fait.

— Alors je ne vois vraiment pas où est le problème.

— On en arrive au point qui ne va pas te plaire : je crois qu'il cherche à te voir.

— Moi ? Mais pourquoi ? Il s'est passé près de vingt ans pour lui, qu'est-ce qu'il me veut ?

— Je n'en sais rien. Faire son mea culpa ? suggère-t-il en riant.

Je lâche un souffle incrédule dédaigneux. Je n'y crois pas une seconde. Et puis je ne vois pas ce que ça changerait.

— Il ne peut pas entrer, il ne nous menace pas, il ne trahit pas notre position… alors grand bien lui fasse.

— Tu ne vas pas aller le confronter ?

— Je ne vois pas pourquoi j'irais. Ce n'est pas ma priorité. Et puis, si ça doit arriver, ça arrivera.

Éfi se dresse d'un coup et inspire longuement, soulagé.

— Bien.

— Tu avais si peur de me le dire ? C'était ça le truc qui ne va pas me plaire ? Vraiment ?

— Bah oui, c'était quand même ton premier flirt, et il a été très con. Son père et lui t'ont pris en chasse quand même, et maintenant il rôde comme un loup affamé attendant sa proie. Fallait que je te prévienne, au cas où tu sortirais sans moi. Que tu ne sois pas prise au dépourvu.

— Tu as bien fait. Mais je ne suis plus une proie, Éfi.

Il n'a pas idée à quel point je suis toute puissante désormais, je culpabilise de le lui cacher ainsi, mais rien qu'un regard échangé avec lui me rassure : il a des doutes. Il ne demande rien du secret que je cache, car il sait que c'est pour le bien de tous qu'ils doivent rester ignorants, mais il sait que tout a changé. Que moi, j'ai changé ! Il me materne moins, me laisse plus de liberté et, surtout, il me fait confiance. Je soupçonne que ses craintes ne portaient pas vraiment sur ma sécurité, mais davantage sur mon équilibre émotionnel et psychologique. Il s'inquiète pour moi, comme un ami. Cela me touche au plus profond de mon cœur, alors je souris. Il me le rend, puis la gêne s'installe. J'ai dû prolonger le contact visuel trop longtemps pour la convenance.

— Quoi ? râle-t-il. Pourquoi tu me souris comme ça ?

— Tu es mignon à vouloir préserver mon petit cœur.

— Ce n'est pas du tout ce que je fais ! Et je ne suis pas mignon !

— Oh que si, tu l'es, dis-je en l'attirant contre ma poitrine pour lui offrir un gros câlin.

— Nan ! Arrête ! Lâche-moi ! feint-il tout en appréciant l'instant. Si tu ne me lâches pas, je te mords !

— Tu n'oserais pas.

Je ris, mais le relâche. Il s'ébroue et rebrosse ses poils pour se soustraire à mon regard, avant de changer de sujet.

— Bon, tu viens à *La Flûte Enchantée,* ou pas ?

— OK, je viens.

Je choisis de réintégrer mon corps pour le laisser en sécurité dans ma propre bulle de conscience plutôt qu'à la Nouvelle Académie. Le tout ne me prend que quelques secondes, et je continue de cacher à mon guide la facilité avec laquelle je m'affranchis de toutes les limites, pour son propre bien.

Nous nous rejoignons, lui et moi, devant la porte elfique qui démarque l'entrée de la bulle de son Académie. Une question me vient soudain :

— Éfi, vous avez construit la Nouvelle Académie dans une bulle de sécurité ? En réalité, tout le monde peut y entrer, n'est-ce pas ?

— C'est presque exact. Il s'agit bien d'une bulle de sécurité, mais les ensorceleuses ont créé une sécurité supplémentaire. Un peu comme les sorts qui régissent *La Flûte Enchantée*, mais ils ne portent pas sur les restrictions d'âge. Le sort qui limite l'accès à la Nouvelle Académie a dû se combiner aux autorisations d'avant.

— Comment elles ont fait ?

— La bulle de sécurité autorisait l'accès à toute personne en quête d'un refuge, nous avons gardé cet aspect en l'affinant. Avant, on pouvait y entrer à notre guise, maintenant c'est toujours le cas, mais… comment dire. Il faut montrer patte blanche. Tu connais l'expression ?

— Oui, donc pour résumer, il faut que nos intentions soient louables pour entrer. Estéban ne le pourrait pas, même s'il fuyait des Chimères ?

— Techniquement, si.

— Il y a donc un biais.

— Oui, mais personne n'en a connaissance, donc bon.

Je ne réponds rien, trop stupéfaite par cette vérité qu'il énonce comme une évidence sans se rendre compte que c'est exactement le concept qui régit l'univers entier. Si on sème une idée générale et que les esprits l'intègrent comme une limite, alors ils se brident eux-mêmes. Tout comme ils pensent être incapables d'être Onirigraphes pour la simple et bonne raison qu'ils sont persuadés que c'est impossible. S'ils savaient que l'intention est le secret de tout, rien ne serait plus pareil. Les frontières de la conscience et de la connaissance se redéfiniraient.

Je détaille Éfi sans m'en rendre compte. Il hausse les épaules et se justifie, face à ce qu'il prend pour une accusation. Il se méprend sur les réflexions qui me traversent.

— Ce qu'ils ignorent ne peut pas leur faire de mal, bien au contraire dans ce cas précis. Si tout le monde pense que la bulle est soumise à des restrictions strictes, alors ils n'essaieront même pas d'entrer. Et puis c'est très subtil quand même, il faudrait déjà qu'Estéban, par exemple, soit réellement en danger, qu'il pense vraiment l'être et qu'il soit sûr que cette bulle serait son dernier espoir… Il faudrait qu'il y entre en étant persuadé que le danger qu'il court soit réel et que celui-ci le fasse changer sa vision des choses. Donc ne t'inquiète pas trop pour ça. Les persécutés trouveront toujours refuge ici, et les persécuteurs n'y ont pas leur place. June et Jude s'en sont assurées.

— Savoir qu'il y a une brèche suffirait à ouvrir les portes. L'intention d'entrer pour trouver refuge suffirait.

Il grimace et admet.

— Rien n'est jamais parfait.

Comment ai-je fait pour ne pas voir l'évidence ? Comment fait la Grande Tisseuse pour ne pas le comprendre ? C'est si facile. À portée de main. Peut-être l'est-ce trop pour que l'on puisse le considérer comme possible ou même envisageable.

Je me contrains à avancer sur le chemin de sable qui s'étend devant nous, à sentir les grains crisser sous mes pieds. Je cherche à me confronter à la réalité de cet instant pour ne pas perdre pied dans l'immensité de l'univers. Parfois tout me semble si irréel, comme si je nageais en plein rêve. Comme si ma véritable conscience était plus loin. Plus grande. Plus entière. Comme si je voyais cette vie à travers le prisme d'un esprit étriqué, trop fragile pour prendre la mesure de l'immensité à laquelle il appartient.

Je laisse le vent caresser la peau de mon corps astral, et je me force à le ressentir dans tout mon être. Je fixe mon regard sur la flore onirique pour ne pas oublier où je suis. Qui je suis. Me rappeler que *je* suis.

Et je soupire. Lasse. Toujours persuadée d'être le pion d'un jeu plus grand. Impatiente de me réveiller. De me délester de cette vie si longue et futile.

J'entends Éfi se plaindre d'Aelerion, des Chimères, des attaques, et tout ce que je me dis c'est : ce n'est pas très grave, dans mille ans personne ne s'en souviendra et une autre guerre aura remplacé celle-ci. Quand on se réveillera de cette illusion, on rira de ce rêve fou. Rien n'a d'importance.

Je me sens tellement déconnectée de tout ça par moments que je me demande à quoi bon.

— Nora ! Je t'ai encore perdue ?

— Non, pardon.

— Concentre-toi un peu. On aurait dû aller directement à *La Flûte Enchantée*, pourquoi tu tenais tant à marcher ? Les Chimères pourraient nous tomber dessus.

— Alors, il suffira de nous y rendre à ce moment-là.

— Tu as l'air tellement détachée de tout ça, rien de ce que je dis n'a d'emprise sur toi. On dirait de l'eau qui coule sur toi sans t'atteindre.

— C'est un peu ça, oui. Et c'est pour cette raison que j'avais besoin de marcher, de m'ancrer. De ressentir quelque chose.

Il me prend au mot, grimpe à ma jambe et se suspend à mes cheveux.

— Aïe !

Il ne s'arrête pas là et enfonce ses griffes dans mon épaule, ma nuque et retourne se suspendre à ma chevelure.

— Mais aïe ! Éfi ! Qu'est-ce que tu fais ? !

— Je t'aide. Ne me remercie pas. Ça va, tu ressens assez là ?

Il se laisse retomber au sol et me fixe, les bras croisés, la mine fâchée. Je frotte mon épaule et ma nuque, puis ma tête, partout où les cheveux me tirent encore. Son empreinte va rester longtemps, c'est certain. La surprise me rend mutique, je suis bouche bée, mais l'effronterie de Cibèle me traverse l'esprit et je retiens mon envie de le traiter d'horrible et mesquine brosse à chiotte.

— Voilà, maintenant que j'ai réussi à attirer ton attention et te faire redescendre, il faut quand même que je te dise : OK tu es une Onirigraphe avec son putain de secret de merde, et j'ai bien compris que tu portes beaucoup plus que tu ne veux bien l'admettre sur tes frêles épaules, mais arrête ça.

— Arrête quoi ?

— Tu n'es pas plus ni moins que moi.

— Mais je n'ai jamais dit ça ! Je ne l'ai jamais pensé !

Bien au contraire, ce que je sais au fond c'est que je suis lui et qu'il est moi. Que ça fait partie du secret !

— Ouais, bah arrête d'agir comme si c'était le cas, alors. J'ai compris que tu sais plus de choses que beaucoup d'entre nous, mais ça ne fait pas de toi quelqu'un de supérieur à nous.

— Éfi ! Je n'ai jamais, JAMAIS pensé ça ! C'est toi qui dois avoir un complexe, ou je ne sais quoi ! Ce n'est pas de ma faute si tu vois en moi quelque chose qui t'agace en toi !

— Je ne fais pas ça.

— Bien sûr que si ! Sinon, pourquoi est-ce que tu aurais été aussi méchant ? Je n'ai rien fait !

— Tu étais ailleurs. Loin. Tu es toujours tellement loin. Et tu me laisses derrière toi.

— Je ne…

— Si ! Si, tu fais ça ! Tu fais comme si rien n'a plus d'importance. Tu es suicidaire, ou quoi ? Tu as décidé de baisser les bras ? Tu vas nous laisser, encore ?

Mon cœur se brise devant sa colère évidente, et la détresse profonde de cet éclat. Il sent que les choses le dépassent et cela le plonge dans une tristesse insupportable. Je secoue la tête, je refuse qu'il songe à tout ça de cette manière. Je me penche pour l'attraper, que je puisse lui parler à la hauteur de ce qu'il représente pour moi. D'égal à égal. Face à face.

Je plonge mon regard dans le sien et, avec le ton le plus ferme dont je suis capable, je décide qu'il est temps de partager un peu de mon fardeau avec lui :

— Éfi, ça suffit. Tu veux une partie du secret ? La voilà : nous ne sommes tous qu'un. Tu comprends ce que ça signifie ? Quand je dis que je suis toi et que tu es moi, je suis sérieuse. Je ne suis pas plus ni moins que toi, que n'importe qui. Et non, je ne vais pas partir. OK, j'ai des difficultés à m'ancrer, mais je fais au mieux. Je suis désolée si je t'ai heurté, ce n'était pas le but. J'avais juste besoin de sortir, de marcher, d'être avec toi, de me préparer à affronter la foule, le bruit, les stimulations sensorielles. Je voulais juste du calme, me ressourcer pour éviter une surcharge. J'avais juste besoin de vivre un moment hors du temps. Je partage tout avec toi — ou presque. Je n'imaginais pas que cela te pousserait dans tes retranchements. Pardon.

Il se dandine entre mes mains, sans détacher ses yeux des miens, parce qu'il sait ce que ça implique pour moi. Il avait besoin d'entendre tout ça, et moi de le dire. Et même si nous ne sommes tous qu'un, lui et moi avions toujours eu un lien particulier. Je nourris des attaches particulières avec toutes les personnes à qui je décide de m'ouvrir. Éfi, Li, Kim… Elias.

Il se racle la gorge et me tire de mes pensées, je ne l'ai toujours pas lâché, alors il s'extrait de ma poigne et grimpe sur mon épaule.

— Éfi ?

— Oui, j'ai compris, pardon. Donc… c'est vraiment ça le secret ?

— Pas que, mais ça en fait partie.

— Donc, ça veut dire que Cibèle, c'est un bout de moi ?

J'éclate de rire devant l'écœurement manifeste de ces paroles et sa mine dégoutée.

— Non, c'est impossible. Ton secret c'est de la connerie. Je vais donc continuer à faire comme si tu n'avais jamais dit ça. Cibèle… grommelle-t-il en secouant la tête. Impossible que je sois une dinde.

Je ris si fort que j'en ai mal au ventre.

Chapitre 13

Aric et Arkin nous accueillent avec leur légendaire bonhomie, de grands sourires sur leur visage et une bière dans chaque main.

— Ils sont déjà au fond, allez-y on ramène les gâteaux !

Un frisson parcourt ma peau, je perçois le doux ronronnement de Soli, la demeure de *la Flûte enchantée* dont le sort a fini par prendre vie, qui me souhaite bon retour parmi eux. Je souris malgré moi, envahie par cette agréable sensation de revenir à la maison.

Éfi ne me quitte pas, mais il meurt d'impatience de rejoindre la joyeuse troupe dont on perçoit déjà les rires et les cris exubérants, ces éclats de bonheur bruyants qui remplissent le cœur et prennent toute la place.

J'inspire et compte jusqu'à trois, pour me donner le courage qu'il me faudra pour tenir dans cette pièce avec tant d'euphorie. Lorsque je suis prête, j'amorce un pas, sous le regard attentif de mon guide. Je suis presque sûre qu'il a dû se faire la promesse de mieux veiller sur moi, et mes doutes se confirment à la seconde où il m'assure que je peux basculer à tout moment si j'en ressens le besoin, que personne ne me jugera. Et qu'on peut sortir s'isoler juste tous les deux aussi si je préfère, qu'il me suffira d'un regard et il comprendra, il saura inventer une excuse pour me tirer de là.

— Je te remercie, vilaine boule de poil, mais ça ira. Promis.

Pourvu que ce ne soit pas un mensonge.

Il y croit, semblerait-il, parce qu'il me gratifie d'un clin d'œil complice et file entre les jambes des clients pour se frayer une place à la table d'honneur où June et Jude sont célébrées. Il fait une entrée fracassante en houspillant Cibèle, ce qui m'évite d'être au centre de l'attention. L'a-t-il fait exprès ? Je dirais que oui, sinon pourquoi aurait-il pris le risque de se faire becqueter par ses farouches chouettes ?

— La brosse à chiotte, yeah... manquait plus que lui pour que la fête commence.

Tout le monde rit et chacun retourne bien vite à ses conversations. Je me faufile discrètement jusqu'à une chaise dans un coin de la pièce et salue les regards qui remarquent ma présence d'un sourire poli. J'écoute vaguement les discussions. Elles se brouillent, toutes en même temps. J'observe Cibèle et Éfi qui se chamaillent et qui pourtant demeurent l'un avec l'autre. Les murs de la pièce ondulent discrètement et se capitonnent sous mes yeux. Soli ! Les sons s'étouffent imperceptiblement pour les autres, mais quel soulagement pour moi !

La gratitude m'arrache un soupir d'aise et, comme en réponse à mes sensations dorlotées, j'entends un couinement satisfait.

« Merci » chuchoté-je juste pour elle, alors qu'Aric arrive avec un nouveau plateau plein de bières et de flûtes, toujours remplies du même liquide doré qu'à ma première venue. J'en saisis une au passage et la porte à mon nez, les effluves d'alcool m'enivrent déjà. Je ne résiste pas à la curiosité et pose mes lèvres sur le bord pour en goûter le liquide. Je suis majeure désormais, même si nous n'avions pas fêté cela et que mon anniversaire est passé inaperçu, je le suis. Sans compter les années passées dans le passé. Vais-je avoir droit à l'alcool ?

La réponse explose sur ma langue en un million de saveurs sucrées et capiteuses. Oui, Soli, l'âme de cette bulle, l'esprit personnifié de *la Flûte enchantée,* a levé le sortilège pour moi. Je suis digne de boire son vin envoûté.

Je souris, le nez dans le verre, et reprends une gorgée fiévreuse avant de me rappeler d'y aller doucement. Je ne supporte pas très bien l'alcool. Encore un merveilleux effet secondaire de mes sensibilités exacerbées : dans trois gorgées, je risque de me rouler par terre ou pire encore, de monter sur les tables pour chanter à tue-tête. J'ai beau savoir que l'intention suffirait à m'en affranchir, c'est bien plus difficile lorsqu'on s'est déjà construit des certitudes.

Je repose donc la flûte sur la table, sous le regard interrogateur d'Amshul à mes côtés.

— Je ne tiens pas à perdre le contrôle et me ridiculiser, me sens-je obligée de rajouter.

— Nous sommes entre amis, personne ne te trouvera ridicule. Tu peux être toi-même, tu sais. Et puis, je doute qu'un seul verre suffise à faire éclater les murailles de ton self-control, ricane-t-il gentiment.

Il n'y a aucune moquerie dans le ton de sa voix ou ses paroles, juste un trait d'humour. J'apprécie ce qu'il sous-entend et qui me rappelle ce que j'ai ressenti en entrant ici : nous sommes une grande famille réunie autour d'une table, à la maison.

Je reprends donc ma flûte, estimant qu'il a raison, puis reporte mon attention sur lui. Il hoche la tête et tourne son regard sur Cibèle, qui elle, ne craint pas le ridicule. Elle est debout en équilibre sur le dossier d'une chaise et imite je ne sais quelle scène de son passé, l'une de celles où elle jouait les espionnes, je parie.

Le sourire d'Amshul me réchauffe le cœur.

— Merci, répété-je pour la seconde fois.

— Pas de quoi. Mais si vraiment tu devais commencer à perdre ta dignité, tu peux compter sur moi pour t'extraire de la situation. Sois tranquille.

Je ris et acquiesce. Tous les yeux sont tournés vers Cibèle qui imite de grands battements d'ailes puis fond sur une proie invisible. Elle perd l'équilibre et se rattrape de justesse à la table, en écrasant Éfi au passage, puis glousse si fort que tout le monde s'y met.

— Héééé ! Vieille dinde !

— J'ai hérissé ton brushing ? T'inquiète, t'es la plus belle des brosses à chiotte.

Jude lance un sort invisible qui fait apparaître deux brosses à WC dans les mains d'Éfi et Cibèle. Les deux se mettent en garde, prêts à combattre comme des chevaliers, les gens rient, s'amusent, boivent et festoient. C'est magique. Bruyant, mais merveilleux.

Li et Elias sont là aussi, assis près des jumelles avec qui, je le devine, ils ont noué un lien fort durant toutes ces années où elles les ont protégés. Li tresse les cheveux de June et Elias ne cesse de resservir Jude pour la rendre ivre. Parce que plus elle boit, plus elle est drôle, comme si le contrôle qu'elle exerçait constamment la rendait amère. Là, elle semble bien plus jeune et libérée. Plus proche d'Elias aussi. Je ne peux pas ignorer leur proximité, les regards complices qu'ils échangent et les effleurements innocents, en apparence.

Mon estomac se noue soudain et je perds mon souffle. Un éclair de lucidité me fait l'effet d'un coup de poing porté à ma poitrine. Malgré moi, ma main vient appuyer sur mon cœur, tente de contenir la douleur inappropriée qui s'y invite.

Ce n'est pas mon Elias.
Il n'y a rien entre nous.
Il ne doit rien y avoir entre nous.
C'est ce que je voulais. Qu'il soit libre. Qu'il vive heureux. Qu'il soit heureux, sans moi.
Sans moi.
Avec une autre.
C'était ma volonté.

Je respire doucement et compte jusqu'à trois, encore et encore. Puis je scande mon mot fétiche dans mon esprit, mais il a un arrière-goût amer, celui de ce souvenir beaucoup trop prégnant qui l'implique *lui*.

Pétrichor.
Pétrichor.
Pétrichor.

Respirer lentement, détourner le regard. Ne pas faire d'amalgame. Il n'est pas mon Elias. Il est libre. Et je ne veux pas le voir mourir dans cette vie par ma faute.

Je veux qu'il soit heureux.

J'ai beau me répéter tout ça, en être convaincue, là tout de suite, je ne tiens pas non plus à les regarder flirter sous mes yeux. Alors je détourne les yeux. Et je souris. Je scande mon mot fétiche. Je me perds dans le flot des rires et des conversations, et je souris. En façade. Comme toujours. Comme je sais si bien le faire.

Mais je suis seule.

Je ne parviens pas à m'intégrer dans cette fête, dans les discussions, dans la vie.

Je ne sais que sourire et feindre d'être là. Je sais être présente physiquement, en image, en apparence, mais j'échoue à participer. Et personne ne me demande de le faire. Personne ne me pose de question, ne feint de s'intéresser à ce que je pourrais en penser. Personne ne me trouve drôle. Je ne le suis pas. Je suis juste là, comme un meuble, une plante verte, un accessoire.

Mais je suis seule.

Je n'ai jamais ressenti cette solitude aussi violemment que maintenant, qu'ici, entourée de tant de personnes qui me sont chères.

Je n'ai jamais été aussi seule qu'au milieu des gens.

Alors je cesse de sourire. Personne ne le remarque.

Je disparais au milieu de la fête. Personne n'y prête attention.

Et dans mon cœur, je me brise et cède à la douleur, la tristesse et la solitude m'emportent tout entière.

Je bascule vers ma bulle dans l'indifférence la plus totale.

Je me roule en boule et laisse le temps couler sur moi, figée dans l'obscurité de mes tourments.

Mais… suis-je bien dans ma propre obscurité ? Elle me semble familière. Jusqu'aux murmures qui me pressent de lâcher prise…

Chapitre 14

Mais il n'y a rien de normal dans ces ténèbres familières qui sont censées être les miennes.

Elles ne sont pas les miennes.

Je le comprends à la seconde où des pensées et des murmures qui ne me ressemblent pas viennent chuchoter à mes oreilles, lorsqu'elles me poussent à des idées noires qui me rappellent étrangement ma mauvaise expérience sous les eaux obscures du lac d'obsidienne lors de mes premières rencontres avec Elias dans cette vie. Ce jour où il m'a sauvée d'une noyade volontaire et a chassé les monstres de ses gantelets d'étoiles. Ces gantelets initiés par Eliya et Éléonore.

Ce souvenir déchire ma poitrine et me ramène à la réalité du présent. Je garde mes paupières closes et écoute ces supplices qui me demandent de me laisser aller, de sombrer avec eux et les suivre. Qui m'implorent inconsciemment de rejoindre la Grande Tisseuse, je le sens.

Les Chimères.

Ces monstrueuses créatures sont entrées dans ma bulle de conscience et ont envahi mon espace privé, mon intimité, mon fort, et compromis ma sécurité. Je ravale un sanglot d'effroi et reste plongée dans ma torpeur feinte, je ne laisse rien transparaître qui pourrait les alerter. Je dois obéir et comprendre. Les éloigner d'ici. De mon grand-père. De la Nouvelle Académie. De mon corps caché dans l'autre pièce et qu'elles n'ont pas encore découvert.

Je me lève et obéis.

« Suis-nous »

Lentement, calmement, j'obéis.

Je garde mon sang-froid alors que des milliers de questions se bousculent sous mon crâne. Comment sont-elles entrées ? Quelqu'un leur a ouvert ? Quelqu'un a mal fermé en sortant ? Moi ? Éfi ? Ou la Grande Tisseuse a-t-elle modifié les règles de l'Oniriie pour leur permettre de sévir à leur guise, de se nourrir des âmes endormies ? Un scénario cauchemardesque se joue dans mon esprit et, pourtant, je reste de marbre. J'avance, les yeux grands ouverts sur l'obscurité fluctuante qui m'entoure, m'encercle et me guide vers l'extérieur.

Loin de ma chaumière, d'Euristide et de mon enveloppe charnelle.

« Abandonne cette vie qui n'a plus rien à t'offrir. Ils ne veulent pas de toi. Ils n'ont pas besoin de toi. Tu ne sers à rien. Tu es invisible à leurs yeux. Tu n'es qu'un fardeau. Tu le vois bien, n'est-ce pas ? Ils t'ont invitée pour se donner bonne conscience, ils ne voulaient pas de ta présence. Ils se débrouillent très bien sans toi. Abandonne. Suis-nous… »

Leurs mots se frayent un chemin dans mon esprit, un sentier déjà tracé et facile à emprunter. Ils ne font qu'enfoncer une porte ouverte, valider des idées sombres que personne n'avait eu besoin de me souffler. Confirmer des craintes qui m'habitaient déjà.

Je laisse mes larmes inonder la peau fraîche de mes joues, conscient que rien de ce que susurrent les Chimères n'est un mensonge, qu'elles ne font que répéter des angoisses et des évidences qui me hantaient déjà.

Cependant, je sais aussi que je suis la seule à pouvoir les combattre, les démentir et les éloigner.

Je vais obéir à leurs murmures, je les laisse gagner. Je maintiens l'illusion jusqu'à la porte de ma bulle, j'attends qu'elles soient toutes là. Dehors. Puis je ferme le battant d'un coup sec, les piégeant à l'extérieur avec moi.

Elles pressentent le collet se refermant autour de leur cou et feulent dangereusement.

Je serre les poings et une fraction de seconde plus tard, je bascule.

Je ne réfléchis pas.

Je laisse enfin la panique m'engloutir. Je me retrouve au centre de la Nouvelle Académie, dans la pièce que tout le monde utilise pour se réunir, mais personne n'est là. Évidemment, ils sont tous à *La Flûte Enchantée* et personne n'a remarqué mon absence.

Mes larmes de détresse et de chagrin coulent sur mes joues sans que je ne puisse les arrêter. J'ai besoin d'un exutoire, il faut que j'en parle à quelqu'un. La seule personne au monde qui me connaît mieux que je ne me connais moi-même.

Sans perdre une seconde, je bascule à nouveau vers ma bulle, directement dans la chambre. Je dois être sûre que nos corps sont en sécurité.

Je rouvre les yeux sur une pièce lumineuse, calme, et apaisée. Euristide semble serein et mon enveloppe n'a subi aucun dommage. Les Orchifées vaquent à leurs occupations sans se préoccuper de mon intrusion familière. Je cherche Brume des yeux.

— As-tu quitté la bulle ? l'interrogé-je avec empressement lorsque je la trouve.

Elle nie et l'inquiétude s'imprime sur ses traits alors qu'elle me détaille scrupuleusement.

— Est-ce que tu as vu des Chimères ici ?

Nouveau mouvement négatif de la tête qui fait danser les pétales autour de son visage délicat.

— Tant mieux, soupiré-je. Elles n'ont pas réussi à atteindre cette pièce. Merci.

Je me précipite vers le salon et l'entrée. Puis fais le tour de la chaumière. Rien.

Je ferme les yeux et cherche la moindre perturbation dans les énergies de ma bulle. Il n'y a rien. Personne d'autre que les Orchifées et nos corps endormis.

Je vole jusqu'à la porte, puis la scelle à la simple force de ma pensée et m'assure que celle-ci est bien close. Elle l'est. Je la verrouille. Personne d'autre qu'Éfi et moi ne pourrons plus y pénétrer désormais.

Enfin, quand je suis certaine que tout est en ordre et que l'intégrité de ma bulle ne pourra plus être compromise, je laisse mon cœur me guider vers mon foyer.

Je ferme les paupières et bascule très vite dans un tourbillon d'émotions écrasantes. Je me laisse engloutir par la peur d'une enfant qui cherche le réconfort d'un parent.

C'est ainsi, les joues baignées de larmes et le corps secoué de sanglots que j'arrive sur les berges du Lac des illusions perdues et des vérités retrouvées. Je cours jusqu'au ponton en bois humide, ramasse la lanterne et la balance de droite à gauche aussi lentement qu'il le faut pour que le signal d'appel soit correct, en maîtrisant l'urgence de mes besoins.

La barque se déplace à vitesse mesurée, sous les impulsions du gardien amnésique que mon cœur réclame.

Grand-père.

Je contrains mon souffle à se calmer, je scande mon mantra, compte mes respirations et bâillonne mes larmes pour ne pas l'affoler. J'y parviens presque lorsque la coque cogne son port.

— Que puis-je faire pour vous, petite ?

Grand-père... hurle ma voix dans mon esprit.

Grand-père... pleure mon cœur affolé de petite fille.

Grand-père... se lamente mon âme esseulée.

Grand-père ! crie celle que je suis face au seul parent qu'elle connaît. *Grand-père, j'ai tant besoin de toi, de tes bras, de tes mots réconfortants, de ton esprit calme et analytique, de ta raison pour me contenir. J'ai besoin de toi.*

— Je cherche quelque chose que j'ai perdu, prononcent mes lèvres tremblantes où percent le chagrin tandis que mes yeux sondent les siens à la recherche d'un espoir.

— Montez, nous allons chercher ensemble.

Je m'exécute maladroitement et m'installe au fond de la barque qui tangue dangereusement. Il pousse sur la berge et nous conduit au cœur de son territoire semé de lunes tombées du ciel telles des larmes figées dans le temps. Il ne sourit pas, comme s'il avait perdu cette capacité en même temps qu'il avait été arraché à sa vie. Dans le fond de son âme tourmentée, il cherche ce souvenir sans le savoir.

— Qu'avez-vous perdu, jeune fille ?

L'éclat de tes rires. Le son de ton amour pudique. Tes caresses respectueuses dans mes cheveux quand tu crois que je dors. Le parfum de ta présence. Ton affection. Notre lien. Toi. Un ami. Un parent. Une épaule pour pleurer. Une oreille pour m'écouter. Mon cœur. Elias, beaucoup trop souvent. Le goût de la vie. Tout. La raison. Et moi. Moi.

— Beaucoup de choses. Ma vie semble n'avoir aucun sens.

— Oh. On commence par chercher quoi dans ce cas ? Un sens à votre vie ?

— C'est possible de trouver ça dans vos sphères perdues ?

— Qui sait ?

Je soupire et souris malgré moi, parce que j'ai retrouvé le son de sa voix au moins. Une constante qui manque à ma vie.

Je le laisse fouiller le lac et l'observe à loisir.

— Et si j'avais perdu une personne ?

— Si elle est morte, alors elle n'est pas ici.

— Elle ne l'est pas.

— Alors elle n'est pas ici, non plus.

Elle l'est, mais il ne le comprend pas.

Les minutes passent. Il cherche un sens à ma vie et moi je le contemple, m'enivre de sa présence et m'imprègne de son parfum pour tenir jusqu'à ma prochaine visite. Je navigue au creux des sillons du temps qui marque la peau de son visage, dans le bleu limpide de ses yeux qui ont vu et perdu tant de choses, et sur les boucles de ses cheveux, tourbillons de hauts et de bas.

— Euristide, que cherchez-vous, vous ?

— Euristide… répète-t-il en cessant son activité le temps d'un battement de cil, relent de réminiscence qui effleure sa conscience et disparaît aussitôt. Je n'ai pas de prénom. Je ne cherche rien. Je suis le gardien des secrets.

Je sursaute. Mes doigts s'accrochent aux planches rêches sous mes fesses et mon cœur cogne fort contre mes côtes. Jamais il n'avait admis une telle chose. Il n'a jamais été aussi proche de la vérité ! Je le vois sur ses traits tordus par cette vérité qui tente de percer les barrières de son mental. Il sent quelque chose remuer au fond de lui. Il me dévisage. Il s'accroche à ces mots pour ne pas les perdre à nouveau.

Je dois le retenir, l'amener à comprendre seul.

Malheureusement le temps me manque, car déjà, les Chimères sont de retour, elles m'ont trouvée. Elles sont sur nous en moins de temps qu'il ne faut pour le dire, survolant les eaux paisibles du lac et ses lunes lumineuses. Elles ne prendront pas mon grand-père, je le sais déjà, c'est moi qu'elles veulent.

Je dois partir. Mais pas sans nourrir sa raison.

— Oui, vous l'êtes Euristide, le dernier gardien des secrets. Celui des Onirigraphes.

Je bascule.

Les images s'effacent sur le visage perplexe de mon grand-père ainsi que les volutes sombres de mes pires cauchemars.

Chapitre 15

Un millième de seconde suffit à me ramener à mon corps et, dans cette obscurité, mon esprit suit le subtil cordon lumineux qui m'y raccroche et qui m'apparaît un peu plus clairement à chaque fois. Je me glisse délicatement dans mon enveloppe endormie, trop épuisée par les derniers évènements, et choisis délibérément de rester plongée dans l'oubli de l'inconscience pour me ressourcer.

J'ai besoin de repos pour assimiler toutes ces émotions. La solitude, les menaces, les angoisses, mais aussi cette première victoire qui éclate dans mon cœur comme un ultime espoir. Je lâche prise et sombre dans un sommeil réparateur nécessaire.

Je m'étire avec délectation, aussi légère qu'une plume, le nez enfoncé dans mon énorme couverture. Je souris aux rayons du soleil qui caressent ma peau, aux frémissements des ailes de l'Orchifée qui volète non loin de moi et au brouillard qui embrume agréablement mon cerveau toujours trop enclin à un flux intensif de réflexions. Je me délecte de cet instant exquis qui accompagne le réveil après une longue et merveilleuse nuit de repos, où le corps est encore engourdi et où l'esprit demeure vierge de toute ombre. Les premières lueurs de l'aube s'accompagnent toujours d'un infini de possibles, de puissance et d'espoir.

Je me sens requinquée, libérée de mes tourments et si forte ! Rien ne m'est impossible.

Pour l'instant.

Je suis pleine de foi, de gratitude et de confiance.

Les évènements de la veille remontent lentement à ma mémoire et m'apparaissent sous un jour nouveau. Il n'y avait rien de si dramatique au final, si ce n'est cette intrusion des Chimères dans ma bulle, intrusion à laquelle il va falloir que je trouve une explication.

Puis Grand-père s'est souvenu ! J'en suis certaine, je l'ai vu dans ses yeux. Cela n'a duré qu'un instant, mais il me donne raison. Tout n'est pas perdu !

Je me redresse, mon sourire ne me quitte pas. Je fais apparaître un plateau débordant de gourmandises : viennoiseries, thé, pomme et noisettes. Puis je prie mentalement Éfi de me rejoindre. Il n'entend pas mes appels et pourtant il se montre à chaque tentative. Celle-ci ne dément pas mes soupçons. J'entends déjà la porte grincer et ses petits bonds caractéristiques sur le plancher.

— Tu vois ! l'accusé-je. Je suis sûre que tu m'entends, admets-le !

— De quoi ?

— J'ai pensé à toi, je t'ai appelé.

— Je n'ai rien entendu. Je ne suis pas télépathe, je te l'ai déjà dit.

— Pourtant tu te pointes à chaque fois, c'est quand même bizarre.

— Coïncidence.

— Je n'y crois pas.

— L'appel des noisettes, c'est instinctif ! me nargue-t-il en haussant les épaules.

J'en reste là pour cette fois, mais je réitèrerai l'expérience autant de fois que nécessaire pour lui prouver que j'ai raison. Je suppose que le fait que nous sommes un nous donne accès à une espèce de conscience collective à la manière de celle des guides. C'est sûrement plus subtil, mais je suis certaine que ça fonctionne.

Il ne tarde pas à s'installer face à moi sur le lit pour s'emparer de la première noisette qui lui tombe sous la main. La plus grosse, comme par hasard.

— Pourquoi tu es partie hier soir ? Trop de bruit ? Ou trop de monde ?

Je prends une grande inspiration et élude sa question d'un revers de main, avant d'engouffrer une grosse bouchée de brioche dans ma bouche pour éviter de répondre. J'ai honte, je n'ai pas envie d'admettre la peine que j'ai ressentie en découvrant l'intimité que partagent Elias et Jude. Manque de chance, il insiste.

— Nora ?

— Les deux. Mais je ne vois pas ce que ça change, personne n'a remarqué ma présence ou mon absence. Vous n'avez pas besoin de moi.

— Ce n'est pas parce qu'on n'a pas besoin de toi qu'on n'avait pas envie de partager ce moment avec toi. Personne n'avait besoin de personne hier soir. C'est un peu le principe de ce genre de relation d'amitié tu sais, ce n'est pas par intérêt, mais par envie. Chacun s'implique et participe à son niveau, selon ses propres désirs, sans pression, sans attente.

Juste être ensemble. Mais je comprends, ça faisait beaucoup pour une seule journée, entre la réunion et l'anniversaire… La prochaine fois tu seras peut-être plus à l'aise.

— Si prochaine fois il y a.

— Bah pourquoi n'y en aurait-il pas ? On se retrouve souvent pour décompresser.

— Vous oui, mais moi pas. Vous n'aurez peut-être pas envie de vous coltiner le boulet de service. Je me suis sentie de trop, quand même.

— Ce n'est pas parce que c'est ce que tu as ressenti que c'était le cas. Tu as ta place avec nous comme n'importe qui d'autre. Tout dépend de toi et de ta volonté à prendre cette place ou non.

Il continue de manger discrètement sa noisette en me jetant des petits coups d'œil discrets de temps à autre. On dirait qu'il attend quelque chose. Est-ce qu'il veut que j'en parle davantage ? Je n'en ai pas envie. Les mots ne franchiront pas la barrière de mes lèvres, ma question reste en suspens, je la tais. Je n'ai pas le droit de lui demander ça. Si Elias et Jude entretiennent une relation, ce n'est pas à Éfi de me le dire. Personne n'a à m'en parler en réalité, ils sont libres.

Je décide donc qu'il est temps de changer de sujet et d'en venir à la partie inquiétante de ma soirée :

— Quand je suis revenue ici, des Chimères occupaient le salon. Est-ce que tu aurais oublié de fermer en sortant, par hasard ?

Il s'étouffe, tousse et crache des miettes partout sur mon plaid. Je grimace. Mon côté maniaque se retient de sauter du lit pour aller chercher un aspirateur, mais quand je décèle l'éclair de panique qui traverse ses pupilles, j'abandonne. Je lui tapote le dos, il me repousse et me dévisage.

— Tu as dit quoi, là ?

— Qu'il y avait des Chimères ici. Il y en avait aussi au lac. Et d'ailleurs, je crois que je tiens une piste pour ramener Euristide à la raison.

— Nora, lâche-t-il dans un souffle empreint de pitié. Il n'y a rien qui va dans cette phrase ! Si on met de côté ta façon étrange d'appeler ton grand-père Euristide de temps à autre comme s'il s'agissait d'un inconnu, il reste quand même des mots comme « Chimère » et « ici » qui n'ont rien à faire ensemble !

— Oui, c'est pour cette raison que je t'en parle. Je me suis dit que l'un de nous a dû oublier de fermer.

— Oublier ? Non, mais non ! Tu penses vraiment que tu aurais « oublié » ? Et moi ? En sachant que ton grand-père ET toi reposiez ici ?

— Je n'ai pas trouvé d'autre explication. La Morue peut ouvrir des bulles à sa guise ?

— Non. Impossible.

— Alors je ne sais pas.

— Tu es sûre de toi ? De ce que tu as vu ? Tu avais une journée difficile, peut-être que la fatigue… l'émotion…

— Tu sous-entends que c'était une hallucination ? Une projection de mes angoisses ?

J'essaie de me remémorer en détail ces quelques minutes terrifiantes, les mots qu'elles me susurraient, la sensation de leurs griffes sur ma peau, de leurs ombres autour de moi… non. Je n'ai pas pu imaginer ce moment.

— Ce n'est pas ce que je dis.

— Que dis-tu alors ?

— Que c'est impossible… souffle-t-il.

— Alors il va falloir réviser ce qui l'est ou non, parce qu'elles étaient là.

Je croise son regard brouillé, perdu dans ses propres réflexions et je comprends qu'il doute encore de la véracité de ce que j'ai vu. Non pas qu'il pense que je mente, mais il doute. Cela suffit à m'agacer. Je rejette la couverture sur le côté tandis que le plateau disparaît et j'enfile des vêtements propres à la hâte.

— Qu'est-ce que tu fais ? s'inquiète mon guide.

— Je m'habille, ça ne se voit pas ?

— T'es énervée.

— Sérieux ? Je me demande bien pourquoi.

— C'est bon, calme-toi, je te crois. On va voir d'où ça peut venir. Tu vas à la Nouvelle Académie ?

— Pour quoi faire ?

— Heu, je ne sais pas… Suivre des cours ? Voir avec Amshul pourquoi il y aurait pu y avoir des Chimères dans ta bulle. Ou réfléchir avec notre équipe à un moyen d'arrêter la Grande Tisseuse, ses Dream Jumpers, ses Chimères ou la guilde des guides ?

— Non, décrété-je en laçant mes Converses.

— Mais tu vas où ? Tu emportes ton corps ?

— Qu'est-ce que ça peut te faire ? Et puis tu sais quoi ? Tu es sûrement en train de rêver. Retourne d'où tu viens, je suis une hallucination.

— Nora ! Ne sois pas si mauvaise ! Je ne te reconnais pas.

Il me suit alors que je sors de la chaumière et traverse ma forêt. Il tente de me raisonner, en vain. Il me menace de me suivre partout.

— Je connais tous les endroits que tu pourrais visiter, gronde-t-il. Tu n'es pas en sécurité dehors !

— Je ne l'ai pas été ici non plus hier soir, mais ça, tu ne veux pas l'entendre. Et puis, c'est mon corps, je fais ce que je veux.

— Tu vas aller où ? Chez toi ? Il y fait jour, tu risques de croiser Estéban. Je m'en fous, vas-y, je viens aussi !

Je secoue la tête et passe la porte de ma bulle en veillant bien à refermer derrière moi. Je marche sur mon chemin de pétales de roses et descends vers l'Oniriie.

— NORA ! hurle-t-il maintenant. Tu ne peux pas te promener avec ton corps en Oniriie ! Tu as perdu la tête !

— Très bien.

À ces mots, je ferme les paupières, contiens la colère qui me traverse dans des proportions exagérées, je lui tire la langue une dernière fois et bascule.

Mais pas vers mon ancien foyer où je le sais en train de dormir, roulé en boule sur mon vieil oreiller. Je ne lui donnerai pas cette satisfaction. Il n'a qu'à aller s'affairer à sa Nouvelle Académie, son armée de rebelles et ses problèmes de guide. J'en ai marre de le laisser me diriger tout le temps.

Je rouvre les paupières sur une vallée verdoyante, beaucoup trop familière. Je connais ces rues pavées, ces maisons en pierres, ces jolies fleurs qui les décorent et ce vieux pont. Je sais qu'en suivant ce chemin, je serai chez Li et Elias. Je ne suis venue qu'une fois, mais je m'en souviens comme si c'était hier.

Qu'est-ce que je fiche ici ?

Je voulais juste marcher et m'aérer l'esprit avant de m'en prendre à Éfi et de le regretter. La culpabilité se loge déjà au creux de mon estomac.

Je secoue la tête. C'est un endroit comme un autre, me dis-je. Je peux bien m'éloigner du village et parcourir les forêts durant quelques heures. Cela m'aidera sûrement à y voir plus clair.

Je me retourne donc, bien décidée à ne pas croiser Li et Elias, et marche en sens inverse pour m'en éloigner le plus possible quand soudain, un groupe de cyclistes apparaît au loin. Je crois reconnaître des uniformes de lycéen et une tête blonde pas vraiment inconnue au bataillon. Une seconde plus tard, la tignasse caractéristique d'Elias me confirme mes doutes. Celle de Li n'est pas loin derrière.

Mince.

Chapitre 16

Mince, j'ai vraiment un karma de merde, on dirait.

J'avise les champs qui bordent la route et hésite une seconde à fuir vers les bois plus loin. Et ça, c'est la solution la moins ridicule qui m'apparaît, parce que je ne peux décemment pas basculer et disparaître devant tous ces gens qui sont sûrement leurs amis.

Malheureusement pour moi, Li me reconnaît trop vite et effectue de grands gestes amples du bras en me hélant au loin. Je lui rends timidement son geste et attends qu'ils me rejoignent en priant pour qu'ils soient trop pressés pour rester.

— Nora ! s'exclame mon amie en arrivant la première à ma hauteur. Qu'est-ce que tu fais ici ?

Elle parle un anglais parfait — logique, elle est née ici — mais je comprends chaque mot et je suis étonnement capable de me resservir de mes anciens cours pour lui répondre dans une langue approximative qui la fait rire.

— Je n'en sais rien, en réalité. Je me suis disputé avec Éfi, j'avais besoin de prendre l'air et c'est ici que j'ai atterri, sans réfléchir.

— C'est fou ! Tu savais qu'on vivait là ? Oui bien sûr, suis-je bête, sinon tu n'aurais jamais inconsciemment pris cette direction.

Elle en déduit qu'elle a déjà dû en faire mention et je n'infirme pas ses conclusions. Je me vois mal lui avouer que je suis déjà venue ici quand ils étaient bébés, guidée par la trace énergétique de leurs âmes que je connaissais déjà. Comment lui avouer que j'ai probablement été responsable de la plus grande peur de leur mère ce soir-là ? Ou que j'ai pu les retrouver parce qu'elle et moi, on se connaissait déjà. Je serais obligée de lui expliquer le comment du pourquoi et je n'ai pas envie de revenir sur cet horrible épisode de nos vies. Elias, lui, sait-il que nous avons été ensemble dans d'autres vies ? Les rebelles ont dû lui expliquer, je suppose. L'ont-ils fait ? L'espace d'une seconde, le doute m'habite et je me promets d'en parler à mon guide en revenant. S'il n'est pas trop fâché contre moi.

— Viens manger à la maison ! Je te ferai visiter !

— Oh. Non, non, merci. Je ne veux pas déranger.

Je ne veux pas croiser ta mère, surtout.

— Tu ne déranges pas !

Le groupe de cyclistes nous dépasse et salue Li et Elias, qui lui s'arrête à notre hauteur. Il me dévisage et me salue vaguement d'un signe de tête perplexe et embarrassé.

— N'est-ce pas frangin, elle ne dérange pas. Tu la prends sur ton vélo ?

— Li, supplié-je, rouge d'embarras. Vraiment, pas cette fois. Vos parents vous attendent sûrement. Allez-y.

— Ne dis pas n'importe quoi, ils sont au boulot. Il n'y a qu'Elias et moi pour le déjeuner. Et ça nous fait plaisir de t'accueillir !

Celui-ci grommelle une espèce d'assentiment contrit quand sa sœur l'y oblige et me fait une place sur sa selle. Je la refuse gentiment.

— Je vais marcher plutôt, merci.

— OK, alors je marche avec toi. Elias, vas-y déjà, tu n'as qu'à cuisiner.

Il lève les yeux au ciel, grogne son mécontentement, mais enfourche à nouveau son vélo et s'en va sans un mot.

Je le regarde s'éloigner, les yeux rivés sur son dos et le mouvement de son corps qui balance d'un pied à l'autre sur ses pédales, les cheveux dans le vent et mon âme à fleur de peau se souvient du capitaine Elias, ce fier pirate sur son navire. Avant de me souvenir de la fin cruelle qui s'est immortalisée dans mes rétines.

Je ferme les paupières, la tête penchée douloureusement sur le côté pour en effacer les images. Je ravale un gémissement, une main plaquée sur ma poitrine.

— Tout va bien ?
— Oui, pardon. J'ai eu un vertige.

Ce n'est pas un mensonge. Une vertigineuse douleur venue d'une autre vie.

— Tu veux t'asseoir une minute ?
— Non, merci Li. Je devrais rentrer.
— Il en est hors de question ! Maintenant que je t'ai juste pour moi et que je peux partager un morceau de la vraie vie avec toi, je ne vais pas te lâcher si vite ! Tu vis où toi ?

Il me faut quelques secondes pour comprendre le sens de sa question, pourtant très simple. Juste parce que je n'ai aucune idée de ce que je dois répondre.

Je bégaie vaguement, prise d'empressement, je ne mûris pas mes paroles. Cela ne m'arrive pas très souvent, mais elle me prend toujours au dépourvu.

— Je… à la Nouvelle Académie peut-être. Ou dans ma bulle.

— Non, rit-elle. Je veux dire, dans la vraie vie !

— Avant, j'avais une maison avec Grand-père. Dans un petit village en France, au bord de la forêt.

— Oh. Pardon. Je ne voulais pas être indélicate. On m'avait dit, mais je n'avais pas mesuré ce que ça impliquait. Donc… tu veux dire que tu n'as pas de chez-toi, sur Terre, depuis ces incidents ?

Je secoue la tête. Nous reprenons la marche, elle pousse son vélo et moi, j'enfouis mes mains dans mes poches, tête baissée. Le soleil est à son zénith, cependant il peine à réchauffer mon corps. Mes doigts sont gelés.

Comme je n'ai pas su relancer la conversation, le silence s'installe entre nous. Li ne le brise pas tout de suite, elle prend le temps d'intégrer ces nouvelles. Je n'ose pas la regarder de peur de découvrir de la pitié sur ses traits. Alors je cherche un sujet de conversation sur lequel rebondir. La météo ? C'est toujours un bon sujet ça. Non. Trop banal. Ses études ? Son quotidien ? Un peu trop indiscret, non ?

— Tu ne te sens pas trop seule ? souffle-t-elle soudain en coupant court à mes réflexions.

— Parfois.

— Éfi nous a parlé de tout ce que tu as vécu et ce qui nous a amenés au point où nous en sommes aujourd'hui. Tu as sacrifié beaucoup de choses.

— Ce n'est pas l'impression que j'ai. Je me sens surtout très nulle d'avoir provoqué tout ça et de ne pas pouvoir y mettre fin.

— Tu n'as rien provoqué, c'est la Grande Tisseuse qui en est à l'origine. Tu ne vas pas t'excuser d'être qui tu es quand même. Tu ne peux pas prendre cette responsabilité, ç'aurait pu être n'importe lequel d'entre nous.

— Tu es trop gentille avec moi, ne puis-je m'empêcher d'avouer à voix haute en songeant à la raison pour laquelle elle est là aujourd'hui avec moi.

— N'importe quoi ! rit-elle de plus belle.

Ce mensonge par omission me ronge tellement. J'aimerais avoir le courage de lui dire avant que quelqu'un d'autre ne le fasse. Ou avant qu'elle me voue une confiance sans faille et se sente trahie. Peut-être est-ce le moment, après tout ?

— Li ? Qu'est-ce qu'il vous a dit exactement, Éfi ?

La maison des jumeaux apparaît en haut de la petite ruelle. Le vélo d'Elias a été posé négligemment contre le mur et il a laissé la porte ouverte pour nous. Un petit chien en sort pour se ruer sur sa maîtresse en aboyant, la queue frétillante. Le visage de Liorah s'éclaire, elle l'affuble d'un petit nom attendrissant qui ressemble à whisky, puis se tourne vers moi, le visage radieux.

— Viens entre !

Mince, elle ne répondra pas, elle a été trop distraite.

Je lui rends son sourire et n'insiste pas pour l'instant. Je vais trouver comment lui en parler. C'est sûrement mieux ainsi, je ferai le point avec mon guide au préalable.

Elias est assis au bar, il dévore une pizza surgelée à peine réchauffée, tout en consultant son portable. Sa sœur râle allègrement, tandis que je la suis dans une somptueuse cuisine claire, qui donne sur l'orée du bois.

— Hé, t'avais dit que tu cuisinais !

— Je n'ai rien dit. Toi, tu as décrété que je devais rentrer pour cuisiner. Moi pas.

— Tu aurais pu préparer quelque chose, on a de la visite ! Et lâche donc ce téléphone, espèce de gros naze ! C'est qui ? Encore Meredith ?

Li lui arrache le téléphone des mains et consulte l'écran en jouant des sourcils.

— Rends-le-moi ! s'énerve-t-il en me lançant un petit regard étrange. C'est pas tes affaires ! T'es qu'une sale fouineuse.

— Et toi un macho feignant !

— Fouille-merdes !

Je pouffe de rire malgré moi en les regardant se chamailler. La scène est telle que je l'avais imaginée quand j'ai su qu'ils seraient coincés ensemble pour cette vie.

Elias récupère son téléphone et nous abandonne sa pizza. Il râle dans sa barbe, fusille sa sœur du regard et se dirige vers moi. Vers la sortie que je bouche malgré moi.

Je perds mon sourire et me fige. Il s'arrête trop près de moi, la température monte de quelques degrés et embrase mes joues. Il me prie de l'excuser afin que je me pousse, mais le ton de sa voix aussi irrité soit-il, me fait l'effet d'un immense feu de joie dans ma poitrine. Au diable toutes les Jude et les Meredith du monde, aucun de nous ne peut nier ce lien trop tenace qui brûle entre nous.

— Nora, grogne-t-il.

— Oui, couiné-je en me reprenant.

Je me pousse, il me frôle. Son parfum emplit mes narines, la chaleur de sa proximité éphémère comble le vide dans mon corps, et il s'en va.

Mais cette fois, il se retourne. Il me regarde. Il plonge la main dans ses cheveux, efface le trouble dessiné sur son visage et rompt enfin le contact visuel fébrile entre nous.

Pantelante, il me faut quelques instants pour me reprendre et me tourner vers Li qui, elle, n'a rien raté du spectacle. Elle me détaille, bouche bée, avant de sourire et de lancer :

— Eh bien… c'était quelque chose ça.

— Quoi ça ? Il n'y a aucun, ça.

— Oh que si ! Et crois-moi, *ça* c'était intense !

Je rougis jusqu'aux oreilles. Toutefois, je trouve le courage de la rejoindre et m'installe sur la chaise de bar qu'Elias vient de quitter. Elle récupère la pizza froide et la replace au four, sort deux verres d'un placard et me sert une immense citronnade.

— Comment tu sais que c'est ma boisson préférée ?

— Ne sois pas si surprise, on se côtoie quand même depuis quelque temps maintenant. Tu me vexes.

— Pardon, je ne voulais pas !

— Mais je plaisante, s'esclaffe-t-elle. Je plaisante. Allez viens, je te fais faire le tour du propriétaire le temps que le repas soit prêt.

— Li, je devrais retourner à la Nouvelle Académie. J'ai assez trainé.

— Tu rigoles ! J'ai encore une bonne heure avant de devoir retourner en cours, tu n'as rien mangé et ici, l'Oniriie n'a pas sa place. Tu peux être une ado normale pour un petit moment. Tu retourneras à tes problèmes bien assez vite, crois-moi.

— OK cheffe, la taquiné-je avec légèreté.

— À l'Académie je suis la cheffe mécano, ici je suis juste Li. Et toi, juste Nora.

Juste Nora.

Il y a bien longtemps que je n'ai pas été juste Nora. Avec ses petits soucis futiles d'adolescente presque normale.

Juste Nora.

L'idée me gagne et m'est plaisante.

— OK, juste Li.

— Est-ce que juste Nora aimerait qu'on aille emmerder juste Elias ? s'extasie-t-elle avec un air de défi qui illumine son visage tout entier. C'est mon passe-temps préféré !

Je pouffe de rire tandis qu'elle m'attrape par le bras, s'excuse pour le contact involontaire et m'enjoint de la suivre en courant dans la demeure jusqu'à l'immense escalier en bois massif qui trône dans l'entrée. Je ne résiste pas et la suis en riant tout aussi fort.

Chapitre 17

De retour à la Nouvelle Académie, j'ai des étoiles dans les yeux et le cœur plus léger. Je n'ai de cesse de rejouer la mélodie du rire de Li dans mon esprit, ses mots sans véritables enjeux et ses taquineries immondes envers Elias. Le pauvre, il a été tellement surpris de nous voir débarquer dans sa chambre alors qu'il enfilait sa tenue de sport pour l'après-midi. Moi, je n'en ai pas raté une miette. Je me pince les lèvres à ce souvenir, secrètement ravie de n'avoir fait aucun rapprochement avec les autres Elias de mes autres vies. Ce déjeuné a été si unique, si vrai et si léger que je peine à revenir à moi.

J'aurais au moins appris une chose aujourd'hui : la situation peut être aussi dramatique et fatale que possible, il reste toujours de l'espace pour la simplicité, l'authenticité et la légèreté.

Je tourne dans le couloir et m'éloigne de l'atelier de la cheffe mécanicienne, toujours en cours dans la vraie vie, pour l'heure, afin de rejoindre les classes d'Amshul. Il n'y a que lui que je connais ici de toute manière. Je devrais faire un peu plus d'effort et rejoindre ma classe, reprendre un rythme, respecter mon emploi du temps et apprendre ce qu'il me reste à apprendre. Il y a toujours des progrès à faire, même pour la dernière Onirigraphe affranchie de ses limites.

Pour l'heure, je dois voir Amshul et Éfi. Le premier pour lui demander d'éclaircir une parole qu'il a prononcée lorsque nous nous rendions à la bibliothèque du passé et le second pour lui présenter mes excuses pour mon emportement du matin.

C'est sur ce dernier que je tombe au détour d'un couloir, par un heureux hasard. Enfin, pas vraiment. Le hasard n'a pas sa place ici, puisqu'il est dans la salle de réunion et que je passe devant. Je décide donc de le rejoindre et de faire un nouvel effort pour m'intéresser aux actualités et à ses plans militaires ou politiques.

Argh, rien que cette idée me file des boutons.

Je me glisse dans la salle restée ouverte et prends place sur un siège à la grande stupeur de mon guide, qui me dévisage comme si j'étais possédée.

— Nora, tu nous fais l'honneur de ta présence ? Ravi de voir que tu n'es pas morte.

Bon, il est toujours fâché. Je l'ai bien cherché.

— Je vais très bien merci, peut-être suis-je assez grande pour prendre soin de moi. Allez-y poursuivez.

— Tu voulais quelque chose ?

— Comme tu le vois, je suis toute disposée à participer à cette réunion et peut-être même à intervenir, si tu m'en laisses l'opportunité.

Un but partout, la balle est dans son camp.

Il se racle la gorge, de stupéfaction ou de frustration, je ne le saurai jamais. Puis il reprend.

— Nous discutions avec Silas de ce problème que tu as fait remonter ce matin.

— Tu parles de celui dont tu doutais ?

Nouveau grognement mécontent avec supplément regard agacé, avant qu'il ne soit obligé de s'asseoir sur sa fierté.

— Oui. Il semblerait que ça ne soit pas un cas isolé. Silas a eu vent de quelques cas similaires en Oniriie.

— Des cas similaires ? me redressé-je, tout ouïe.

— C'est exact, poursuit le général des Souffleurs d'ombres. L'issue était moins joviale pour ces cas-là. Mes Souffleurs d'ombres ont recensé une dizaine de cas. Des Chimères ont pénétré des bulles de conscience et ont fait un carnage de leur dormeur.

Mon estomac se serre.

Ils sont morts. Comme Li.

— Qu'est-ce qu'il s'est passé exactement ? m'encourage mon guide. Tu peux nous dire ?

— Je suis revenue de *La Flûte Enchantée* et tout était sombre. Je nageais dans l'obscurité, j'ai d'abord cru que c'était ma propre tourmente, une crise. Jusqu'à ce que je comprenne qu'il s'agissait de Chimères. J'ai eu peur pour mon grand-père et pour mon corps, j'ai voulu les tenir à distance alors j'ai obéi à leurs murmures. Comme ce jour au lac d'obsidienne, je me suis laissé entraîner à l'extérieur, je crois qu'elles voulaient me conduire à leur patronne. J'ai obéi jusqu'à être dehors, puis j'ai claqué la porte pour la sceller et je suis revenue. Je croyais que l'un de nous avait oublié de verrouiller. J'ai tout fermé, j'ai bloqué l'entrée puis j'ai cherché de l'aide. Du réconfort. J'ai atterri sur les berges du Lac des illusions perdues, mais elles m'ont retrouvée là-bas aussi.

Mon discours terminé, j'attends que l'un d'eux reprenne la parole, cependant ils s'observent la mine grave. Éfi finit par se frotter le visage d'un air las et Silas s'enfonce dans son propre fauteuil. Dans la cheminée, un feu s'allume et réchauffe la pièce tandis qu'à l'extérieur le ciel se couvre.

— Bon, je crois que les attaques de la Morue vont s'intensifier. Elle veut nous mettre la pression pour que quelqu'un lui livre Nora, soupire Silas.

Éfi en est venu à la même conclusion on dirait, parce qu'il se contente d'un vague hochement de tête.

— Mais, comment ? parviens-je à articuler d'une voix tremblante de culpabilité.

— Comment elle fait pour ouvrir les portes ? C'est la Grande Tisseuse, Nora. Elle a tous les pouvoirs. Elle régit ce monde et tous les autres. Il lui suffit d'actionner ses ficelles et hop, le monde est à ses ordres.

— Mais, et la préservation des bulles de conscience des rêveurs ? Elle n'a pas le droit !

— Je crois qu'on a dépassé ce stade, chère enfant, souligne Silas. Elle se fout pas mal de ce qui est juste ou non, désormais.

Je serre les poings sous la table, mes jointures blanchissent. Je sens mes ongles s'enfoncer dans ma chair. Je voudrais hurler !

Puis je comprends. Le moment est venu, et rien d'autre ne la contentera :

— Livrez-moi, dans ce cas.

Chapitre 18

Livrez-moi.

Je l'ai dit, ça y est. Le soulagement m'envahit tout entière et le poids de ce fardeau si longtemps porté en secret s'évapore. Je l'ai dit.

— Ce n'est pas vrai, lâche mon guide dans un souffle aussi incrédule qu'exaspéré.

Il lève les yeux au plafond, vers les sphères de verre et d'acier suspendues, tandis que les engrenages se meuvent à un rythme régulier et lent dans un cliquetis apaisant. Il agit comme si je venais de dire la plus énorme bêtise qu'une enfant de trois ans peut dire. J'ai beau comprendre son agacement, il n'en reste pas moins condescendant. C'est blessant.

— Nora, intervient Silas pour apaiser la tension. Ce n'est pas aussi simple, on ne peut pas te livrer comme ça.

— Pourquoi ?

— Parce qu'on ne va pas te livrer tout court ! s'emporte mon guide.

— Pourquoi ? redemandé-je aussi calme que possible.

— Tu as perdu la tête ! Je dois te rappeler ce qu'elle veut ? Elle veut le secret des Onirigraphes ! Et… devine ce que tu es ? La DERNIÈRE Onirigraphe, bordel de merde !

— Est-ce que tu pensais vraiment qu'en criant comme ça sur moi, ça allait rendre les choses plus évidentes qu'elles ne le sont déjà ? Tu crois que je ne sais pas tout ça ?

— Oh, alors explique-moi ce que je n'ai pas compris : pourquoi, si tu sais tout ça, tu veux lui livrer le secret ? Tu veux qu'elle détruise les mondes ?

— Je n'ai pas dit que j'allais lui donner.

J'applaudis mentalement mon calme olympien alors que mon guide perd le sien et que Silas s'écrase sur son siège face à ce combat de volontés féroces.

— Admettons sérieusement que quelqu'un te livre à la Morue, tu comptes faire comment pour ne rien lui révéler ? Et lui échapper encore ? Te couper d'autres mains ? Et quand bien même tu arriverais à t'en sortir, tu crois qu'elle s'arrêterait là ? Qu'est-ce qu'elle se dirait ? « Mince alors, zut et flûte, comme ça fait deux fois que cette peste m'échappe, je vais laisser tomber et redevenir gentille et impartiale » ? Vraiment ?

— Où est Cibèle ? l'interrompt-je promptement.

— Pourquoi ?

— J'ai besoin que quelqu'un te remette à ta place, parce que je n'ai pas envie d'être méchante, là. Tu es infect. Qu'est-ce qui t'arrive ? Ce matin tu ne me croyais même pas et maintenant tu me cries dessus parce que je propose une solution.

— Mais merde, Nora ! Ça n'a rien d'une solution ! Ce n'est même pas l'ébauche d'une idée potable !

J'abandonne. Il ne comprend pas. Ou peut-être a-t-il trop bien compris ce que ça implique et qu'il n'est pas prêt.

Silas se relève et déclare qu'il va poster plus de Souffleurs d'ombres sur les chemins de l'Oniriie.

— Ils ne pourront pas arrêter toutes les Chimères, soupire mon guide.

— Quand la mécano arrivera ce soir, demande-lui de fabriquer plus de gants. Beaucoup plus. On va en avoir besoin. Et demande aux professeurs de former les élèves à se battre contre cette menace. L'armée va devoir sortir. On n'a pas d'autres solutions entre-temps.

— Les Dream Jumpers ne peuvent pas décemment cautionner ça, si ? Et les guides ? On tient peut-être notre négociation. La raison va forcément l'emporter, souligné-je confiante.

— Rien n'est moins sûr, jeune fille. Rien n'est moins sûr.

Et à ces mots, Silas se retire pour organiser ses troupes, me laissant seule avec un guide au bord de l'implosion.

— Je crois que je préférais encore quand tu restais loin des réunions. On avait l'air d'avoir une cheffe de rébellion indifférente à notre sort, certes, mais au moins elle n'avait pas l'air stupide et suicidaire.

— C'est mesquin de ta part. Ça ne te ressemble pas, pourquoi tu es si méchant ? Tu me tannes pour que je vienne et que je prenne part à tout ça depuis le début, alors que j'ai la politique et la stratégie en horreur. Maintenant que je m'implique, tu veux que je me taise. Qu'est-ce que tu cherchais en réalité ? Une belle image ? Une figure de proue docile et silencieuse ? Il faut savoir.

— J'ai construit tout ça seul !

— Exactement, vous avez fait ça sans moi. Vous n'avez pas besoin de moi ! Pourquoi est-ce que tu ne me laisses pas faire mes propres choix ?

— Parce qu'ils sont dangereux et inconsidérés ! Ils n'ont aucun sens !

— Tu sais bien que si, mais tu préfères faire l'autruche. Et oui, avant que tu ne le demandes, je sais ce que ça veut dire, et encore oui, je t'imagine comme une autruche avec la tête dans le trou pour ne rien voir !

— Tu es trop instable ! Mourir ne te dérange pas ! Et ensuite quoi ? On n'aurait plus d'Onirigraphe, plus personne pour lui tenir tête ! On serait perdu !

— Instable. Ça y est, tu oses enfin être honnête. Bravo.

Savoir que mon propre guide me trouve instable et dangereuse me blesse plus que je ne veux bien l'admettre. Je ne trouve aucune repartie à rétorquer. Pourquoi est-il aussi infect ? Je ne doute pas de la véracité de ses pensées, mais je sais aussi qu'il me sait capable de prendre soin de moi maintenant. Il m'arrive encore de petits incidents mineurs, mais je suis capable d'être autonome, de réfléchir de manière cohérente et de prendre les bonnes décisions. Alors pourquoi ?

— Ose dire que c'est faux. Ose me dire que tu ne songes pas déjà à faire abstraction de nos conseils et nos plans pour te rendre seule chez la Morue. Ose.

Je ne dis rien. J'en suis incapable parce qu'il a raison. Je ne peux pas lui mentir, j'avais déjà dans l'idée de me livrer seule à elle si personne n'avait le courage de le faire.

— Je peux m'en sortir seule.

— Encore ton fichu secret ?

— Oui.

Il renifle bruyamment avec dédain et me fixe droit dans les yeux avant de me cracher à la figure :

— Euristide connaissait le secret. Il ne s'est jamais échappé. Il ne s'en est pas sorti seul, lui.

Ses mots me font l'effet d'une claque. Froide, brutale et douloureuse.

Il se lève à son tour et quitte la salle de réunion sans un regard pour moi. Son panache roux disparaît au loin. Et ses paroles se frayent un chemin vers ma raison. Il n'a pas tort. Je me crois toute puissante, mais parfois j'oublie qui se trouve face à moi. La Grande Tisseuse n'a rien d'une petite joueuse. Elle est omnisciente, toute puissante. Il ne lui manque que le secret. Mais elle régit l'Oniriie à sa guise malgré tout. La preuve en est : elle nous a retenus prisonniers, elle a bloqué les bascules au sein de son Académie, elle a tissé le destin pour me mener jusqu'à elle, pour me maudire, m'isoler. Elle ouvre les portes sécurisées des bulles de conscience. Elle règne sur ce monde et le fera jusqu'à ce qu'elle obtienne ce qu'elle désire plus que tout : sa liberté.

Je ne peux pas me livrer à elle sans risquer la sécurité de tous les vivants. Il a raison.

Et il est fâché.

J'ai cherché à retrouver Éfi pour lui parler plus calmement, en vain. Je déteste rester sur un conflit. Je supporte mal les relations conflictuelles. Je n'ai aucune idée de la façon dont je dois lui présenter des excuses. J'ai été un peu trop zélée, j'aurais dû me fier à son jugement, c'est lui le guide après tout. Mais je n'arrive pas à remettre la main sur lui. Je suis sûre qu'il me fuit. Pourvu qu'il ne m'en veuille pas trop. J'ai été si nulle, j'aurais dû réfléchir avant de parler. Me renseigner. J'aurais dû comprendre.

Perdue dans mes remords, à rejouer la conversation dans ma tête, j'erre dans les couloirs de son Académie. Je longe les balcons de la bâtisse et profite de l'extérieur et du calme, puis fouille les salles inexplorées. De l'extérieur, on dirait un très grand manoir ou un petit château elfique, mais de l'intérieur, tout semble bien plus vaste. Des milliers de salles, de recoins, de caveaux cachés, de chambres, de bibliothèques et même un lac souterrain, font de ce lieu un trésor brut. Ou un labyrinthe.

Je descends dans les profondeurs d'une serre longée par deux escaliers de marbre jusqu'à ce fameux point d'eau turquoise, mais n'y trouve que ma solitude et ma culpabilité.

À l'extérieur, le jour décline et bientôt les nocturnes vont arriver. Li et Elias vont reprendre leurs cours. Je devrai les rejoindre, mais pas avant d'avoir parlé à Éfi.

J'inspire une longue bouffée de courage et me redresse. Je ne vais pas me laisser abattre par une dispute. Tous les gens se disputent un jour ou l'autre ! C'est mon guide, il ne va pas me laisser tomber parce que j'ai parlé de manière irréfléchie. Bon, il me trouve instable, ça ne fait que confirmer ses convictions, non ?

Je serre les dents sous l'insulte à peine voilée et me promets de faire en sorte de paraître plus stable à l'avenir. Ce n'est pas évident tous les jours, j'ai conscience d'avoir une santé mentale en dents de scie, mais tout de même, je ne le fais pas exprès. Je fais de mon mieux avec ce que la nature m'a octroyé.

Je remonte les marches, quatre à quatre jusqu'à l'étage, accompagnée par l'envol de papillons dorés. Je parcours le couloir en sens inverse, mue par l'urgence de soulager ma culpabilité quand, au carrefour d'une allée, je heurte de plein fouet le torse dur d'Elias. Je vacille et recule d'un pas, alors qu'il râle déjà que j'aurais pu regarder où je vais. Si lui ne m'a pas immédiatement reconnue, moi en revanche, je n'aurais pu le confondre avec personne d'autre. Un nuage électrique a crépité autour de nous à la seconde où nos corps se sont rencontrés. Ma vue du subtil s'affine de jour en jour.

— Pardon, dis-je en baissant les yeux, les joues échauffées.

Je m'apprête à le contourner pour ne pas l'importuner davantage, mais il m'arrête maladroitement.

— Tu viens en cours, aujourd'hui ?

— Je ne sais pas. Je dois voir Éfi, il y a un problème avec les…

— Il y a toujours un problème à régler ici, ricane-t-il.

— Ce n'est pas faux, souris-je en retour. Tu n'en as pas marre de passer tes jours et tes nuits en cours ?

Il lève les yeux au plafond et laisse tomber ses bras le long du corps dans un souffle désespéré.

— Tu n'imagines même pas à quel point ! Mais je n'ai pas vraiment le choix.

— Ah non ? le taquiné-je. Ils vous ont privés de votre libre arbitre ? Tu ne m'as pas l'air de quelqu'un qui se soucie vraiment du respect des règles.

— Ce n'est pas faux…

Il répète mes mots, un demi-sourire flottant sur ses lèvres et les yeux plissés sur moi. Je viens d'allumer l'étincelle de rébellion qui embrasait déjà les cœurs de tous les autres Elias qui ont partagé mes vies. Je plaque une main sur ma bouche, horrifiée par ce que je viens de faire malgré moi, tandis que son sourire s'étire de plus en plus, jusqu'à devenir presque dangereux. Il tend une main vers moi, m'invite à le suivre. Je refuse. Je secoue la tête.

— Non, Elias.

— Tu ne m'as pas l'air d'être quelqu'un à qui on dicte le chemin, non plus. Et puis, il n'y a pas vraiment de règles pour la dernière Onirigraphe.

— Elias…

Je gémis dans un murmure un refus qui n'a rien de crédible. Unique témoin de la culpabilité qui me ronge et du désir qui me consume.

Il se fout de mes réticences, persuadé que je rechigne simplement à le faire rater des cours, alors que je lutte contre une malédiction pour nous deux. Il attrape ma main, je tressaille, mais ne le fuis pas. Il s'éloigne de sa classe, les prunelles pétillantes d'un frisson d'excitation. Le goût de l'interdit le rend joyeux. Il m'emporte avec lui et je ne résiste pas beaucoup.

Lorsque Li et d'autres camarades le hèlent au loin, un rire puissant et fier, insouciant, s'extrait de sa gorge. Il accélère le pas et se met à courir.

Chapitre 19

Des scènes anciennes se superposent à celle-ci. Mon cœur se gonfle, étanche sa soif et éclate pour combler le vide qu'*il* a laissé.

Je ris si fort en nous éloignant de l'Académie pour nous enfoncer dans les bois qu'Elias se retourne de temps à autre pour s'assurer que je vais bien et s'enchevêtrer à mes éclats de joie. Son visage s'illumine à chaque fois qu'il me voit et le mien ne doit être qu'un pâle reflet du bonheur qui m'anime. Je m'agrippe fermement à sa main, faisant fi de toutes les interdictions raisonnables que je m'étais imposées. Je sais que j'emprunte le chemin dangereux qui nous mènera à notre perte en continuant de serrer ses doigts entre les miens, en le laissant me regarder ainsi, me voir vraiment. Je devrais me reprendre et fuir.

Mais je reste.

Juste encore quelques instants inoffensifs, avant de retourner à la réalité.

Il n'y a rien de mal. On ne fait rien de mal.

Plus tard, il retournera à Jude ou Meredith, à ses cours et sa vraie vie. Moi je rebâtirai mes murailles et resterai imperméable à lui. Je le repousserai.

Plus tard.

Il s'arrête enfin devant une porte en bois montée dans une arche en pierre mangée par la végétation. À son sommet, la tête énorme d'un félin, le gardien immuable du passage, garde ses yeux clos. Je me retourne pour vérifier que personne ne nous a suivis, avant de me rendre compte que personne ne nous aurait suivis de toute façon.

Nous avons une vue imprenable sur la Nouvelle Académie, ses balcons suspendus, ses cascades… son architecture à la croisée d'un château elfique et d'un manoir dans le bayou se fond parfaitement dans le décor. Plus haut, la serre se noie dans les nuages et la végétation et, en contrebas, des dizaines de petits lieux privés offrent une intimité toute particulière à qui la recherche. Des bassins, des kiosques, colonnades ou jardins, il y a de tout pour combler nos désirs.

Dans mon dos, Elias déverrouille la porte et m'invite, avec une galanterie qui n'est pas sans rappeler mon prince, à entrer. Ou sortir ?

— Où sommes-nous ?

— On ne sort pas de la bulle de sécurité, ne t'inquiète pas. Tu me fais confiance ?

Il me tend à nouveau la main, paume vers le ciel, et me fixe sans ciller, faisant miroiter l'or de ses prunelles d'une lueur étrange.

Ma faiblesse prend le dessus et bâillonne ma raison qui me dicte de rebrousser chemin. Non parce que je me sens en danger à ses côtés, mais parce je suis le danger pour lui.

Je glisse mes doigts dans les siens, l'électricité crépite dans l'air, j'en perçois les étincelles invisibles, elles grimpent le long de mon bras et s'enfoncent dans ma chair comme de vieilles amies. Il referme ses doigts sur les miens et sourit. Je dois me faire violence pour ne pas me compromettre devant lui, le souvenir des relations qu'il entretient déjà et des raisons qui me poussent à lui rester de marbre.

Nous longeons un ruisseau et cheminons sur un sentier de terre tassée sous les branches d'une multitude d'arbres où pendent des sphères lumineuses tantôt rosées, tantôt bleutées. Je devine qu'il ne s'agit en rien de lampions importés par les hommes, mais le fruit de ces espèces inconnues. Je m'émerveille de cette nouveauté et de la beauté de ce lieu, certaine de ne jamais avoir rien vu d'aussi splendide. Jusqu'à ce qu'il s'écarte devant moi au bout du sentier pour me dévoiler la clairière vers laquelle il me conduit depuis le début.

Là, des milliers de fleurs sauvages, des lys, des crocus et d'autres dont j'ignore le nom brillent à la lueur des lunes dans ce ciel nocturne dégagé. Les étoiles parsèment la voûte céleste et me rappellent les prunelles d'Eliya. Mon cœur se serre. Je reporte mon attention sur le sol semé d'herbes phosphorescentes, la flore bioluminescente éclaire les lieux d'une magie onirique.

Je m'avance un peu, frôle les branches d'un arbre aux fleurs de givre d'un bleu électrique intense, contourne un rond de champignons roses lumineux et me dirige vers le clapotis subtil d'un ruisseau. Même les nénuphars brillent dans la nuit. Tout est empreint de lumière et confère à cette scène une aura mystique presque irréelle.

Peut-être ne suis-je qu'en train de rêver ? Tout est si merveilleux. Je me sens si légère, délestée de mes scrupules, de mes responsabilités et de cette douleur lancinante qui ne me quitte plus. Si c'est le cas, je voudrais demeurer dans ce rêve encore longtemps.

Je ferme les paupières et avance les yeux clos au centre de la clairière. J'offre mon visage à la brise qui secoue lentement les fleurs, puis à la nuit aussi claire qu'en plein jour. Les délicates fragrances florales qui saturent l'air doux exaltent mes papilles. Je respire le calme. Je grave cet instant unique dans ma mémoire, car mon cœur possède tout ce qu'il désire.

Lorsque je me tourne vers Elias, resté silencieux, je suis surprise de le trouver comme hypnotisé ou subjugué par ce qu'il semble voir. Je l'interroge d'un froncement de sourcils presque inquiet. Il s'approche de moi et place sa main sous mon bras, puis le soulève lentement devant mes yeux. Des fleurs sont enroulées partout autour de moi, des pensées et d'autres encore, je semble être le terreau de leur croissance. Mon corps en est recouvert. Elles s'envolent autour de nous en de douces et fraîches caresses.

De mon corps physique s'échappe une douce lueur comme s'il ne pouvait contenir mon âme à nu plus longtemps. Je suis à fleur de peau, mon âme au vent, transparente et éclatante.

Je ravale un hoquet de stupeur, prise de panique à l'idée qu'Elias me prenne pour un monstre. Je ne comprends pas ce qu'il m'arrive, alors comment le pourrait-il, lui ? Je plaque une nouvelle fois mes mains sur ma bouche, puis tente de chasser toutes ces fleurs. Ma lumière s'éteint doucement à mesure que la panique me gagne. Néanmoins, lui ne s'affole pas. Il s'empare de mes poignets et me stoppe dans mon élan.

— Que fais-tu ? me sermonne-t-il.

— Je… ce n'est pas normal. Je ne veux pas de ça. Je ne suis pas…

— Tu n'es pas quoi ? Arrête.

Je m'arrache à ses mains et recule d'un pas en secouant la tête. Que lui répondre ? Que je ne suis pas un monstre ?

Que je veux être comme tout le monde ? Que je ne veux pas ressembler à une foutue boule à facettes hippie ?

— Nora, souffle-t-il en revenant à moi.

Pourquoi ne me déteste-t-il pas ? Pourquoi ne pouvait-il pas rester en colère et m'éviter ?

— Arrête de cacher qui tu es et d'en avoir honte. Tu as le droit d'être différente, ce n'est pas une mauvaise chose, tu sais. Et puis, ici, tout est permis.

— C'est… effrayant, murmuré-je sans savoir si je parle de ce que je suis, ou de ce qui se passe à cet instant entre nous et contre quoi j'ai tant lutté.

— J'aurais plutôt qualifié ça de merveilleux, moi.

Il glisse une main sur ma joue et me force à relever la tête pour rencontrer son regard. Son contact me galvanise et je m'illumine de l'intérieur. Pourvu qu'il ne le remarque pas. Je ne veux pas qu'il sache l'effet qu'il a sur moi. Il ne sait rien de nous. Il n'y a même pas de nous, dans cette vie !

Je presse ma joue contre sa paume, me délecte de sa chaleur quelques secondes, avant de puiser la force en moi pour le repousser.

— Elias… pourquoi m'avoir amenée ici ? Est-ce que c'est ce que tu fais avec toutes les filles ?

C'est un coup bas, je le sais. Mais je ne peux m'empêcher de me demander si c'est le cas, si Jude aussi à découvert cet endroit avec lui. Ou si c'est juste moi. Alors ce n'est pas vraiment un mensonge, ou une accusation en l'air, même si je lui donne l'intonation affreuse d'une fille lucide, naïve et blessée. Je le fais exprès, je veux qu'il s'énerve et qu'il me déteste à nouveau. Qu'il s'éloigne. Qu'il ne cherche pas à raviver ce lien éternel.

Je veux qu'il vive.

— Quoi ? Mais non !

— Je t'ai vu avec Jude à *La Flûte Enchantée*. Est-ce que tu l'as amenée ici aussi ?

Par tous les dieux, j'ai honte de dire des trucs aussi débiles de jeune fille jalouse. Il n'a aucun compte à me rendre. Pourvu qu'il s'en rende compte et me trouve stupide et exaspérante.

Je recule d'un pas. Le choc et l'incompréhension se lisent sur son visage, mais pas la moindre trace de dégoût ou de colère pour l'instant. Il se contente d'ouvrir et fermer la bouche tel un poisson hors de l'eau, sans trouver quoi répondre à cette question tellement personnelle et superficielle à la fois.

Je profite de cette distraction pour rester sur mes positions alors que je crève d'envie de lui dire que je m'en fous, que je ne pense pas un mot de ce que je viens de dire et que ce moment unique est la plus belle chose qui me soit arrivée depuis longtemps. Je veux qu'il sache combien je me suis sentie entière et sereine avec lui.

Mais je ne le peux pas. Je veux qu'il vive.

Alors dans un dernier regard échangé et en silence alors que mon âme hurle, je ferme les yeux et m'éclipse.

Je bascule loin de lui.

Et j'en oublie de ramener mon corps en sécurité.

Chapitre 20

Les chemins d'Oniriie ne ressemblent plus vraiment à ceux que j'ai connus lors de mes premiers voyages nocturnes. Ils étaient déserts, doux et sécurisés. À la lumière de ce que j'ai fini par apprendre, je sais désormais que si je pouvais voyager aussi librement, c'est simplement parce qu'Elias y a veillé. Les pensées multicolores qu'il a semées sur son passage me précédaient toujours, d'aussi loin que je m'en souvienne.

Aujourd'hui, rien n'est plus pareil. Partout où je me rends, je découvre les créatures dont Éfi me parlait. Les Vermiriums et leurs sournoises façons de déséquilibrer l'esprit de leurs proies, les Frimastes laissant derrière eux un tapis de cristaux glacés, çà et là quelques mangeurs de rêves inoffensifs, mais pas moins effrayants, des Hallucinophiles qui prennent un malin plaisir à prendre la forme de mes pires cauchemars, mais aussi des méduses chantantes, des baleines célestes, des élémentaux et esprits de la nature si fragiles et discrets. Je prends plaisir à voyager dans les strates de l'invisible, c'est certain, cependant les Chimères sont de plus en plus nombreuses et de plus en plus agressives.

Je cours entre les bulles de conscience des êtres endormis et cherche d'où provient le cri terrifiant qui me remue les boyaux. Je ne tarde pas à le repérer et m'enfonce sur un chemin de jouets en bois. Je glisse sur un train, me rattrape à un arbre en forme de girafe et continue aussi vite que possible, le souffle court. Je ne suis pas totalement remise de ces derniers mois sans repos. J'aurais dû laisser mon corps à la Nouvelle Académie, ou dans ma bulle, je n'ai pas réfléchi. Et lorsque je vois enfin les Chimères à travers la porte enfoncée de la bulle de conscience de cet inconnu, je comprends à quel point j'ai été irresponsable. Je devrais faire demi-tour, basculer pour me mettre en sécurité.

Et abandonner cet innocent ?

La décision est prise à une vitesse désarmante. Je ne réfléchis plus. Alors que je pourrais effectuer les bascules en un battement de cil et mettre mon corps en sécurité, je fonce droit dans ce qui m'apparaît bien être un piège, et ce, sans le moindre regret. Éfi hurlerait s'il me voyait. Il a peut-être raison, peut-être suis-je suicidaire en fin de compte. Instable et dérangée. Ou peut-être que je souhaite simplement me prouver ma force et ma puissance. C'est téméraire et dangereux. Pourtant, je cours droit vers le danger, en priant pour que les Chimères n'aient pas encore poussé l'esprit de cette bulle vers la mort. Qu'elles ne l'aient pas encore dévoré.

Tout mon esprit est tourné vers l'Académie et les gants piquetés d'étoiles, seules armes contre ces créatures sanguinaires. Je fulmine de les savoir si loin alors que j'en ai besoin. Je gronde et laisse la rage m'envahir. Aveuglée par le désir puissant de sauver ce dormeur, je laisse un cri déchirer ma poitrine et fais voler en éclat tous les cadres.

Une main en avant, je pénètre dans la bulle quand celle-ci se recouvre soudain d'un sublime et intact gant de nuit. Les étoiles incrustées à l'intérieur — celles des prunelles d'Eliya — s'embrasent. Le cri de l'âme tourmentée se tait, mais ceux bien plus caverneux des Chimères retentissent et se répercutent par milliers en écho dans la bulle du dormeur. Je le trouve recroquevillé sur lui-même, tel un enfant. Toutefois, il s'agit d'un vieillard barbu aux mains parcheminées, abimées par les années de travail. Nous sommes dans un atelier de menuiserie, un fabricant de jouets en bois. Je comprends mieux le chemin que je viens d'emprunter, mais je n'ai pas le temps de m'occuper de lui pour l'instant. Je lutte corps et âme contre les dizaines de Chimères agglutinées face à moi. Elles se débattent et tentent de me résister, mais elles ne peuvent rien contre le gant qui forme un barrage entre elles et moi. Je me glisse sur le côté pour rejoindre le dormeur et le protéger.

Il geint et me dévisage. Il va bien. Enfin, disons qu'il va survivre, mais je ne doute pas qu'il se réveillera avec la pire frayeur de son existence. Si seulement il savait à quel point il vient de l'échapper belle !

— Tout va bien, calmez-vous, tenté-je pour l'apaiser. Restez derrière moi. Je vais les repousser et lorsque nous aurons atteint la porte, vous fermerez derrière nous, OK ?

Il hoche la tête en bredouillant, égaré.

J'insiste :

— Dorénavant, lorsque vous dormirez, vous vérifierez toujours que cette porte est verrouillée, OK ?

J'instille l'intention dans mes propos afin qu'il puisse se protéger par lui-même et je prie de tout mon cœur pour que cela suffise.

Ensuite, j'avance droit sur les Chimères.

Leurs orbites d'un rouge sanglant plein de haine nous dévorent du regard. Elles feulent, toutes griffes dehors, cependant la barrière de protection que me confère mon gant relevé et la lumière des étoiles qui brillent toujours plus intensément à leur contact les empêchent de nous atteindre.

Je progresse un pas après l'autre, concentrée pour ne pas commettre l'impair qui me coûterait la vie. La moitié de mes réflexions cherchent déjà comment je vais pouvoir expliquer mon geste à mon guide. Il va démissionner auprès de moi aussi, officiellement, c'est sûr.

À la seconde où je franchis enfin la porte, je l'entends claquer violemment derrière moi, puis le cliquetis de serrure me confirme que mes instructions ont été suivies à la lettre.

Je n'attends pas plus longtemps, ferme les paupières et bascule.

Je les rouvre dans ma bulle, essoufflée et pantelante. Je m'allonge sur mon lit et me défais de mon corps avant que la crise ne prenne le contrôle.

Je dois admettre que depuis que je suis capable de quitter mon enveloppe charnelle comme on retire un soutien-gorge après une longue journée, je me porte pour le mieux. Je gère beaucoup plus facilement les crises liées à mon autisme dès que je peux retirer de l'équation toute la partie surstimulation sensorielle et épuisement physique. Il me reste toujours l'épuisement mental et mes difficultés de raisonnement cohérent, mais je m'en accommode.

Debout au centre de la chambre, Euristide à ma gauche et mon corps endormi à ma droite, je soupire et relâche mes épaules.

— Mince, c'était encore une journée pleine d'imprévus. Éfi va m'arracher la tête.

Je m'attends à le voir apparaître d'un instant à l'autre à la simple mention de son nom, mais il n'en fait rien. Je suis pourtant certaine qu'il a dû percevoir cet appel de manière inconsciente.

Il boude.

— Très bien, dis-je à voix haute pour rassembler mes idées. Éfi m'ignore, j'ai été imprudente, j'ai bousillé sa réunion et j'ai flirté trop près avec la mort. Avec Elias aussi, mais ça se range dans la même catégorie au final. Ah ! Et je me suis mise à briller comme une ampoule. Génial. Comme si le reste ne suffisait pas.

Brume vient à moi et m'invite à m'installer dans le fauteuil pour souffler quelques instants tandis qu'elle brosse ma chevelure. Un peu de répit n'est pas de refus.

Je m'enfonce dans les coussins moelleux et lâche prise.

Pétrichor.
Pétrichor.
Pétrichor.

Je scande mon mantra tout en tirant sur l'élastique et le bracelet à mon poignet pour me donner le courage qui me manque, alors que je chemine dans les couloirs de la Nouvelle Académie à la recherche de mon guide. J'aurais pu basculer directement dans leur salle de réunion, mais j'ai eu la frousse.

Je passe devant l'atelier de Li, sans y jeter un regard, trop accaparée par mon anxiété manifeste à l'idée de passer un sale quart d'heure avec Éphélide.

— Eh Nora ! Attends ! Je t'appelle depuis une éternité, tu ne m'as pas entendue ? souffle-t-elle en arrivant à ma hauteur.

Ses boucles blondes tombent en cascade devant son visage alors qu'elle se penche vers moi. Elle les replace d'une main agile et je dois faire face au bleu intense de ses yeux inquisiteurs.

— Ça va ? s'inquiète-t-elle.

— Oui. Pourquoi tout le monde passe son temps à me demander si je vais bien ?

— Parce que ça n'a pas l'air ? suggère-t-elle en riant. C'est mon crétin de frangin qui t'a mise dans cet état ? Si c'est lui, je te jure que je vais l'étouffer avec sa pizza demain !

— Oh, non. Ce n'est pas lui.

Enfin pas entièrement. Mais comment le lui avouer, alors qu'elle ignore tout de notre passé commun ?

— Ah. OK. Mais quelle idée de le suivre aussi ! Qu'est-ce qui t'a pris ?

— C'était plus fort que moi, admets-je.

— Si tu avais besoin d'un petit frisson d'adrénaline, fallait le dire, j'ai — elle vérifie à droite et à gauche qu'on est bien seules, et poursuit — j'ai fabriqué un étourdisseur, mais chut ne me balance pas, hein. On aurait pu l'essayer. Tu veux ?

Je pouffe de rire malgré moi. Cette fille m'épatera toujours, elle a beau voir que je suis morte de trouille, ne pas avoir eu la raison à cette angoisse et savoir que je déteste enfreindre les règles, elle n'en a rien à faire. Et le pire, c'est qu'elle sait pertinemment que ça ne va pas me pousser dans mes retranchements, mais juste réussir à me changer les idées. Elle est parfaite !

— Li, on ne va pas utiliser ce truc si c'est illégal ! Et puis, ça sert à quoi déjà ?

— Bah comme son nom l'indique, ça embrouille les idées et rend les gens confus ! Ce n'est pas très dangereux, hein, c'est juste marrant. Tu imagines Amshul s'emmêler les pinceaux ? Oh, oh mieux encore ! Tu imagines Gertrude chercher ses cornes alors qu'elles sont sur sa tête ? Ce serait magique !

J'ai beau ne pas voir l'intérêt d'un pareil engin, je n'en ris pas moins pour autant.

— Et comment ça fonctionne ? C'est un genre de filtre à boire ?

— Tu m'as prise pour une ensorceleuse ou quoi ? Je suis mécano, moi !

— Oh pardon, me reprends-je en souriant. Et donc Madame la mécano, comment fonctionne votre embrumeuse ?

— Un étourdisseur ! Une embrumeuse, c'est pas tout à fait la même chose, je t'expliquerai ça un jour. Mais l'étourdisseur c'est facile, c'est un mécanisme qui fonctionne avec le… OK, je vais au but, dit-elle en découvrant ma grimace. Il provoque une vibration si intense que ça déstabilise tout l'équilibre. Il te suffit de lâcher l'encoche à proximité de la personne que tu veux embrouiller.

— L'équilibre ? Tu joues avec le feu là, j'en connais quelques-uns qui ne seraient pas très heureux d'apprendre ça !

— Oui oui, la liste est longue, je sais. D'où le « chut, ne me balance pas ». Qu'est-ce que tu n'avais pas compris ?

Elle est merveilleuse. Cette fille est une pépite d'ingéniosité et de bravade. La fraîcheur innocente et insouciante des jeunes années combinée à un esprit audacieux et innovant. Une pépite !

— Ton secret est bien gardé, promis. Mais je dois aller affronter les sermons de mon guide, malheureusement.

— Ah merde, qu'est-ce que t'as encore fait ? Elias et moi, on est débarrassé des nôtres, heureusement, sinon le mien m'aurait passé un savon un paquet de fois depuis qu'on est là.

— J'ai proposé de me livrer à la Grande Tisseuse ?

Elle me frappe l'épaule d'un geste instinctif avant de se confondre en excuses.

— Pardon, pardon, pardon, m'enfin, tu n'es pas bien non plus quoi, tu l'as mérité !

Je ne révèle même pas la moitié des raisons pour lesquelles mon anxiété est à son paroxysme. Elle me pousse et me sermonne jusqu'à me priver de jouer avec son étourdisseur tant que je n'aurai pas retrouvé la raison.

Comme si ça avait du poids dans la balance.

— Je ne vais pas me livrer, ne t'inquiète pas. J'ai compris.

— Bien ! Parce que c'est stupide ! Encore plus stupide que batifoler avec mon crétin de frère !

— Je ne batifolais pas, m'étranglé-je.

— Bien sûr que si. Vous êtes si *intenses* quand vous êtes ensemble. C'est trop bizarre. Il a plein de meufs partout, mais aucune qu'il n'a regardée comme il le fait avec toi. Dégoûtant.

Elle mime de s'enfoncer un doigt dans la gorge et de vomir, avant de se reprendre :

— N'empêche, si toi et lui vous vous mariez, alors on serait belles-sœurs ! OK, ça, ce serait vraiment cool. Parce que la Meredith là, je ne peux pas l'encadrer !

— Et Jude, lâché-je dans un demi-sourire ridicule et de manière complètement irréfléchie, alors que je devrais démentir parce qu'un tel avenir est impensable.

— Jude ? Oh, ça. Rien que du flirt. Il n'y a jamais rien eu entre eux et il n'y aura jamais rien. Pas le même monde, tout ça, tu sais…

Je hoche la tête et réprime l'envie de la contredire. Eliya et moi ne venions pas du même monde et pourtant, cela ne nous a pas empêchés de nous aimer si fort que ce lien a perduré dans chacune de nos autres vies.

— Je dois retrouver Éfi.

— Merde, lâche-t-elle avec flegme puis rajoute pour préciser : ça veut dire bon courage. On se retrouve après pour le premier cours de Vaprana ou tu es toujours une privilégiée ?

— Privilégiée un jour, privilégiée toujours ! la taquiné-je sans répondre à sa question.

Je déciderai plus tard si je les rejoins ou non.

Ou devrais-je dire, si le sort qu'Éfi me réserve le permet.

CHAPITRE 21

Sans surprise, Éfi se trouve dans la salle de réunion. Il est seul, roulé sur lui-même, les yeux perdus dans les flammes de la cheminée. Je matérialise un panier de noisettes en signe d'offrande de paix et m'avance vers lui en me forçant à être moins discrète que d'habitude afin qu'il m'entende arriver. Je lui donne ainsi la possibilité de choisir s'il désire ou non ma présence. Il peut me renvoyer ou pas.

Il tourne la tête vers moi, grogne et retourne son attention sur le feu. Il fait grise mine, est-ce que notre dispute l'affecte autant que moi ?

Je m'assieds en tailleur à côté de lui, à même le sol, et dépose le panier entre nous, sans un mot. Je fixe le feu, perçois un grommellement et une patte qui fouille dans le panier, alors je ravale un petit cri de victoire et je patiente. Le silence ne me gêne pas. Lui non plus. Mais je dois quand même cracher le morceau avant que ça ne devienne trop dur.

— Je suis désolée d'avoir été trop impertinente et instable. J'aurais dû me fier à ton jugement, tu sais mieux que moi ce qui est bon pour moi… et je te promets que j'ai gardé ça en tête durant toute la durée de mes actes irréfléchis lorsque je me suis battue pour sauver un dormeur des Chimères, juste avant.

— Tu as… quoi ? se tourne-t-il d'un mouvement brusque vers moi, la bouche pleine. Non, Nora non, ce n'est pas comme ça qu'on présente des excuses ! T'étais pourtant bien partie, là ! Les noisettes, le mea culpa presque crédible…

— Mais j'étais sincère !

Il secoue la tête et abandonne le combat trop tôt. Il semble las. Fatigué.

— Tu n'en fais qu'à ta tête, quoi que je dise, de toute manière.

— Mais pas du tout ! Et puis, je crois que j'ai quand même le droit d'avoir un avis et de faire mes propres expériences, non ? Je veux dire… j'ai trouvé le secret et je sais quoi en faire. Presque tout le temps.

— Si tu le dis.

— OK, tu es bizarre. D'habitude tu t'énerves et tu me grondes. Qu'est-ce qu'il se passe ?

— Rien.

— Faux. Tu mens, je le sais. Éfi ?

— Il y a que c'est la merde partout et que je suis fatigué de tout gérer seul.

— Je croyais que vous étiez une équipe ? Amshul, Silas et les autres ?

— Oui, sauf quand il faut trancher. Et ça fait des années que je fais ça, j'en ai marre.

— Je suis tellement désolée, je vais faire plus d'efforts, je te le promets. Je vais t'aider et te soulager.

— Impossible. Tu fais une crise dès que le ton monte, tu ne prends pas en compte toutes les variables, tu… Vas-y, laisse tomber.

— Je peux y arriver, il suffit qu'on s'organise, tu verras. Je peux aider, on peut avoir des débats calmes où chacun attend son tour pour prendre la parole et…

Il ricane et lâche une expiration pleine de doutes et de dédain.

— C'est de la politique, pas une réunion Tupperware.

— Quand bien même, je suis sûre que si chacun y met du sien, que chacun expose toutes les variables, on pourra s'en occuper ensemble.

— On verra, finit-il par accepter.

Néanmoins, je ne ressens aucune onde positive émanant de toute cette discussion, alors je cherche à comprendre :

— Il y a un problème avec les guides ?

— Toujours pas d'avancées de ce côté-là.

— Moi j'ai une idée, il faudrait qu'on en discute et organiser une réunion.

Voyant que même cette avancée ne remonte pas le moral de mon guide, je poursuis :

— Aelerion ?

— Toujours associé à la Morue et aux Dream Jumpers pour faire la chasse aux sorcières et récupérer les éveillés.

— Estéban ?

— Idem. Sauf sur son temps libre où il passe ici pour t'attendre et essayer de provoquer une rencontre.

— Les Chimères ? Ouais, ne réponds pas, j'ai vu par moi-même. C'est vrai que ça fait beaucoup, en plus de la gestion de cette Nouvelle Académie, des Souffleurs d'ombres un peu trop enclins à la bagarre et les nouvelles recrues à former. Et moi. Tu vas démissionner ? C'est ça ? C'est moi le problème ?

Il lève les yeux au plafond, penche la tête vers moi et m'offre la plus belle grimace d'exaspération que je lui aie jamais vue. Son levé de regard au ciel a déjà été porté au rang de sport olympique, mais là, il défie toutes les probabilités en combiné de grimaces.

— Mais nan, râle-t-il. Je ne suis même plus officiellement ton guide, tu te souviens ? J'ai déjà été viré.

— À cause de moi.

— À cause de mes propres choix.

— Pour moi.

— Ne ramène pas toujours tout à toi.

Son ton las m'apostrophe et m'alarme.

— Bon, allez, crache le morceau. Cibèle a bouffé ton sens de l'humour et ton feu intérieur, ou quoi ?

— Mon corps dépérit.

Je fronce les sourcils et cherche le message caché, le second degré ou le sens exact de ses mots, sans y parvenir. Je soulève le panache de sa queue et attrape son menton.

— Poil brillant et lisse, yeux humides, regard vif, pas de croûtes dégueulasses sur la peau… non, ça va, moi je dis que c'est OK.

— Tu es hilarante, râle-t-il en s'arrachant à ma poigne.

Mon trait d'humour n'a pas su le dérider. Je ne comprends pas. A-t-il seulement remarqué que j'ai fait de l'humour ?

— Éfi…

— Tu ne comprends pas ? Je meurs.

Chapitre 22

Je cherche l'humour dans cette assertion ou dans son regard. Une petite étincelle qui le trahirait. Mais je ne décèle rien de tout cela. Bien au contraire, la grande lassitude et l'immense épuisement dont il fait preuve ne prennent que davantage leur sens, alors une chape de plomb s'abat sur mes épaules et broie mon cœur. La gorge nouée et la voix tremblante, je parviens malgré tout à demander :

— Pourquoi ?

— Tu me croyais éternel ? Je suis un écureuil de cinquante ans. Tu as déjà vu un écureuil aussi vieux ? Les lois de la nature me rattrapent. Quand bien même mon espérance de vie aurait déjà été grandement allongée grâce à mon pseudo statut de guide.

J'accuse le coup. Des milliers de pensées traversent mon esprit, je cherche un indice que j'ai pu manquer qui m'aurait alertée sur son état physique, le moment où j'ai dû me dire qu'un jour il ne sera plus de ce monde, je cherche sans le trouver. Je ne comprends pas. Oui, j'ai dû croire qu'il serait immortel, que jamais il ne m'abandonnerait, lui.

Je ne m'y attendais pas.

— Ce n'était pas prévu comme ça, suffoqué-je. Tu ne m'avais jamais dit que ça risquait d'arriver. Tu ne peux pas mourir.

— Oh, on se calme, pas besoin de faire de crise, tout va bien, regarde-moi, je ne suis pas encore mort, hein.

— Tu n'avais pas dit que ça arriverait !

— Vraiment ? T'as cru que j'étais un dieu ? Il fallait que je le précise ?

— Qu'est-ce qu'il va se passer maintenant ? réussis-je à articuler en modulant ma respiration.

Mon corps dort paisiblement dans ma bulle, je suis en sécurité. Tout va bien, me répété-je sans vraiment réussir à m'en convaincre.

Éfi meurt ! Qu'est-ce qui pourrait être pire ? Je croyais qu'on avait déjà touché le fond et qu'il ne me restait qu'à remonter, jamais je n'aurais cru que sa présence et son soutien pourraient m'être arrachés. Il est un pilier dans ma vie, un roc immuable et intemporel ! Il fait partie du paysage, de moi ! Comment est-ce que serait-ce possible qu'il ne reste pas ? Je ne peux pas y croire !

— Je ne sais pas trop. Mon corps lâche doucement. Le vieil écureuil que je suis sur Terre finira par rendre son dernier souffle et ensuite, j'ignore ce qu'il adviendra de mon esprit. Vais-je retourner à la source ? Recommencer un nouveau chemin ? Vais-je tout oublier et me tenir dans les rangs de la guilde des guides et me battre contre vous ? Contre tout ce que j'ai participé à construire avec toi, pour toi, pour l'avenir ? Je l'ignore. Je suppose qu'on me donnera le choix.

— Et que choisiras-tu ? Une vie tranquille, une vie de repos bien méritée loin de tout ça, j'espère.

Mes mots coulent de source, sans que j'aie eu à réfléchir à leurs sens ni à ce que je souhaite pour moi. Ils sont sincères. C'est ce que je veux pour lui.

Il rit d'amertume et laisse le poids qui pèse sur ses épaules l'accabler et courber son corps psychique.

— Je n'en sais rien.

— Combien de temps nous reste-t-il ? le pressé-je à demi-mot après quelques instants de silence.

Il prend une longue inspiration et expire lentement. Mon cœur s'emballe, mon souffle accélère, je le musèle pour ne pas qu'il me fasse tourner la tête et perdre conscience. Je me concentre sur ma respiration, sur mon mantra et sur sa réponse que je ne veux pas entendre.

— Trop peu…

— Ce n'est pas très précis, lâché-je dans un demi-sourire taquin pour détendre l'atmosphère.

Mais ma question silencieuse reste pour le moins très sérieuse.

Il lève les bras au plafond et les laisse retomber le long de son corps.

— Nora ! Si on savait prédire l'heure de sa mort, tu crois que je serais là à me morfondre ?

— Ça veut dire que tu ne sais pas.

— Oui, ça veut dire que je n'en sais fichtrement rien. Peut-être une heure, une semaine, un mois ou… non, plus un an.

Un nouvel élan de palpitations d'effroi cavale dans ma poitrine, je garde le contrôle. Ne pas céder à la panique, rester calme et mesurée. Ce n'est pas pour maintenant. Il n'a pas besoin de ça. Il n'a pas besoin de me materner alors qu'il est effrayé. C'est à moi d'être là pour lui, cette fois. Respirer. Ne pas paniquer. Respirer.

— Tu ferais quoi alors ?

— Quoi ?

— Tu as dit que si tu savais, tu ne resterais pas là à te morfondre. Tu ferais quoi ? Tu *veux* faire quoi ?

— Je n'en sais rien. Me reposer.

Il se roule en boule devant le feu et je comprends qu'il n'est pas prêt pour cette partie-là. Tant mieux parce que moi non plus. Je ne veux pas qu'il meure, qu'il disparaisse pour toujours et qu'il me laisse seule. Seule pour gérer tout *ça*.

Il garde son regard rivé sur les flammes longtemps. De temps à autre, il pioche une noisette, la grignote et reprend sa position initiale. Il attend que je m'en aille, je crois, mais je reste. J'ai besoin d'encaisser.

Il meurt.

Comment vais-je faire ? Comment vais-je surmonter ça ?

J'ignore combien de temps nous sommes restés seuls dans la salle de réunion à accuser le coup, en silence, mais ensemble. Il a fini par revenir à lui et me passer un savon monumental sur mon imprudence et ma témérité irréfléchie, avant de me demander tous les détails de cette mésaventure pour en mesurer la sévérité. Il n'a pas admis que j'ai bien agi, ni que je me suis bien débrouillée, mais sa façon de ne pas remettre tous mes gestes en question me conforte dans l'idée qu'il n'est pas trop déçu non plus. Et il a lâché un rapide « je t'ai bien formée » parfaitement validant.

Silas est arrivé bien plus tard, il cherchait Éfi pour lui faire le rapport de la nuit et confirmer mes dires.

— On avait raison, les Chimères violent les bulles de conscience des dormeurs, déclare le Souffleur d'ombres d'un air grave.

— J'en ai bien peur oui, soupire mon guide. Nora en a fait l'expérience une nouvelle fois. Il nous faut du renfort.

C'est ce moment que je choisis pour intervenir, je prends mon courage à deux mains et montre à Éfi que je suis capable de le soutenir.

— Je vais aller à la rencontre de la guilde des guides, ils doivent savoir ce qui se passe. Il faut qu'ils prennent conscience de la gravité de la situation, ce sont leurs protégés qui sont en danger.

— Ils ne t'écouteront pas. Ils ne veulent rien entendre. Ils veulent garder les pleins pouvoirs sur la guidance des esprits, aucun compromis ne les satisfera.

— Il n'y aura bientôt plus d'esprits à soutenir s'ils laissent la Grande Tisseuse et ses Chimères faire un massacre.

Éfi et Silas haussent les épaules, défaitistes. Je ne peux m'y résoudre, je dois leur soumettre mon idée.

— Et si je trouvais un moyen de ramener la paix entre vos deux mondes, Silas, est-ce que vous consentiriez à quelques efforts de votre côté aussi ?

— Pas s'il s'agit d'écarter les épreuves que doivent vivre les âmes.

— Je crois pouvoir faire ça.

— À quoi tu penses exactement ? me demande-t-il les sourcils froncés et l'air intrigué.

— Je songe à ces dessins animés de mon enfance où la bonne et la mauvaise conscience soufflaient à l'oreille de mes petits héros. Je me dis qu'il y a matière à creuser. Et si chaque âme se voyait accorder plusieurs accompagnants ? Et si on incluait la part d'ombre en chacun dans l'équation ? Le libre arbitre serait maintenu, les Souffleurs d'ombres feraient leur job et les guides le leur, non ? Le contrat d'incarnation serait respecté. Je suis sûre que ça pourrait marcher. Mettre fin à vos querelles.

Éfi et Silas échangent un regard et l'espace d'une seconde je me trouve bête d'avoir suggéré cette idée, parce que je me dis qu'ils ont forcément déjà dû y penser. Cette guerre dure depuis si longtemps. Je balaye l'espace devant moi d'une main et secoue la tête en revenant sur mes propos, mais Silas m'arrête.

— Nous avons effectivement déjà songé à ça, mais pas en ces termes. L'idée était plutôt de se passer le relai à chaque période ou évènement important que devait vivre le protégé afin qu'il soit guidé selon ses besoins du moment vers ce qu'il a choisi et signé. Peut-être qu'une collaboration plus étroite est une solution envisageable.

— Vous seriez d'accord ?

— N'aie pas l'air si surprise, les Souffleurs d'ombres ne sont pas des monstres ! Je ne dis pas que ce serait facile, mais... oui. Pourquoi pas ?

Mon cœur bondit et je m'imagine sauter de joie, même si ma projection astrale n'en fait rien. Je souris, satisfaite, et lui tends une main enthousiaste.

— Ne t'emballe pas trop, me rassérène mon guide. Silas a peut-être accepté, mais ce n'est pas dit que la guilde en fera autant. Et pour ça, il va déjà falloir réussir à obtenir un entretien.

— Mais tu sais à quelle porte frapper, non ?

Il grimace, mais approuve. Je lâche un petit couinement de joie.

— Parfait, allons-y !
— Quand ? Maintenant ?
— Pourquoi attendre ?

Silas et Éfi écarquillent les yeux, mais ne trouvent aucune raison d'objecter. Vaincus, ils acquiescent de concert. Silas accepte de rencontrer Écho, le guide spirituel suprême de la guilde, à mi-chemin entre leurs deux univers. Il laissera ce choix à Écho en guise d'offrande de paix.

Éfi est nerveux. Il se dandine d'une patte à l'autre à mes côtés alors que le dernier coup frappé à la porte de son ancienne demeure résonne encore à nos oreilles. Il sait qu'il n'est plus le bienvenu et propose à plusieurs reprises de m'attendre ici.

— Si tu y es autorisé, je souhaiterais vraiment que tu m'accompagnes. Tu es mon guide.
— Je ne suis plus rien depuis longtemps, Nora.
— À leurs yeux peut-être, mais tu n'as jamais failli à ton rôle en réalité, et s'ils sont incapables de le voir alors tant pis pour eux, c'est qu'ils ne te méritent pas dans leurs rangs.
— Chuuuut ! s'emporte-t-il paniqué. Tu ne peux pas dire une chose pareille ici ! Et s'ils t'entendaient ?
— Je n'énonce qu'un fait.

— Un fait pour toi, pas pour eux ! Et un fait qui mettrait en péril les négociations que tu tentes d'entreprendre ! Juste… ne dis rien.

— Mais…

— Chut. Moi je sais ce que tu penses et ça me suffit.

Son ton est radouci par les caresses de ma vérité et l'évidence de ce lien indéfectible qui nous unit. Est-ce que je le ressentirai toujours une fois qu'il sera… qu'il…

Je ne peux y songer maintenant.

Je dois me concentrer sur les raisons qui m'amènent à vouloir rencontrer Écho. Si mes pensées s'évadent vers un avenir sans Éfi, je crains de ne pas m'en relever.

Plus tard. J'y penserai plus tard, quand je serai seule et disposée à laisser mon masque s'effriter.

Lorsque je n'y crois plus et que je m'apprête à frapper à nouveau, le battant de cette lourde porte en or s'entrouvre enfin. Les gravures angéliques qui la sillonnent reflètent la lumière en suivant le mouvement de l'ouverture. Néanmoins, face à moi, l'espace reste vide. Je dois baisser la tête au raclement de gorge de notre hôte pour comprendre que le portier est petit. Très petit. J'aperçois une myriade de plumes et prie de tout mon cœur pour qu'il ne s'agisse pas d'une dinde sans quoi les disputes de Cibèle et Éfi risquent de me faire perdre mon sérieux.

Un magnifique paon se tient face à nous, la mine inquiète.

— C'est pour quoi ?

Éfi lâche une expiration saturée d'exaspération.

— Ne te fais pas avoir, ils savent très bien pourquoi tu viens.

OK, alors celle-ci je ne m'y attendais pas, moi. Mais ce n'est rien.

Ne pas se laisser avoir et garder le cap.

— Parfait, on ne perdra pas notre temps dans ce cas, souris-je en posant la main sur le battant pour me faire davantage de place.

La porte me résiste. J'avise le guide frêle et revêche en me demandant sérieusement si c'est lui qui me retient.

— Heu… vous ne pouvez pas entrer.

Chapitre 23

À ces mots la porte se referme sur nous en claquant doucement. Elle est si haute et imposante que je n'ai pas eu le courage de m'interposer.

— Bon, ça ne s'est pas si mal passé, dis-je en avisant mon guide blasé.

Il me jette un regard noir qui en dit long sur ce qu'il en pense. Je perçois même un « je t'avais prévenue » silencieux qui n'aide pas.

Je me laisse glisser le long de la porte et m'installe en tailleur le plus confortablement possible.

— Tu fais quoi ?

— Ça ne se voit pas ? J'attends.

— Tu attends quoi ?

— Qu'ils rouvrent.

— Nora, ils ne vont jamais de la vie revenir !

— Tu as dit qu'ils savaient très bien pourquoi on venait, alors ils savent désormais aussi que je ne partirai pas sans avoir pu discuter avec Écho.

Éfi en reste bouche bée, je crois qu'il n'imaginait pas que j'allais réellement m'investir autant dans toute cette politique. Il sait que j'abhorre ça, mais je l'aime plus encore et, puisque je lui ai fait la promesse de l'épauler, je tiendrai mes engagements.

— Nora… Ils ne reviendront pas.

— J'ai tout mon temps. Ils finiront bien par sortir de leur tour d'ivoire. Viens, assieds-toi avec moi, j'ai des questions que je ne t'ai jamais posées.

Je tapote l'espace moelleux à côté de moi et lui fais signe de me rejoindre. Le sol ressemble étrangement à une mousse de teinte violette intense. Ou est-ce un nuage ?

— Oh non, encore des questions, râle-t-il sans grande conviction.

— Oui, viens, tu vas adorer, ça faisait longtemps.

Il s'exécute, épaules basses, bras tombants et yeux aux cieux. Sans grand entrain, il s'assied à mes côtés et pose son menton sur sa mignonne petite patte.

— Ils ne reviendront jamais, tu sais.

— Je suis sûre que si. Tu veux parier ? Allez, maintenant explique-moi tout de cette guilde.

Il se redresse, véritablement inquiet, et me fixe de ses petits yeux ronds.

— Tout… quand tu dis tout, c'est une expression ?

— Pas le moins du monde, je veux tout savoir !

— Oh. Peut-être que tu as raison, ils vont finir par revenir pour m'achever après m'avoir pris en pitié…

— ÉFI !

Il soupire longuement, se réinstalle et se lance donc dans de grandes explications.

Au bout d'un certain temps, je dois admettre qu'il m'a perdue. Je retiens que nous avons tous plusieurs guides tout au long de notre existence et qu'ils ne sont pas tous des animaux esprits — ou esprits animaux ? Je ne sais plus. Il y a des ancêtres, des élémentaires, des maîtres ascensionnés, des anges, des dieux ou des déesses et sûrement d'autres encore, cependant mon scepticisme l'a emporté et je n'ai pas tout écouté. Éfi m'assure pourtant qu'il n'est question d'aucune religion là-dedans, simplement d'une espèce d'éveil autre que celui de nos dormeurs en Oniriie. Quoi qu'il en soit, tous ne tiennent pas le même rôle. On retrouve des guides de vie, gardiens, enseignants, des veilleurs de synchronicités, des protecteurs, des guides karmiques, de créativité ou d'ascension… et ici encore la liste est non exhaustive. La guilde est d'une complexité sans commune mesure et je commence à douter de ma suggestion.

— Tu es quoi toi, là-dedans ?

— Concrètement, je ne suis plus rien, je te l'ai déjà dit.

— Oui, mais tu étais quoi ? Un guide esprit-animal ? Un aide de vie ?

— Les deux. C'est moi qui étais censé coordonner toute ton équipe de guides.

— Pourquoi je ne les ai jamais rencontrés en Oniriie ?

— Déjà, figure-toi que tout le monde ne rencontre pas son guide dans la vie ! Souvent, c'est plus subtil, ils restent dans les strates de l'invisible.

— Ils sont où les autres alors ? Ils ont tous été démis de leurs fonctions quand je me suis écartée de mon chemin ? Ils ont démissionné ?

Entendre : eux m'ont-ils abandonnée ?

— J'ai été coupé de la conscience collective de la guilde le jour où j'ai été mis à la porte.

— Cette porte ? l'interromps-je, curieuse, en la désignant de l'index.

— Oui. Je disais donc comme j'ai été coupé de mes pairs, je n'ai aucune idée de ce qui s'est passé ensuite pour toi. Tu es la plus à même de le savoir.

— Comment veux-tu que je le sache ?

— Essaie de suivre ! Je t'ai dit qu'ils étaient tous liés à leur protégé et leur envoyaient des signes, du soutien ou que sais-je encore !

— Donc j'aurais dû le sentir ? Je n'ai pas été attentive. Je croyais qu'il n'y avait que toi. Pourquoi tu ne m'as pas dit ça avant ?

Il hausse les épaules, comme si cette information aurait dû être évidente. Or, elle ne l'est pas. Elle ne l'a pas été pour moi en tout cas. Mais je suppose que mon chemin était ainsi tracé et que c'est de cette manière que je devais l'intégrer. Le subtil est ce qu'il est et n'a pas toujours à être connu, cela ne change rien au fait qu'il *est*. Qu'il existe avec ou sans en avoir conscience.

— Ça y est j'ai répondu à toutes tes questions ?

— Jamais ! ris-je de bon cœur. Tu en as soulevé d'autres !

— C'est pas vrai, grommelle-t-il en passant sa patte sur son visage dépité.

— À la lumière de toutes ces castes dans la guilde, je me demande si mon idée reste valable. Je me sens un peu bête. Je suppose que si les Souffleurs d'ombres et les guides se sont séparés, les raisons doivent être profondes et les divergences d'opinions plus encore. Sinon, pourquoi est-ce qu'ils n'auraient pas créé une nouvelle catégorie de guide juste pour eux ?

— J'y ai pensé aussi, mais cette guerre entre eux est si ancienne que ni Silas ni moi n'en connaissons les raisons exactes. Ni les moyens qui ont pu être mis en œuvre pour l'éviter. Peut-être que cette solution a été proposée, je ne peux pas te mentir. Et donc, peut-être que c'est pour ça qu'Écho refuse de nous voir. Mais peut-être aussi qu'il est temps de réviser la question. Intégrer une caste de Souffleurs d'ombres dans la guilde, dans chaque équipe de guides, est un avenir envisageable. Du moins pour moi, et Silas à l'air d'accord, donc ton idée n'est pas mauvaise. Il faut juste réussir à convaincre Écho de nous écouter.

— Il sait déjà pourquoi on vient et il ne veut pas nous voir.

— Tu baisses les bras ? se moque-t-il.

— Sûrement pas ! Je cherche juste à comprendre comment il sait et pourquoi il nous laisse à la porte. Si tu dis que j'ai une équipe de guides, pourquoi est-ce qu'ils n'acceptent pas de me soutenir ? Que tu aies été viré parce que tu n'as soi-disant pas respecté le contrat, je veux bien, mais les autres ? Est-ce qu'ils m'abandonnent ? Est-ce qu'ils ont le droit de faire ça ? Je suppose que ce n'est pas dans le contrat non plus et que ce n'est pas très « légal » ? Écho a donc complètement retourné sa veste et soutient la Grande Tisseuse dans sa folie ? Peut-être que les Souffleurs d'ombres ont raison finalement. Peut-être que la guilde n'est plus intègre.

— Je ne sais pas quoi te répondre. J'aimerais vraiment les défendre, ce sont les miens. J'ai eu foi en eux, j'ai défendu leurs valeurs et je crois profondément qu'ils œuvraient pour le bien, mais ça fait si longtemps maintenant… je ne suis plus sûr de rien. Je voudrais leur accorder le bénéfice du doute, me dire qu'ils combattent les injustices à leur manière, qu'ils n'ont pas pu abandonner leurs protégés, et j'avais placé mes derniers espoirs dans cette rencontre. Je m'étais dit que cette main tendue serait le début d'une nouvelle ère et que tu pourrais faire la différence, comme toujours. Mais je ne sais plus…

Le doute et les fissures que je lis autant sur ses traits que dans les fondations de sa vie m'ébranlent. Je l'attire à moi et le serre contre mon cœur. Il arrive au crépuscule de son existence et le voir ainsi déstabilisé par ses croyances ébranlées me tourmente. Je ne veux pas qu'il pense que ses actions et son œuvre ont été vaines. Je cherche comment le réconforter quand le grincement délicat de la porte des cieux s'active près de nous.

Je perçois un soupir vaincu avant même de distinguer le guide qui nous ouvre.

Entre mes bras, Éfi se tend.

Je saute sur mes jambes, époussette mes vêtements propres et me tiens droite face au même paon que tout à l'heure. Sans un mot, je patiente.

— Écho est disposé à entendre tes mots.

Chapitre 24

J'avance d'un pas, Éfi toujours dans les bras, quand le portier secoue la tête.

— Pas lui.

Éfi inspire longuement et saute à terre avant que je ne puisse protester. Nous savions tous les deux que cela risquait d'arriver. Il s'enfonce dans le nuage mauve et rebondit un peu, puis se tourne vers moi.

— Je vais retourner à la Nouvelle Académie, quand ton entretien sera terminé, rejoins-moi là-bas directement. Ne reste pas seule dehors, les Chimères rôdent toujours.

— Oui. D'accord, approuvé-je, fébrile.

Le paon passe devant moi et la porte se referme sur mon guide qui ne parvient pas à cacher entièrement son inquiétude de me savoir seule dans l'antre de la guilde. Je tente de me rassurer en me rappelant que ce sont des êtres bienveillants et qu'ils ne me feront pas de mal. Je refuse de croire qu'ils sont de mèche avec la Grande Tisseuse, quand bien même ils la laissent faire sans réagir.

Mon regard dévie jusqu'à l'embrasure, je lève une main rassurante pour saluer Éfi et satisfaire ma curiosité insatiable. Moi qui me demandais comment le paon a pu ouvrir la porte sans main, je découvre que celle-ci s'ouvre et se ferme de son propre chef. J'en déduis qu'il suffit d'un ordre pour l'actionner, mais je ne suis pas assez stupide pour croire que j'en serais capable. Je ne suis pas guide.

Nous traversons un décor changeant qui peine à se fixer définitivement. Je ne cherche pas à comprendre pour apaiser mon besoin de stabilité, sans quoi je risque de perdre la raison. Mais je me permets tout de même d'interroger le guide qui chemine devant moi, sa longue traine colorée balayant le sol m'ouvre la voie.

— Pourquoi les images changent-elles sans cesse ? Où sommes-nous ? C'est toujours ainsi ?

— C'est la première fois que nous accueillons un rêveur, il sera difficile de te répondre.

Pas de marque de politesse. Je prends note du rang qui est le mien.

— Que voyez-vous ?

— Cela ne te regarde pas.

— Pardon.

Je n'essaie plus de lui parler, non pas que je cherchais à tout prix à lui faire la causette, je voulais juste comprendre. Il faut que je sois plus prudente, que je fasse attention à ne froisser personne. Je ne suis pas la bienvenue.

Le reste du trajet se fait dans un silence religieux, lourd et angoissant. Je garde mes prunelles rivées sur les dizaines d'yeux émeraude qui me précèdent. Autour de moi, tout n'est que chaos, vertiges et mélange de couleurs instables. À l'instant où je crois capter une information, une plage, un champ, un sol rocailleux, celui-ci disparaît au profit d'un autre décor psychédélique.

Le paon finit par s'arrêter et me faire asseoir sur ce que j'ai cru être une chaise, puis une souche, un nénuphar… un rien changeant. Une énergie vibrante.

Je ferme les yeux, ils ne me sont d'aucune utilité ici, sinon déstabilisants. Puis je fais confiance à mes autres sens, ceux qui sont ouverts sur le subtil.

Je prends place et laisse les fils d'énergies emplir mon esprit. Les paupières closes, je perçois le monde sous une autre forme. La silhouette lumineuse du guide qui m'a amené ici disparaît de mes perceptions et je n'ai pas à attendre longtemps avant qu'une autre, plus massive, ne pénètre dans mon champ de perceptions.

Je demeure les paupières closes et souris. J'attends qu'on m'invite à parler tout en suivant la forme d'énergie de ma vision interne. D'immenses ramures s'élèvent autour des fils de lumières emmêlés au centre. Si je pense d'instinct à un cerf, rien ne me prouve que je ne me trompe pas. Il pourrait tout aussi bien s'agir d'un ange ailé, ou d'un dieu mythique si j'en crois Éfi.

Le silence s'éternise et me donne l'impression d'être évaluée jusqu'au plus profond de mon âme. La pression s'intensifie, néanmoins, je garde la tête haute et les lèvres scellées. Est-il en train de lire mon cœur et mes intentions ? Très bien. Dans ce cas, tout sera plus facile que si je devais réellement m'exprimer, car il y verra la sincérité de ma démarche, mes véritables intentions et la détermination qui m'anime. Il cernera le problème et les solutions que j'espère y apporter en toute transparence, sans le moindre biais cognitif. Et surtout, sans risque de méprise due à l'étroitesse du langage ou à ma maladresse personnelle.

Je prends une grande inspiration, sans cesser de sourire, et ouvre mon cœur en grand. L'impression de vivre un instant de grâce unique qui ne se reproduira plus jamais est brisé par un ricanement léger.

— Éphélide avait raison, tu es vraiment têtue.

— Je ne sais pas si je dois l'interpréter comme un compliment et vous remercier, ou plus comme une réprimande et vous présenter mes excuses. Je ne souhaite offusquer personne.

Le ricanement doux revient et rompt la magie et la sévérité de ce moment. Je m'autorise à relâcher la tension de mes muscles une fraction de seconde, avant qu'il n'avoue :

— Un peu des deux.

— Des excuses pleines de gratitude dans ce cas ?

Il ne répond pas à ma question empreinte d'humour et s'approche lentement de moi tel un prédateur avide de comprendre. Je manque une respiration ou deux et pince toujours mes paupières.

— Pourquoi ne pas me regarder en face ? s'enquiert-il avec curiosité.

— À quoi bon, je vous vois très bien comme ça.

Il ravale un hoquet de surprise, je crois, puis tourne autour de moi. La chaleur qui émane de sa lumière s'enroule autour de mon corps astral, me caresse et me fuit tout à la fois.

— Je sais ce qui t'amène Aliénor.

— Alors vous savez aussi que j'ai raison.

Un éclat de rire inattendu brise le silence monacal du lieu et se répercute à l'infini dans cette cathédrale de verre céleste aux murs invisibles.

— Tu ne manques pas de cran.

— De franchise plutôt.

— J'apprécie que tu ne cherches pas à m'amadouer avec de belles paroles, vides et enrobées de sucre.

— Elles seraient vaines. Vous et moi le savons. Vous l'avez dit, vous connaissez la raison de ma venue et ce que j'attends de cet entretien.

— Je ne peux pas t'accorder ce que tu souhaites.

— Pourquoi ? Parce que vous ne voulez pas remettre en question votre fonctionnement ? Parce que le renouveau vous effraie ? Que vous n'êtes pas ouverts au changement ? Ou parce que votre allégeance ne va plus à vos protégés, mais à la Grande Tisseuse ?

— Tu fais fausse route. Nous œuvrons uniquement à l'évolution de nos rêveurs. Tout ce que nous sommes, tout ce que nous faisons, est pour eux.

— Je crois que vous vous voilez la face.

— Je t'en prie, insulte-moi. Ta colère n'ira pas en ta faveur.

— Je ne ressens aucune colère et aucune volonté de vous insulter. Je ne fais qu'énoncer une vérité que vous aimeriez ne pas voir. Vous êtes dans le déni. La sécurité de vos âmes est mise à mal, mais la fierté vous empêche de l'admettre.

— Ton contrat ne te permet aucunement ce genre d'actes de rébellion ! s'emporte-t-il.

— Qui est en colère maintenant ? Et je suis désolée, mais je sais que chaque contrat comporte une certaine liberté : le libre arbitre. Peu m'importe ce que comporte ce contrat de vie, d'âme ou je ne sais quoi que j'ai dû signer et dont j'ai tout oublié, car si je suis là aujourd'hui, c'est simplement parce que je suis poussée par mon intuition à faire ce qui est juste. Ce qui est en accord avec mes valeurs, avec mon cœur et avec mon âme. Si je suis venue vous voir, ce n'est pas pour moi, pour discuter de mon contrat. Je suis là, face à vous, pour vous demander la clémence pour vos protégés qui se font massacrer par les Chimères et qui n'ont aucun moyen de se défendre. Ayez pitié de vos âmes.

— En ouvrant mes portes aux Souffleurs d'ombres ? Ces traîtres !

— En ouvrant votre cœur aux possibilités, à l'inconnu. En choisissant de faire confiance.

— Je ne prendrai pas ce risque !

— Le risque d'armer vos âmes avec de nouvelles cordes ? Le risque de les laisser affronter leurs ombres pour mieux évoluer ou chuter ? De recommencer jusqu'à dépasser les parts d'ombre, les accepter et les surmonter ? Quels risques, je ne comprends pas bien ?

— En quoi ça les aiderait contre les Chimères et la Grande Tisseuse ?

— Vous n'avez pas répondu à ma question. Mais je vais répondre à la vôtre : faire front commun contre une régisseuse corrompue et ses créatures mortellement dangereuses nous permettrait d'unir nos forces, de colmater les failles par lesquelles elles s'infiltrent et assassinent. Mettre fin à cette querelle qui vous déchire depuis trop longtemps ramènerait l'équilibre que vous cherchez tant là où il n'est pas.

— Éphélide t'a parlé de sa sentence.

— Éfi ne m'a jamais abandonné. Il a été un guide exemplaire alors même que vous l'aviez libéré de cette charge. Oui, j'ai conscience d'être un cas difficile, ris-je malgré moi en l'imaginant lever les yeux au plafond. Il n'a jamais failli à sa mission, alors même que vous l'avez relevé de ses fonctions. Il lutte chaque jour pour rétablir cet équilibre pour lequel vous l'avez licencié. *J'ai* commis des erreurs, mais pas lui. Et avant que vous ne me repreniez, je voudrais que vous sachiez que si c'était à refaire, je ne changerais rien, car contrairement à ce que vous imaginez, mes erreurs ont été salvatrices, elles m'ont permis de flirter avec mes parts d'ombre et de faire briller ma lumière plus fort.

— Le contrat n'a pas été respecté.

— Le vôtre non plus, puisque vous m'avez abandonné. Vous échouez chaque jour à remplir vos propres parts de contrats. Il y a un nombre incalculable de nouvelles âmes sans guides !

— Elles ont choisi la rébellion !

— Elles ont choisi de se battre pour la lumière que vous êtes censé incarner !

— Les Souffleurs d'ombres n'ont pas leur place ici !

— Vous en êtes le seul décisionnaire, Écho. Vous êtes le seul à devoir vous remettre en question pour avancer dans un avenir plus équilibré. Vous avez les pleins pouvoirs sur cette guerre. Silas a déjà accepté de faire des compromis et vous le savez. La fierté vous rongera-t-elle suffisamment pour mettre l'équilibre du monde en péril ? Saurez-vous porter seul ce fardeau ? Que ferez-vous face aux milliers d'âmes que vous n'aurez pas su protéger ? Aux milliers de contrats que vous choisissez délibérément de ne plus honorer ? Votre conscience y survivra-t-elle ?

— Est-ce une menace ?

— Vous avez lu mon cœur et mon âme, vous savez parfaitement que je ne suis pas venue vous menacer, mais simplement vous placer devant la vérité. Ce n'est pas pour cette raison que vous ne vouliez pas me voir ? Pourquoi avoir changé d'avis ? Vous avez eu pitié de mon guide ? ris-je à nouveau pour détendre l'atmosphère.

— Il se pourrait bien que ce soit le cas, soupire-t-il de manière trop évasive pour que je puisse être certaine du sens réel de ses mots.

Je décide de ne rien répondre à cela et de ne plus poser de question alors même que la curiosité me ronge. J'ai eu l'occasion de m'entretenir avec le chef de la guilde, de lui exposer ma proposition, de lui offrir la paix sur un plateau et d'entendre l'écho d'un passé torturé dont plus personne ne veut à part lui. La balle est dans son camp désormais et, comme je le lui ai fait comprendre, il est le seul à pouvoir changer l'avenir. Le sien, celui de sa guilde, des Souffleurs d'ombres, mais pas uniquement, car l'avenir des âmes aussi est en jeu, ainsi que celui de l'équilibre entier de l'Oniriie. En faisant front commun, nous gagnons une chance de vaincre la Morue et ses Chimères.

Je me redresse et me relève, puis effectue une révérence des plus protocolaires pour lui témoigner tout mon respect et ma gratitude.

— Je vous remercie de m'avoir accordé ce temps si précieux, de m'avoir prêté une oreille attentive et d'avoir entendu ma proposition. Je crois qu'il est temps pour moi de prendre congé afin que vous puissiez prendre votre décision en toute intimité et sans pression. Nous la respecterons quoique vous choisissiez. Mais je vous prie également de cesser le feu et de ne plus nous mettre en mauvaise posture, car toute notre énergie doit être déployée à protéger les rêveurs sans défense plutôt qu'à jouer à une guerre qui n'a plus lieu d'être.

Je m'incline plus bas encore et, après quelques secondes de silence qui me semble suffisantes, je tourne les talons toujours sans ouvrir les paupières. Me déplacer ainsi m'est aussi aisé que les yeux ouverts. Je prends la direction de la sortie afin de rejoindre mon guide quand Écho m'interpelle une dernière fois.

Le cœur battant, incrédule, j'espère de toute mon âme un élan positif qui ne viendra pas.

— Aliénor ? Nous avons été un peu dur avec Éphélide, jamais il n'aurait pu te raisonner, n'est-ce pas ?

— En effet. Il semblerait que je sois aussi butée et instable qu'il le prétendait. Mais je nierai l'avoir admis, souris-je dos à Écho avant de reprendre ma route.

Chapitre 25

Je rejoins la Nouvelle Académie à la vitesse de la pensée. À peine ai-je franchi la porte d'or de la guilde que je me retrouve dans la chambre dans laquelle Elias m'avait conduite après ma crise, saisie par l'appel de mon guide.

Il fait les cent pas, en rond au centre de la pièce, tout en grommelant dans sa barbe. De temps à autre, il lève les bras puis les laisse retomber. En plein monologue, il ne m'entend pas apparaître. Je l'observe quelque secondes avant de me racler la gorge pour attirer son attention.

— Te revoilà ! hurle-t-il en courant vers moi, sur le lit.

Je suis à genoux sur le doux duvet qui le recouvre. Mon visage inexpressif ne laisse rien transparaître du dénouement de cet entretien.

— Racooonte ! s'impatiente-t-il. Ne me laisse pas comme ça ! Je me suis fait un sang d'encre !

— Un…

— Un sang d'encre, c'est une vieille expression moyenâgeuse. Ils pensaient que les maux de l'humeur venaient d'un problème de sang, donc avoir des angoisses venait selon eux du fait d'avoir trop de sang. Trop de sang, sang plus épais, sang plus foncé. Comme de l'encre quoi. Allez raconte.

J'éclate de rire devant cette explication complète et expéditive de l'expression que je connaissais déjà.

— Quoi ? s'énerve-t-il.

— J'allais dire « un instant, je crois qu'on va avoir besoin de noisettes et d'un goûter », je n'allais pas demander d'éclaircissement, mais ça me touche beaucoup que tu me connaisses aussi bien.

Tout en parlant, je fais apparaître son bol de noisettes, ainsi qu'une tisane aussi noire que ses prunelles au parfum prononcé de thé et de jasmin. Je la porte à mes lèvres pour me désaltérer, Éfi ne me quitte pas des yeux. Il n'a même pas saisi la perche pour me sermonner, il doit vraiment être inquiet.

— Écho a refusé ? tente-t-il.

— Non.

— Il a… accepté ?

— Non, ris-je à nouveau devant son air incrédule. Il n'a ni accepté ni refusé, mais il a écouté. Il a entendu notre requête. Je ne sais pas ce qu'il va décider, mais nous aurons fait tout ce qui était en notre pouvoir.

— Ah.

Il est déçu. Il attendait beaucoup de ce rendez-vous, je m'en rends compte, cependant j'ai beau me repasser l'entrevue en boucle, je ne pense pas avoir eu l'occasion de faire davantage.

— Mais, dis-je pour lui remonter le moral, il y a quand même un truc positif : il a vu à quel point j'étais bornée et je crois qu'il a plus ou moins admis que tu as été victime d'un licenciement abusif.

— AH ! hurle-t-il avec humour. Je le savais ! J'ai tiré le gros lot avec toi !

L'ambiance s'allège et les rires se mêlent à la conversation.

— Et dire que tu aurais pu prendre la poudre d'escampette. Tu n'auras plus d'autres occasions aussi belles, mon pauvre.

— Bordel, j'ai été beaucoup trop bon.

— Tu sais ce qu'on dit ? Trop bon, trop con.

— Nora ! Ton langage !

— Hé, c'est ma réplique ! Où va le monde ?!

Je l'attrape et lui frotte la tête, il s'enroule autour de mon cou et s'enfuit dans mes cheveux pour m'échapper. Nous jouons comme des enfants insouciants, comme si le poids du monde ne reposait pas sur nos épaules, comme si nous étions revenus des années en arrière, comme s'il n'allait pas mourir bientôt… jusqu'à ce qu'il s'arrête, épuisé, mais heureux.

Essoufflée, je le garde près de moi, allongée sur le lit et me cale sur sa respiration. Je laisse le silence envahir la pièce et mon esprit. Je savoure l'instant présent avant qu'il ne m'échappe dans un nouveau drame. Et je souris, le cœur presque léger.

Sur la pointe des pieds, je me faufile hors de la salle de réunion où Éfi s'est assoupi après s'être entretenu avec Silas. Je croise Amshul à l'extérieur, le visage fermé et les bras croisés.

— Tu devrais être en cours. Je t'attendais.

— Ah ?

— Ne fais pas l'innocente, je sais qu'Éfi t'en a parlé. Pourquoi tu ne viens pas ?

— J'avais des choses plus importantes à faire. Je ne dénigre pas vos cours, je souligne juste qu'il y a d'autres priorités, comme essayer d'arrêter une guerre, par exemple.

— Et ça n'a rien à voir avec le fait de côtoyer d'autres élèves, bien sûr.

Je perçois le ton presque taquin de sa voix profonde et m'autorise un sourire.

— Non, bien sûr.

— Donc si je te proposais des cours de rattrapage où tu serais seule, tu refuserais.

J'ouvre la bouche, prête à refuser, mais hésite. Tout ce savoir à portée de main et personne d'autre pour assister à mes échecs ? En voilà une proposition intéressante.

— Des cours de quoi ? ne puis-je m'empêcher de réclamer.

— Chamanisme, équilibre, art du combat, quantisme, géométrie sacrée, florilège, alchimie, mysthologie… la liste de tes lacunes est longue comme mon bras, alors ce ne sont pas les leçons qui manquent.

Amshul se tourne et commence à marcher, donc je lui emboîte le pas. Nous nous éloignons de la salle de réunion et rejoignons le chemin de ronde qui longe l'étage à l'extérieur. J'apprécie l'attention désintéressée du chaman de m'éloigner des éventuelles personnes que nous pourrions croiser, tout autant que sa proposition de me former en tête-à-tête.

Enfin…

— Qui assurerait tous ces cours de soutien en plus de leur cours traditionnel ? Juste vous ?

— Tu peux me tutoyer, je crois qu'on a dépassé ce stade, non ?

Je hoche la tête, il reprend.

— Ce serait moi pour la plupart. Je ne suis pas un expert en chaque matière, mais mes connaissances suffiront pour l'instant. D'autres se sont proposées : June et Jude, Vaprana, Gertrude…

— Gertrude ?

— C'est une élémentaire, elle en connaît un rayon en Flortilèges et en Mysthologie.

Je vois là l'occasion rêvée de lui demander comment elle a fait pour me pister et ainsi répondre à cette question qui me taraude depuis bien trop longtemps. Mais, ai-je vraiment le temps pour tout ça ? Je ne voudrais pas empiéter sur leur propre temps si précieux ni léser leurs autres élèves.

Amshul saisit mon hésitation, il bifurque et reprend le chemin traditionnel. Je ne le lâche pas d'une semelle et abandonne derrière moi la Voie lactée et les méduses chantantes qui ondulent entre les piliers des auvents. Il me conduit quelques portes avant l'atelier de Li, vers la seule restée ouverte. Il y pénètre sans vérifier que je le suis, il semblait évident qu'il m'y invite, et m'attend. Je ravale donc mes envies de retrouver mon grand-père pour un moment et m'exécute.

Il s'agit d'une petite pièce claire, un fauteuil suspendu en macramé pend du plafond, d'épais tapis beige doux recouvrent le parquet en bois et une multitude de coussins éparpillés contre les murs invite à la détente. Une large baie vitrée ouverte laisse entrer le paysage extérieur et la brise fraîche de l'aurore. Mon esprit se tourne malgré moi vers

Elias qui a déjà dû rejoindre son lit maintenant. Je tente de chasser cette pensée et le manque qui s'insinue en moi.

— Ce serait ici, qu'en dis-tu ?

— Les cours ? Ça ne ressemble pas à une salle de classe.

— Mais tu ne ressembles pas non plus à une élève inculte. Et puis tu as bien dû remarquer que rien n'est vraiment standard. Tu préfères qu'on se retrouve à l'extérieur ? Il y a des tas d'endroits où nous pourrions te donner les leçons dont tu as besoin. L'essentiel est que tu te sentes à l'aise. Gertrude passe son temps dans la serre, si tu veux la rejoindre là-bas, c'est possible aussi.

— Pourquoi est-ce que tu te donnes tant de mal pour moi ?

— Parce que je crois que tu auras besoin d'autres armes que tes camarades et tu en as bien conscience aussi.

Le silence s'étire le temps d'un souffle. Le sous-entendu qu'il évoque ressemble à une vérité que personne n'ose énoncer, mais que tout le monde connaît. Je voudrais me féliciter de l'avoir perçu, cependant ce que je ressens est en totale contradiction. Il n'y a ni légèreté ni victoire dans mon cœur, juste une certitude pesante que j'aimerais renier.

— Tu vas m'aider à trouver ma voie ?

Je fais référence à notre conversation devant le chemin des grâces et les mystères qu'il conserve, un sourire provocant flottant sur mes lèvres. Il y répond d'une œillade satisfaite pleine de défi.

— Tu connais déjà ta voie, mais je peux t'aider à poser ta *voix*.

— On commence quand ?

Il me désigne la pièce d'un large geste du bras et m'invite à élire l'endroit de mon choix pour un temps de méditation au son de ses chants chamaniques.

Je m'installe sans hésitation dans le fauteuil suspendu, ramène mes jambes et mes pieds à moi, puis cale mon dos dans les coussins confortables avant de reposer ma tête en arrière.

— Hé, ce n'est pas l'heure de la sieste !

— Parce que méditer c'est forcément s'installer en tailleur le dos droit et les doigts en ronds posés sur les genoux ? Je suis presque sûre que non. Avec Éfi…

— Ce n'est pas Éfi qui dirige ce cours.

— Argh ! Arrête de toujours m'interrompre ! Je déteste ça, j'ai besoin de finir mes phrases ! C'est douloureux, tu sais !

— Bah vas-y.

— Avec Éfi, je peux rester allongée.

— Avec Éfi, tu devais trouver du repos. Avec moi, tu dois vivre et percevoir autrement.

Je ne lui avoue pas mes nouvelles perceptions, les fils d'or d'énergie que je distingue de plus en plus souvent, ni les fleurs qui sont sorties de mon corps avec Elias. Il m'arrive d'avoir envie de le faire, mais les mots restent coincés, je ne sais pas le faire.

Je me redresse et obéis.

Il entame un chant profond venu d'une autre dimension. Il traverse mon corps astral de part en part et me plonge dans un état étrange. Le temps se suspend, je me laisse porter par ses vibrations qui caressent mes sens et m'emportent au plus profond de moi.

Mes doigts picotent. La sensation se répand progressivement à tout mon épiderme. S'enfonce en dessous.

Mon poids s'allège. Mon corps semble se dissoudre et disparaître pour ne laisser que mon âme à nu. À vif.

Je vois la transparence de mon enveloppe, la nature qui m'habite, les blessures non guéries qui la brisent.

Je prends peur de sentir mon esprit si vulnérable, offert aux vents, au souffle du temps.

Je résiste.

J'ai peur de disparaître. De perdre mon individualité.

Je m'accroche et me ferme aux sons puissants qui m'emportent trop loin.

Je me concentre sur mon corps et mes sensations, je ramène mon esprit.

Pétrichor.

Pétrichor.

Pétrichor.

— Qu'est-ce que tu fais ? râle soudain le chaman en interrompant sa transe.

— Rien. Je médite.

— Pas du tout ! Tu te sabotes ! Concentre-toi.

Mince. Prise en flagrant délit. En même temps, ce n'est pas si évident. Je ne sais pas ce qu'il attend de moi. Avec Éfi, il me suffisait de suivre sa voix, j'avais une accroche, je savais où j'étais et surtout que je n'étais pas seule. J'avais un but, un phare dans ma nuit.

Cette nouvelle approche est bien plus déstabilisante, je dois me concentrer sur sa voix, ses chants, ses vibrations si puissantes qu'elles pourraient faire voler en éclat mon corps astral et déliter mon âme. À quoi me raccrocher ? Et si je me perdais ? Si je lâchais prise et que je ne parvenais plus à me rassembler ? Pourquoi est-ce que je voudrais vivre ça ? M'infliger un tel niveau d'inconstance et d'inconnu ? Quel est le but recherché cette fois ? M'enseigner à trouver ma voix ? Mais pourquoi ?

— Nora ! s'interrompt à nouveau le chaman. Tu es distraite, tu penses si fort que je peux presque t'entendre débattre avec toi même !

— Je n'y peux rien, mes pensées sont incontrôlables. Elles partent dans tous les sens.

— Laisse-les passer sans t'y accrocher.

— Et ensuite ?

— Ensuite, tu observes.

— Qu'est-ce que je dois voir ? Qu'est-ce que je dois attendre ? C'est quoi le but ?

— Je te l'ai dit, je veux juste t'aider à trouver ta *voix*.

— Oui, mais ça veut dire quoi ?

Je perçois un soupir à fendre la pierre. Du dépit ? De l'amusement ?

Je me tortille sur moi-même dans le fauteuil et peine à laisser le balancement réconfortant apaiser mes craintes.

— Quoi ? C'est mon droit de m'interroger.

— Oui. Personne ne te contraint à rester là, tu sais.

— Bah si, un peu quand même. Vous n'arrêtez pas de vouloir me faire rattraper mes cours. Je suis de nature curieuse et j'aime apprendre de nouvelles choses, d'autant plus si elles me seront utiles, mais en quoi cette méditation le sera ?

J'ouvre les paupières sur le silence que laisse planer Amshul. Il me détaille sans réellement sourire, mais il semble attendri. Je lis l'attachement qu'il me porte, sa patience et sa bienveillance dans son regard posé sur moi. Puis soudain, ses lèvres s'étirent dans un demi-sourire entendu.

— Tu as déjà touché du bout des doigts la réponse que tu cherches.

CHAPITRE 26

La réponse que je cherche.
Mince il est pénible à ne me répondre que par énigmes ! Je grogne et me renfrogne. Il ne m'en dira pas plus. Il referme ses paupières et se reconnecte à la puissance du monde invisible auquel il est intimement lié. Une nouvelle litanie s'extrait de sa gorge, unique et puissante.

Des frissons parcourent ma peau.

La magie me gagne. Je suis réceptive à ces vibrations intenses qui s'infiltrent au-delà de la matière.

Je capitule, me réinstalle et referme mes paupières. Si je ne parviens pas à accéder à la transe méditative chamanique qu'il attend de moi, au moins puis-je profiter de ce moment présent et des chants qu'il m'offre comme s'il s'adressait à mon âme en outrepassant le mental.

J'inspire et expire longuement, bercée par les sons graves, les ondulations et le chant diaphonique du chaman.

Tout comme la première fois, je sens mes contours osciller et se déliter. Je me rappelle combien sa complainte m'avait percée à jour lors de cette bascule provoquée.

Je songe à cette jeune fille qui venait d'arriver à l'Académie pleine de rêves, de peurs et d'espoirs.

Je m'autorise à la pleurer, à la suivre, à retourner dans ses vies passées tourmentées.

Je m'accroche à ces souvenirs, à Elias. À ce cœur qui se brise à l'infini.

Je suis à mille lieues de cet endroit, portée par le flot des vibrations qui n'ont aucun mot, aucun sens.

Je perçois les frissons sur cette peau qui n'est pas la mienne. Les picotements qui s'infiltrent dans ce corps qui n'est pas le mien.

Les paupières closes, je vois pour la première fois tout ce qui est caché.

Mon âme à nu, à vif.

Les meurtrissures de toutes ces vies que j'ai choisies.

Les plaies ouvertes.

Les peurs secrètes.

Le tambour qui bat au rythme d'un cœur qui palpite.

Les espoirs matérialisés par les bourgeons qui fleurissent mon âme.

La vie.

L'amour.

La force.

Le tambour. Le chant. Les vocalises profondes.

Et le silence derrière le bruit.

Le grand vide dans la nuit.

La voix du silence.

Ma *voix*, qui s'élève sans prémonition.

Elle comble celle d'Amshul, les tambours, le vide et le silence, les peurs et les espoirs.

Elle vibre de vie, fourmille, crépite, gronde, ondule, cascade, inonde le vide.

Elle s'élève.

Je comprends sans réfléchir. Je sais sans savoir. Je vis à travers les âges.

Amshul m'ouvre la voie, mais je suis seule à pouvoir en parcourir le chemin, à pouvoir saisir le subtil de son soutien.

Je choisis d'ouvrir mon âme et de laisser ma voix s'élever derrière la paix.

J'embrasse le silence derrière le bruit de mes pensées, celui de mes nuits les plus sombres, de mes vies les plus éprouvantes.

J'enlace la sérénité derrière mes craintes, il couvre le bruit de mes espoirs.

J'accepte de laisser monter ma voix. De laisser couler mes larmes. De voir l'âme qui se terre dans mon corps, qui tente de briller moins fort pour ne pas attirer la fatalité.

Je m'abandonne à cette voie qui est la mienne.

J'entends la voix du silence derrière le tout et je sais qu'elle ne m'abandonnera pas lorsque je serai prête à embrasser ma voie.

Lorsque je rouvre les paupières, tout a changé pour moi et Amshul le sait.

Il me sourit avec tristesse.

J'ignore quand son chant a cessé.

Quand le mien l'a remplacé.

Ni quand le silence s'est imposé.

Mais cette fois, je l'entends qui murmure.

Le brouhaha de mes incertitudes s'est tu.

Il m'annonce :

— Tu l'as trouvée.

Oui.

Je l'ai trouvée.

Chapitre 27

Je ressors grandie de cette transe chamanique, je suis allée à la rencontre de moi-même, de la lumière en moi et de l'essence de l'univers. Je ne fais qu'un avec celui-ci, j'ai abandonné mon individualité, j'ai laissé le silence apaisant derrière mes doutes et mes pensées parasites éclairer ma voie et faire éclater toutes mes certitudes, tous mes repères. J'ai fait fi de tous mes raisonnements, toute mon éducation, mes peurs, mes désirs, mes sentiments pour m'aligner à l'essentiel, l'évidence, la clé de tout : la paix intérieure.

J'ai trouvé ma voix, je saurai l'élever pour tous.
Je connais ma voie, celle qui apportera la paix pour tous.

Toutefois, je ne suis pas prête.

Je me relève d'un bond et le remercie d'un hochement de tête incertain. Mes jambes flageolent, il me rattrape de justesse et m'implore de me rasseoir.

— Tu as besoin d'un peu de temps, ce que tu viens de vivre n'est pas anodin. Peu ont été autorisés à être libérés aussi rapidement. Tes capacités sont extraordinaires Nora, je...

Il s'interrompt, empreint d'un doute que je ne lui connais pas. Il cherche ses mots sans les trouver. Il secoue la tête de droite à gauche, ému, et m'aide à me rasseoir.

— Je dois y aller, insisté-je.

— Où ? Es-tu si pressée ? Qu'as-tu vu ? Entendu ?
— Je dois trouver Elias.
— Il est retourné dans son monde. Tu devrais te reposer et prendre le temps d'intégrer ces changements.
— Quels changements ? demandé-je sans vraiment attendre de réponses, plus par réflexe que par besoin.
— Tu as trouvé la voix derrière le silence. Tu as trouvé ton âme et celle du tout. Tu as trouvé la voie.

Il m'observe, ses yeux sombres irradiant d'une chaleur d'où déborde le trouble. Les fils d'énergie parcourent sa peau, auréolent son corps, illuminent la pièce dans le subtil. Aucun mot ne pourrait exprimer l'expérience que je viens de vivre et qui m'a transcendée. Alors je réponds simplement :

— Oui.

Sans crier gare, la sérénité et l'assurance qui m'habitaient me fuient et refluent pour laisser l'angoisse m'inonder devant le chemin que j'ai choisi d'emprunter et la solitude qui doit m'accompagner.

Mon corps tremble, les images se brouillent, mon souffle devient erratique. Amshul me retient par les épaules, me parle, mais échoue à me ramener. Même le chant qu'il entonne n'y fait rien. Il n'a plus d'emprise sur moi, j'ai trouvé le mien.

Et il est terrifiant.

Je grogne en rouvrant les paupières dans mon lit, les souvenirs sont encore flous et je me sens fébrile. Mon corps est lourd. Si lourd.

J'ai l'impression d'être passée sous un rouleau compresseur, aucun de mes muscles n'a été épargné.

Puis des images me reviennent par flash. Des impressions. Des sensations.

J'ai du mal à ordonner mes idées, mes pensées, ma mémoire… tout est si vif, rapide, bruyant. Était-ce un rêve ? Un cauchemar ?

Il me faut quelques instants pour me rappeler que je ne rêve jamais et que mes cauchemars sont toujours bien réels.

— Merde, grommelé-je pour moi-même.

Brume se précipite vers moi

– *Tu l'as dit. Je t'ai rarement vue revenir dans un tel état.*

Je sursaute et cherche des yeux la personne qui vient de s'adresser à moi quand un rire cristallin s'élève dans mon esprit et secoue les épaules de ma petite Orchifée mutine.

— Brume ? C'est toi ?

— *Qui d'autre ? Il était temps que tu m'entendes. Tu en as mis du temps à l'accepter.*

— Tu me parles ainsi depuis longtemps ? Dans mon esprit ?

— *Depuis toujours. Mais tu n'étais pas ouverte.*

Parce que je le suis maintenant ? Ne puis-je m'empêcher de penser ? Ce qui lui arrache un nouveau rire joyeux. Bordel ! June, Éfi et maintenant Brume ! Je ne serai donc plus jamais seule dans ma propre tête ?

— *Pas si tu nous autorises à y entrer. Mais tu sais très bien comment nous bloquer l'accès,* me taquine-t-elle avec un clin d'œil complice.

Quand Amshul me promettait de trouver ma voix, je n'imaginais pas que ça s'accompagnerait de tels changements.

— *Tu t'es reconnectée à l'essence du monde et à toi-même.*

— Youpi.

— *Cache ta joie, je t'en prie,* se vexe-t-elle.

— Pardon, ce n'est pas contre toi. C'est juste que je n'étais pas prête. Oui, je sais ce que tu vas me dire : « si tu n'avais pas été prête, tu n'y aurais pas eu accès », grommelé-je encore.

Ce qui attise un nouvel éclat de rire de Brume. D'autres s'y mêlent lorsque les Orchifées présentes dans la chambre s'autorisent à se dévoiler.

Je soupire, endolorie, et grimace en massant mes membres un après l'autre.

— *Tu n'es pas prudente, tu laisses ton corps trop souvent seul. Tu vas récolter des escarres et de la faiblesse.*

— Je sais. C'est tellement plus pratique sans.

— *Tu ne t'es pas incarnée pour t'oublier.*

— Mais quelle rabat-joie tu fais, ma parole ! Je me demande si je ne te préférais pas muette, m'esclaffé-je pour lui rendre la pareille.

Elle entre dans mon jeu et fait mine de s'offusquer avant de siffler deux de ses consœurs qui me rapportent un petit pot en bois plein d'un onguent parfumé.

— *Allez, applique ça sur tes muscles douloureux pendant qu'on te prépare un bain chaud. Tu pues. C'est de la crème à base de pâquerettes, mêmes effets que l'arnica. Oui, je te connais et je réponds avant que tu ne demandes.*

Qui suis-je pour refuser un moment de détente qui me permettra de remettre de l'ordre dans mes idées après tout ?

Une fois le bien-être priorisé, je remercie les petites attentions de mes amies et file droit vers la porte avant d'être stoppée par leurs angoisses protectrices.

Les choses deviennent de plus en plus claires pour moi, même si je ne suis pas prête et que je cherche toujours une autre solution à celle qui se profile sur mon chemin. Mais une chose est sûre, je ne veux plus perdre de temps. Il est trop précieux.

Mon esprit divague vers Elias avant de revenir sur la priorité : Éfi.

Je bascule à la Nouvelle Académie auprès de mon guide, prête à lui proposer une escapade sur Terre et un peu de répit dans son quotidien pesant, quand je me rends compte que je ne suis pas du tout avec Éfi, mais sur le pas de la porte de Li, et Elias !

— Oh, non, non, non, non non… qu'est-ce que c'est que ce foutoir !

Je marmonne dans mon coin en faisant demi-tour pour aller me cacher derrière la maison et rebasculer en Oniriie quand je me retrouve nez à nez avec la vieille voisine, la mâchoire décrochée.

Merde.

Elle se met à bafouiller des trucs sans queue ni tête et toutes mes excuses n'y font rien. Elle désigne le pas de la porte et moi, puis recommence encore et encore. Il n'y a aucun doute possible, elle m'a bien vue apparaître de nulle part.

Elle place une main sur son cœur, je crains l'espace d'un instant de lui avoir provoqué une attaque cardiaque, mais quand je me précipite vers elle pour l'aider, elle hurle et me repousse comme si j'étais le démon en personne.

— Pardon ! Non, non, j'étais juste derrière le buisson. Non, les gens ne peuvent pas…

Elle n'entend rien. Elle hurle et va ameuter toute la rue. J'hésite à basculer et m'évaporer, elle pensera avoir eu une hallucination. Cependant, la porte derrière moi s'ouvre à la volée et Elias apparaît à moitié groggy et le visage défait.

Il ne prend pas de pincettes, il gronde la vieille femme et me fait entrer comme si c'était elle, la folle. J'ai honte. Je suis littéralement morte de honte. Je sens mes joues prendre feu et le fait qu'Elias me fasse face en caleçon n'aide pas.

Je me tourne d'instinct pour préserver son intimité et me confonds en excuses.

— Merde, Nora, t'aurais au moins pu apparaître dans la chambre de Li ou la mienne !

Vient-il de m'inviter à venir dans sa chambre quand je le souhaite ?

Non, non, raisonne-toi, ce n'est pas le sujet.

— Pardon. Je voulais aller à la Nouvelle Académie, je ne comprends pas pourquoi je suis là.

— Tu ne maîtrises plus tes bascules ?

— Elias ? Tout va bien ? interpelle une voix féminine de la cave.

— Merde, maman est là. Viens suis moi, me lance-t-il en m'attrapant par le bras avant de lui répondre : Oui, oui !

Par réflexe, je m'attends à la douleur du contact imprévu et retiens ma grimace pour ne pas le vexer tout en montant les marches quatre à quatre. Étrangement, elle ne se présente pas aussi violente que je l'attendais. Tout juste un point ferme dont les échos restent longtemps après qu'il m'ait relâchée, mais aucune souffrance.

Il me précède et referme la porte derrière moi avec une rapidité déconcertante.

— Eh bien, on dirait que tu es un as dans l'art de cacher des filles dans ta chambre.

Mes mots sont sortis avant que j'aie pu les penser. Je me mords la lèvre et détourne le regard de lui, rouge d'embarras. Ils sonnent comme un reproche. Mais je ne suis personne pour lui, de quel droit est-ce que je me permets ce genre de réflexion ridicule ?

Je l'entends enfiler un pantalon par-dessus mon épaule. Il ne dit rien, mais ricane, amusé par ma marque de… jalousie ? Oh non, pitié, achevez-moi.

— Jamais plus d'une à la fois, plaisante-t-il en percevant le malaise.

— Ouf, j'aurais été bien gênée de me retrouver nez à nez avec ta petite amie nue dans tes draps alors que vous êtes censés être en cours.

— Heureusement que je l'ai cachée dans le placard, alors.

J'écarquille de grands yeux ronds en me tournant vivement vers lui, puis vers ledit placard. Le fard me monte aux joues et je commence à bafouiller des sons incompréhensibles, alors que j'essayais juste de lui dire que j'allais m'en aller.

Il explose de rire, se plie en deux et très vite va ouvrir le placard en question pour démentir ses propres mots.

Une plaisanterie. C'était une plaisanterie.

Je me sens tellement naïve et idiote. Foutu cerveau tordu !

— Je suis désolé, j'avais oublié que le second degré, c'est pas toujours évident pour toi.

Il tente bien d'arrêter de rire, mais c'est un échec. Il n'y a rien de méchant dans son attitude et je remarque les efforts qu'il fournit pour me mettre à l'aise, ses excuses sont sincères — je crois — mais je ne m'en sens pas mieux pour autant.

« Elias ! Tu n'as plus l'air si malade que ça ! Tu te fous de moi, c'est ça ? Je t'emmène en cours ? » hurle sa mère du rez-de-chaussée cette fois. Elle semble moins que ravie.

— Pardon, maman, c'est une vidéo débile. Je suis couché !

Il se calme aussitôt au sermon de sa mère. C'est à mon tour de devoir retenir un sourire, mais je me permets tout de même un lever de sourcil incrédule.

— Alors le ténébreux et taciturne Elias, tombeur à ses heures perdues, est un fils modèle…

Il hausse les épaules, pas le moins confus du monde, et assume parfaitement.

— C'est ma maman.

Il se laisse tomber sur le lit et rabat ses cheveux d'une main sur la tête. Je le découvre effectivement un peu pale et fatigué. Son portrait se superpose en une fraction de seconde à celui d'Eliya mourant entre mes bras. Mon sourire s'efface et mon cœur s'emballe. Je vacille à l'intérieur et Elias le remarque à l'extérieur. Comme toujours, il semble être le seul à qui mon masque ne fait aucun effet. Il se relève d'un bond et tend une main vers moi avant de se raviser.

— Tout va bien ?

— Oui. Mais c'est à toi qu'il faut demander ça. Tu es malade ?

— Seulement un peu éprouvé par les dernières nuits. Et toi ?

Fait-il référence à notre escapade sauvage ? Est-ce ma faute ? Je ne sais pas comprendre et lire entre les lignes. Que dois-je lui répondre ?

La vérité, comme toujours. Je suis incapable d'en faire autrement.

— Un peu éprouvée par les dernières vies.

Évidemment, il ne sait pas quoi répondre à ça, c'est la malédiction de la sincérité et de l'honnêteté : être entière et vraie amène souvent de grands moments de solitude. Les gens ne veulent jamais vraiment savoir comment on va lorsqu'ils posent la question, je l'ai appris à mes dépends. Ils ne veulent pas de longs monologues sincères, ils n'attendent qu'un simple « ça va, merci et toi ? » afin de pouvoir faire semblant. Les personnes qui t'interrogent et attendent réellement une réponse honnête, ces gens-là il faut les chérir, ce sont de vrais amis qui se soucient de toi. Ils sont rares. Très très rares.

Je rouvre la bouche, prête à mettre fin à son supplice et à lui servir une banalité de routine qui effacerait le malaise, cependant il me prend de court :

— Ce n'est pas trop difficile de vivre avec ces souvenirs qui ne t'appartiennent pas ?

Je le dévisage trop longtemps, incapable de savoir si c'est une question de politesse et s'il veut vraiment faire durer ce moment que nous partageons et le rendre plus profond.

Il se met à rire doucement, recule et se rassied sur son lit. D'un regard un peu maladroit, il m'invite à le rejoindre. Il cale son dos sur sa tête de lit, alors je m'approche, mais reste debout aux pieds du meuble.

— C'est indiscret, pardon. Tu n'es pas obligée de me répondre.

— Ce n'est pas que je ne veux pas te répondre, je cherche juste à savoir s'il y a un piège caché.

— Un piège ? répète-t-il dubitatif. Je ne vois pas où serait le piège.

Je secoue la tête et lui souris, en balayant la conversation d'une main comme le font les gens à la télévision. Je ne peux m'empêcher de penser à Estéban et à ses manipulations que j'ai été trop naïve pour remarquer.

— Je vais y aller, je t'ai importuné assez longtemps alors que ce n'était pas prévu.

— Aucun souci, j'aime les imprévus. Tu peux t'asseoir et rester.

Il aime les imprévus, le comble !

Je me ressaisis et, traversée par un élan de lucidité — ou de doutes, je ne sais pas — je soupire et lâche :

— Pas la peine de te donner tant de mal pour faire semblant.

— Semblant de quoi ? Nora, il n'y a pas de piège ou je ne sais quoi… Je ne sais pas ce que tu as vécu dans ces autres vies et je ne voulais pas te forcer à en parler, désolée. J'avais juste envie de…

— D'être poli ? proposé-je en le voyant chercher ses mots.

— Moi, poli ? rit-il. Est-ce que tu as déjà eu l'impression que je me forçais à faire des trucs qui ne me font pas envie ?

Son humeur irascible, sa colère et son impulsivité se rappellent à moi et m'arrachent un sourire. Je secoue la tête et fais un pas vers le lit, le cœur battant. Alors qu'allait-il dire ? Est-ce que j'aurais assez de courage pour le lui demander ?

Il m'observe, pale et à moitié déshabillé. Ses yeux sont si similaires à ceux de ses autres vies. Son regard semble se rappeler la façon dont il me voyait *avant*. C'est très déstabilisant. Il ne me connaît pas. Et pourtant, j'ai cette impression si tenace quand je suis avec lui, qu'au contraire, il n'y a que lui qui me connaisse vraiment.

Je devrais m'en aller. C'est le pacte que j'avais conclu avec moi-même.

Pour lui.

Pour moi.

Seulement, cette rencontre avec le grand silence derrière le tout, avec moi-même et ma voie, a profondément changé mes perceptions. Alors, je fais l'inverse de ce que me dicte ma raison, j'avance encore vers lui et m'assieds au bord de son lit.

Un éclat imperceptible s'embrase dans ses prunelles et illumine les étoiles d'or de ses yeux. Un subtil mouvement du coin de ses lèvres transforme son visage et l'allume d'une émotion qui reflète la mienne.

— Tu avais juste envie de… quoi, alors ?

Chapitre 28

— De… je ne sais pas, murmure-t-il dans un soupir avec un mélange d'exaspération et d'impuissance. J'avais juste envie de te retenir encore un peu. Je ne comprends pas ce que je ressens quand tu es là.

Je recule un peu, sans savoir si je dois partir ou rester. Ni quoi dire. Est-ce à moi de parler ? Que veut-il entendre ? Que moi, je comprends ce qu'il ressent et que c'est pour cette raison, dont il ignore tout, qu'il semble autant en colère contre moi ?

— Nora, reprend-il en se rapprochant vivement de moi sans me toucher pour autant. J'ai vraiment envie de savoir ce qui t'a tant éprouvée dans ces autres vies. Je cherche ta compagnie et ça me met en colère parce que je ne comprends pas pourquoi ! Ça me donne envie de te fuir et de t'en vouloir, mais je continue de te chercher ! La nuit, le jour, au milieu de mes rêves, c'est toi que je pars retrouver ! Je ne comprends rien à ce qui m'habite quand tu es aussi proche de moi. Vraiment rien du tout. J'ai déjà été amoureux, j'ai déjà désiré d'autres filles, je connais tout ça ! Mais *ça*, ça ne ressemble à rien de ce que je connais. Tu comprends ce je dis ? Parce que moi non !

Ses mains délicates se glissent sous les miennes, un courant d'énergie parcourt tout mon corps, m'électrise, me rend plus vivante ! Ses yeux cherchent dans les miens les réponses qui lui manquent et que je peux lui offrir. Il le sait, il le sent. Il attend.

Mais comment lui dire ? En ai-je le droit ?

— Nora, pourquoi t'es venue ?

— Je ne sais pas, avoué-je. Je ne l'ai pas fait exprès.

— Alors toi aussi tu ressens tout ça ? Tu comprends de quoi je parle. C'est si... étrange.

Il me relâche, recule, et d'un air fou passe ses mains dans ses cheveux, le regard fouillant ses pensées. Mon cœur meurtri se rassemble pour battre plus fort à son contact et explose dans ma poitrine, comme si tout ce que j'avais voulu renier n'y tenait plus.

Elias me fixe à nouveau. Son regard me perce à jour. Il me regarde, moi, celle que je suis à l'intérieur. Celle avec qui il a partagé tant de vies sans le savoir. Il me voit sans comprendre. Son âme me reconnaît, mais son esprit résiste, sa raison lutte contre l'incompréhensible.

Mais les êtres qui s'aiment sont liés par l'âme au-delà du temps, de l'espace et de la raison.

— C'est comme si... je ne sais pas. C'est complètement fou, ça n'a aucun sens !

— Comme si quoi ? insisté-je.

J'ai besoin de l'entendre.

— Comme si mon corps était habitué à ta présence, comme s'il avait des automatismes et me poussait vers toi, alors qu'on ne s'est jamais vus. Le fait que tu nous aies sauvés quand on était petit peut-être ? Non, soupire-t-il en fermant les yeux. C'est comme si je connaissais le goût de tes lèvres sans jamais les avoir embrassées, comme si mes mains connaissaient les courbes de ton corps sans jamais l'avoir touché, comme si *ton* cœur battait en moi, que je n'étais entier que lorsque tu es près de moi. C'est comme si… comme si… comme si…. non. Je ne comprends pas.

Il secoue la tête, hagard, et confus de s'être autant livré à une inconnue sur des sentiments incompréhensibles qu'il n'explique pas.

— Merde, putain ! s'emporte-t-il à nouveau en reculant, affolé par ma présence.

Il me regarde soudain comme si j'étais un monstre, que j'avais un pouvoir sur lui auquel il ne résiste pas et que je pouvais le plier à ma volonté sans le moindre effort. Comment est-il passé de cette évidence à portée de conscience, à ce mensonge effrayant qu'il s'invente pour tenter d'expliquer ce qui nous lie ?

— Elias ?

— Comment tu fais ça, putain ! Je n'y comprends rien ! Arrête !

Il m'a ouvert son cœur et son âme, m'a offert sa vulnérabilité tissée de craintes et d'espoirs, et maintenant il piétine cette connexion, cette confiance, cette évidence, l'enlaidit d'explications effrayantes et mensongères. Je ne peux pas le laisser se perdre dans cette folie. J'en suis la seule responsable aujourd'hui.

— Elias, murmuré-je en attrapant ses bras qui me rejettent.

Je place ma main sur son cœur et la sienne sur le mien, puis je plonge dans son regard et cherche son âme tourmentée, enfermée dans l'ignorance.

Je veux lui dire mon amour. Mes lèvres restent muettes, scellées par l'impuissance à le décrire, car les mots ne suffisent pas. Ils me semblent si fades, jamais ils n'exprimeront l'entière vérité de ce qu'il est pour moi.

Il cherche la réponse hors de sa portée au fond de mes pupilles, sa fébrilité provoque des tremblements dans son corps. Son âme fiévreuse bouleverse son corps fragile à force de se débattre dans un néant dépourvu de vérités.

Je suis presque sûre que sa sphère flotte sur les eaux du lac d'Euristide. Mais ce soir, lorsqu'il viendra en Oniriie, ce n'est pas là-bas que je l'emmènerai.

Le son précipité des pas de sa mère monte à l'étage en le hélant depuis trop longtemps. La poignée s'abaisse déjà. Le temps ralentit. Je me plonge dans ses yeux et cherche sa confiance. J'ouvre la bouche. Trop tard.

Je cligne des paupières à la seconde où sa mère pousse la porte et je disparais avant d'avoir pu le rassurer. Cependant, tout a changé, et je veux le retrouver.

Je ne veux plus perdre une seconde de ce temps qu'il nous reste. Advienne que pourra.

Je réintègre l'Oniriie à la seconde où la chambre d'Elias s'évanouit. Le cœur battant à tout rompre, je me sens saturée d'une conviction nouvelle. Celle de ne pas pouvoir vivre sans lui.

Je ne perds pas une seconde et bascule vers la bibliothèque des psychés du passé, je dois comprendre d'où vient cette malédiction pour pouvoir la lever. Il le faut. J'ai forcément dû rater quelque chose. Cela ne peut rester aussi inéluctable, il *doit* y avoir une raison.

Une solution.

Mes pieds foulent la terre meuble du chemin entre les miroirs et mes sens s'imprègnent de l'air saturé des parfums de mousse et de lichens, d'humidité et d'espoir, tandis que mes yeux fouillent frénétiquement chaque surface lisse qui m'appelle, à la recherche d'un indice que j'aurais pu manquer. L'exercice s'avère difficile et éprouvant. Ma volonté est mise à rude épreuve.

Résister à l'appel de ces autres vies avec lui, de ces moments partagés qui me manquent tant que mon cœur saigne, est un calvaire. J'entends son appel impérieux, je brûle d'y céder.

Mes mains tremblent lorsque mes doigts glissent sur le liquide froid des psychés. Chaque contact trouble le calme apparent des scènes qui se jouent sous les ondulations provoquées par mes gestes.

Je ravale un hoquet de douleur devant le spectacle terrifiant qui se joue une nouvelle fois devant mes yeux. J'ai beau ne pas le vivre cette fois, j'ai pourtant l'impression d'y être. Je sens mon cœur être arraché de ma poitrine, lacérée par la douleur de le voir pendre au bout d'une corde. Je détourne les yeux de cette vie sur les flots, alors que mes paroles d'autrefois vibrent avec une puissance tout actuelle en moi, et n'ont jamais cessé d'être réelles : *« Capitaine, vous êtes mon port ! »* avais-je dit. La vérité transcende le temps et l'espace et demeure si vraie aujourd'hui encore. Je l'ai lu dans son regard avant que sa mère n'entre.

Il sait.

J'ai besoin de lui avouer !

Mais comment le faire alors que nous n'avons aucun espoir d'avenir ? Ce serait cruel.

Je dois comprendre pourquoi.

Je cours jusqu'au prochain miroir, je fouille chaque passé, saute de vie en vie et prie pour qu'on me révèle l'origine de cette malédiction. Qu'on m'éclaire, qu'on me livre la solution !

Le temps passe, je résiste aux appels, mes joues baignées de larmes, mon corps anesthésié par la douleur d'un cœur lacéré encore et encore, et l'esprit focalisé sur son but. Je suis en pleine déréalisation, coupée de la réalité, je nage en plein cauchemar. J'accumule les visions d'horreur, elles glissent sur moi, s'infiltrent en moi, me brisent toujours plus, mais je tiens bon. Je poursuis mon œuvre. La lumière se tamise. Je recommence. Je n'abandonnerai pas.

« Nora… »

Je secoue la tête, je résiste.

« Nora… »

— Non, marmonné-je. Je ne peux pas céder. Je ne peux pas perdre encore des années.

« Nora ! »

L'appel est plus fort. Je ferme les yeux et plaque mes mains sur mon visage baigné de larmes en secouant la tête plus fort. Je scande mon mot fétiche alors même que toutes les odeurs de la pièce se confondent et laissent un goût poisseux sur ma langue. Du sel, du fer, de la terre, du sang, la tristesse, l'anéantissement… la mort, encore et toujours.

— Non. Non. Non. Non. Je ne peux pas baisser les bras !

Je plaque mes mains sur mes oreilles pour faire taire ces appels et les automatismes reprennent, je me balance d'avant en arrière pour gérer la crise avant qu'elle ne m'emporte loin de mes objectifs.

Trop d'idées se pressent derrière mon crâne et se mélangent. Je dois garder les idées claires, ne pas me laisser submerger. Je dois comprendre d'où vient cette malédiction qui nous tue, je ne peux pas penser à Éfi qui meurt, à Kimiko qui enterre sa sœur et qui a besoin de moi, ni aux mensonges et aux secrets que je garde pour Li, à mon grand-père qui erre comme une âme en peine, aux Chimères qui dévastent l'Oniriie et déciment les esprits.

Je dois ranger ça de côté, me concentrer.

Je ne peux pas réfléchir à la trahison d'Aelerion, ni comment la contrer.

Je ne dois pas me perdre.

Il y a trop de choses. Les réunions, les expéditions, l'armée, les nouvelles recrues, les infiltrés en danger à l'Académie, la Grande Tisseuse qui me traque, Estéban qui m'attend. Et ces vies passées qui m'appellent comme le chant des sirènes… qui m'invitent à revenir vivre de doux moments avec mon âme sœur.

Je dois me souvenir que c'est pour lui que je suis là, pour que les schémas ne se répètent pas. Je m'accroche à son image, sa terreur, son incompréhension et l'évidence que j'ai lue dans ses yeux mêlés d'angoisses et de colère.

Mais je n'y parviens pas tout à fait.

Je reste là, prostrée sur moi-même, à gémir et pleurer, engluée dans ces pensées intrusives incontrôlables, perdue dans mes cauchemars et incapable de réfléchir, d'ordonner mes idées, de me sortir de cette crise.

Le temps passe, je l'observe de loin, prisonnière de ce corps fragile en proie à ses démons, sans pouvoir m'y accrocher. Les doigts tantôt glissés sur mes oreilles, mes yeux ou sous mon élastique et mon bracelet en pierres de lave, mon ancrage. Du sang coule de mon poignet. Je suis à découvert, vulnérable, à la portée des Chimères, de la Grande Tisseuse ou n'importe qui d'autre et je suis consciente de devoir me protéger. Or, j'en suis incapable.

Totalement pétrifiée, tétanisée par la crise.

Prisonnière de mon autisme.

Seule.

Alors qu'une ombre approche dans le noir, je la sens plus que je ne la vois. Et tout ce dont je suis capable, c'est attendre.

Quel que soit mon sort, j'attends.

Il suffirait que je cligne des yeux, que je bascule.

Mais je suis prisonnière de mon corps pétrifié.

CHAPITRE 29

« *Je te vois.* »

L'ombre approche et soudain résonne sous mon crâne une voix désincarnée venue d'un autre temps.

« *Je sais où tu es.* »

Une voix que je reconnais.

« *Je te suis chaque seconde. Je sais où te trouver.* »

Celle que je redoute autant que je plains.

« *Tu ne peux pas m'échapper* »

— NORA ! hurle soudain mon guide en fonçant droit sur moi.

La boule de poils rousse mord violemment dans mon épaule jusqu'à ce qu'enfin mon corps réagisse et sorte de sa tétanie. La douleur de la morsure m'arrache un cri et relie brutalement mon corps et mon esprit. Je redeviens maîtresse de moi-même, toutes mes pensées fixées sur cette souffrance localisée.

— BASCULE ! hurle-t-il.

Je lève les yeux de son regard affolé une fraction de seconde pour voir fondre sur moi une foule de Chimères affamées. Il s'agrippe à moi, je le serre et ferme les paupières. Il ne me faut qu'une image nette de ma bulle pour m'y trouver en sécurité.

— Putain de bordel de merde, Nora !

— Je sais, pardon. C'était moins une. J'ai merdé. Encore.

— Tu as merdé ? C'est un euphémisme !

— Ça sert à quelque chose que je tente de me justifier ou pas ? Tu sais, l'autisme tout ça ?

— Pourquoi tu n'as pas laissé ton corps ici ? gronde-t-il en faisant les cent pas sur mon plancher.

À ce rythme, une belle auréole d'usure s'y gravera bientôt.

— Il s'affaiblit, il fallait que je le sorte un peu. Je voulais te rejoindre sur Terre, mais tout est allé de travers. J'ai atterri chez Elias, puis j'ai voulu comprendre pourquoi on est maudit parce que je n'y arrive plus. Je ne peux plus lui mentir, il va devenir fou. Je ne veux pas le regarder me soupçonner de le manipuler, je ne sais pas combien de temps il nous reste, mais je refuse de le passer loin de lui, tu comprends ? S'il nous reste une chance, si son libre arbitre le conduit à moi, alors je ne veux pas le repousser. Je…

Je me perds dans ces sentiments trop forts. Éfi m'observe avec un mélange de terreur, de découragement et de pitié. Je n'y lis pas la déception que je lui provoque à chacune de mes erreurs cette fois. Il semble épuisé. Ses yeux se perdent sur mon visage griffé, mon poignet ensanglanté et la fatigue qui me terrasse. Je fais pâle figure par rapport à l'image forte que je suis censée renvoyer.

Je me secoue et poursuis avant d'être emportée par l'immense fatigue qui va me bloquer durant les prochaines heures, voire journées.

— J'ai juste voulu comprendre. J'ai résisté aux appels du passé, mais j'ai sombré dans une crise, je n'ai pas su la contrôler. Je l'ai perdu tant de fois. Et puis, j'ai pensé à toi, à… (je n'arrive pas à le dire, alors je change de sujet). À toutes ces responsabilités qui pèsent sur mes épaules. Sur toi, sur nous.

Je soupire. Il ne dit pas un mot. L'adrénaline reflue de nos veines, il m'a tiré d'affaire de justesse cette fois. Je tente un trait d'humour pour détendre l'atmosphère.

— Tu aurais pu débarquer plus tôt, tu étais en train de prendre du bon temps ou quoi ?

— J'étais coincé sur Terre avec mon corps. Il ne m'obéit plus tellement, tu sais.

Nouveau soupir rempli de tristesse.

— Je sais.

Je l'attire à moi et le cale entre mes bras. Je le câline. Il ne se débat pas, ne râle pas. Pas de « hé je ne suis pas un doudou ! » cette fois.

— Nora ?

— Mhm ?

— Tu pues.

— Punaise, tu étais obligé de gâcher ce moment avec ta poésie !

— Je n'ai pas trouvé comment le dire de manière poétique, désolé, c'est insoutenable !

Il s'écarte de moi d'un geste brusque, une grimace de dégoût peint sur son visage, et rompt ce moment de tendresse qui devenait malaisant pour lui. Il se pince les nez et secoue l'autre patte.

— Tu abuses !

— Alors là, non, désolé. Tu devrais prendre un bain et allez voir Amshul pour qu'il jette un œil à ton poignet. Rejoins-moi ensuite à la salle de réunion, il faut qu'on s'organise. Silas et la guilde ont fini par trouver un accord grâce à toi et on va passer à l'offensive.

Je détaille la blessure que je me suis infligée avec l'élastique pour en mesurer la gravité. J'estime qu'il n'y a rien d'alarmant, mais je veux bien nettoyer ce corps et lui offrir le repos qu'il mérite. Je me relève donc, prête à obéir à la moitié de ses conseils, le sourire aux lèvres.

— Les Souffleurs d'ombres réintègrent la guilde ? me félicité-je un peu trop tôt.

— Nan, pas encore. Mais disons que c'est le début d'un compromis et d'une trêve. Je crois qu'on peut réussir à trouver un terrain d'entente.

Il me gratifie d'un clin d'œil plutôt fier et souffle un merci sincère teinté d'une pointe d'incrédulité. Le doute demeure, mais l'espoir brille.

— Écho n'est pas aussi inflexible, alors. Il t'a réintégré ?

— Ça n'arrivera pas ça, me sourit-il avec douceur.

Il a accepté son sort. Il l'a fait pour moi.

Je lui rends son sourire avec chaleur et regret. J'ouvre la bouche, prête à lui proposer de retourner le voir pour plaider sa cause, quand un voile d'énergie sombre perce ma bulle au loin et vibre jusqu'à moi. Je m'interromps et reste en suspens jusqu'à le percevoir de mes propres yeux, il ondule jusqu'à moi, s'enroule autour de moi. Je tente de le chasser d'un revers de main. Éfi me voit gesticuler dans le vide et s'inquiète.

— Qu'est-ce que tu fiches ?

Soudain le flux d'énergie s'infiltre dans mon oreille et la voix de la Grande Tisseuse résonne à nouveau dans ma tête.

« *Je te vois. Je sais où tu es. Tu ne peux pas échapper à mon regard.* »

Je vacille et me rattrape de justesse au montant de la porte qui conduit à la salle de bains.

— Nora ? Qu'est-ce qu'il y a ?

Je dévisage mon guide avec effroi. Il ne s'y méprend pas, je le vois se tendre, en alerte. Il cherche des yeux le danger.

Je gémis malgré moi et souffle :

— On a un autre problème.

Chapitre 30

Éfi est suspendu à mes lèvres, et moi, je bégaie. Je m'enlise dans mes pensées et mes angoisses. Dans ce que ça signifie. Si je le dis à voix haute, ça le rendrait plus vrai. Ou peut-être penseront-ils que la folie me guette. Auraient-ils tort ? Est-ce le cas ? L'ai-je vraiment entendue ? L'ai-je vue arriver jusqu'à moi ? C'est insensé. Impossible.

Non, s'il y a bien une chose que m'ont appris toutes ces mésaventures, c'est bien que rien n'est impossible et que les limites sont seulement celles que l'on se crée.

Je n'ai pas rêvé.

— Éfi, la Grande Tisseuse a trouvé le moyen d'entrer dans mon esprit. Elle sait où me trouver à chaque instant. J'entends ses menaces.

— Comment ça ? Qu'est-ce que tu veux dire par là ? Elle peut entrer dans ta bulle ? C'est elle qui a envoyé les Chimères ?

— Oui, je suppose que c'est elle qui a envoyé les Chimères, c'est plutôt évident. Mais ça n'a rien à voir avec ma bulle, du moins je l'espère. Ce que je dis, c'est qu'elle… je ne sais pas. Je l'entends dans ma tête.

— Tu…

— Je sais ce que tu vas dire, mais je t'assure que je suis tout à fait saine d'esprit. Si ça n'avait été que durant ma crise, j'aurais mis ça sur le compte de l'anxiété, mais ce n'est pas le cas. Je peux voir ses fils d'énergie se frayer un chemin jusqu'à moi.

— Ses fils d'énergie ?

Il me dévisage, perplexe. Je peux presque discerner les rouages de son esprit s'engrener jusqu'à…

— Tu veux dire que ta perception a changé ? Tu *vois* l'énergie ?

Il se laisse tomber sur les fesses avant même que je ne puisse lui répondre et se passe une main sur le visage. Je n'ose pas le lui confirmer, et encore moins lui avouer ce qui s'est passé avec Elias dans les bois. Si je lui dis que des fleurs d'énergie sont littéralement sorties de moi, je risque de le perdre. Je ne mentionne pas non plus ma facilité à percevoir Echo les yeux clos. Tout est lié, je le sais. Il a raison, les choses changent. Mon taux vibratoire se modifie.

— Ce n'est pas si grave, ne t'inquiète pas.

— Tu parles de quoi exactement, de ta capacité à voir l'énergie ou de la Grande Tisseuse qui parle dans ta tête ?

Je glisse mes doigts sous l'élastique sans m'en rendre compte, il m'arrête avec délicatesse tout en me laissant répondre.

— Dilemna est aveugle et elle voit différemment aussi, non ? Et puis, tant que la Morue s'en tient à des paroles, ça reste inoffensif.

Il ouvre la bouche, se ravise et m'offre un sourire confiant, presque rassurant.

— Tu as raison. Ça ne change rien, tu pues toujours. Allez va. On est attendu.

— Tu ne voulais pas que je t'y rejoigne ?

— Si, mais je vais t'attendre.

Je m'apprête à lui dire qu'il peut partir, que je peux me débrouiller, je suis en sécurité ici, mais un simple regard à son air déterminé me coupe dans mon élan. Inutile, il ne bougera pas.

Soit. Il ne me reste donc plus qu'à prendre soin de mon précieux corps avant d'en détacher ma conscience. Mes idées se feront plus claires à ce moment-là, lorsque mon autisme sera un tantinet moins prégnant.

Brume s'est occupée de mes cheveux, tandis que je lavais consciencieusement chaque centimètre de ma peau. Nous avons tendance à nous parer d'automatismes et à effectuer les tâches sans vraiment y réfléchir, sans être véritablement là, mais pour moi qui passe ma vie à devoir faire un effort pour me connecter à mon corps, écouter ses signaux, les analyser, les comprendre et répondre à ses besoins, chaque geste anodin relève du défi. Mais pas seulement. Mon corps est un temple et depuis que j'ai compris le lien qui nous unit et combien notre relation d'interdépendance est essentielle, je me fais un devoir de le vénérer. J'accorde toute mon attention aux choses anodines, à l'eau qui coule sur ma peau, à l'odeur du savon qui imprègne les lieux, aux blessures que je lui inflige, à la douceur que je me dois de lui offrir, aux soins qui lui sont nécessaires. Je prends le temps qu'il faut pour lui. Pour moi.

J'ai beau savoir que je ne *suis* pas ce corps, cette peau, cette chair, ces cheveux, que je suis l'âme qui l'habite, et qu'il n'est qu'un véhicule d'emprunt pour cette vie, je ne dois pas oublier de l'aimer, de le chérir et de l'honorer autant qu'il me sert. Je ne veux plus le négliger, même quand je m'y sens prisonnière, je dois me contraindre à me souvenir de l'importance qu'il revêt.

Alors c'est seulement quand j'estime l'avoir suffisamment récompensé que je m'allonge sur mon lit et lui offre le repos qu'il mérite.

Je ferme les paupières et les rouvre debout à ses côtés. Je le recouvre d'une douce couverture et le laisse sous la surveillance des fidèles Orchifées qui peuplent ma bulle, piaillent et rient. Cela aussi a changé, maintenant je les comprends.

Après un dernier regard pour mon grand-père, je rejoins le salon où patiente Éfi. Il est installé en tailleur face à la cheminée ronflante qui dégage une agréable chaleur. Les paupières closes, il médite. Je m'approche sans le déranger, mais son sourire s'étire lentement lorsqu'il perçoit ma présence.

— Tu sens bien meilleur, raille-t-il.

La porte s'ouvre soudain sur Cibèle, toujours aussi avenante.

— J'aimerais pouvoir en dire autant, vieille brosse à chiotte.

Éfi perd instantanément sa concentration, ses épaules s'affaissent, ses muscles se tendent, ses yeux s'écarquillent et se lèvent au plafond tandis qu'il souffle son exaspération comme une tornade dans le salon.

— Quelle plaie ! Je croyais que tu avais renforcé la sécurité de ta bulle pour éviter les visites indésirables, Nora ?

Je suis obligée de pincer les lèvres pour retenir mon fou rire. S'il y a bien quelque chose qui ne changera pas et qui demeure un repère stable et plaisant dans le chaos de ma vie, c'est bien ces deux énergumènes et leurs piques légendaires.

— Si c'était le cas, tu crois que tu serais là ?

— Moi je suis son guide ! Pas une vieille chouette aigrie qui souffle la merde !

— Je souffle juste ce qu'il faut pour qu'elle sorte un peu de sa zone de confort !

— Tu la mets en danger !

— Et toi tu la couves comme une mère poule ! C'est qui le volatile inutile ici, maintenant ?

— Tu…

Je souris en me plaçant entre les deux camps avant qu'ils n'en viennent aux mains.

— Ça va, arrêtez, on dirait un vieux couple.

Ma réplique a au moins le don de les faire taire. Ils sont tellement outrés par ma métaphore que leurs mâchoires s'en décrochent. Je pourrais presque voir le fond de leur estomac. Je ris franchement cette fois et secoue la tête.

— Qu'est-ce qui t'amène ? On allait vous rejoindre.

— La réunion est reportée, on s'est dit que tu voudrais peut-être assister aux funérailles de la sœur de Kim aujourd'hui.

— Je ne sais pas si je peux, hésité-je tout haut. Personne ne me connaît, ce serait bizarre non ?

Ils haussent les épaules en chœur, sans un mot.

— Merci beaucoup pour votre aide, dites donc, c'est fou comme vous êtes utiles pour des guides, relevé-je.

— Elle a dit « des » guides, se pavane Cibèle.

— Ne rêve pas, sa langue a fourché.

Ils repartent dans une nouvelle dispute et, l'espace d'un instant, je me dis que cette guerre mériterait d'entrer dans les livres d'histoire au même titre que celle que nous menons actuellement contre la Grande Tisseuse et ses sombres desseins.

Je les laisse plantés là et m'en vais sous leur nez. Aucun des deux ne le remarque. Sacrée bande de chaperons... et après on s'étonne que je ne suive que mon instinct. Ils seraient mal avisés de me le reprocher ensuite.

Je quitte ma bulle, mes idées bien arrêtées.

Je visualise celle de Kimiko et me matérialise à sa porte, toute proche de celle de la Nouvelle Académie.

Je lève la main, fébrile, et frappe doucement.

Si mes calculs sont bons, elle doit être en train de dormir sur Terre, et éveillée ici. Je me suis dit qu'elle reviendrait lorsqu'elle s'en sentirait la force, mais ma récente crise m'a rappelé ô combien il peut être difficile de trouver la force alors même que la solitude nous ronge et que le désir d'être soutenue, d'une présence discrète, flamboie.

« *Elle ne veut pas de toi, elle t'a trahie pour sa sœur, et elle l'a perdue par ta faute* », souffle la voix indésirable qui a élu domicile sous mon crâne.

Mon cœur se serre. Est-ce vrai ?

Je frappe doucement une nouvelle fois.

J'insiste en songeant à l'amie en deuil que j'ai laissée seule trop longtemps. Elle ne peut pas me tenir pour responsable. N'est-ce pas ?

« *Personne ne t'ouvrira.* »

Non. Je refuse d'y croire.

Je l'appelle doucement.

Rien.

Aucune réponse.

Peut-être est-elle sujette aux insomnies, ce serait normal vu ce qu'elle traverse. C'est forcément ça.

Pourtant, je persiste.

— Kim ? Kimiko ? C'est moi, Nora. Tu vas bien ? Ouvre si tu es là. S'il te plait.

Des pas approchent, sur le qui-vive je fais volte-face pour trouver mon équipe de bras cassés qui a apparemment fini de se prendre le bec. Aucun ne parle, ils ne se disputent même pas. C'est étrange. Une impression tenace de danger me colle au corps et embrouille mes sens, mais je suis trop obnubilée par l'absence de réponse de mon amie pour m'en inquiéter.

— Ça va, mon corps est dans ma bulle, et puis vous n'aviez qu'à m'écouter aussi, râlé-je avant de reprendre : Kim ?

— Qu'est-ce qu'il se passe ? s'enquiert Cibèle d'une voix morne.

— Elle n'ouvre pas. La Mor…

Je soupire et ne termine pas. Je n'ai pas envie de me lancer dans de grandes explications maintenant. J'ai besoin de voir Kim, de savoir si elle va bien. Je ne peux pas croire la Morue.

Je frappe un peu plus fort au battant en bois couvert de fleurs de cerisiers quand soudain il grince et s'ouvre de lui-même. Je recule d'un pas, prête à faire face à mon amie furieuse ou triste, ou l'ombre d'elle-même. Je suis parée à toutes les éventualités, sauf celle qui se présente à nous.

Chapitre 31

Il n'y a personne. Tout est sombre.
J'enfonce un peu plus le battant, le pas hésitant sur le palier.
— Kim ?
Un courant d'air froid mord mes chevilles et me glace le sang.
— Kimiko, tu es là ? Je ne voudrais pas violer ton intimité. Je peux entrer ?
Pour seule réponse, un long silence me hérisse le poil. Je me tourne vers Éfi et Cibèle, leurs visages impassibles me poussent d'un coup de menton.
J'avance d'un pas dans l'obscurité de sa bulle de conscience en murmurant son prénom dans un souffle. Mon pied heurte un coussin tombé au sol. Je cherche l'interrupteur à tâtons, alors que des courants d'énergies crépitent partout autour de moi comme une alerte.
Quelque chose ne va pas.
Je me tourne vers mes amis, prête à ressortir quand un ricanement froid monte des tréfonds de la bulle de Kim.
Et tout s'enchaîne.
La lumière embrase la pièce dévastée alors que mes yeux se posent sur le corps inerte de mon amie à mes pieds. Un cri se répercute sous mon crâne, mais ne franchit pas la barrière de mes lèvres.
Je tremble.

Les images se mélangent. Les scènes se ressemblent. Li. Kimiko.

— Elle t'avait prévenue que personne ne te répondrait, pourtant.

Je ne sursaute pas, je suis calme. Ou pétrifiée ? Les deux.

Je reconnais cette voix. Je lève les yeux vers l'elfe sylvain à la longue chevelure immaculée assis nonchalamment dans ce même sofa que nous avions partagé elle et moi. Sa longue chevelure d'argent cascade sur ses épaules. Ses traits ne trahissent aucun remords, aucun trouble, aucune crainte, juste la victoire.

Je ne parviens pas à détourner mon regard de lui. Aelerion lit sur mon visage la haine que je lui voue, l'incompréhension et sûrement tout ce que moi-même je ne comprends pas, car il me répond d'un ton égal :

— Je te tenais. Tu ne t'es échappée que grâce à elle. Je l'ai laissée filer pour avoir ma revanche, et nous y voilà. Je savais que tôt ou tard, nous nous confronterions à nouveau, mais cette fois, elle ne te sauvera plus.

Une digue rompt en moi, celle de l'espoir que je nourrissais de la croire simplement inconsciente. La dernière barrière de déni qui me maintenait calme se démantèle.

Tout s'effondre.

Je gémis son prénom, m'accroupis et prends son visage en coupe entre mes mains, je la supplie un instant de ne pas m'abandonner elle aussi, alors même que mes doigts cherchent son pouls. Mon esprit analytique doit vérifier, pour qu'aucun doute ne subsiste.

Aelerion ricane de plus belle devant ma sensiblerie. Je le maudis d'être aussi froid et cruel, lui qui est censé représenter la beauté du monde, de la faune, la flore et la magie qui relie le tout. Comment peut-il être aussi corrompu ?

— Que vous a-t-elle promis ?

— Je te demande pardon ? sourit-il en s'approchant à pas lents de moi.

Je compte le temps qu'il me reste, je le laisse croire que je suis à lui, que je capitule, et je ne jette pas un regard en arrière en priant pour que mes compagnons restent là où ils sont. J'envoie toutes mes pensées vers mon guide, il saura comprendre notre lien, écouter son intuition.

— La Morue, qu'est-ce qu'elle vous a promis pour que vous sacrifiiez le don unique qui vous a été offert par le monde pour le mettre à son service ? Pourquoi vous corrompre ainsi ?

— Qui te dit que c'est pour elle que je le fais ?

À cet instant, mes yeux croisent ses prunelles et me renvoient à notre première rencontre, au malaise qu'il m'a inspiré, à l'avidité que je perçois...

Le secret. Il veut le secret des Onirigraphes.

— Pourquoi ? soufflé-je, sincère.

J'ai besoin de comprendre, pourquoi en a-t-il besoin ?

— La liberté, très chère. Pour la liberté et l'affranchissement des limites qui m'entravent.

S'il savait.

À la seconde où il semble certain d'avoir gagné, je me relève et fonce vers la sortie. J'ai conscience de pouvoir basculer d'ici même si je le voulais, malheureusement c'est une limite que je me suis imposée et je ne peux plus y déroger : les bulles de conscience des autres sont un territoire intime que je ne violerai plus.

J'atteins Éfi et Cibèle entourés d'énergie sombre, leur hurle de déguerpir et voyant qu'ils ne bougent pas, je m'apprête à les saisir pour basculer avec eux, quand soudain, le bras de Cibèle se métamorphose en une énorme masse et me frappe la tête sans la moindre esquisse de remords.

Je tombe à la renverse, ma vue se brouille, je me perds dans l'incompréhension. À la seconde où je perds connaissance, la dernière vision qui me parvient est celle d'Aelerion rejoignant mes guides pour les féliciter.

Chapitre 32

Je reprends vaguement connaissance alors que mon corps astral tangue à la frontière de la conscience et l'inconscience. Aelerion me transporte. Non loin, deux créatures étranges l'accompagnent.

Il ne reste d'Éfi et Cibèle qu'une amère trace de traîtrise et d'incompréhension dans mon cœur. Qu'ai-je fait pour mériter ça ? Je n'ai pas été à la hauteur de leurs attentes ? Et Kimiko…

Non, c'est absurde. Quelque chose cloche.

Je perçois le son de mes propres gémissements avant de sombrer à nouveau dans l'inconscience qui me ligote et me maintient loin de mes capacités de réflexion.

Comment en suis-je arrivée là ?

Je voulais tout avoir. Je voulais Elias. Je voulais briser la malédiction.

Est-ce pour cette raison que je me retrouve coincée ici ?

Est-ce que ça fait partie de la malédiction aussi ? C'est à mon tour de mourir la première dans cette vie ?

Est-ce parce que j'ai été distraite de ma mission, par Elias et ce que *moi* je désirais, que Kimiko est morte ? C'est pour cette raison qu'Éfi et Cibèle m'ont vendue à l'ennemi ?

Attends. Ça n'a pas de sens. Reprends-toi.

La brume qui sévit dans mes pensées conserve toute cohérence hors de ma portée. Je crois que je pourrais partir… il faut juste que je me souvienne…

Le froid s'insinue dans mes narines, grimpe jusque sous les os de mon crâne. Je grimace à chaque expiration, des centaines de lames acérées entaillent mes sinus, ma trachée, mes oreilles, mes yeux.

Je saigne.

Un cri percute les parois de mon esprit.

Que se passe-t-il ? Où suis-je ?

Elias.

Je dois rejoindre Elias.

Je perçois le son aigu de milliers de cliquetis. Du verre qui tombe en poussière autour de moi. Le froid. Les chaînes qui me maintiennent debout, qui enserrent mes poignets.

Et des voix lointaines.

« — Où est-il ? Il est forcément là ! cherche encore !

— Maître, cela devient dangereux. Le cristal risque d'entailler son esprit trop profondément en extrayant ses souvenirs… répond une voix diaphane.

— Je m'en moque ! Réduisez-la en lambeaux s'il le faut, mais je veux ce secret ! »

Je me fais violence pour entrouvrir les paupières au milieu des tortures qui me font perdre toute cohérence, toute attache, toute connaissance… L'effort me coûte et m'arrache un gémissement plaintif qui me fait pitié sans que je n'arrive tout à fait à en saisir la raison. Je crois que je n'aime pas me montrer vulnérable.

Je crois.

L'homme furieux qui fouille le sol autour de moi n'a de cesse de mettre des cristaux sur sa langue, mais chaque nouvel échec embrase ses pupilles d'une haine flamboyante. La frustration intense ravage sa patience.

Je le reconnais.

Je crois.

Je creuse ma mémoire.

En vain.

C'est trop difficile. Je n'arrive plus à savoir de qui il s'agit, ce qu'il me veut, pourquoi ils me torturent. Où suis-je ? Pourquoi ? Qui sont-ils ?

Un éclair de terreur me traverse soudain : mais… qui suis-je ?

Mes yeux s'écarquillent alors que je cherche la réponse sans la trouver. Je force, je fouille, je pénètre chaque recoin de mon esprit, inspecte chacune de mes pensées incohérentes et sauvages. Rien. Rien !

Qui suis-je ?

Un cri déchire ma poitrine. Dément, brutal, puissant.

— C'est trop, maître. Il lui faut du repos, elle n'y survivra pas sinon.

L'homme aux cheveux d'argent grogne et frappe de son poing dans le mur noir d'une cave voutée qui avale les sons. À moins que ce ne soit mes hurlements furieux qui l'étouffent.

— Essaie encore.

— Maître…

— ESSAIE, J'AI DIT !

Je me débats de plus belle alors que la créature de glace s'approche à nouveau de moi. J'ignore pourquoi mon corps réagit aussi violemment, je comprends qu'ils attendent quelque chose de moi. Et même si je ne sais pas qui est *moi*, je sais que je ne céderai pas.

Je ne leur donnerai rien. Ils devront me l'arracher par la force. Et tant pis si je n'y survis pas.

Le silence.

C'est la première chose sur laquelle je parviens à mettre un nom et une idée claire.

Puis arrive le froid qui mord ma peau et engourdit mon esprit.

La douleur insidieuse.

L'urgence.

Et la peur.

Je suis confuse. Dans le brouillard. Et seule.

Un gémissement à peine audible franchit la barrière de mes lèvres, alors je réussis à m'y accrocher et je commence par là. Je ressens mon souffle, tire lentement sur les muscles de ma bouche. Ma langue est sèche, mes lèvres se déchirent. Une goutte tiède s'en exfiltre et emplit ma perception d'un relent métallique écœurant.

Petit à petit, je regagne la surface de ma conscience. Je perçois la raideur de mon corps, la lourdeur de ma tête, ma nuque tendue, douloureuse. Mes mains glacées accrochées en l'air, le poids de mon corps qui tire sur mes bras et mes épaules. Mes jambes molles, pliées, mes pieds tordus sous mon propre poids… Je leur commande de me soutenir, ils ne m'obéissent pas tout de suite.

Ma tête roule en arrière, mes paupières s'ouvrent sur les chaînes autour de mes poignets, sur le plafond sombre dans lequel elles disparaissent, et l'obscurité froide qui m'encercle.

Des souvenirs vagues remontent à ma mémoire, mais peinent à se remettre en place. Mon pied gauche racle le sol et y trouve appui, quelque chose craque dessous. Le droit vient le rejoindre et, dans un ultime effort vacillant, mes jambes soulèvent mon corps. Un nouveau gémissement m'arrache un sursaut, noyé dans la douleur fulgurante qui irradie soudain de mes bras soulagés.

Où suis-je ?

Une succession d'images se superpose au présent, à la cave dans laquelle je me trouve.

Aelerion.

Son nom me revient en premier et le reste suit.

Une larme dévale ma joue alors que mon esprit soupire mon prénom au milieu de tous les autres.

Je ne me suis pas perdue.

Pourquoi ne suis-je pas parvenue à rejoindre mon corps ? Comment a-t-il fait pour me maintenir ici ?

J'écarquille les yeux d'effroi au souvenir de l'anneau d'or qui m'avait maintenue prisonnière de la Grande Tisseuse, je renverse à nouveau la tête en arrière sans me préoccuper du reste et fouille mes poignets, la peur au ventre.

Pas encore. Pas cette fois.

Je m'affaisse en découvrant ma peau dénuée de cette chaîne. L'adrénaline quitte mes veines et je retombe de tout mon poids. La douleur irradie dans tous mes nerfs et mon cri gagne en puissance. Je me mords les lèvres pour ne pas attirer l'attention. Comment puis-je souffrir autant alors même que mon corps se repose dans ma bulle, c'est insensé.

Les derniers mots de la créature me reviennent… c'était bien un Frimaste ?

Oh non.

Je baisse les yeux au sol pour découvrir un tas de flocons givrés autour de moi : des souvenirs. Les miens !

Aelerion cherche le secret et il fera tout pour l'obtenir de moi. Ai-je déjà craqué ?

Non.

Si je suis toujours vivante, c'est qu'il n'a pas encore ce qu'il cherche, n'est-ce pas ?

Je dois leur échapper.

Une vague de réminiscence remonte à mon esprit et secoue mon corps astral de terreur. Je ne veux plus subir cette torture.

Aussitôt, mes pensées s'évadent vers Elias. Lui aussi a connu cette épreuve. Je me revois décrocher son corps des chaînes similaires lorsqu'il était détenu à l'Académie. Mais ici, je ne reconnais rien. Aelerion me cache à la Grande Tisseuse et tente de la doubler. Je crois que c'est une chance dans mon malheur, car l'Académie est bardée de défenses infranchissables qui nous empêchent de basculer. Du moins était-ce la limite que la Morue a tenté d'implanter dans nos esprits. En serait-il de même maintenant que je sais que mes seules limites sont celles que je m'impose ? Je l'ignore, et je ne suis pas pressée de le découvrir.

Pour l'heure, je dois me tirer de ce mauvais pas et prévenir… Éfi.

La dernière scène avant qu'Aelerion m'assomme apparaît derrière le voile de mes pensées. Éfi et Cibèle sont restés de marbre face à ma capture, ils n'ont pas bougé le petit doigt pour m'aider. Ils m'ont… abandonnée ?

Je n'arrive pas à y croire.

Je revois leurs visages durs et froids que je ne reconnais pas. Leurs orbites vides de toute émotion. Passifs.

L'aura sombre qui les entourait…

Je ne comprends pas.

Puis leurs silhouettes se modifient à travers le filtre de mes perceptions, de mes souvenirs empreints d'incompréhension et voilés par la douleur et la confusion.

Était-ce vraiment eux ?

Non.

Cette certitude m'ébranle.

Un bruit de porte au loin m'arrache à mes apitoiements. Le temps presse et j'ignore toujours comment Aelerion a réussi à me maintenir loin de mes bascules.

Ni une ni deux, je ferme les paupières et visualise ma bulle et mon enveloppe endormie. Je ressens une pression autour de mon corps astral, comme si l'air qui m'entoure était plus épais, plus visqueux et qu'il me retenait dans cette dimension.

Je définis le contour d'un sort puissant, gluant et coriace. Il sait que je suis une âme libre, une Onirigraphe en pleine possession de ses moyens et du secret, alors il a mis ma confusion au service de ses ambitions. Mes idées floues et mon incapacité à raisonner et à me projeter, mêlées à un sort d'épaississement de cette dimension qui m'entoure ont fait le travail à sa place. Cependant, je vois les fils d'énergies sombres qui tissent son sortilège et j'en décèle les failles désormais. Ils ont attendu trop longtemps. Mais le temps presse.

Je ne ferme plus les yeux, je les garde grands ouverts sur les silhouettes qui s'approchent déjà, sur la visualisation de ma bulle et je me faufile entre les mailles de son sort. Je fixe mon regard sur lui, sur mes pensées au-dedans et sur la toile.

Puis je lui souris.

Sa mâchoire s'entrouvre sur un cri d'impuissance qui n'atteindra jamais mes oreilles.

Je lui échappe.

Chapitre 33

Je tombe à bout de souffle dans mon corps reposé et inspire une longue bouffée d'oxygène en sursaut à mon réveil. L'angle de vue change, les blessures physiques disparaissent sur ma peau, mais demeurent à l'intérieur.

Je m'accoude sur le matelas, le regard fou, vérifiant que chaque chose est à sa place, que Grand-père est en sécurité et que le danger est loin.

Mon souffle saccadé alarme Brume, qui cherche déjà de nouvelles lésions d'un œil réprobateur.

— Tout va bien, parvins-je à articuler d'une voix rauque.

Les cristaux de souvenirs qui m'ont été arrachés ont entaillé mon corps astral et mon esprit. Pas ce corps-là. Et pourtant, je les ressens malgré tout.

— *Tu mens.*

— Pas volontairement, la coupé-je. Mon corps n'a rien, il va bien, promets-je. Mais Aelerion a redoublé d'ingéniosité, il est parvenu à me séquestrer et me torturer pour obtenir ce qu'il désire. Et il a tué Kim.

Il l'a assassinée froidement juste parce qu'elle me protégeait. Est-ce donc ainsi que va se dérouler le reste de ma vie ? Je vais regarder tous les êtres qui me sont chers m'être arrachés juste parce qu'ils ont eu le malheur de m'être proche ?

C'est intolérable. Impossible. Je… je…

Je suffoque, les joues baignées de larmes.

Kimiko est morte. Elle n'est plus. Je n'ai même pas eu le temps de la revoir, de lui dire combien elle comptait pour moi. Je…

Brume interrompt le fil de mes sombres pensées et me ramène à l'urgence du moment.

— *Je vais prévenir Éfi. Il te cherche depuis…*

— Non !

Mes pensées se mélangent, je reste engluée dans un brouillard confus. Le corps de Kim, mon enlèvement, et mes guides…

— *Pourquoi ? Il saura quoi faire. Il doit être informé pour que vous puissiez…*

— Il était avec lui. Cibèle et Éfi. Ils étaient avec lui. Ils m'ont tendu un piège. Kimiko est morte. Ils… non, me raisonné-je, c'est impossible.

— *Nora, tu entends ce que tu dis ? Ça n'a aucun sens.*

— Je sais. C'est impossible.

— *Que te dicte ton cœur ? Tu les as peut-être vus avec tes yeux, mais en Oniriie, tu ne peux te fier qu'à ton intuition tu le sais bien.*

— Des Hallucinophiles.

— *Ça me semble plus crédible qu'une telle trahison.*

Je me redresse et passe une main honteuse sur mon visage fatigué. J'aurais dû le comprendre tout de suite. Comment ai-je pu ne serait-ce que douter d'eux ?

— *Ne te torture pas l'esprit comme ça, les Hallucinophiles sont ce qu'ils sont et ils le font bien.*

— Je dois les voir.

Brume hoche la tête et m'encourage à laisser mon corps ici. Elle a raison, je suis peut-être l'Onirigraphe la plus libre de ce monde, je n'en suis pas moins en danger. Alors, autant assurer mes arrières et conserver un port d'attache en sécurité dans ma bulle.

— Je garde les lieux, personne n'y pénètrera en ton absence.

Je la remercie d'un regard débordant de gratitude et rallonge mon corps sur mon lit. Mes muscles fondent à vue d'œil, il faudra que je m'occupe de me garder en forme. Mais pas maintenant.

Après un dernier regard sur mon cocon, je soupire et me rassemble, le souvenir de Kim reste accroché à mon esprit, je dois me concentrer.

Je ferme les yeux et les rouvre au beau milieu d'une agitation urgente qui chasse soudain toutes mes émotions et me plonge dans des automatismes de survie.

Tout le monde court en tous sens et donne des directives. Je me presse contre un mur du couloir pour ne pas gêner le passage et le longe jusqu'à l'atelier de Liorah non loin de là.

— Li ? Tu es là ? la hélé-je en entrant.

J'ai perdu toute notion du temps. Peut-être qu'elle n'est pas encore éveillée en Oniriie. Ou peut-être que j'ai été retenue plus longtemps que je l'imagine par Aelerion et qu'elle est déjà à sa vie terrestre.

Je m'installe sur son tabouret, au calme, loin du brouhaha et du trouble. Ma curiosité est étouffée par l'épuisement et le chagrin de ces dernières heures.

Je caresse ses affaires d'un regard attendri. Tout porte son empreinte et son odeur ici. Je m'y sens bien, loin de l'émoi extérieur. Je vais patienter et, dès que le couloir sera libre, j'irai trouver Éfi, Amshul ou quelqu'un qui pourra me renseigner sur ce qu'il se passe.

À peine ai-je élaboré ce plan qu'une boule rousse fuse devant la porte et provoque un sursaut dans ma poitrine. Une fraction de seconde plus tard, Éfi a fait demi-tour et passe le nez par la porte avant de hurler par-dessus son épaule :

— ELLE EST LÀ ! Elle est là !

J'aperçois Cibèle qui rapplique pour s'assurer de la véracité de son affirmation, comme si elle ne lui faisait pas confiance, puis une scène étrange se déroule sous mes yeux : ils ne se chamaillent pas. Pire ! Éfi soupire et Cibèle lui caresse le dos avant de nous laisser.

— Qu'est-ce qu'il s'est passé ? Pourquoi tu ne lui as pas craché une méchanceté au visage ? Toute cette agitation, c'est quoi ?

Je l'interroge, mais je devine déjà sa réponse. Le rouge me monte aussitôt aux joues.

— Tu as disparu depuis des jours, dit-il dans un sanglot à peine retenu. Je ne te sentais plus. Et on a retrouvé le corps de…, il suspend sa phrase, l'abandonne puis reprend. Nora, où étais-tu ?

On a retrouvé le corps de Kimiko. Voilà ce qu'il allait dire. Je ravale un sanglot.

Des jours. Aelerion m'a retenue captive durant des jours entiers. Pourquoi Brume ne m'en a-t-elle pas parlé ? Éfi a forcément dû aller la trouver, elle m'a dit qu'il me cherchait. Je n'ai pas écouté.

— Nora ?

— Je sais pour Kim. J'y étais. Je… J'ai cru que Cibèle et toi m'aviez suivie, je vous ai vus, mais…

— Ce n'était pas nous.

Je secoue la tête, il me saute sur les genoux. Son élan provoque un grincement lorsque le tabouret tourne et que je le réceptionne. Il attend en silence et je peux lire pour la première fois le poids des ans sur son corps astral. Il a dû se faire tant de soucis pour moi.

Je lui raconte donc tout ce que j'ai vu et vécu les derniers jours — du moins, tout ce dont je me souviens — alors qu'il m'a semblé avoir été absente depuis quelques heures seulement. Je ne parle pas de Kim, de son corps sans vie étendu sous mes yeux à chaque fois que je ferme les paupières. Je n'y arrive pas, les mots restent coincés. Alors, je lui fais part de la trahison d'Aelerion, de son sortilège, de la torture du Frimaste et des informations qu'il a potentiellement pu récolter.

— Le secret ?
— Non. Je ne pense pas.

Il soupire avec un certain soulagement, mais ses traits restent empreints d'inquiétude.

— Il faut qu'on se réunisse. L'Oniriie est à feu et à sang, on ne comprenait pas pourquoi mais maintenant, je sais. La Morue a perdu le contrôle, elle veut te retrouver avant Aelerion. Si moi je n'ai plus senti notre lien, elle aussi a dû perdre le contact avec toi. Elle ne va pas tarder à comprendre que tu as échappé à Aelerion, mais ça ne change rien pour nous. Les dormeurs sont en danger, même si les menaces se divisent désormais.

— Qu'est-ce que tu veux faire ?
— Rassembler l'armée et passer à l'offensive.
— Passer à l'offensive ? Qu'est-ce que tu veux dire ?
— On a localisé les nids de Chimères, on commencera par-là, peut-être que ça dissuadera les Frimastes et les

Hallucinophiles de s'allier au mauvais camp. Ensuite, il y a l'Académie. Dilemna pourra nous faire entrer. Allons-y.

La panique me gagne. Nous y sommes : le temps de la guerre ouverte est déclaré. Mais est-ce que c'est vraiment ce que je veux ?

— Non…

— Nora, viens, il faut que tu leur racontes. Ils ont besoin de te voir prendre les armes pour eux.

— Non, Éfi.

— Non ? Mais c'est ce pour quoi on est là. Pour combattre l'influence de la Grande Tisseuse ! Tu as déjà réussi à réinstaurer les Souffleurs d'ombres dans la guilde des guides, tu es le vent du changement ! Il faut que tu…

— Que je quoi ? Non Éfi, tu ne comprends pas, j'en ai fini de faire ce que veulent les autres. Ma vie entière, je me suis conformée à ce qu'on attendait de moi, ce qu'il fallait faire, fallait être pour être acceptable socialement, pour qu'on m'aime, pour que je sois assez bien et même parfaite pour les autres. Alors non, il ne faut rien du tout. Désormais, je veux apprendre à penser par moi-même, ou plutôt à être qui je suis, à apprendre à être qui je suis réellement, et pour ça je dois apprendre à dire non, à me respecter, à respecter mes limites, mais aussi mes envies ou mes désirs. Et non, je ne veux pas être à la tête de cette armée, ce n'est pas l'image que je veux véhiculer. Je sais que ce que vous faites est important, et surtout nécessaire, mais ce n'est pas moi. Ce n'est pas qui je suis et ce ne sont pas mes ambitions. Moi je veux trouver une solution, oui. Je veux vous épauler, mais je ne veux pas abandonner les éveillés d'en face, ni même ceux qui se seraient trompés de chemin, car ils ont leur vérité et nous la nôtre. On a le droit de se tromper, de changer d'avis et d'évoluer. Qui sommes-nous pour juger de la pertinence de ces choix ? Aucun de nous n'a toutes les cartes en main et aucun de nous ne détient la vérité ultime. Je ne suis pas mieux qu'eux, ils ne sont pas mieux que nous. J'ai été eux. Et ils peuvent choisir d'être nous. Je suis eux, et ils sont nous. Tu comprends ? On est tous dans le même bateau. Et je garde l'espoir ardent que nous pouvons être un. C'est ce but que je recherche, l'unicité. J'en ai fini avec la duplicité. Je vais juste continuer à avancer et apprendre à écouter chacun de nous, moi y compris. Je crois que j'en ai le droit désormais, que je n'ai plus à me plier à la volonté des autres pour afficher un rôle acceptable et plaisant, je crois que je peux m'autoriser à être moi. Que je dois enfin me confronter aux regards des autres sur celle que je suis véritablement ! Mais pour cela, je dois te dire non.

— Les rebelles remuent ciel et terre pour te retrouver depuis des jours et toi, tu ne veux pas leur rendre la pareille ? Tu les abandonnes ?

— Éfi, je t'en prie, ne fais pas ça. Tu sais qui je suis. Tu sais que ce que je désire le plus au monde, c'est la paix. Je n'abandonne personne, justement. Tu as voulu faire de moi une guerrière, mais ce n'est pas ce que je suis, tu le sais. Ce n'est pas ma manière de régler les conflits.

— Tu crois que tu vas pouvoir régler le problème à coup de câlins et de distribution d'amour pacifiste ? ricane-t-il, blessé.

— Non.

— Alors quoi ? Tu vas faire quoi ?

— Éfi, je ne peux pas être responsable de la manière dont tu ressens mon refus, je suis désolée. Je ne voulais pas te blesser, je voulais juste *me* respecter. Tu es en colère et déçu, je l'entends, mais tu sais qui je suis. Plus que cela même, je suis presque sûre que tu savais que je finirais par refuser, tu as lu mon contrat d'incarnation, non ?

— Ce n'était pas écrit, grogne-t-il.

— Le libre arbitre, murmuré-je. Je choisis mon destin.

Toutes les évidences se mettent en place, et la sérénité s'empare de moi.

— Oh non, ne fais pas ça, s'emporte-t-il soudain. Je vois bien que tu as connaissance d'un avenir que j'ignore à cause de ton foutu secret à la con ! Et ça ne me plaît pas du tout !

— Tu es mon guide, poil de carotte, tu savais dans quoi tu mettais les pieds.

— Ouais, mais je ne savais pas que j'allais autant m'attacher à toi et je ne savais pas que t'étais aussi butée qu'une bique ! Je suis censé te guider, te raisonner, t'aider à avancer sur ton chemin et, toi tu fais quoi ? Tu n'arrêtes pas de tracer ta propre voie toute seule, en dehors des sentiers battus, là où personne n'est jamais allé, là où personne ne peut t'accompagner !

Je ricane doucement, attendrie par la colère née de l'amour qu'il me porte. Il voit clair en moi depuis toujours, et si moi je connais la voie à suivre, lui ne peut que la deviner, mais il sait où elle me conduira sans vouloir se l'avouer.

— Je sais. Je t'aime aussi.

— Je n'ai pas dit ça ! Je ne t'aime pas moi ! Je ne t'aime même pas du tout !

Je n'en crois pas un traître mot, je le serre contre mon cœur, il soupire, vaincu. Il reste ainsi contre moi de longues minutes sans un mot. Sans m'interroger sur les sévices qui m'ont été infligés, sur la perte de Kimiko, sur ma santé mentale, mon équilibre, ou sur le courage dont je vais devoir faire preuve pour rester droite et déterminée sur la route que j'ai choisie. Il reste là, à ne pas m'aimer, aussi fort que possible. Et ça me fait du bien.

Brusquement, son corps frêle se met à trembler de plus en plus fort.

— Éfi ?

Je recule pour l'observer. Ses yeux se révulsent.

— ÉFI !

Chapitre 34

Il convulse dans mes bras, je hurle son prénom comme si, par mes simples mots, j'avais le pouvoir de stopper les évènements qui se précipitent sous mes yeux. Évidemment, j'échoue. Je prends conscience que le temps presse lorsque le poids de son corps astral inerte entre mes mains se fait plus léger, que ses contours s'effacent lentement, et que j'assiste impuissante à sa disparition, sans pouvoir le retenir.

Je module la crise qui se presse derrière mon crâne et la bâillonne fermement, car le temps presse. Je bascule dans ma bulle, saute dans mon corps sous le regard interloqué de Brume et bascule une nouvelle fois avant d'avoir pu lui expliquer quoi que ce soit. Je ne visualise rien d'autre que l'esprit de mon guide afin que notre lien me mène à lui.

J'atterris sans surprise sur le plancher mangé d'humidité de ma vieille chambre sous combles, à l'étage de cette maison tout droit sortie d'une autre vie.

Il est là.

Roulé en boule, les yeux mi-clos, la respiration sifflante et bien trop faible pour mon propre bien-être.

Je cherche les marques du temps sur son corps frêle, mais il m'apparaît semblable au premier jour, si ce n'est qu'il a perdu un peu de poids dans cette dimension. La culpabilité me ronge, j'aurais dû venir le nourrir !

— Oh non, Éfi, non. Pas déjà. Je suis désolée, je suis la pire amie du monde, j'aurais dû revenir plus souvent m'occuper de toi ! Ne meurs pas !

— *Nora, je suis le plus vieil écureuil que cette Terre ait connu, je crois. Tu n'as rien à te reprocher, murmure-t-il dans mon esprit. Le temps a fini par me rattraper...*

— Je pensais qu'on aurait plus de temps, pleuré-je sans retenue à chaudes larmes sur son pelage doux, en humant son odeur pour l'ancrer dans ma mémoire. Qu'est-ce que je vais faire sans toi ? Je n'y arriverai pas. Je ne peux pas.

— *Ne t'inquiète pas, Cibèle, Amshul et les autres sont là pour reprendre la tête de la Nouvelle Académie et poursuivre ma tâche. Je me suis assuré qu'aucune responsabilité trop lourde ne pèsera sur tes épaules. Tu ne seras jamais seule et jamais contrainte à quoi que ce soit. Je suis désolée d'avoir été si dur avec toi ces derniers temps, j'ai cru que si je t'obligeais à prendre tes responsabilités, tu te détacherais de moi. Que ce serait plus facile... Je voulais m'assurer que tu t'en sortirais sans moi. Ou peut-être que c'était juste trop dur pour moi et que j'ai juste été con. Aucune excuse ne suffirait à effacer mes paroles blessantes, je te demande pardon.*

Je secoue la tête, trop bouleversée pour dire quoi que ce soit.

Il tousse, son souffle n'est plus qu'un fin filet qui le raccroche à ce monde. Je vois les fils d'énergie se déliter ici-même et je tente de m'en saisir pour les empêcher de l'abandonner.

Ses mots se fracassent sur les murs de mon cœur et s'infiltrent dans les failles malgré moi. Même sur son lit de mort, il assume ses erreurs et tente de se rattraper, de s'assurer de mon bien-être et de mon équilibre.

— Éfi, sangloté-je. Je ne parlais pas de tout ça. Je voulais dire que c'est trop dur, que je ne vais pas pouvoir vivre sans toi ! Je ne l'ai jamais fait, je ne sais pas comment… Qui sera là pour me raisonner ? Qui me maintiendra entière alors que je m'écroule sans cesse ? Tu es mon pilier ! Je ne peux pas…

— *Tu es l'âme la plus forte et la plus puissante que j'ai rencontrée de toute mon existence, ne te sous-estime pas. Tu vaincras cette épreuve, tu te relèveras et tu rayonneras si fort que ta lumière saura me trouver où que je sois. J'ai foi en toi.*

L'aura qui l'entoure s'étiole lentement. Je suffoque d'horreur devant ce spectacle. Je refuse que cela se produise ! Avec douceur et empressement, je m'empare de mon guide et le porte contre mon cœur, il est brûlant. Je le serre délicatement et le berce entre mes bras, sous un torrent de larmes et de gémissements. Ma douleur transpire de chacun de mes pores.

Et c'est en esprit que je poursuis cette conversation — la dernière — autant pour économiser ses forces que pour tenter de le retenir plus longtemps. Je nourris l'espoir fou qu'il ne peut me quitter avant que cette discussion soit terminée. Personne ne fait ça. On n'interrompt pas quelqu'un qui parle. Pas même la mort. N'est-ce pas ?

Je la défie de venir me l'arracher des bras. Je la tiens à distance avec toute la force de mon amour. Malheureusement, il ne suffit pas…

— *Éfi, je ne t'ai pas encore tout dit, je n'ai pas eu le temps ! Je t'interdis de me laisser ! Tu ne sais pas combien tu comptes pour moi ! Je n'ai pas encore eu le temps... je n'ai pas eu assez de temps...*

Je l'entends ricaner doucement, mon cœur se déchire. Même aux portes de l'au-delà, il est encore capable de légèreté.

— *Personne n'a jamais assez de temps. On serait immortel que ça ne suffirait pas. T'es bien placée pour le savoir, n'est-ce pas ? Combien de vies as-tu vécues ? Ont-elles suffi ?*

Je songe à Elias.

Il a raison, je n'aurais jamais assez d'une éternité pour l'aimer.

Soudain, la flamme vacillante d'un espoir s'embrase dans mon cœur :

— *Tu reviendras ? Éfi, tu reviendras, d'accord ? Oui, tu vas revenir !*

— *Si on m'en donne la possibilité, je promets de la saisir. Comment résister à l'opportunité de venir emmerder l'autre dinde encore une fois ?* rit-il avant que son timbre ne se fasse plus sombre. *Mais, tu sais que ce n'est pas pareil pour nous. Je... j'étais guide. Maintenant je ne suis plus...*

— *Si tu oses finir cette phrase Éfi, je te jure que...*

— *Que tu me tues ?*

— *Arrête de plaisanter avec ça dans un moment aussi critique !*

— *C'est peut-être ma dernière chance de le faire, qui est-ce que je serais si je ne la saisissais pas ?*

J'entraperçois un sourire doux dans mon esprit à travers le tsunami d'émotions incontrôlables qui se déversent hors de moi. Je sais qu'il tente de me rassurer, or ça n'est pas efficace pour un sou. Je suis au bord du gouffre. S'il meurt, comment ne pas sauter avec lui ?

— *Hors de question. J'entends tes pensées. C'est non.*

— *Éfi,* me lamenté-je.

— *Tu vas vivre, tu m'entends ? Tu* dois *vivre ! Tu as ton propre combat à mener, même loin de mon armée. Il y a la Morue à destituer. Tu as des gens qui comptent sur toi, ils n'ont plus que toi ! Tu as Elias à reconquérir ! Li, ton grand-père et Cibèle. Il faut que tu me promettes de l'appeler « vieille dinde » de temps à autre, sinon elle va prendre la grosse tête. Promets !*

Je renifle et essuie mes yeux d'un geste rageur parce que je ne vois plus rien et que je veux rester là avec lui.

— *Nora, promets !*

— *Oui.*

— *Dis-le.*

— *Je promets de l'appeler vieille dinde.*

— *Parfait. Maintenant, je veux que tu me promettes de vivre pleinement cette vie, après ma…*

— *Non, je t'en prie… ne le dis pas,* pleuré-je.

— *Après moi.*

Je secoue la tête. Comment lui promettre une telle chose alors que je sens l'abîme s'ouvrir sous mes pieds et le vide m'appeler ? L'obscurité envahit mon cœur à mesure que sa lumière et sa vie l'abandonnent. La chaleur intense qui irradiait de lui retombe rapidement. Une étrange odeur flotte dans l'air, son corps s'affaisse, se fait plus lourd, plus faible et son esprit moins présent. Les fils d'énergies se détachent un à un, son aura s'éteint et sa voix dans ma tête est de plus en plus ténue. Empreint d'urgence et de désespoir, il ne cesse de me supplier de vivre pour lui. De le lui promettre. Mais c'est trop dur.

Trop dur.

— *Tu vivras, Nora ? D'accord ? Nora...*

Dans un dernier élan de courage, je parviens à hocher la tête et à entrevoir un avenir qu'il tente de m'insuffler en images.

Un avenir radieux, mais un avenir sans lui.

— *Promets-le...*

— *Je promets,* cédé-je enfin.

À la seconde où mon accord a été scellé, il s'envole.

L'univers entier est vide de lui et je le ressens jusque dans mon âme. Je ne me suis jamais sentie aussi seule et démunie qu'en cet instant. Alors que le gouffre qui menaçait de m'engloutir s'ouvre sous mes pieds, un cri de douleur et de désespoir déchire la toile de l'univers. Il hurle ma peine. Elle suinte dans chaque fibre et chaque atome de mon être. Mais je ne m'écroule pas. Je lui ai promis. Je hurle mon chagrin, je partage ma souffrance et je ne doute pas une seconde qu'elle est ressentie dans l'univers entier, par chaque être qui le peuple, et atteint la Grande Tisseuse qui doit vaciller derrière son œuvre.

Où qu'il soit parti, je le chercherai. Je le retrouverai. Je vivrai pour lui. Et pour moi. Je lui ai promis.

Mais pour l'instant, je déverse ma douleur dans le visible et l'invisible, et sans en mesurer les conséquences, je permets aux griffes de mon chagrin de déchirer les mondes.

J'ai besoin que tous mesurent la puissance de la nuit qui me submerge dans un monde vide de lui. C'est égoïste ? Tant pis, je n'ai pas la force de m'en soucier alors que je serre contre moi l'enveloppe vide de mon meilleur ami.

Chapitre 35

Tout est calme au-dehors, le crépuscule couvre le paysage d'or et de lumière. L'air est doux, un parfum de pétrichor embaume l'atmosphère de fin d'été et l'enveloppe de souvenirs chers à mon cœur. La nature semble s'être accordée pour rendre cet instant difficile aussi apaisé que possible.

Je reste longtemps assise sur les marches qui conduisent au vieux jardin à l'abandon de Grand-père, bercée par les pépiements des oiseaux et la brise légère qui soulève mes cheveux.

Éphélide gît dans mes bras, froid et de plus en plus raide. Je ne parviens plus à poser mon regard sur son corps vide de lui. Mon monde vient d'être privé de son repère le plus essentiel. Je ressens la douleur lancinante de notre lien rompu à l'emplacement de mon cœur. Comment ne pas me souvenir des évènements qui m'ont précipitée dans ce qu'est ma vie aujourd'hui et de la similitude de la situation ? Mais je n'irai pas cacher son corps dans les bois aujourd'hui. Il mérite une sépulture digne de ce nom.

De manière presque froide et automatique, je dépose son corps à côté de moi et me dirige vers la remise en bois, vestige d'une autre vie, qui abritait autrefois nos outils de jardin. La bêche et la pelle sont encore là. Vétustes et délaissées, mais fonctionnelles. Cette rue était déjà presque oubliée du reste de la ville du temps où nous y vivions encore, je ne suis pas vraiment surprise qu'elle soit restée quasiment telle qu'elle l'était, oubliée de tous…

Je m'empare des outils et me dirige vers l'immense noyer qui borde la propriété, non loin de son noisetier préféré, puis je débute mon ouvrage.

Mes bras s'embrasent sous la rudesse de la tâche après de longues semaines — mois ? — d'inactivité et, rapidement, je me retrouve à bout de souffle. Toutefois, je ne m'arrête que lorsque le trou est suffisamment profond pour qu'aucun animal sauvage ne vienne déterrer mon guide et ami afin de se repaître de sa chair.

La sueur coule le long de mon échine et perle à mon front, je l'essuie d'une main poisseuse et rabats mes cheveux en arrière. Le cobalt de la nuit grignote peu à peu ma visibilité, je dois me hâter. Je fonce vers la maison silencieuse à la recherche d'une vieille boîte à chaussures, tout en évitant mon reflet dans le miroir brisé de l'entrée, mais je dois me rendre à l'évidence, les années n'ont rien laissé intact. Tant pis, je ferai avec les moyens du bord. Je ne conserve qu'un vieux t-shirt mangé par les mites et l'emmaillote à mon retour à l'extérieur. S'enchaîne ensuite la récolte de branches et de feuilles pour lui construire un lit douillet — comme si cela importait.

Je dépose le tout sur la terre fraîchement retournée, puis avec délicatesse porte son corps sans vie, protégé de son linceul, et l'y allonge pour son dernier sommeil.

Je ne verse plus une seule larme. Je me sens déconnectée de mes gestes robotisés, de mes émotions trop intenses, de cette réalité qui me semble tout droit sortie d'un cauchemar digne des pires conceptions de la Grande Tisseuse.

La terre retombe en pluie sur Éphélide qui s'éloigne ainsi à jamais de ma vie, emportant avec lui la voix de ma raison.

Je songe un instant à déposer un bouquet de fleurs sur sa tombe, mais me ravise, le sourire aux lèvres. Je récupère une noisette tombée non loin de là et la pose sur le renflement de terre qui le recouvre.

Il aurait préféré ça.

Un raclement de gorge me tire de mes songes, je fais volte-face, les poings relevés et prête à basculer. Je me retiens de justesse de crainte d'attirer l'attention d'un non éveillé. J'évalue la distance à parcourir jusqu'au bois et me tiens prête à courir dans cette direction au moindre signe de danger. Ainsi, une fois sous le couvert des arbres, je pourrai disparaître tranquillement.

Un homme dans la quarantaine se tient face à moi, les mains en l'air en signe d'apaisement, ce qui allume automatiquement le signal d'alarme de mes instincts. Je recule d'un pas et répète le plan dans mon esprit.

— Attends Nora, ne pars pas.

Il connaît mon prénom ? Il m'a reconnue.

Je plisse les paupières et cherche des traits familiers sur son visage. Serait-ce possible qu'il s'agisse de…

— Estéban, soufflé-je entre mes lèvres en reculant encore.

— Ne bascule pas, je ne te veux aucun mal. Je t'ai attendue devant la Nouvelle Académie, de très nombreuses fois.

— Je sais.

— Oh.

La nouvelle lui tire une grimace de déception. Ses bras retombent le long de son corps et il se perd dans ses pensées quelques instants.

Il n'avance pas.

Je vérifie les alentours, il est seul. Alors je m'autorise à baisser ma garde un instant pour le détailler.

— Je suppose que je l'ai bien cherché.

Des rides légères se dessinent aux coins de ses yeux. Quelques cheveux gris parsèment sa chevelure et une barbe de quelques jours mange ses joues. Si la lumière avait été meilleure, je l'aurais immédiatement reconnu. Il n'a pas beaucoup changé, si ce n'est cette aura charismatique et ce calme induit par l'âge et l'expérience qui émanent désormais de lui. Il est beau et avenant, mais je ne peux oublier notre passé commun et ce qu'il m'a fait vivre.

— Comment tu as deviné que j'étais là ?

— J'ai… senti ta douleur. J'ai su.

Je ne m'étais pas trompée. Je *voulais* que tout le monde ressente mon désarroi. Que tous pleurent le trépas de mon guide.

— Qu'est-ce que tu veux ?

Il prend une grande inspiration et réfléchit. Son attitude m'interpelle, il devait bien se douter que je lui poserais cette question, non ? Pourquoi m'attendre et chercher à me voir ?

Et pourtant, il ne sait pas quoi répondre.

Je secoue la tête et me détourne de lui. Pour aller où ? Je n'en sais rien. M'en tenir au plan, j'imagine. Aller sous le couvert des arbres et disparaître dans les ombres de la nuit.

— J'ai des enfants maintenant ! lâche-t-il d'une voix hésitante.

Je m'arrête.

— Des filles, poursuit-il.

Je souris en mon for intérieur. Ce sont donc elles qui ont opéré le vent du changement en lui ? Se souvient-il du connard qu'il a été ?

Je soupire et me retourne. Il s'est approché, il me fait face désormais. Il demeure suffisamment loin pour respecter une distance convenable, mais je peux malgré tout reconnaître l'étincelle de son regard. Je lui souris avec tristesse. J'ai envie de lui demander comment il réagira lorsque l'une d'elles subira les sévices d'un homme tel que lui.

Je n'en fais rien.

Je ne le leur souhaite pas.

— Ta patronne sait-elle que tu me cherches ? le provoqué-je alors que je connais la réponse.

— Je n'ai rien dit, crache-t-il, amer.

Mais elle sait tout. Et qu'adviendra-t-il de lui lorsqu'elle l'apprendra ? Le tuera-t-elle comme elle a assassiné son père ? La question demeure en suspens entre nous.

— Qu'est-ce que tu attends de moi ? Tu es venu faire ton mea culpa ? Tu veux rejoindre la rébellion ? Qu'est-ce que tu veux, Estéban ! Tu es venu me narguer ? Me dire que tu peux me balancer quand ça te chante ? Tu cherches quoi ? Qu'est-ce qu'il y a ? C'est trop lourd à porter de voir les Chimères commettre un génocide ? Tu as peur pour tes filles ? Tu as peur qu'elle les tue à leur tour pour obtenir de toi plus de docilité ?

Il se renfrogne et serre les poings, je vois les muscles de ses mâchoires onduler sous la peau fine de ses joues.

— Rien ! Je ne veux rien !

— Pourquoi tu es là ? Pour me tuer et lui rapporter mon cadavre ? Tu sais qu'elle veut le secret et jamais je ne te le révèlerai !

Il ne desserre pas ses mâchoires, ses yeux me foudroient d'une colère sourde pleine de non-dits, puis brusquement, il avance d'un pas, ouvre la bouche et la referme aussitôt. J'ignore ce qu'il allait dire, mais il n'en fait rien. Il me jette un dernier regard brillant de toutes sortes d'émotions contradictoires, puis m'abandonne là.

Seule et sans réponses.

Je secoue la tête pour ébranler mon corps, me reprendre après cette entrevue pour le moins déstabilisante et étrange d'où rien de positif n'est ressorti.

Peu importe, je n'ai plus de temps à perdre avec lui.

Il a choisi son camp, moi aussi, et l'heure est venue de mettre un terme à ce massacre.

Chapitre 36

À mon retour dans ma bulle, tout a changé.
Les pertes s'accumulent et la situation n'a jamais été aussi critique. Je me sens dépassée par la tâche qui m'incombe, or je me rends compte que mon chemin était tout tracé. Le choix n'a été qu'un leurre. Certes, je conserve mon libre arbitre, cependant il n'a servi qu'à retarder l'échéance. La résolution de cette guerre est entre mes mains, elle l'a toujours été. L'évidence se précise.

J'embrasse mon grand-père une dernière fois, car je ne sais pas si je reviendrai. Peut-être que je me précipite un peu trop ? Je doute. Brume le sent, elle s'agite autour de moi en silence.

— Tout va bien se passer, ne t'inquiète pas, tenté-je de la rassurer, alors que je ne le suis pas.

— *C'est faux, je le sens.*

Je soupire.

— Tout est relatif, j'aurais dû dire que tout va se passer comme cela doit être. Je suis seule désormais et je dois accepter mon chemin. Je l'ai trop longtemps repoussé.

— *Tu n'as pas à être seule,* gémit-elle en sachant pertinemment qu'elle a tort.

Je ne peux m'empêcher de lui sourire avec douceur, je la cueille et lui offre un doux baiser. Puis je l'abandonne derrière moi, le cœur lourd de toutes ces pertes que je pleure en silence.

Le vide laissé par Éfi ne m'a jamais semblé aussi profond. Il m'a précipitée dans une autre forme de solitude dont j'ignorais les contours, avant. Je voudrais rester là, le pleurer, laisser mon deuil durer le temps d'une éternité, mais je ne le peux pas.

J'inspire lentement, rassemble mon courage et chasse mes besoins personnels. Je ne suis pas la priorité. Ce que je veux ne compte pas.

Je ferme les yeux et visualise le Lac des illusions perdues.

Lorsque je les rouvre, je comprends que ma bascule a été harponnée.

Je me trouve dans la clairière cachée où Elias m'avait emmenée.

Où il semble m'attendre à nouveau.

Il a appelé mon âme.

Et mon âme lui a répondu.

Finalement, nous ne sommes qu'un, comment en être surprise ? Lui seul a ce pouvoir sur moi puisqu'il est le seul à qui je l'accorde.

Il est là, debout, sombre, tendu. Son regard fou d'incompréhension, de peur et de désir s'embrase à ma vue. Il avance d'un pas et se ravise. Mes épaules s'affaissent, mes muscles se détendent et mon cœur s'allège. Finalement, il semblerait que ce dont j'ai besoin compte.

— Éfi nous a quittés, avoué-je à demi-mot, soulagée de pouvoir exprimer l'abysse de ma souffrance.

Je ne sais pas quoi dire d'autre. Ce ne sont pas les mots qu'il attendait. Pas ceux que je devais prononcer pour lui. Pourtant, je suis submergée par les émotions, par cette vérité douloureuse et le vide terrifiant qu'il a laissé dans mon cœur.

— Je sais. Tout le monde le sait.

Ces paroles sont douces, mais mon âme se blesse à leur contour acéré. Une pointe de reproche perce la surface.

Oui, tout le monde l'a senti, c'est ce que j'ai désiré ardemment.

Il n'approche pas, ses prunelles flamboient d'une lueur accusatrice, d'une flamme avide. Je sais ce qu'il attend.

— Je suis désolée.

— Pourquoi est-ce que tout me ramène à toi ? Je savais en venant ici que lorsque je penserai à toi, tu viendrais. Pourquoi est-ce que cette souffrance atroce qui nous a tous heurtés en plein cœur me semblait plus douce que celle qui me hante la nuit dans mes cauchemars ? Quand je crois t'avoir perdue, murmure-t-il d'une voix presque inaudible chargée de soupçons.

Mes pieds me poussent vers lui, ma main se lève vers son visage, mais ne l'atteint pas. Il se dérobe dans un accès de colère que je lui connais bien désormais. Elle n'est que la manifestation évidente de ce gouffre qui nous sépare. Son amnésie légitime.

— Pourquoi ? hurle-t-il désormais sans se soucier de la manière dont je pourrais le prendre.

Je plaque mes mains sur mes oreilles dans un mouvement instinctif, alors que mes yeux s'arrêtent sur le tourbillon d'énergie, sur les fils qui l'entourent, se détachent de lui et se nouent aux miens, qui m'attirent à lui, sans qu'il n'en ait conscience.

— Elias, soupiré-je. Je crois que tu le sais déjà au fond de toi.

— Je ne sais rien ! s'emporte-t-il. Je n'y comprends rien ! Je me souviens de toi devant nos bulles quand on était perdus, Li et moi. Je ne t'ai jamais oubliée. Puis je t'ai revue à ton retour du passé et mon cœur s'est mis à battre si fort que je l'ai senti éclater. Je ne te connaissais pas. Je ne te connais toujours pas ! Comment est-ce que je peux ressentir ça ? C'est impossible ! Qu'est-ce que ça veut dire ? Nora, gémit-il les mains dans ses cheveux, les yeux perdus vers l'intérieur, tournés vers ses pensées insensées. C'est si douloureux et exaltant à la fois. Je ne contrôle rien et c'est terrifiant.

Je m'approche encore et, cette fois, il ne recule pas. La détresse que je lis dans ses prunelles me bouleverse, car elle fait écho à celle qui m'a animée durant de longues semaines au début de mon aventure dans cette vie, alors que lui se souvenait et moi non.

Je pose une main tendre sur sa joue, il ne se dérobe pas.

Il plonge son regard ténébreux, brillant de larmes contenues, dans l'abysse du mien et je jurerais qu'il peut y lire les souvenirs qui me traversent.

— Tu me connais Elias, soufflé-je avec un sourire chargé d'évidences.

Il ferme les paupières et appuie sa joue un peu plus fort dans ma paume. Une vague d'apaisement le cueille. Il lâche un soupir et, sans rouvrir les yeux, consent enfin à accepter tout ce contre quoi il lutte.

— Je connaissais le son de ta voix avant même de l'avoir entendue, elle chantait dans mon esprit la nuit, le jour, toujours. Je sens ton cœur battre dans le mien, et le mien s'accrocher au tien comme si ma vie en dépendait.

Il lève une main vers moi, mais ne me touche pas. Ses doigts bougent très lentement, tandis qu'il poursuit :

— La douceur de ta peau est gravée sous mes doigts alors que je ne me souviens pas t'avoir touchée. Le goût de tes lèvres imprègne mes nuits. La chaleur de ton corps s'accroche au mien comme s'ils ne faisaient qu'un. Je connais ton âme… je crois ?

Il rouvre les paupières, l'éclat intense qui les illumine me renverse.

J'acquiesce. Il connaît mon âme.

Sa main glisse dans mon dos. Douce et tendre. À sa place.

Il me ramène à lui. À ma place.

Ses doigts effleurent ma joue, une larme m'échappe. Je souris.

Je suis à ma place entre ses bras, au creux de son cœur, son âme accrochée à la mienne.

— Je n'ai pas à te courtiser, souffle-t-il sur ma bouche. Nos âmes sont liées.

— Nos âmes sont liées.

— Je suis à toi et tu es mienne.

— Nous ne sommes qu'un, confirmé-je.

— Je n'ai pas à te courtiser.

Il s'agit moins d'une question que d'une évidence. Il comprend enfin. Et pourtant, il continue d'attendre mon autorisation.

Je souris.

— Non, mon cœur est déjà tien.

Il approche son visage du mien, ses doigts en tracent les contours pour la première fois dans cette vie, mais nos âmes se souviennent. Ses lèvres effleurent les miennes, désireuses de les goûter à nouveau. Son corps brûlant m'entoure.

— Je peux t'embrasser, t'avoir tout entière.

Il connaît déjà la réponse, et pourtant, il a l'élégance et la courtoisie de s'assurer de mon consentement. Je souris contre lui.

— Oui, tu le peux.

Et enfin — *enfin* — il me revient.

Ses lèvres trouvent les miennes, je suis assaillie par une déferlante de souvenirs d'autres baisers à m'en couper le souffle. Elias hoquète et recule sous le coup de la surprise, ses yeux écarquillés de stupeur cherchent des réponses. Il a vu la même chose que moi, j'en suis certaine. Je souris. Il retrouve le chemin de ma bouche avec une certaine réserve, sans me quitter des yeux. Or, à peine a-t-il effleuré mon souffle que les souvenirs nous envahissent, se succèdent par dizaines, centaines, milliers. Vifs, intenses, clairs, palpables. Ils se mêlent à nous. Nous révèlent.

Mon cœur explose dans ma poitrine, si bien que je me détourne de ces réminiscences, car je sais qui je suis aujourd'hui. Et à cet instant, je suis enfin entière.

Le vide qui avait conquis mon cœur à la disparition d'Elias n'est plus. Nos âmes se retrouvent, s'élèvent jusqu'à contempler le monde d'en haut, ces deux corps agrippés l'un à l'autre, se cherchant, se trouvant enfin.

Je sens les mains d'Elias sur ma peau, ses lèvres sur les miennes, son souffle accroché au mien, sa chaleur comblant le vide jusqu'à effacer ces années d'errance... et je vois tellement plus que cela. Il voit tellement plus que cela. Nos âmes se contemplent, loin de toutes entraves et pourtant rattachées à nos corps. Elles se reconnaissent, s'enlacent et s'aiment d'un amour pur, unique et rayonnant, tandis que nos corps se dénudent et se retrouvent.

Mes sens se démultiplient, s'éveillent.

Elias fait tomber ses dernières barrières, ses mains glissent dans mes cheveux et son corps me remplit tout entière dans une explosion de lumière.

Nous ne sommes qu'un, et nous nous sommes retrouvés.

Chapitre 37

Allongée dans ses bras, nue sur le sol doux et fleuri de notre havre de paix, j'écoute son cœur battre au rythme du mien. Un seul et même cœur réparti dans deux corps différents. Une seule et même âme enfin réunie.

Je songe à cette volonté insensée de vouloir le tenir éloigné de moi, de vouloir le protéger. À cette part très féministe en moi qui aimerait affirmer haut et fort qu'elle n'a besoin de personne pour être heureuse, sans savoir qu'elle n'a ni entièrement raison, ni entièrement tort. Parce que, comment être pleinement entière quand il nous manque une partie de nous-même ? Comment le comprendre alors que nos âmes vivent dans deux corps différents, vouées à être scindées pour l'éternité par une infâme malédiction ?

Je m'interroge sur la raison de cette séparation, était-ce un vœu de notre part pour expérimenter le monde, la dualité et la vie ? Ou est-ce plus profond que cela encore et sommes-nous victimes de la malveillance de la Grande Tisseuse ? Un peu des deux peut-être. Le saurais-je un jour ? J'en doute. Cependant, j'ai l'intime conviction que même si nous avions choisi cette séparation de l'âme, elle n'aurait jamais dû perdurer si longtemps. Éléonore n'aurait jamais dû regarder mourir Eliya dans ses bras. Tout a commencé dans cette vie-là… à cause du secret des Onirigraphes.

Cette conviction se fraye un chemin en moi, une vérité que je détiens depuis la nuit des temps et qui restait en dehors de ma portée jusqu'à aujourd'hui. La jalousie de la

Grande Tisseuse est la source de notre malédiction : par esprit de vengeance et parce qu'elle n'a pas réussi à obtenir le secret, elle punit Éléonore de vie en vie et l'empêche de retrouver son âme sœur, sa moitié d'âme, sa flamme jumelle. Elias.

Cela n'aura de cesse de se répéter tant que je n'aurai pas mis un terme à ses agissements.

Je soupire un peu trop fort, Elias ne m'interroge pas sur ce qui me tracasse, il se contente de glisser sa main dans mes cheveux. Il hume mon parfum et s'en imprègne comme s'il ressentait que tout pourrait prendre fin d'un instant à l'autre. Comment le blâmer, il sait. Nous ne sommes qu'un.

Les mémoires qui nous assaillent ne lui montrent que nos milliers de baisers à travers des milliers de vies, pas nos milliers de fins déchirantes. Mais il était là. Il ne se souvient pas, mais son âme oui.

Je me blottis plus fort contre lui et me remplis de son amour, de sa proximité, de sa chaleur et de sa vibration, tout comme il le fait avec moi. Le monde se dévoile à moi sous un nouveau jour. Si je percevais de temps à autre les fils d'énergie, désormais, ils se superposent à ma vision et animent le monde. Je ne perçois plus aucune limite, les fleurs prennent racine dans le sol fertile autour de nous, dans l'amour universel, de lui, de moi.

Nos cordes se mélangent, se nouent, s'accrochent. Indestructibles.

Nous nous retrouverons toujours.

Je repousse le moment de partir et les devoirs qu'il me reste à accomplir. Le chagrin qui m'accompagnera à la place de mon guide. Je repousse le temps, le mets en pause entre nous, dans cette clairière, afin que personne ne nous trouve.

Le monde reste suspendu tandis que nous nous aimons avec simplicité et justesse.

Comme pour rejoindre mes pensées, il murmure dans mes cheveux :

— C'est si naturel. Je me demande comment c'est possible...

— C'est une question ?

— Non, du tout, sourit-il contre moi. Juste une marque de surprise et de gratitude. Tu es tout ce que j'ai toujours cherché sans le savoir, et maintenant que je t'ai retrouvée, je n'ai pas les mots pour l'exprimer.

Il se décale un peu pour me faire face et cueille mon visage dans sa paume. Il plonge son regard, où brillent des milliers d'existences, dans le mien. Il sourit. Le doute et la folie ont disparu, ne laissant place qu'à une conviction aussi magnifique que terrifiante. Il m'a retrouvée et il ignore que c'est éphémère.

— Nora, murmure-t-il sur mes lèvres entre deux baisers enflammés. Je ne me suis jamais senti aussi vivant que lorsque tu es près de moi. Mon cœur et mon âme vibrent plus fort, explosent et se composent dans la mélodie de ton souffle, dans l'harmonie de nos cœurs battants. Les couleurs sont plus intenses, la vie plus fougueuse, la lumière plus vive. Mes sensations se multiplient à l'infini au contact de ta peau. Je me sens si puissant, si complet ! Je pourrais cueillir la lune pour te l'offrir si je ne la savais pas déjà en toi. Le monde entier est en toi. Mon monde entier se résume à toi. Je n'y comprends pas grand-chose, mais je suis prêt à l'accepter. Je ne veux plus vivre une seconde loin de toi, tout simplement parce que j'en suis incapable. Je n'ai été qu'une pâle copie de celui que je suis, et que je veux être, toute ma vie, juste parce que tu n'étais pas là. Je me suis trouvé quand je t'ai retrouvée. Je n'étais qu'une flammèche vacillante perdue au milieu d'un corps sombre, vide, d'une vie sans saveur, sans… toi. Tout s'est embrasé le jour où je t'ai retrouvée. Où j'ai compris. Nora, soupire-t-il sur mes lèvres. Dis-moi que ce n'est pas un rêve et que tu es là.

— Je suis là, soufflé-je au milieu de mes larmes et de ses baisers.

C'est tout ce dont je suis capable, je suis noyée dans le sel né de ses mots. Il a su effleurer tout ce que je ressens, mettre en mots tout ce que nous partageons, et ça me semble encore si peu comparé à l'immensité qu'il tait. Un grain de poussière perdu dans un univers insondable.

Il m'embrasse, je m'abandonne à ses caresses. Nos âmes s'entrelacent. Nos corps se rassemblent et la lumière jaillit au milieu pour inonder le monde.

Jamais les mots ne suffiront à exprimer l'amour qui nous lie.

Nous sommes chanceux, riches de ces retrouvailles. Je chéris cet instant sans songer à plus tard. Ni à avant.

Je lui rends son baiser, son étreinte, m'offre à lui comme il s'abandonne à moi.

Il n'y a plus ni vulnérabilité, ni doute, ni rien.

Il n'y a plus que nous.

Nous sommes le monde, et le reste attendra.

Chapitre 38

— Elle sait ? me demande-t-il alors que nous laissons nos doigts parcourir ces corps qui ne se connaissent pas encore par cœur.

— Qui ? Savoir quoi ?

— Ma sœur. Elle sait pour nous ?

— Comment voudrais-tu qu'elle sache, je ne t'ai pas quitté depuis, ris-je doucement alors qu'il chatouille le creux de mon coude.

Je découvre que mes réflexes de fuite et d'évitement ne sont pas un mécanisme automatique avec Elias. On dirait que même mon autisme s'est accordé avec mon âme pour me laisser apprécier cette proximité. Les yeux clos, je suis le mouvement de ses caresses sur ma peau sans pouvoir prédire sa destination et me surprends à n'en ressentir aucune angoisse, juste du plaisir, de la douceur et de la tendresse. Je suis à mille lieues du monde et ses tracas, de la Grande Tisseuse qui peut pénétrer mon esprit, d'Aelerion, des guides, des décès, des rebelles, de l'Académie et des guerres. J'ai posé mes limites.

L'intention.

Ce secret si bien gardé est le centre de tout.

— Elle se doute de quelque chose, soupire-t-il.

Je ravale un sourire au souvenir de nos échanges. Je crois que « se douter de quelque chose » est un euphémisme dans ce cas précis, mais je ne le lui confirme pas.

— Un truc de jumeaux sans doute.

Il grogne et poursuit.

— Elle ne va plus me lâcher.

— Est-ce vraiment si grave ? Li est adorable.

— Insupportable, tu veux dire.

Sa manière à lui de dire combien il l'aime, je suppose.

Je souris contre son cœur. Si on m'avait dit un jour que mon âme sœur et ma meilleure amie seraient aussi proches, je ne l'aurais jamais cru. Les savoir aussi liés par le sang et la vie, savoir qu'ils seront là l'un pour l'autre quand je… Je cesse le fil de mes réflexions avant de me l'avouer et conclus pour moi même que je n'aurais pu rêver mieux.

Elias perçoit ce subtil changement et s'écarte légèrement de moi pour me dévisager.

— Tu es inquiète.

Ai-je vraiment besoin de le formuler ? Il sait.

Mentir ? À quoi bon ?

Je n'ai pas le temps de choisir comment réagir qu'il me devance :

— Tout ira bien, elle va jubiler en sachant pour nous deux.

Il se fourvoie, mais je n'ai pas le cœur à le reprendre. Il y a encore tant de choses qu'ils ignorent à mon sujet. Me le pardonneront-ils ?

— Nora… tout ira bien.

Il se redresse et caresse ma joue. Il soulève mon menton jusqu'à ce que nos regards se trouvent et dépose un doux baiser sur mes lèvres.

— C'était écrit. Tout ira bien.

— Si seulement tu pouvais avoir raison.

Dans le fond, il n'a pas tort, tout ira pour le mieux comme cela doit être. Mais pour nous ? L'avenir que lui imagine ? Peut-être que non.

Il place un poing sur son cœur, plonge dans mes prunelles et accroche mon attention.

— Je le sens, juste là. J'en suis convaincu.

Ma poitrine se gonfle, l'air pur s'infiltre dans mes poumons à travers une longue inspiration qui apaise un brin mes tourments.

— Tu as raison. Tout ira bien.

S'il perçoit la fausse note qui témoigne de mes doutes, il n'en montre rien. Je suis presque sûre qu'il préfère ne pas l'entendre et demeurer ainsi dans cet espace-temps idyllique où rien ne peut nous atteindre. Et comme je le voudrais aussi… mais…

— Elias, nous ne pouvons pas rester ici pour toujours, soupiré-je sur ses lèvres tandis qu'il m'embrasse encore et encore.

Ses doigts s'emmêlent dans mes cheveux, glissent sur ma nuque, m'attirent tout contre lui comme s'il pouvait réduire le monde entier à nous. Il en a le pouvoir. Nous l'avons fait. Ce n'est pas sans raison que nous sommes coupés de tout depuis nos retrouvailles. Le temps lui-même a cessé sa course au-dehors.

— Je sais, souffle-t-il tout contre mon oreille.

Son nez effleure ma peau, dessine les contours de mon oreille, de ma mâchoire et ses lèvres se perdent dans mon cou.

— J'aimerais te retenir. Te garder avec moi, juste pour moi. Loin du monde et de son agitation. Loin des dangers et des responsabilités qui t'incombent.

— Elias…

— J'ai l'impression qu'à l'instant même où nous romprons la magie de ce moment, tu m'échapperas. Comme si deux réalités se battaient la place dans mon cœur. Je sais que tout ira bien et je sais aussi que je ne peux rien arrêter de ce qui nous attend.

Ses derniers mots ne sont plus qu'un murmure si fin qu'on pourrait croire qu'ils n'ont pas été prononcés. Un écho lointain qui se fraye un chemin à sa conscience.

Je ramène son visage à moi et savoure encore l'insouciance de ces retrouvailles.

— Je voudrais que cela dure toujours, me confesse-t-il comme une faiblesse.

En proie à l'élan fougueux des premières fois, il m'étreint plus fort, conscient que ce feu ardent est attisé par la longue attente des retrouvailles et la puissante urgence de fusion. La peur d'être séparés agit comme de l'huile sur les flammes et ma détermination à poursuivre seule se consume dans le brasier de ses caresses. Les cendres de ma solitude s'envolent haut. Loin de nous.

Nos âmes liées à jamais se jurent fidélité dans une union sacrée où les mots n'ont plus de sens.

Perdue dans ces sensations exaltantes, je nous fais la promesse de ne plus jamais nous abandonner. Nous ferons face ensemble, quoiqu'il advienne.

Je lace mes chaussures avec difficultés, mes doigts se perdent dans les nœuds et les ficelles sans parvenir à retrouver les automatismes appris par cœur. Ils ne semblent plus bons qu'à s'entrelacer dans ceux d'Elias.

Il vole à mon secours en me découvrant démunie devant ce tas de ficelles sans queue ni tête et, sans un mot, sans un rire, sans le moindre jugement, il s'agenouille face à moi et entreprend de finir le travail. Il dissipe mon embarras d'un trait d'humour parfaitement clair :

— Je préfère nettement défaire tes lacets que te rhabiller.

— Elias ! ris-je malgré moi.

— Pas de fausse pudeur, amour. Combien de fois est-ce que j'ai délacé tes corsets ?

Il ne plaisante qu'à moitié et attend véritablement une réponse, frustré de ne pas la connaître de lui-même.

Il me tend la main, je la lui donne. Il tire dessus pour me relever. Mon corps heurte le sien. Nos fils d'énergie dansent autour de nous, unis. Je perçois la chaleur de son corps et le parfum unique de son âme. Je ferme les paupières et hume intensément cette fragrance enivrante pour m'en imprégner.

— Une vie entière ne suffirait pas à te les raconter, susurré-je contre sa joue.

— Comme j'aimerais les entendre… Combien de fois est-ce que j'ai senti mon cœur exploser en feux de joie au son de tes rires ? Combien de fois est-ce que j'ai été attendri par ton air boudeur ? Combien de disputes on a surmontées ? Oh, Nora… Combien de fois est-ce que j'ai souffert de ton absence ?

— Presque autant de fois que moi. Mais plus dans cette vie, je l'ai promis.

Ses muscles se détendent, ses bras m'encerclent, me soulèvent, m'étreignent.

— Elias, il est temps.

— On ne peut pas rester ici pour toujours ?

Il ponctue chaque mot d'un baiser audacieux, d'un sourire et d'une promesse. Je ris, savoure et ne le repousse pas. Il finit par devenir raisonnable et soupire de déception.

— On reviendra.

— J'aimerais te demander de me jurer qu'on reviendra dans cette vie, mais quelque chose me dit que je n'ai pas envie d'entendre la réponse. Alors je vais accepter et faire semblant, parce qu'alors tout est possible.

Je glisse mes doigts entre les siens et mon regard dans ses prunelles éternelles qui ont traversé les temps. Je serre fort sa main et lui offre le plus beau et le plus confiant des sourires :

— Tout est possible Elias, il suffit d'y croire et de le vouloir. Mais chut, c'est un secret.

Il secoue la tête en souriant, prenant ma déclaration comme une folle vague d'espoir, sans imaginer une seconde que je viens de lui révéler le secret de l'univers. Il le comprendra lorsqu'il sera prêt, lorsque cette vérité aura fait son chemin, et qu'il aura transcendé ses propres limites. Je ne peux lui offrir plus que cela. Cette vérité qu'il doit s'approprier, ainsi que la certitude que quoiqu'il arrive nous nous retrouverons toujours.

— Allez, amour, en route pour la réalité.

— On a des monstres à affronter.

— Ma sœur.

— Pire…

Aucun de nous ne sourit cette fois. Elias est bien trop paniqué à l'idée de se confronter à l'euphorie de Li et, quant à moi, j'ai découvert que les rebelles projettent de débusquer les Chimères dans leurs propres nids au moment où elles seront le plus vulnérable : alors que tout le monde sera réuni dans l'atrium de l'Académie pour…

—…le bal, finis-je.

Chapitre 39

Elias me propose de convoquer les rebelles, Amshul et tous les autres, dans la salle de réunion afin qu'ils puissent me tenir informée des dernières avancées et de leur plan pour la chasse aux Chimères, mais je refuse. Je sais ce que j'ai à faire et je n'ai pas besoin d'eux pour le mettre en place. Et eux ne doivent pas savoir ce que je projette, ils m'en empêcheraient. Ils essaieraient du moins, Éfi aurait été le seul à pouvoir réussir. Mon cœur se serre à cette pensée, le trou béant que sa mort a creusé dans celui-ci pulse de douleur. Je chasse cette souffrance pour me concentrer, je ne peux pas flancher.

— Reparle-moi du plan.

— Ce serait vraiment plus simple si tout le monde pouvait t'exposer sa partie du plan, tu es sûre de ne pas vouloir changer d'avis ?

Je nie de la tête, Elias soupire et je discerne l'abattement qui s'empare de lui.

— Nora, je ne suis pas stupide, je sais que tu ne me dis pas tout.

— Je ne veux pas te mentir, alors ne me demande pas.

— Tu ne me diras rien ?

— Je te le dirai si tu le demandes.

— Mais tu ne veux pas que je te demande…

— Exact.

Il inspire longuement et relâche sa respiration sur un temps deux fois plus long. Resigné, il change de sujet, le cœur lourd. Le mien se brise en mille éclats.

— Amshul, Vaprana et Echo seront chacun à la tête d'une armada de rebelles et, tandis que le bal battra son plein dans l'atrium de l'Académie et que les Chimères y seront soit rassemblées soit postées pour la garder, nos hommes seront équipés de gantelets de nuit — oui, on en a assez — et débusqueront celles restées dans leurs nids. Ils les massacreront comme elles l'ont fait avec les dormeurs. Quand ce sera terminé, on se rendra tous à l'Académie pour finir le travail.

— Aelerion ? Il ne vous inquiète pas ?

— Aelerion est un électron libre. Si ce que tu nous as dit est vrai, il reste une menace suffisamment inquiétante pour ne pas être écartée, mais pour l'heure, personne ne sait où il est. Il pourrait très bien être au bal au côté de la Grande Tisseuse pour ce qu'on en sait. Ou bien, elle l'a déjà éliminé.

— Alors je m'occuperai de cette partie, au besoin.

— Comment ?

Je lui offre un magnifique sourire qui ne laisse planer aucun doute.

— Ne t'inquiète pas, il ne sera plus un problème.

— Je ne demande pas ? râle-t-il en haussant un sourcil exaspéré.

— Pas si tu veux continuer à dormir, ris-je.

Il grogne et reprend ses explications durant de longues minutes avant que le silence ne me tire de mes analyses.

— Tu vas y aller, n'est-ce pas ?

Il lui a fallu conserver tout son sang-froid pour parvenir à prononcer ces quelques mots sans y laisser transparaître ses plus sombres angoisses.

— Oui.

— Je viens avec toi.

— J'aimerais te l'interdire, mais je n'en ai pas le droit.

— Oh, s'exclame-t-il pris par surprise. Je pensais que ce serait plus compliqué que ça.

J'éclate de rire, alors qu'il se détend d'un coup et fonce dans mon cou.

— Je ne peux pas te l'interdire, mais…

— Arf, je savais bien qu'il y avait une couille dans le pâté.

— Une couille dans le pâté ?

Je visualise très littéralement ce qu'il me dit avant de comprendre à son fou rire qu'il s'agissait probablement d'une expression encore inconnue de mon répertoire.

— C'était juste pour dire que je me doutais bien que c'était trop beau pour être vrai. Trop facile.

— Ah oui, vraiment ? Une couille dans le pâté ? C'est très… coloré, comme expression.

— Et donc, cette couille ressemble à quoi ? Et avant que tu te lances dans une description dont je ne veux rien savoir, je parlais de ta condition.

— Je n'allais pas te décrire une couille !

— Sûre ? demande-t-il à nouveau en relevant un sourcil.

— Tu me fais penser à Éfi parfois… Revenons-en à nos moutons. Tu vois que je sais utiliser des expressions !

— J'en suis le premier surpris, me raille-t-il gentiment. Il ne manquerait plus que tu saches être grossière.

— J'en suis parfaitement capable, tu serais surpris.
— Ah oui ? Vas-y montre-moi !
— Je ne vais pas t'insulter, enfin ! Je peux le faire, j'en suis capable, mais je n'en ai pas envie.
— C'est parce que tu ne sais pas être grossière, rit-il. Je suis sûr que le premier truc qui te viendrait serait tellement incongru qu'on en rirait des vies entières.
— N'importe quoi, j'ai beaucoup de vocabulaire.

Cette discussion prend une tournure pour le moins inattendue et…

— Ah oui ? Alors tu vas faire quoi, me traiter d'huître ?

… familière.

Les couleurs désertent mon visage et je me retrouve à chanceler face à lui sans même qu'il ne comprenne pourquoi.

Il me rattrape et m'aide à m'asseoir, confus.

— Nora, ça va ? Je plaisantais. J'ai dit quelque chose de mal ?
— Huître.
— Quoi ?
— Tu as dit, « huître ».

Il me dévisage comme si j'avais perdu la tête. Il ne peut pas comprendre. Et pourtant, en cet instant, c'est tout ce que je désire le plus au monde. J'ai envie qu'il se souvienne de ce premier moment léger qu'on a partagé dans cette vie, la mienne. Je voudrais qu'il ne soit pas mort entre temps. Je voudrais que tout soit plus simple.

Le décor autour de nous ondule et expire, il le remarque et s'accroche plus fort à mon bras alors qu'on quitte l'atelier de Li où on attendait sa sœur pour lui parler. Je devais lui demander une faveur.

Je l'entends murmurer mon prénom dans mon esprit alors que j'ai fermé celui-ci à toute intrusion. Je songeais à la Grande Tisseuse surtout. Mais Elias y a accès, tout simplement parce que lui et moi ne sommes qu'un.

Les contours flous s'épaississent, et bientôt nos pieds s'enfoncent dans l'humus frais qui embaume l'air de la pièce dans laquelle je nous ai conduits malgré moi, à la simple volonté de mes désirs et de mes intentions.

Elias détache sa main de mon bras dès que les lieux se sont stabilisés autour de nous. Les miroirs qui nous encerclent reflètent nos visages à l'infini. Dans cette vie, et les autres.

Elias murmure mon prénom avec douceur et surprise.

— On est où ? Est-ce que c'est…

— La bibliothèque des psychés du passé. Oui.

J'ai voulu l'y emmener tant de fois, sans m'y résoudre, et nous y voilà.

Je tremble, en proie à la crainte de ses réactions lorsqu'il aura accès à tous ses souvenirs, alors même que je sais en mon âme et conscience que quoi qu'il découvre, cela ne l'éloignera pas de moi. Il sait déjà tout. Son dernier trait d'humour le prouve une nouvelle fois.

— J'ai essayé de la trouver un paquet de fois. Je voulais comprendre ce qui nous liait et jamais je n'ai réussi à venir. Elle me restait inaccessible.

— Tout est là.

Il est ému, fébrile. Il approche du premier miroir et tend la main jusqu'à effleurer la surface liquide qui ondule autour de ses doigts. La surprise lui arrache un hoquet, mais aucun recul.

— Attention ! m'écrié-je en m'élançant vers lui pour le retenir. N'y plonge pas, au risque de ne plus revenir. Le temps et l'espace sont des notions fugaces.

— Qu'est-ce que tu veux dire ?

Il fronce les sourcils, les doigts suspendus au-dessus de l'argent liquide qui nous sépare du passé. Juste en dessous, je découvre exactement ce que je cherchais : lui dans sa vie d'avant, et moi avant d'avoir revécu mille de nos vies. Nous sommes juste là, nous venions de sortir de sa bulle. Je sens encore la chaleur du sable sous mes pieds, l'agacement que je ressentais de le savoir si secret et les mots qui se sont échappés de ma bouche comme un exutoire.

Je souris et pose la main sur la surface qui reste solide face à moi. Le passé me refuse son entrée.

— Lors de ma première venue, j'ai été avertie des dangers des voyages dans le passé *« Vogue sur les lignes du temps sans fin, entre réminiscences et passé en ces lieux où l'on ne peut plus rien, sois prête à y laisser une part d'éternité. »*

Les mots se frayent un chemin dans son esprit, je suis persuadée qu'il me revoie devant leurs bulles lorsqu'il était enfant et qu'il comprend enfin.

— Tu... tu y es restée longtemps.

— J'ai perdu des années de cette vie, à vouloir rester avec toi dans les autres.

Son visage se détourne aussitôt de moi pour se plonger sur les images qui se jouent derrière le miroir.

— C'est toi.

— C'est toi et moi.

— Dans quelle vie ?

— La mienne, et celle d'avant pour toi.

— Je voudrais y aller.

— Elle t'appelle ?

— Tu l'entends aussi ?

Je secoue la tête.

— Pas cette fois. Il semblerait que j'aie déjà tout ce que je cherchais.

Il entend mon sourire et se tourne vers moi, les yeux brillants d'une curiosité que je ne connais que trop bien. Comment lui en vouloir alors qu'il lui manque tant de souvenirs ?

— Je ne veux pas y aller et m'y perdre. Te perdre.

Il tourne à nouveau les yeux vers la scène et sourit en nous revoyant rire. Il attrape ma main et la serre de toutes ses forces.

— Je t'insulte. Je te dis que tu es une huître, traduis-je.

— Vraiment ?

Son visage s'illumine, victorieux.

— J'ai fait des progrès depuis, suis-je obligée de me justifier.

— Une huître ?

— Hé, ne juge pas ! Pour ma défense, tu étais tellement mystérieux et renfermé sur ton trésor que tu m'as fait penser à une huître !

Il rit à gorge déployée cette fois, mais sans me lâcher.

— Et tu as pu découvrir ce que c'était au moins ce fameux trésor ?

— C'était moi. Notre vie d'avant. Tu te souvenais et pas moi. Et tu ne voulais pas influencer mon choix. Tu ne voulais pas…

— Que tout l'amour qui débordait de mon cœur ne te laisse aucun autre choix. Tout comme tu es restée distante pour me laisser vivre ma vie. Pour que je conserve mon libre arbitre.

J'acquiesce timidement, prête à entendre ses remontrances et ses critiques.

— Je n'aurais pas dû te cacher la vérité.

— Tu ne pouvais pas me la dire non plus. Je comprends maintenant. Quand bien même une vie sans toi n'aurait jamais pu être heureuse, je sais pourquoi tu as voulu me laisser ce choix. En réalité, il n'y avait aucun choix à faire : mon cœur t'appartient, mon âme est tienne et tu es mienne. Nous nous serions retrouvés. Tu aurais pu lutter longtemps, je t'aurais rattrapée.

Il se détourne complètement des psychés, pour moi. Il glisse son autre main sous la mienne et ses lèvres s'étirent à mesure que ses prunelles s'enfièvrent.

— Tu n'entends plus les appels.

— Oh si, des milliers et des milliers d'appels. Des vies passées à découvrir, une curiosité à satisfaire… mais j'ai déjà tout ce que mon cœur désire. Et ton appel est plus fort que tout le reste.

Il se penche pour m'embrasser, mon cœur s'emballe plus vite, mes joues s'embrasent, ma peau s'enflamme, nos énergies s'entrelacent, quand brusquement, un bruit sourd nous interrompt.

Elias se place devant moi et tout en s'agrippant à ma main, nous courons vers l'origine du son.

Une psyché au sol.

Et Li penchée par-dessus, les yeux écarquillés d'effroi.

Chapitre 40

Mon regard se pose sur la vitre liquide, elle lui renvoie une scène passée qui la trouble au plus haut point. Je prie tous les dieux de tous les univers de ce monde et d'ailleurs pour qu'il ne s'agisse pas du secret que je garde loin d'elle depuis que nos routes se sont croisées à nouveau. Celui qui lui ferait prendre conscience que cette rencontre n'est en réalité rien d'autre que des retrouvailles.

— Li ? Qu'est-ce que tu fous ici ? l'interpelle Elias toujours accroché à ma main.

Ses yeux se relèvent vers nous, restent suspendus sur nos mains liées, puis se posent sur moi. Elle me dévisage les sourcils froncés et les lèvres retroussées dans une grimace incrédule, douloureuse. Je sens mon âme à nue se contorsionner sous son inspection et décide de ne pas reculer.

— Qu'est-ce qu'il y a ? s'inquiète son frère en comprenant que quelque chose cloche. Qu'est-ce que tu as vu ?

Il s'approche d'elle en me tirant derrière lui, bien décidé à respecter sa promesse, il ne me lâchera plus.

Mon cœur s'emballe, ma respiration heurtée emplit mes tympans, mes oreilles bourdonnent et mes yeux ne quittent pas Liorah une seconde. Elle recule sur ses genoux, les mains au sol et se rassied en arrière. Elle secoue la tête en gémissant, des larmes humidifient ses prunelles, s'accrochent à ses cils et elle continue de nier. Moi en revanche, je ne peux plus le faire, je dois me rendre à l'évidence. Je n'ai pas besoin de regarder dans la psyché pour comprendre.

— Li ? interroge son frère, dont l'angoisse transpire de son ton tranchant.

Elle ne répond pas, tente de se relever et trébuche.

Elias me lâche et se plie en deux pour observer les images qui s'effacent déjà du miroir. Va-t-il comprendre ?

— Liorah, soufflé-je en tendant une main vers elle.

— Non ! hurle-t-elle. Tu m'as menti ! C'est ta faute !

Elle fait volte-face, effrayée, déçue, blessée.

Et s'enfuit.

— Li !

Je la supplie de revenir, en vain. Je n'ai pas le temps de la suivre qu'Elias m'arrête d'un bras ferme. Le regard froid, il pince les lèvres, et j'ignore qui de nous deux il tente de protéger.

Un dernier regard au souvenir qui part en fumée à nos pieds me confirme qu'il a compris que j'étais là à sa mort.

— Qu'est-ce que tu as fait ? grince-t-il entre ses dents serrées. Elle est morte par ta faute ?

Je devrais lui dire que c'est plus compliqué que ce qu'il a cru voir, m'expliquer et lui rappeler qu'il était là aussi. Que c'est lui qui m'a empêchée de voler à son secours. Le lui d'avant. Mais les mots restent coincés dans ma gorge, juste à portée de langue et inaccessibles.

Je secoue la tête, les yeux embués de larmes. Je ne veux pas l'accabler, je ne veux pas qu'il porte cette responsabilité comme le fardeau qui pèse sur mes épaules depuis cette nuit où tout a commencé. Cependant je ne veux plus lui mentir non plus. Mon cœur est déchiré.

— Elias…

Ses yeux vont de moi à la psyché, puis restent fixés sur les images qui apparaissent et lui sont destinées. La même scène vue de son point de vue. Mon cœur rate un battement, je hoquète et me jette sur son bras à la seconde où il s'agenouille pour y plonger. Il succombe à l'appel de la vérité, mais celle-ci risque de tout changer pour lui. Je le retiens, il tente de se dégager et voyant que je ne le lâcherai pas, il s'accroche à moi et m'emporte avec lui.

Nous sommes aspirés dans le souvenir que nous partageons, les sensations me sont familières, elles m'électrisent et manquent de me faire chavirer, or je conserve le contrôle ferme à la manière de mon dernier voyage. Elias, en revanche, m'échappe.

Nous sommes séparés, je le vois prendre possession de son corps précédent, tandis que je flotte au-dessus de la scène en hurlant son prénom. Il ne me perçoit plus.

Et je suis contrainte d'assister une nouvelle fois, impuissante, à la mort de ma meilleure amie.

La Nora que j'étais il y a si longtemps se précipite vers la porte de son amie pour lui faire découvrir son secret et l'Oniriie, comme elles se le sont promis. Je sais que leurs corps dorment dans mon ancienne demeure et je connais le destin funeste qui va la cueillir. Je voudrais changer les choses, mais je ne le peux pas au risque de détruire le présent.

Elias lui barre la route, la porte reste ouverte. *Je* l'ai laissée ouverte. Les Chimères s'y glissent alors que nous nous disputons, et je ne peux rien faire. L'orage gronde. Je flotte au-dessus de la scène, tel un spectre invisible incapable de pleurer. Je ferme les paupières jusqu'à percevoir ses hurlements de terreur. Jusqu'à ce qu'Elias m'emporte loin des monstres. Jusqu'à ce que je perde connaissance dans ses bras.

Je revis la scène comme si c'était hier, et ma douleur reste tout aussi vive. J'ai beau savoir qu'Elias et Li se sont réincarnés, cela n'y change rien. La culpabilité me ronge.

Je prends conscience que je n'aurais rien pu faire, j'ai vu les fils d'énergie tissés par le destin cette fois. Je comprends que c'était écrit. Mais ça n'en reste pas moins injuste et douloureux.

Je laisse passer un peu de temps, pas trop. Le temps est traître et il file à toute vitesse de l'autre côté, dans l'autre présent. Elias et moi devons rentrer rapidement.

Je m'approche de lui au moment où il revient vers l'autre Nora, celle que je ne suis plus. Celle qui a été changée par la vie. À notre retour, Elias aussi aura changé, car il aura compris son implication dans la mort de sa sœur. J'aurais aimé l'en protéger, mais j'ai échoué.

C'était écrit, je suppose.

Une colère fourbe s'insinue en moi, lentement, je n'y prête pas attention.

Je murmure son prénom dans l'invisible, j'appelle son âme, persuadée qu'elle m'entendra.

« *Elias, il est temps de partir désormais.* »

Tout permute instantanément, j'avais raison. Les images s'effacent, l'âme d'Elias s'extrait de son précédent corps et il revient à moi. Spectres intangibles aspirés par le présent, nous nous accrochons l'un à l'autre jusqu'à retrouver constance, les genoux à terre, dans le sol humide de la bibliothèque du passé.

Nous sommes séparés par quelques centimètres seulement, je discerne son souffle haché par l'horreur avant même de retrouver tous mes esprits.

— Elias…

— C'était ma faute, gémit-il entre ses lèvres, les yeux perdus dans le chagrin de ses souvenirs. J'étais là, je venais de te retrouver enfin. J'ai essayé de rester à l'écart, mais je n'ai pas pu ! Je voulais t'empêcher d'être repérée par la Grande Tisseuse, j'y étais arrivé si longtemps ! J'ai voulu t'empêcher d'être dévorée par les Chimères, je voulais juste te protéger et… Li…

— J'ai ouvert la porte aux Chimères, pas toi.

— Mais c'est moi qui ai été imprudent. Si j'étais resté à l'écart…

— Le destin aurait trouvé un autre moyen pour arriver à ses fins.

Je glisse une main dans son dos, il ne recule pas cette fois. Il ferme les paupières. Je peine à comprendre ce qu'il dit dans un filet de voix meurtri.

— Tu voulais me retenir pour que je ne sache pas, tu aurais assumé cette responsabilité seule pour ne pas affecter ma relation avec ma sœur.

Je garde le silence, il n'y a rien de plus à dire. Je soupire et me rapproche de lui, il laisse sa tête reposer dans le creux de mes bras, et j'absorbe sa peine jusqu'à ce qu'il ne reste plus que le silence et les certitudes.

Une évidence un peu trop intense me l'arrache quand elle se fraye un chemin dans son esprit.

— Pourquoi est-ce que tu me fuyais ? Comment est-ce que je suis mort ? Qu'est-ce qu'il s'est passé ?

— Est-ce vraiment si important ? tenté-je de le calmer. Nous nous sommes retrouvés, plus rien d'autre ne compte, n'est-ce pas ?

Il hoche la tête, mais son regard fou me détrompe. Je peux lire sa lutte interne face aux appels du passé, et je sais déjà que cette bataille sera perdue d'avance. Je ne peux pas le retenir. Personne n'a pu me garder ici, pas même Éfi, alors que j'étais en proie à ces mêmes doutes, ce même besoin impérieux de combler le vide de l'ignorance qui me rongeait.

Je le relâche, lui souris tristement et hoche la tête.

Il va y céder, il ne peut pas lutter.

Je ne veux pas qu'il pense m'avoir trahie, alors je lui donne mon consentement.

— Nora, réponds-moi, me supplie-t-il presque.

Je prends son visage en coupe entre mes mains, et l'embrasse doucement. Je ravale mes larmes.

Lorsque je mets fin à notre baiser, je lui offre un visage serein et confiant.

— Vas-y, je t'attendrai.

— Je ne veux pas y rester coincé vingt ans, comme toi.

— Il n'y a pas de hasard, il fallait ces années-là pour que nous nous retrouvions. J'ai foi en notre destinée, et tu ne le comprendras que par toi-même en y regardant de plus près. Va, je sais que le passé t'appelle.

Il jette un regard derrière lui, vers un autre miroir. Il nous renvoie l'image d'Eliya et Éléonore. Il lui faudra quelques plongées pour comprendre notre histoire, pourtant je sais qu'il me reviendra. Peut-être que cela sera plus rapide pour lui, moi je n'avais personne à retrouver, je le cherchais dans le passé. Je fuyais le présent désert de sa présence.

Je laisse tomber mes mains le long de mon corps et l'encourage à y aller, car ma propre destinée m'attend.

— Je ne veux pas te laisser seule, viens avec moi.

— J'ai déjà revécu toutes nos histoires, refusé-je. Et je dois retrouver Li pour lui parler.

— Je peux venir avec toi !

— Je le sais bien. Tout comme je ressens l'appel impérieux qui t'attire, je vois les fils d'énergies sortir des psychés, s'enrouler autour de toi… Va.

Il revient brusquement à moi, me prend dans ses bras et enfouit sa tête dans mes cheveux, puis ses lèvres fondent sur ma bouche. Je ris, touchée par sa volonté de résister.

— Elias, nos âmes sont enchaînées par des liens bien plus forts que ces appels. Quoi qu'il arrive, on se retrouvera.

Je le repousse gentiment et hoche la tête, autant pour paraître convaincante que pour me rassurer. Mes prunelles fixent discrètement ces liens d'âmes indestructibles, si lumineux qu'ils m'éblouissent, et je souris de plus belle. Mon cœur saigne de le voir partir alors que je viens de le retrouver, pourtant je reste ferme et le pousse vers la psyché. Il doit comprendre par lui-même.

Il avance dos à moi.

J'ai *besoin* qu'il comprenne par lui-même.

Il tourne son regard hésitant une dernière fois vers moi, la main déjà plongée dans l'eau d'argent qui ondule autour de sa peau. Je l'encourage à poursuivre.

— Tu m'attends ?

— Toujours Elias…

Il semble plus serein, il se détourne de moi et plonge tout entier sous la surface immense qui l'engloutit dans les réminiscences. Il n'entend pas mes derniers mots murmurés dans le vent, ni le silence et la solitude qui s'empare de moi.

— Dans cette vie ou la prochaine.

Chapitre 41

Je sèche mes larmes avant de rejoindre la Nouvelle Académie. Je comprends rapidement que nous ne sommes pas restés coincés longtemps dans ce souvenir, quelques heures, une journée tout au plus.

Je suis soulagée de ne pas avoir manqué ma chance, car je dois me rendre au bal de l'atrium sans Elias. Il m'y aurait accompagné, mais il m'aurait retenue le moment venu.

Je file droit vers l'atelier de Li en évitant de croiser les regards interrogateurs des étudiants qui vaquent à leurs occupations. Quelque chose cloche ? Li a-t-elle dit à tout le monde qu'elle est morte par ma faute ?

Je cours presque lorsque j'arrive enfin à destination et soupire de soulagement en la voyant s'affairer, ses lunettes sur la tête et un crayon dans la bouche.

— Li ? hélé-je doucement.

Elle sursaute, bondit de son tabouret et fait volte-face, le crayon brandi dans ma direction. Elle ne l'abaisse pas en découvrant que c'est moi, alors je sens mon espoir refluer. Elle a toujours été la seule à m'accepter telle que je suis, c'est douloureux de lire le doute, la méfiance et la peur dans ses yeux.

Je lève les mains devant moi en signe d'apaisement.

— Où est mon frère ?

— Je ne l'ai pas tué, Li ! Enfin ! Tu me connais !

— Je croyais te connaître, mais j'ai vu ma mort : tu as ouvert la porte de ma conscience aux Chimères !

— Vraiment, c'est ce que tu as vu ? Tu n'as pas vu mon sourire impatient à l'idée de partager mon secret avec toi ? Tu n'as pas vu que tu t'étais invitée chez moi pour cette raison ? Que t'avais ramené des pizzas ? Que c'est toi qui m'as poussée à me confier, qui m'a demandé de venir te voir dans tes rêves ? Tu n'as pas vu que j'ai été interrompue par...

Je ravale mes mots avant de commettre une erreur, c'est à Elias de se livrer sur cette partie s'il le désire. Je suis prête à garder son secret.

— Par un Dream Jumper et que c'est dans ce moment d'inattention que les Chimères se sont infiltrées dans ta bulle ? N'as-tu pas entendu mes hurlements de désespoir qui ont déchiré l'Oniriie entière en comprenant que je venais de te perdre ?

Elle semble hésiter, comme si ce que je venais de dire correspondait davantage à ce qu'elle connaît de moi. Elle admet ce lien particulier qui nous unit, cette amitié innée qui est née entre nous avec une facilité déconcertante. Elle semble peser chacun de mes mots à la balance de sa raison et de son cœur.

Son crayon, arme ultime, s'abaisse mollement tandis que je tire docilement sur l'élastique qui ceint mon poignet pour garder le contrôle. Les perles de lave rebondissent sur ma peau.

— Où est mon frère ? répète-t-elle.

Je prends une grande inspiration et soupire. Je ne vais pas lui mentir alors que je tente de regagner sa confiance.

— Dans le passé.

— Pourquoi tu l'as laissé faire ? hurle-t-elle. Ça ne t'a pas suffi d'être responsable de ma mort, il faut aussi que tu l'éloignes de moi maintenant ?

— Je ne ferais jamais ça.

— Ce n'est pas ce que tu viens de faire ?

— Il est libre de faire ce qu'il veut, il avait besoin d'y aller.

— Pourquoi ? Pour voir comment tu l'as tué aussi ?

Ouch, c'est un coup bas. Je grimace et ravale la bile qui remonte de mon estomac. Elle prend conscience du fiel de ses mots, un rictus déforme ses traits, mais ne lâche rien malgré tout.

— Non. C'est Euristide.

— Ton grand-père ?

Un souffle incrédule se mélange à son rire nerveux, elle me dévisage comme si j'étais la malédiction qui s'abat sur elle et ses proches.

A-t-elle vraiment tort ?

— Il avait besoin de comprendre, tout comme toi.

— Pourquoi est-ce qu'il est mort lui ? À quoi tu joues, Nora ? On est que des pions sur ton échiquier ? Sur la grande partie que tu te disputes avec la Morue, c'est ça ?

— Tu n'y es pas du tout.

— Mensonge !

— Je ne sais pas mentir, tu le sais. Tu me connais. Tu devines toujours quand j'essaie de le faire ! Réfléchis ! Regarde-moi ! m'emporté-je.

— Je ne peux plus te croire !

— Bien sûr que tu le peux ! Mais pas si tu ne connais pas toute la vérité, je te l'accorde. J'aurais dû te parler de notre passé avant que tu ne le découvres par toi-même.

Je n'ai pas menti, jamais. Mais je n'ai pas été entièrement transparente non plus. Si tu le permets, je vais te raconter toute l'histoire, et tu seras seule juge de notre avenir ensuite. Je le promets.

Elle secoue la tête et se laisse tomber sur son tabouret, ses yeux ont perdu de leur malice, mais elle replace son crayon derrière son oreille et semble prête à m'accorder un peu de crédit. J'avise la pièce d'un regard appréciateur à la recherche d'un fauteuil et, ne trouvant rien, décide de grimper sur son plan de travail. Je m'y installe en tailleur et continue de tirer sur l'élastique pour le faire claquer contre ma peau. Je débute mon récit par le plus important :

— Tu t'appelais Liorah aussi, tu étais ma meilleure amie, une sœur. On devait faire le tour d'Ecosse dans un van parce que tu voulais rencontrer un highlander sexy en kilt. Tu étais pétillante, belle et bienveillante. Tu prenais soin de moi dans l'ombre. Tu es la seule à avoir réussi à percer mon armure. Et tu es morte par ma faute pour cette même raison.

Une étincelle amusée s'illumine dans ses yeux à la mention du highlander sexy, un sourire timide naît sur ses lèvres et meurt presque aussitôt. Elle ne laisse filtrer aucun commentaire et écoute attentivement notre histoire, notre passé, sa mort et tout ce que cela a engendré. Ma rencontre avec Elias — oui son frère — la disparition de mon grand-père, l'Académie, la Grande Tisseuse, mes parents, le secret de ma famille, la raison pour laquelle je suis devenue orpheline, celle pour laquelle la Morue me cherche. Je poursuis ainsi durant un long moment sans qu'elle ne m'interrompe une seule fois.

Je raconte tout. Je ne lui cache rien d'autre que la présence d'Elias et son implication dans sa propre mort. Ça et le véritable secret des Onirigraphe, quand bien même ai-je laissé des indices.

Je termine sur les derniers évènements, ceux qui nous ont ramenés l'un à l'autre son frère et moi, puis notre passage à la bibliothèque des psychés, elle, et son départ à lui.

Le silence épais qui imprègne les lieux s'éternise jusqu'à ce qu'elle se racle la gorge, les yeux rivés au sol, mais plongés dans ses réflexions. Elle a décroché son crayon de son perchoir et le mâchouille comme à son habitude lorsqu'elle réfléchit, alors je patiente. Elle détient notre avenir entre ses mains, mais je ne le lui avoue pas non plus. Je ne veux pas lui mettre de pression, je veux qu'elle puisse délibérer en son âme et conscience.

Je lorgne malgré moi sur son atelier à la recherche de cet objet interdit qu'elle a fabriqué et dont je risque d'avoir besoin, cependant je ne peux pas encore le lui demander.

— Donc… finit-elle par lâcher d'une voix rendue rauque par son long mutisme. Elias est parti dans le passé pour comprendre que vous êtes des âmes sœurs maudites par la Grande Tisseuse, qu'il t'a assassinée, qu'il a assassiné tes parents et qu'il est mort de la main d'Euristide ?

— C'est ça.

— Et tu ne pouvais pas lui dire comme tu viens de le faire pour moi ?

— J'aurais pu, il l'aurait entendu, peut-être même compris, mais il n'en aurait pas mesuré l'intensité.

— Donc vous deux… ?

— Oui, avoué-je dans un demi-sourire tandis que le cramoisi dévore mon visage. Lui et moi, c'est une longue histoire.

— Vous avez conclu, dans la clairière ?
— LI !

Elle pouffe de rire et je retrouve enfin l'amitié entière qui me manquait tant, défaite du fardeau de la culpabilité et du poids du secret. Un long soupir de soulagement m'échappe en même temps qu'un rire libérateur.

— Quoi ? J'aurais dû parier, j'avais trop raison ! Je savais qu'il y avait un truc entre vous deux, ça faisait des étincelles ! Rien à voir avec ses autres greluches. Pardon. Non, il n'y a pas eu tant que ça. Si en fait, mais pas comme toi. Merde je m'enfonce. Je te jure que ça se voit que c'est toi la bonne ! Il…

— Li, ris-je plus fort. Je sais. Je voulais qu'il refasse sa vie sans moi, c'est OK. C'est juste que je ne me doutais pas que ni lui ni moi n'en serions capables. J'ignorais qu'il pouvait ressentir ce vide si profond lui aussi alors qu'il ne me connaissait même pas.

— OK, ouf ! Enfin pas ouf qu'il ait été si torturé, hein, ouf que je ne t'ai pas heurtée.

— Tu es morte par ma faute, tu crois vraiment que tu peux faire pire que ça ?

— C'est clair que t'as mis la barre haut… m'enterrer sauvagement en cachette, quand même…

Je hoquète d'effroi, c'est tellement dur de l'entendre dire ça avec un tel détachement. Est-ce qu'elle…

— DE L'HUMOUR, Nora ! C'est de l'humour !

— Il n'y a rien de drôle.

— Nan c'est sûr que c'est pas terrible, mais c'est fait, qu'est-ce qu'on y peut maintenant ? Revenons-en au sujet qui fâche : pourquoi tu l'as laissé partir dans le passé ? Il pourrait y rester un millénaire !

— Je te l'ai dit, il avait besoin de…

— Tu ne m'as pas tout dit, m'accuse-t-elle d'un crayon remuant sous mon nez les yeux plissés. J'invoque mon super pouvoir : mens-moi et je le verrai.

— Donc tu me crois ?

— Pas la peine de revenir là-dessus, tu éludes. Pourquoi ? Qu'est-ce que t'as pas dit ?

Je me mords la lèvre, tire plus fort sur mon élastique, lève les yeux au plafond et avoue :

— Je m'apprête à faire la plus grosse connerie de ma vie et j'ai besoin de toi.

Elle fronce les sourcils de longues minutes puis d'un coup, son visage s'éclaire, se fend d'un sourire ravi et elle crie :

— J'en suis ! Mais quand même, fais-le revenir avant le siècle prochain s'il te plaît.

Chapitre 42

Elle referme la porte de son atelier, ouvre un bocal plein de poussière d'un violet scintillant et le balance partout autour de nous. Elle tire son tabouret face à moi et s'accoude au plan de travail, tout ouïe.

— Vas-y, je t'écoute.
— C'était quoi ton truc, là ?
— Quoi ça ? demande-t-elle en rouvrant le bocal.

De la poussière s'en échappe et brille sous le rayon de lumière qui traverse la pièce. Je la suis du regard, puis reviens à mon amie, une partie de moi éprouve l'absence pesante de Kim et celle de mon guide, toujours prompte à me sermonner. S'il me voyait, s'il savait ce que je m'apprête à faire, il en ferait une syncope.

Je chasse ces pensées douloureuses de mon esprit et acquiesce.

— Oh ça, c'est rien, c'est June et Jude qui m'ont préparé un petit truc pour que je puisse faire ma tambouille en toute intimité.
— C'est-à-dire ?
— Un sort de leur cru qui me permet de rester sous le radar.
— Tu continues à frôler avec l'illégalité ?
— Rah ! Tout de suite les grands mots ! Disons plutôt que j'expérimente. Et avant que tu ne me serves ton regard réprobateur à la Éfi, je te signale que c'est très utile, sinon elles ne m'auraient pas filé ça !

Elle désigne ledit bocal, qu'elle s'apprête à ranger précautionneusement tout au fond d'un placard, loin des regards curieux.

— Amshul est aussi au courant ?

— Tu rigoles ? Il trouverait le moyen pour me tenir éloigné de l'Oniriie le restant de ma vie !

Je pouffe de rire et secoue la tête.

— Hé, c'est bon, pas besoin de me prendre de haut comme ça, je ne suis pas dupe hein, je me doute bien que si tu t'apprêtes à faire la plus grosse connerie de ta vie et que tu viens me trouver, c'est pas pour rien, tu sais aussi pourquoi tu viens !

— Un point pour toi.

— Alors, c'est quoi cette fameuse connerie ?

— Je dois aller au bal de la Morue.

— C'est pas vraiment un problème ça, tout le monde est sur le point d'y aller. Ton problème c'est que la Morue le saura ? Forcément, elle s'incruste sous ton crâne quand elle veut.

— Non, je gère cette partie-là.

— Aelerion ?

— Lui aussi, j'ai prévu de m'en occuper.

— Les Chimères ? Nan, ça les rebelles s'en occupent aussi. C'est quoi le problème alors ? Oh ! La robe !

— Non, ris-je encore. Quoi que…

Je penche la tête en réfléchissant, c'est vrai que je n'ai pas encore eu le temps de m'occuper de ça.

— Je prends ! Je prends ! sautille-t-elle partout dans l'atelier.

— Tu prends quoi ?

— J'accepte la mission robe !

Je ris, approuve plus pour lui faire plaisir qu'autre chose, et en viens aux choses sérieuses :

— J'ai besoin de ton étourdisseur pour faire faux bond à Amshul et aux autres. Je dois aller à la rencontre de la Morue.

Elle cesse de gesticuler en tous sens, analyse mes traits, mon sourire, les étincelles d'espoir dans mon regard, puis ouvre la bouche, prend une longue inspiration, ses épaules s'affaissent, et…

— Non.

— Non ?

— Non.

— Vraiment ? Tu ne vas pas me le prêter ? Tu ne vas pas m'aider ?

— Hors de question.

— Li !

— Quoi ? Arrête. Quand tu me parlais de la plus grosse connerie de ta vie, je croyais que tu voulais faire une surprise à Elias pour son retour et peindre sa chambre en rose, ou bien… OK, aller au bal pour défier Estéban, aider les rebelles, je ne sais pas ! Mais ça ? Non. Te jeter droit dans la gueule du loup ? À la merci de la Morue ? Tu rigoles ! Autant me demander de te filer une corde et de t'y accrocher, puis de te pousser dans le vide ! T'es folle ! Non ! Mon frère me tuerait ! Tout le monde me tuerait ! Tu es la dernière Onirigraphe avec ton secret, là ! Ce serait un acte suicidaire ! Je signerais la fin du monde ! Tu ne peux pas me demander ça !

— Et pourtant, c'est exactement ce que je suis en train de faire.

Avec douceur, je lui souris. Je saute de mon perchoir et la stoppe alors qu'elle tourne en rond dans sa petite pièce en lançant ses bras outrés toujours plus haut, toujours plus loin. Je pose mes mains sur ses épaules et lui souris.

— Non !

— Li.

— Non ! Non, non et non ! Tu ne m'auras pas avec ton regard de merlan frit. Putain ! Vous me faites une belle brochette de poissons à vous deux ! Complètement barge l'une comme l'autre ! Et ne souris pas comme ça, c'était pas un compliment ! C'est à la Morue que je te compare, là !

— Tu crois que je serai aussi corrompue que la Morue ?

— Ne me fais pas dire ce que je n'ai pas dit. J'ai dit que t'es folle ! C'est tout.

— Il fut un temps où la Li que je connaissais était tout aussi barrée, voire plus encore. Et elle me faisait confiance.

— Oh, non, ça c'est petit. Ne me prends pas par les sentiments. Il y a deux heures, je croyais encore que tu étais un monstre assassin.

— Maintenant plus ?

— Bien sûr que non, t'es juste folle. Et je ne le suis pas assez pour te sacrifier sur l'autel du bien commun.

— Tu en es arrivée à cette conclusion toute seule, tu sais déjà au fond de toi que c'est la seule solution.

— Hors de question que tu meures pour emporter ton secret dans la tombe ! Je ne ferai pas ça !

— Il me reste une chance contre elle, tu sais. Vous me sous-estimez tous encore beaucoup. C'est en partie de ma responsabilité, car je ne vous ai pas démontré le contraire, mais je ne te demande qu'une chose : me faire confiance.

— Non.

Je ne dis plus rien, je me contente de lui sourire alors qu'elle se dégage avec brutalité de ma poigne et reprend sa course effrénée dans les quinze mètres carrés de sa pièce. Elle secoue la tête, passe ses mains dans ses cheveux, grommelle et refuse toujours plus fort.

— Pourquoi est-ce que je ferais ça ? Hein ? Il faudrait être inconsciente !

— Parce que c'est notre unique espoir de mettre un terme à cette guerre ? On sait tous que je suis la seule à pouvoir le faire. Éfi a fait de moi l'image de cette rébellion, la guilde des guides s'est rangée à mon avis, les Souffleurs d'ombres et eux sont en passe de se réunifier, Aelerion a trahi la Morue pour la doubler. Pour me retrouver. Et tous autant que vous êtes, vous œuvrez à me protéger d'elle. Tu sais déjà que je suis destinée à m'y confronter. On a beau repousser l'échéance, on ne fait qu'accroître le nombre de dommages collatéraux, et mes épaules ne sont plus assez larges pour ça. Les tiennes, oui ?

Elle cesse son petit manège et se laisse tomber sur son tabouret. Il grince sinistrement, ses bras pendant le long de son corps, avant que ses mains ne viennent balayer son visage d'un geste rageur.

— Merde. Putain de bordel de merde, soupire-t-elle.

— Je suis désolée de te demander ça, mais tu es la seule assez forte pour m'aider.

Elle lève un magnifique majeur plein de colère et de résignation.

Je sais que j'ai gagné quand le second vient rejoindre le premier et que des larmes de rage et de frayeur se mêlent à la colère et l'impuissance qu'elle exulte.

Chapitre 43

Elle me donne rendez-vous un peu plus tard pour me remettre l'étourdisseur. Elle prétend ne pas l'avoir conservé dans son atelier pour ne pas que quelqu'un de malintentionné ne tombe dessus par hasard. Je soupçonne surtout qu'elle ne souhaitait pas se retrouver dans de mauvais draps si quelqu'un découvrait qu'elle poursuit ses petites expériences. Quoi qu'il en soit, je dois la rejoindre une heure avant le bal dans sa bulle.

Je la quitte avec une appréhension grandissante. La dernière fois que je devais la retrouver dans sa bulle, les choses ne se sont pas très bien terminées pour elle.

Je prends une grande inspiration et lâche mon élastique en me raisonnant. Rien n'est plus pareil, tout ira bien cette fois.

Et puis cela me donnera le temps de peaufiner mon plan. Les rebelles menés par Amshul, Écho, Cibèle, Vaprana, June et Jude prévoient un assaut simultané des nids de Chimères et une infiltration à l'Académie de la Grande Tisseuse pour récupérer un maximum de jeunes éveillés enrôlés de force. Dilemna, notre infiltrée, laissera un accès ouvert et se tiendra en retrait au bal pour superviser les opérations dans l'ombre. Si les choses tournent mal pour elle, il sera temps de nous rejoindre officiellement et déserter l'Académie. Si tout se passe bien, il n'y restera que les Dream Jumpers endoctrinés, fidèles à la Morue et ses idéaux.

Quant à moi, je vais devoir me faufiler en douce avec eux, mais sans qu'ils me remarquent, car si Amshul ou Cibèle me voient, je risque de passer un sale quart d'heure. Sans compter que je raterai ma chance d'aller à la rencontre de la Grande Morue.

— ALIÉNOR BELL ! gronde soudain la voix tonitruante du chaman que je tente d'éviter depuis trop longtemps.

— Mince.

Je me tourne vivement dans le couloir et me retrouve face à un Amshul cramoisi. Derrière lui, je distingue tout juste la silhouette de Li se recroquevillant pour fondre dans son atelier.

— Oh la traîtresse, marmonné-je pour moi-même. Elle m'a balancée.

— Nora ! Tu n'iras pas au bal !

Je soupire et lève les yeux au ciel.

— Appelez-moi Cendrillon.

— Est-ce que c'est de l'humour ? hoquète-t-il.

— Mais c'est pas vrai ! Évidemment ! Vous oubliez tous que j'ai grandi avec Éfi !

— Pas la peine de changer de sujet, il est absolument hors de question que tu nous accompagnes.

— Amshul, reprends-je avec douceur et une pointe de condescendance. J'aurais adoré obéir, malheureusement c'est une qualité que je ne possède pas. Autant ne pas se mentir, tout le monde le sait. J'irai, que tu me l'interdises ou non.

— Tu pourrais au moins faire semblant !

— Ça en revanche, je ne suis pas douée. L'humour, ça s'apprend, le mensonge c'est plus compliqué.

— Tu n'iras pas.

— J'attendrai que vous soyez tous partis et j'irai.

— Les portes seront fermées et on ne peut plus y basculer, tu seras coincée dehors.

— Les limites ne s'appliquent pas à moi. Je n'en ai aucune.

— Tout comme ton instinct de survie, on dirait !

— Je crois qu'on a dépassé ce stade, Amshul.

Je me radoucis en comprenant que c'est la peur qui parle pour lui. Son agressivité et son emportement ne sont dus qu'à une réaction humaine normale, un instinct de protection. Sa tendresse me touche profondément, je lui souris et reprends plus calmement.

— Je vais m'y rendre, peut-être même que je pourrai profiter des festivités quelques instants puisqu'il s'agit d'un bal masqué cette fois, puis j'irai faire ce que le destin a tissé pour moi depuis ma naissance. Quoi que tu craignes, je suis navrée, mais il faudra y faire face un jour ou l'autre. Tu ne pourras pas me garder enfermée loin de la Morue éternellement. Tu es le premier à savoir que l'équilibre du monde est en jeu et que je dois y aller.

— Tu fais toujours tes trucs dans ton coin, sans nous concerter. À nous tous, on aurait pu élaborer un plan fiable et mesurer les risques. On pourrait encore…

Je l'arrête d'une main sur l'avant-bras et secoue doucement la tête. Je me rends compte que récemment, laisser les phrases en suspens me gêne de moins en moins. Tout simplement parce que je connais déjà la suite. Or je ne peux l'autoriser à endosser cette responsabilité. Il n'y a aucune porte de sortie qu'il puisse m'offrir.

— Vous ne pouvez pas m'aider. Et je viens de te dire que je peux basculer où je veux, quand je le désire, donc je peux me sortir de cette situation seule.

— En te coupant l'autre main ? Je doute que les ensorceleuses en soient ravies.

Je ris à gorge déployée et nie encore une fois. Plus aucun bracelet d'or ne m'entravera.

— Laisse-nous te protéger.

— Vous l'avez fait. Vous avez fait plus que cela, vous m'avez offert une famille, et je ne pourrai jamais assez vous remercier pour ça.

— Baliverne, balaie-t-il d'un geste de la main, embarrassé. Tu fais partie des nôtres, c'est normal. Et puis tais-toi maintenant, ça sonne un peu trop comme des adieux.

— Oh, maintenant que j'ai trouvé ma *voie,* tu souhaites que je l'ignore ?

Chacun de mes mots est teinté d'espièglerie et de gratitude. Mon demi-sourire en coin ne laisse planer aucun doute. Cependant, davantage que cela, il saisit le sens profond et le choix de mes mots. Il était le premier à admettre qu'il connaissait la voie qui serait mienne et combien il serait ardu de l'embrasser. Il ne m'en a rien révélé, car il savait que je devais le comprendre par moi-même. Plus que cela : l'accepter.

Aujourd'hui, il tente de m'en éloigner parce qu'il s'est attaché à moi, il craint pour moi. Je peux l'entendre, mais je ne peux me détourner du chemin tracé pour moi. Par moi. J'ai choisi cette voie. J'ai trouvé ma voie. Et je sais ce que je dois faire.

— Nora, s'étrangle-t-il. Peut-être que…

— Pchut, je ne veux rien entendre. Amshul, toi plus que quiconque, devrais me soutenir. Un peu de dignité, mince !

Il émet un rire profond et sincère qui me surprend d'abord, puis gagne mon cœur.

— On croirait entendre Éfi.

— Bah, il a déteint sur moi, je suppose. Mais ne le dis pas à Cibèle, je ne tiens pas à prendre la relève de leurs joutes verbales.

— Elle n'est plus que l'ombre d'elle-même depuis que plus personne ne la traite de dinde.

— J'imagine son désespoir !

Il semblerait bien que l'humour atténue le chagrin, car aucun de nous n'est dupe, l'absence de mon guide pèse sur le moral des troupes et plus encore sur celui de ses amis. Le vide qu'il a laissé derrière lui en partant ne pourra jamais se combler, mais nous l'honorerons comme il se doit, à grand renfort de dérision et de grossièretés.

Les rires s'éteignent et le souvenir d'Éfi plane entre nous. Nostalgie et chagrin voilent nos traits affables jusqu'à ce que le chaman rompe cet instant au moment précis où je sentais les larmes poindre dans mes yeux.

— Rendez-vous au crépuscule dans la cour extérieure. Nous allons mettre un terme à cette guerre ce soir.

Je souris et hoche la tête. Il prend sur lui et accepte enfin que je fasse partie de l'expédition, je n'aurais pu espérer mieux. À croire que les fils du destin se tissent tous vers ce but ultime : m'amener à elle.

Il se racle la gorge alors que sa peur suinte de chacun de ses pores et ajoute :

— Ensuite, on ira fêter notre victoire chez Soli. Tous ensemble.

Je ne réponds rien. J'aimerais. Mais je ne peux rien promettre.

Je me contente donc de lui sourire, puis hoche la tête quand il me donne rendez-vous ce soir. Il me contourne et je jurerais avoir vu briller ses yeux. L'émotion se propage à moi et manque de me renverser. J'ai été imprudente, je ne peux plus laisser les vibrations des autres m'atteindre ainsi, elles ne m'appartiennent pas.

Je me ressaisis et avise la jolie tête blonde qui dépasse du chambranle de la porte de son atelier. Elle a assisté à toute la scène, bien évidemment. Je devrais être en colère ou déçue qu'elle m'ait trahie, mais je n'y arrive pas. Tout ce que je vois, c'est de l'inquiétude, de l'affection et une ultime tentative désespérée pour me garder en sécurité. Elle a échoué.

— Traître ! pesté-je à son attention sans animosité.

— J'étais obligée d'essayer, ne m'en veux pas ! crie-t-elle de loin en disparaissant dans sa grotte.

Je secoue la tête, un sourire accroché aux lèvres.

Mes pas se détournent et me conduisent lentement à travers le dédale de couloirs de l'Académie d'Éfi.

L'Académie d'Éfi.

En voilà un nom parfait !

Je suis certaine que tous valideront ma proposition et je veillerai à ce qu'elle soit rebaptisée ainsi avant mon départ. Qui sait si je reviendrai.

L'Académie d'Éfi… quelle évidence ! Comment n'y ai-je pas pensé avant ? Cibèle va fulminer. Il aurait adoré voir ça, ne puis-je m'empêcher de rire en continuant de parcourir les lieux jusqu'à sortir enfin du bâtiment.

Je laisse les murs clairs, les balcons ouvragés et débordant de verdure, et me faufile discrètement jusqu'au kiosque entouré de statues où Kimiko avait l'habitude de se retirer. Je laisse le parfum des fleurs sauvages m'enivrer, mes pieds apprécier la sensation délicate de la terre humide, la brise caresser mon visage. Je ne bascule pas directement où je le souhaite, je savoure la lenteur de ce cheminement dans un monde où tout va trop vite, tout le temps. Je ressens le besoin de ralentir.

Je louvoie entre les statues en marbre blanc, m'interrogeant sur leurs histoires. Les inventant parfois. Je leur offre une fin heureuse et pleine d'espoir, une fin que j'aimerais écrire pour moi. Malheureusement, rien n'est moins sûr. L'avenir est entre mes mains, mais pas uniquement.

Je m'installe en tailleur au centre du kiosque, admire les oiseaux libres qui batifolent autour des roses sauvages, leur chant ravit mes oreilles. Mes pensées divaguent vers mon guide, il me manque tant. J'espère de tout mon cœur qu'il est bien, là où il se trouve désormais. Puis je songe à tous ces gens que j'ai perdus, retrouvés, perdus... La vie est une éternelle inconstance, un cycle infini intangible.

Je me plonge lentement dans un état proche de la transe, comme Amshul me l'a enseigné, et élève mes vibrations jusqu'à percevoir les fils d'énergie qui composent l'univers partout autour de moi. Plus loin. Toujours plus loin.

Je perçois les vibrations de Li dans son atelier, solaire, indomptable, pétillante. Celles de Cibèle et ses chouettes dans la volière, plus sombre et réactive, mais douce et aussi calme qu'un océan avant la tempête. Amshul vibre intensément en ondes sonores graves et ancestrales, je comprends qu'il est intrinsèquement connecté au monde, constamment.

Puis soudainement, tout prend vie, s'illumine et se colore derrière mes paupières closes. Je me fonds dans ces énergies et discerne le monde sans le filtre du regard humain. Il n'est que lumière.

Mon esprit s'étire à l'infini. Il rejoint le tout. Se pose. S'apaise. Se connecte. Et s'ouvre.

Je m'ouvre entièrement, sereine.

Je m'ouvre à elle. Et je l'attends.

« *Tu crois que je suis à ta disposition comme tu l'entends, vermine ? Je vais te montrer qui gouverne le monde !* »

La voilà…

CHAPITRE 44

Je m'ouvre entièrement à elle, mais je prends garde de ne pas lui montrer toutes mes intentions. Je ne veux pas qu'elle sache que nous allons nous rendre à l'Académie, je ne dois rien laisser filtrer, mais elle doit croire que je suis à sa merci.

Je dois la jouer fine. La manipuler.

Je déteste ça, mais il le faut.

Je me répète ses précédentes paroles :

« *Tu crois que je suis à ta disposition comme tu l'entends, vermine ? Je vais te montrer qui gouverne le monde !* »

Elle veut gouverner ? Parfait. On dirait que ça va être plus simple que ce que je projetais. Un peu de provocation et le tour sera joué.

« — *Tu ne gouvernes que ceux qui l'acceptent, ce n'est pas mon cas.*

— *Je suis la Grande Tisseuse ! Je tisse le monde à ma guise !*

— *Je suis parvenue à faire faux bond à Aelerion pourtant. Quel dommage que cela ne fonctionne pas toujours ! Enlèvement et tortures ont échoué. Je ne saisis pas bien pourquoi lui avoir demandé de me couper de tes incursions en revanche, tu aurais été aux premières loges alors que les Frimastes m'arrachaient mes secrets... N'est-ce pas ?* »

Un flottement de quelques fractions de seconde me confirme ce que j'avais deviné. Elle fulmine. Elle n'en laisse rien entendre, or je peux la sentir, la voir, percevoir son énergie.

Je m'attends à ce qu'elle poursuive son harcèlement, quand soudain elle rompt toute forme de connexion entre nous. L'ombre d'un sourire se dessine sur mon visage serein. Voilà une partie qui s'est révélée bien plus facile que je l'espérais. Le problème Aelerion est réglé.

Je projette ma conscience au-delà de toutes limites et observe le tableau tissé dans son ensemble. Je dirige mon attention vers la Grande Tisseuse. Sa rage m'éclate au visage, je suffoque et manque de perdre pied. Mon contrôle vacille, mais ne rompt pas. Son énergie nébuleuse constituée d'ambition et de courroux se dégage clairement du reste du monde. Son aura se détache de la lumière, se complait dans la violence. Toutefois, au-delà des apparences, je décèle quelque chose qui retient mon attention : ressentiment, blessure et… espoir.

Je n'ai pas le temps de m'y attarder que la scène à laquelle j'assiste prend un tournant inattendu. Un hurlement d'horreur s'étrangle dans ma gorge lorsque je comprends que j'en suis l'unique responsable.

Elle saisit les fils du destin, fouille l'infini de la toile, s'empare de l'un d'eux et d'un geste furieux exsudant la cruauté, elle le brise.

Sans préambule, sans sommation.

Rien.

Sans un mot et un sourire machiavélique sur les lèvres, elle vient de commettre l'indicible.

Au loin, ma conscience élevée du tout observe la vie d'Aelerion s'échapper de son corps d'emprunt. Ainsi, en une fraction de seconde et dans la solitude la plus totale, son âme rejoint les étoiles. Il s'écroule au milieu d'un champ verdoyant. Sa longue vie prend fin dans l'indifférence la plus totale, sur un coup de sang de la Grande Tisseuse.

Si je savais qu'elle était la maîtresse de nos destins, je n'en mesurais pas entièrement l'implication. Je la savais corrompue et prête à tout pour parvenir à ses fins, toutefois, je crois que ce geste impulsif irréfléchi marque une nouvelle étape dans l'ascension croissante de sa folie dévastatrice. Elle ne prend même plus la peine de déléguer les tâches ingrates à ses Chimères. Elle perd lentement le contrôle d'elle-même. Elle cède à l'impatience, à la violence, et plus personne n'est sauf.

Le temps presse.

J'aimerais m'émouvoir de son décès, or rien ne vient. Je demeure impassible, simple spectatrice du chaos qui menace de se déployer désormais, et du monstre que je viens d'affranchir de ses dernières retenues.

Je quitte lentement les sphères supérieures et rabaisse mes vibrations pour revenir à moi et à l'urgence de la situation.

Il ne me faut qu'un instant pour me retrouver essoufflée et fébrile au centre du kiosque, à devoir maîtriser la crise qui menace de m'engloutir dans le flot incessant de pensées paniquées.

Et si elle comprenait les intentions des rebelles ? Et si elle décidait de couper tous les fils ténus de leurs vies ? Et si elle décimait tous mes amis, ma famille ? Et si…

Inspirer.

Expirer.
Pétrichor.
Pétrichor.
Pétrichor.

Inspirer.

Expirer.

S'élever au-delà des tracas.
Se concentrer sur le plan.
Respirer.

Je chasse la crise à grand renfort de concentration, de pensées cohérentes et de légers coups d'élastique sur mon poignet.

Je n'ai aucune maîtrise sur la Grande Tisseuse et ses décisions. Je ne peux me soucier de ce sur quoi je n'ai aucun contrôle pour l'instant, sous peine de perdre mes moyens et de m'écarter de mes projets. Amshul, Cibèle et les autres iront quoi que je dise. Les Souffleurs d'ombres et les guides ne retarderont plus l'attaque-surprise.

Et le bal aura lieu.

L'heure tourne et Li m'attend avec l'étourdisseur.

Je laisse échapper un long soupir et m'allonge sur le dos, les yeux perdus sur la voûte, aux colonnes de marbre immaculées, bordée d'une dentelle d'ivoire. Le lierre et les roses imprègnent le lieu de vie. Je ferme mes paupières et ma vue subtile se superpose à ma vue humaine, tout se mue en or liquide, vaporeux, crépitant et coulant immuablement.

Je laisse la brise m'arracher des frissons délicieusement vivifiants et savoure chaque sensation comme si c'était la dernière.

Elles le sont.

Je l'accepte.

Je l'ai compris il y a un certain temps déjà et je m'étais persuadée que j'étais prête, or aujourd'hui les perles des illusions coulent de mes cils et dévalent mes joues. Je voulais goûter plus longtemps aux plaisirs de la vie, je voulais plus de brises, de chants de ruisseaux, de pétrichor, plus des rires de Li, de la tendresse de mon grand-père, de rassemblements amicaux chez Soli.

Plus d'Elias.

Mais j'ai eu tellement de vies pour le comprendre, tellement de chances de changer les choses.

J'ai échoué tant de fois.

Il est temps de mettre un terme à toute cette mascarade.

Il est temps pour moi d'accepter mon destin et d'abandonner l'illusion d'un avenir possible. Pour moi.

Il n'y en a aucun.

Je pleure longtemps. Seule.

Je pleure allongée sur la pierre dure jusqu'à avoir l'impression de m'y fondre.

Je pleure mes espoirs.

Je pleure mes ambitions. Mon passé. Mon avenir.

Je pleure Li.

Je pleure Éfi, Cibèle, Amshul.

Je pleure mes illusions.

Elias.

J'abandonne tout jusqu'à m'oublier.

Je perds l'illusion de ma survie.

Et c'est ainsi que prend forme au creux de mon ventre, une sphère ronde mouillée de larmes et éclatante d'espoir. Elle s'accroît à mesure que je lâche prise.

Je m'en empare et tiens entre mes mains la dernière lune qui rejoindra le lac sur lequel erre mon grand-père.

La sphère contenant tout ce que je suis et tout ce que j'abandonne derrière moi.

L'illusion d'une vie possible.

Je l'ai compris désormais, Euristide cherche ses souvenirs, son passé, son présent et son avenir. Les secrets de sa personnalité, de sa famille et de sa lignée.

Pour le réunifier, je dois lui rendre ce qu'il recherche.

Je devais perdre mes illusions, pour qu'il retrouve sa vérité.

Chapitre 45

J'attends le dernier moment pour redescendre vers l'Académie d'Éfi, la sphère lumineuse lovée au creux de mes bras comme le joyau le plus précieux qu'il m'ait été donné de porter. Ces cavités à peine plus creuses et sombres que le reste parsèment sa surface, mais n'en ternit aucunement l'éclat. En son centre tourbillonnent les espoirs qui ne demandent qu'à être retrouvés.

Ils m'appellent.

Je les ignore. Ils ne me sont plus destinés.

J'essuie d'un mouvement fluide les dernières perles salées accrochées au coin de mes yeux et frotte mes joues pour raviver les couleurs de mon visage tout en contournant le bâtiment qui se mue au gré des besoins. Je suis en paix avec mes choix et mes décisions.

Je serre la lune contre moi au moment de franchir les portes de l'Académie. Je jette un dernier regard sur ce sanctuaire, m'imprègne de son parfum, de son chant particulier et de l'atmosphère qui s'en dégage, puis avec une pointe de nostalgie, je m'en détourne et franchis la porte.

À découvert sur les chemins de l'Oniriie, je me fais la réflexion que je devrais basculer dans ma bulle, au lac ou à la bibliothèque des psychés, pourtant mes pieds continuent de savourer la lenteur qui autrefois m'agaçait. Je la percevais comme une entrave, une prison charnelle pleine de défauts et de handicaps. Désormais, je me délecte de chaque seconde. Je savoure jusqu'à mon autisme qui m'a permis de voir le monde différemment, de m'y ouvrir et de l'entendre.

Je chemine à pas mesurés sur le sentier qui se crée au fur et à mesure de mon avancée, marche après marche je gravis l'invisible jusqu'à ses plus hautes strates et admire la vue idyllique qui s'offre à moi. Nuages, paysages, lacs et forêts à l'infini. Petit à petit j'avance vers la bulle de mon amie, toujours accolée à celle de son frère. Je n'étais jamais revenue, aussi suis-je prise de surprise en y découvrant de hauts remparts de cristal translucide barrant la route à quiconque souhaite y pénétrer. Et juste derrière, vogue sur ma droite le navire d'Elias et, sur ma gauche, un manoir de princesse tout en rouages et en paillettes. Je ris en découvrant combien la bulle de Li s'est adaptée à sa nouvelle vie, ses nouvelles appétences et ambitions. Il n'y a point de sac à main, d'arbres de chemisiers et de fleurs en jeans qui bordent son chemin. Il demeure simple et accessible, tout comme elle l'est.

La main hésitante levée au-dessus du battant, je chasse les souvenirs qui me hantent puis frappe trois coups secs. Je n'entrerai pas sans son accord cette fois. Et je prendrai garde à ce qu'aucune créature cauchemardesque n'y pénètre en douce par ma faute. Bien qu'aujourd'hui la sécurité des rêveurs et des éveillés reste toute relative…

Je songe à ces dizaines, ces centaines voire milliers d'âmes endormies, massacrées au nom de l'ambition dévorante de la Grande Tisseuse. Pour me faire plier.

Li ne me fait pas attendre très longtemps, elle ouvre la porte à la volée, m'attrape par le bras et me tire sans ménagement à l'intérieur tout en jetant quelques regards paniqués vers l'extérieur. Elle balance un rapide « désolée pour le contact », avant de claquer derrière moi. Je resserre ma prise autour de ma sphère qui a failli m'échapper des mains, et lui demande :

— Tout va bien ?

— Tu n'as pas été suivie ?

Son ton inquiet m'amuse.

— Par qui ? La Morue ?

— Ahah, t'es hilarante quand tu fais de l'humour. T'étais où ? T'as pas entendu ?

— Entendu quoi ?

— Les rebelles tombent comme des mouches, personne ne comprend pourquoi. Ils se sont mis à s'écrouler l'un après l'autre. Morts. Leurs esprits se sont évaporés, pfiouuu ! Comme ça !

Elle claque des doigts pour mimer leur disparition et la lueur de peur que je décèle dans ses iris ne me trompe pas. Elle ne plaisante pas. Et elle est terrorisée.

— Merde, soufflé-je.

Li se tourne vers moi et ce qu'elle lit sur mes traits lui suffit. Son regard se fait plus dur et, soudain, elle lève un doigt accusateur sur moi.

— Oh, non. Qu'est-ce que t'as encore foutu ?

Rien ne sert de nier, et puis je suis très mauvaise à ce jeu-là, en particulier avec elle qui semble me connaître par cœur. Elle a emporté ce don de sa vie précédente.

— J'ai libéré le monstre.

— Putain de bordel de merde ! Tu ne vas pas me dire que c'est encore ta faute !

Je grimace, en proie à une culpabilité dévorante. Son accusation aux apparences bénignes me transperce de part en part d'une vérité criante.

— C'est la Grande Tisseuse, elle est lasse de ce jeu. Elle est passée le niveau supérieur.

Li réfléchit à toute vitesse.

— Tu dois avoir raison, je crois que c'était tous des recrues récentes ayant déserté son Académie. Elle les connaissait.

— Ce qui veut dire que tu es toujours en sécurité pour l'instant. Tout comme Elias.

— Mais pas Amshul, June et Jude…

Je glisse mes doigts sous mon élastique, tandis que Li descend le crayon de son oreille pour le mordiller distraitement en faisant les cent pas dans sa bulle.

Je découvre tout juste le décor qui nous entoure : un joli boudoir de princesse, une garde-robe luxuriante et ça et là, des outils en vrac, des engins en cours de construction, des plans, et de la bouffe partout. Des boîtes de pizzas vides, des bonbons, des caramels mous, des cornichons… Rien, absolument rien dans cette pièce n'est cohérent.

Je me mets à rire malgré moi, j'ai conscience de cette réaction déplacée pourtant je ne peux pas m'arrêter. Je ris si fort, que Li me dévisage comme si j'avais perdu la tête. Je me sens obligée de me justifier, alors je dépose ma lune sur une console près d'une petite bibliothèque et désigne la pièce d'un large geste du bras.

— Quoi ? grommelle-t-elle.

— C'est un foutoir sans nom !

— C'est chez moi. À mon image. C'est un désordre ordonné, je m'y sens très bien figure-toi !

— Je n'en doutais pas une seconde, ris-je plus fort avant de me reprendre en voyant qu'elle se renfrogne. Je t'ai vexée ?

— Pas du tout !

Les bras croisés sur sa poitrine, ses lèvres se retroussent dans un rictus boudeur.

Je l'ai vexée.

— Tant mieux, parce que j'adore, tenté-je pour me rattraper.

— Toi, la fille la plus rigide que je connaisse, tu adores ? Fous-toi de moi.

— C'est parfait. C'est toi dans toute ta splendeur. Ça déborde de vie, fourmille de projets, de douceur, de nourriture réconfortante… rien n'est à sa place et pourtant tout a sa place. Un joyeux bordel ! Parfait !

Elle fronce les sourcils et penche la tête, l'air de se demander si elle ne vient pas de faire entrer un Hallucinophile. J'explose à nouveau de rire tandis qu'elle se décompose.

— Promis, c'est bien moi !

— Exactement ce que diraient les infiltrés de la Morue. Excuse-moi d'en douter, il paraît que la dernière fois que j'ai fait entrer quelqu'un d'autre qu'Elias dans ma bulle, je suis morte donc bon…

— Ouch.

Elle ne rétorque rien et commence à ramasser les papiers de bonbons vides qui traînent partout, puis se dirige vers une poubelle en forme de monstre à la gueule béante, ravie de s'empiffrer de déchets. Les couleurs criardes ne s'accordent pas, c'est une cacophonie visuelle qui ferait saigner mes yeux, si ce n'était pas Li. Et malgré ça, je me sens bien. C'est chez elle.

— C'est bon, tu as fini de rire ? On peut reparler des gens qui meurent partout parce que tu as débloqué le level « cruauté activée » de la boss ?

— C'est pour l'arrêter que je suis là. Ce soir, tout sera terminé. Il me faut juste l'étourdisseur, tu l'as ?

— J'ai vu qu'Amshul — ce félon — t'avait donné son accord. Pourquoi tu en as besoin du coup ?

— Et j'ai vu — traîtresse — que c'est toi qui m'avais vendue à lui. Pour gagner du temps et rejoindre la Morue au nez et à la barbe de ses sentinelles.

— Tu vas toujours au bal, alors ? Tu n'as pas changé d'avis ?

Elle s'empare des robes déposées sur son canapé, les range dans le dressing et ne me regarde pas une seule fois. Elle n'est pas perturbée une seconde par mon accusation. C'est tout juste si elle ne s'en vantait pas. Elle aura vraiment tout essayé pour m'en dissuader.

— Oui, j'irai. Je ne change jamais d'avis.

Elle cesse une seconde son semblant de ménage, ses épaules s'affaissent imperceptiblement et je jurerais l'entendre soupirer.

— Va falloir te trouver une robe, alors. Les converses, ça fait tache.

— Tu as bien conscience que je peux me matérialiser la tenue que je veux à la seule volonté de mes pensées ?

— Tu vas te la péter encore longtemps ou tu vas finir par accepter de passer un moment avec moi avant d'aller te suicider ?

— Je ne vais pas me…

Elle lève une main ferme entre elle et moi pour me faire taire à la seconde où je me rends compte que jamais je n'aurais pu finir cette phrase sans en faire un mensonge, car j'ignore ce qu'il adviendra ensuite, et cela ressemble effectivement à du suicide. J'accueille la colère sourde qui émane d'elle et opte pour un autre choix, tout à fait véridique :

— Je ne veux pas mourir.

— Permets-moi d'en douter, râle-t-elle, l'ombre d'un sourire triste flottant sur ses lèvres.

— Allez, cédé-je, choisis-moi une robe histoire que je finisse en beauté. Mais pas de talons !

— Tu seras la plus belle de toutes les suicidaires, me promet-elle en entrant dans l'autodérision avec moi.

Or le poids de mes choix alourdit l'atmosphère presque autant que le souvenir trop ressemblant de ma dernière soirée à l'Académie alors que Kimiko m'apprêtait, m'offrait mon premier vrai baiser, puis me trahissait.

Li tire sur le cintre d'une robe d'un bleu gris beaucoup trop identique à celle que Kim m'avait prêtée. Je hurle avant d'avoir réfléchi :

— Pas du bleu !

Elle se tourne vers moi, plisse le nez et secoue la tête.

— Tu veux la rouge ? On ne risque pas de te rater.

— Celle couleur lin, à bretelles tressées, plutôt.

— T'es sûre ? Jamais je n'arriverai à la récupérer si tu mets du sang partout.

— Li !

— Quoi, c'était trop d'ironie ?

— Arrête d'être aussi renfrognée ! Tu crois vraiment que c'était le rêve de ma vie d'aller me confronter à une Morue qui s'est autoproclamée Grand Manitou du monde et qui a décidé de le mettre à feu et à sang pour un foutu secret à la con qu'elle connaît déjà ?! Bordel !

Mon amie ravale un hoquet de stupeur, je plaque mes mains devant ma bouche et je ne saurais dire si elle est outrée par ma grossièreté ou par l'information que j'ai lâchée.

— Elle connaît déjà le secret ? hoquète-t-elle d'effroi.

Ce n'était pas ma grossièreté, mince.

Je déloge mes fesses du canapé confortable et le contourne pour enfouir mon visage dans les étoffes, à la recherche de la robe parfaite pour accomplir ma destinée. Peut-on faire plus solennel ?

— Nora ! Elle connaît le secret ? Pourquoi t'y vas alors ?!

— Mais parce qu'elle ignore qu'elle le connaît. Parce que si elle en prenait conscience, nous serions tous perdus. Parce que je tiens à toi. À Elias. À vous tous. Parce que je veux que vous ayez l'occasion de vivre, libérés de sa menace.

— Et toi ? murmure-t-elle dans un sanglot.

— Tu connais la réponse, Li.

Elle renifle bruyamment. Je n'ai pas le courage de la regarder en face. Elle a mis tellement d'énergie à rester forte, à ne pas montrer sa peine et à m'offrir un refuge avant la tempête... et moi je fouille sa penderie sans trouver le courage que j'y cherche pour lui faire face.

— Il doit y avoir une autre solution.

— C'est moi. Ça l'a toujours été, et j'en ai terminé de me voiler la face.

Je jette un coup d'œil discret à la sphère que j'ai laissée dans sa bibliothèque.

— Peut-être que...

— Li, soupiré-je en me tournant enfin vers elle. Les fils du destin sont tissés depuis bien trop longtemps. De vie en vie, j'ai cherché à les dénouer en vain. Je dois affronter cette épreuve, je l'ai choisie d'incarnation en incarnation, je ne peux pas m'y dérober encore.

— Elias va me buter s'il apprend que je ne t'ai pas retenue.

J'éclate de rire alors qu'elle essuie son nez avec la grâce d'un phoque enrhumé. Je l'attire à moi et la serre entre mes bras, elle reste bras ballant, ne sachant que faire. Je la sens hésiter à m'enlacer en retour de crainte de m'indisposer, alors je la serre plus fort encore. Mon cœur déborde d'amour pour cette tête de mule, si prévenante et hargneuse. Ma poitrine se comprime sous l'assaut de sa tristesse.

— Et tu peux me dire exactement à quel moment tu ne m'as pas mis de bâtons dans les roues ? Parce que pour l'instant, il n'aurait aucune raison de te blâmer de m'avoir laisser filer tranquillement : je n'ai ni la discrétion que je t'ai demandée, ni tenue adaptée — à croire que tu veux me ligoter avec tes robes — et ni l'étourdisseur. Oui, je suis bien consciente que tu fais diversion avec ce pseudo dernier-moment-entre-filles. Ni toi ni moi ne sommes vraiment à l'aise avec ça.

— Ouais, mais ni toi ni moi n'entrerons en tablier de travail et baskets usées.

Je m'écarte soudain d'elle, un long filet de morve pend entre son nez et mon épaule, je ravale une remontée de dégoût et détourne les yeux de son méfait.

— LI !

— Un mouchoir, un mouchoir !

Je l'entends courir et revenir pour m'essuyer l'épaule avant que mes hauts le cœur n'ait eu raison de moi. Mais je ne perds pas de vue ce qui a provoqué mon sursaut de stupeur :

— Tu ne viens pas avec moi !

— Évidemment que si.

— Ce n'était pas prévu. Non.

— Alors là, désolée ma cocotte, mais va falloir t'asseoir sur ton petit confort. Tu peux choisir ton « destin » (elle mime des guillemets dans une grimace de dédain à mourir de rire), bah moi aussi.

— Mais ce n'est pas ça du tout, ton destin !

— Qu'est-ce que t'en sais ? C'est toi qui as signé mon contrat d'incarnation, peut-être ? Non ? Bah, de quoi je me mêle ?

— Tu..

— Beup ! On se tait et on choisit une robe pour le bal ! On a une Académie à reconquérir et une Morue à fumer.

— Elias…

— J'aurais des circonstances atténuantes si je peux au moins prétendre t'avoir accompagnée. Je mentirai pour la suite, je dirai que tu m'as volé mon étourdisseur et que tu l'as utilisé contre moi. Ouais, zéro scrupule. Va déjà falloir que je le ramasse à la petite cuillère si tu merdes, alors je ne vais pas non plus lui donner une raison de plus de me détester, je sais mentir moi !

— Mais Li, c'est insensé !

Elle sort la robe lin que j'ai sélectionnée et opte pour la rouge qui mettra sa chevelure d'or et son teint d'albâtre en valeur tout en m'offrant le sourire le plus machiavélique que je ne lui ai jamais vu.

— Pas tellement si on est à armes égales…
— L'annihilateur ?

Chapitre 46

Son regard pétillant de folie et son sourire carnassier ne laissent planer aucun doute, elle viendra quoi que je dise. Avec son annihilateur !

— C'est trop dangereux ! Éfi a été clair, si la Morue met la main dessus, c'en est fini de nous tous !

— Je crois qu'elle n'a pas besoin de ça pour tous nous décimer si ça lui chante.

— Un point pour toi.

— Donc je viens avec l'annihilateur.

— Tu sais t'en servir ?

Elle plisse les yeux, plongée dans un examen interne de la bête, et je peux définir le moment précis où elle met le doigt sur la solution qu'elle cherchait. Ses paupières émettent un léger sursaut et une lueur embrase ses pupilles.

— Évidemment. Je ne suis pas la mécano officielle de la Nouvelle Académie pour rien !

— L'Académie d'Éfi, la reprends-je instinctivement sans m'en rendre compte.

Li ravale une inspiration de stupeur, avant que l'évidence ne la fasse hocher la tête. Le baptême va se répandre comme une trainée de poudres et bientôt, plus personne ne se souviendra que l'école portait un autre nom.

Elle retire son tablier puis le reste de ses vêtements, je détourne mes yeux par pudeur. J'attends que le bruissement doux de la soie sur sa peau cesse pour revenir vers elle. Elle me présente son dos, en silence, et j'obéis à sa requête muette. Je glisse la fermeture tandis qu'elle détache son chignon décoiffé pour laisser retomber sa longue chevelure dorée en cascade sur ses épaules. De somptueuses boucles rebondissent et encadrent son visage.

— Ne me regarde pas comme ça, s'esclaffe-t-elle, on dirait que tu as vu un fantôme.

— Tu ne crois pas si bien dire.

Elle lui ressemble comme deux gouttes d'eau, c'en est affolant.

— L'ancienne moi portait des robes ?

— C'était l'élégance personnifiée. Si elle t'avait vu en tablier, les mains noires de cambouis et des lunettes de soudure sur la tête, elle aurait défailli.

Mon amie laisse échapper un éclat de rire communicatif, mon cœur s'orne de joie.

— Mon goût étrange pour les belles robes que je ne porterai jamais doit venir de là, je suppose.

— C'est très utile ce soir.

Je hausse les épaules, elle secoue la tête en riant.

— Ouais c'est sûr, mais le portefeuille de maman ne serait pas d'accord avec toi.

Elle me répond distraitement, la tête plongée dans son placard. Elle cherche des chaussures adaptées à sa tenue. J'en profite pour me défaire de mes propres vêtements et sauter dans la robe légère que j'ai choisie. Or, lorsque je me retourne vers elle pour aviser son choix, mes yeux s'écarquillent de stupeur. Elle a enfilé des bottes en cuir plates et s'affaire à sangler des holsters à chacune de ses cuisses. Le tissu fluide retombe autour de sa jambe dénudée et offre un spectacle tout à fait décalé.

— Tu fais quoi ?

— Je m'équipe, pourquoi ? Les tiens sont là si tu veux, me désigne-t-elle d'un geste du menton.

J'avise un tas brun sur son sofa et lorsque mes yeux trébuchent sur une paire de bottines sans talons, mon cœur rate un battement d'euphorie.

Je me jette sur les chaussures et les serre contre mon cœur.

— Li, tu es la meilleure ! Pas de froufrou, de paillettes et d'instrument de torture aux pieds !

— Eh, tu me prenais pour qui ?

Elle repose son pied au sol, lisse sa jupe et vérifie qu'on ne distingue rien de ce qu'elle cache dessous, puis vient à ma rescousse. Elle s'assied sur son sofa, s'empare de mon pied et dégage le tissu de la robe pour atteindre ma cuisse. Elle stoppe au premier frémissement de ma peau et ses yeux plongés dans les miens me demandent :

— Je peux ?

Je ne sais pas si elle fait référence à mes sensibilités autistiques ou si elle me demande un consentement différent. Mes joues s'embrasent au souvenir du baiser de Kimiko, alors je tente de le balayer d'un trait d'humour.

— Un peu tard pour demander.

— Roh, ça va, pas de ça entre nous. T'es pas mon genre, je les préfère avec un peu plus de poils.

— Mince, me voilà déçue.

— Eh ce n'est pas parce qu'on est jumeaux que tu peux avoir les deux pour le prix d'un ! rit-elle.

— Ô drame, Ô désespoir. Que vais-je faire de ma vie désormais, très chère Liorah, si tu me refuses ton cœur !

— Andouille, rit-elle plus fort. T'as déjà celui de mon frère !

Elle enfile le holster en prenant soin d'éviter au maximum de me toucher, serre, puis repousse ma jambe.

— Parfait, conclus-je. Et maintenant, il ne reste qu'à y glisser l'étourdisseur.

— Mhm.

Elle répond distraitement, se relève et fait mine de vérifier une nouvelle fois les retombées de sa robe.

— Li ? fredonné-je d'un ton mi-amusé, mis exaspéré.

Elle souffle, lève les bras et agacée, avoue :

— Ça vaaaa ! J'l'ai pas.

— Li ! On était d'accord !

— Oui je sais, mais d'un coup tout le monde s'est mis à mourir, les gens criaient partout et Amshul est venu me trouver pour me mettre en sécurité.

J'entends chacun de ses mots, je comprends bien que, dans l'urgence, elle ait pu laisser l'outil dont j'ai besoin dans l'atelier — et je note au passage qu'elle m'a menée en bateau et qu'elle aurait pu me le donner directement un peu plus tôt — mais ce qui m'apostrophe dans tout ça, c'est la tendresse étrange qui enrobe la fin de sa tirade.

— Li, tu as le béguin pour Amshul !

— Pas du tout ! se défend-elle un peu trop vite.

— OH QUE SI !

— Arrête, soupire-t-elle.

— Comment veux-tu que j'oublie ça ? Im-po-ssible ! Tu as le béguin pour Amshul ! Il est si… Il le sait ? Il n'est pas un peu vieux pour toi ?

— Vraiment ? De toutes les personnes qui m'entourent, c'est toi qui me dis ça ? Je dois te rappeler que t'étais déjà là quand on est nés, Elias et moi ?

— C'est pas pareil, on a le même âge maintenant. Mais tu as raison, peu importe ce genre de détails. Amshul… répété-je pour moi-même.

Je fais rouler son prénom sur ma langue pour m'imprégner de cette révélation. Puis quand je comprends que mon amie était persuadée d'avoir éludé mes questions et qu'elle ne compte pas y répondre, je suis obligée de la reprendre. Elle me tourne le dos et cherche des petits sacs assortis à nos tenues dans un tiroir d'une commode en bois vernis. Elle me semble tout droit sorti d'un manoir princier.

— Il sait ?

Elle soupire, toute son assurance s'évapore soudain et je lis sa fragilité sur son corps vulnérable. Il émane d'elle une sorte de résignation inquiète qui fait écho en moi.

— C'est pas vrai ! m'écrié-je. Non seulement il sait, mais lui aussi ressent la même chose ?

Elle fait volte-face, les yeux brillant d'angoisse, et secoue la tête alors que tout son corps hurle oui.

— Ne dis rien, me supplie-t-elle.

— Tu veux que je dise quoi ? Et à qui ? On n'est plus des enfants, tu sais. Tu peux bien faire ce que tu veux.

— Elias me ferait la morale, et puis le règlement de l'Académie…

Je ris à la mention de son frère, mais me ravise pour la suite.

— Attends, il y a un règlement ?

Li lève les yeux au ciel, comme si j'étais un ovni.

— T'étais où toutes ces années ?!

— Coincée dans le passé à vouloir retrouver ton frère ?

Elle mime une grimace écœurée, un doigt dans la bouche. Je cache mon amusement et me dis qu'effectivement Elias risque de faire la même tête quand il saura pour Amshul et sa sœur. Elle interrompt mes pensées en citant l'une des règles dont elle parle, celle qui lui pose problème :

— « Toute relation entre un enseignant et un élève est proscrite au sein de la Nouvelle Académie »

— Bah, il n'y a pas lieu de s'inquiéter, il n'y a pas de relation pour l'instant.

Nouveau rictus et mâchouillage de crayon. Sa posture, ses traits, son demi-sourire coupable, l'appréhension dans son regard…

— LIORAH !

— On s'est juste embrassés ! Ne crie pas !

— Tu rigoles ! Où ? Quand ? Comment ? Et le plus important : pourquoi, mince, je ne le savais pas encore ! Tu as une autre meilleure amie, c'est ça ?

Elle explose de rire devant l'incongruité de ma question avant de saisir tout le sérieux que j'y ai insufflé, pour la simple et bonne raison que je me sens effectivement bafouée. Je vis dans une muraille de solitude et cela me demande tellement d'efforts de m'ouvrir, que lorsque j'offre mon cœur et mon amitié, je le fais entièrement. Je m'ouvre et me montre vulnérable au moment où je suis prête. Ce que j'offre, je le fais pour toujours. Je suis incapable de faire semblant, de maintenir des relations superficielles. Ma fidélité, ma loyauté, je l'offre peu, mais c'est éternel. Et j'ai besoin de ressentir la réciprocité d'un tel engagement pour me sentir en confiance.

Je comprends bien que les gens ne fonctionnent pas de la même manière, et qu'il n'y a aucune trahison dans le fait de côtoyer d'autres gens, qu'on ne peut même pas l'appeler ainsi, et pourtant en cet instant c'est exactement ce que je ressens.

La honte me submerge, je ne suis pas autorisée à demander une espèce d'exclusivité à mon amie, nous n'avons pas signé de contrat. C'est débile, égoïste, et pourtant horriblement douloureux d'imaginer qu'elle ait pu se confier à quelqu'un d'autre. Un sentiment très humain, certes, mais honteux.

— Non, souffle-t-elle en déposant ses paumes chaleureuses sur mes épaules secouées par mes angoisses. Personne d'autre, promis.

— Tu as le droit, évidemment. Ce n'est pas ce que j'ai voulu dire, je suis désolée. Je ne veux pas… Tu es libre de… je… Et puis tu es morte par ma faute, alors forcément, je ne suis pas la meilleure amie rêvée. Tu…

— Calme-toi, Nora. Arrêter de remettre ça sur le tapis, c'est oublié.

— Argh je suis un monstre ! Je ramène tout à moi alors que tu as besoin d'une oreille attentive, pardon !

— Tu es beaucoup trop dure avec toi même, lâche-t-elle dans un petit rire pour détendre l'atmosphère. Figure-toi que j'ai mené ma petite enquête sur l'autisme pour mieux te comprendre, toi, ton fonctionnement.

Elle a fait des recherches pour mieux me comprendre, répété-je dans mon esprit alors qu'elle continue de parler. Mais je n'entends plus rien. Elle, Li, mon amie, a écumé des sources d'informations pour moi, pour se rapprocher de moi, me créer un environnement sécurisant, être là pour moi ? Jamais personne n'avait fait ça avant elle à part Grand-père et… elle ! Elle l'a forcément fait dans sa vie d'avant aussi ! Ça explique tellement de choses !

Je pleure sans m'en rendre compte, et ce n'est que lorsqu'elle remue un mouchoir sous mes yeux que je me raccroche à la réalité.

— Tu n'as rien écouté hein ?

Je fais non de la tête en la remerciant pour le mouchoir. J'essuie mes joues, mon nez et sanglote :

— Je me suis arrêtée à « j'ai mené ma petite enquête pour mieux être avec toi », ça m'a bouleversée, pardon.

— Mais arrête de t'excuser, sourit-elle. Si tu avais écouté la suite, tu saurais que c'est OK d'être toi avec moi. Tu peux retirer ton masque, chialer parce que tu vois un papillon, laisser émerger les crises sans culpabilité, poser tes limites et… je sais ce qu'implique ton amitié. Je sais le cadeau précieux que tu m'as offert et je promets d'essayer d'en être digne ma vie entière, et même les prochaines.

Je n'ai pas les mots. Alors je pleure, et je le fais sans me cacher.

Je la laisse m'étreindre et son contact me réchauffe le cœur.

— Est-ce que vous êtes tous aussi géniaux dans votre famille ?

— Nan, juste moi. Elias ne m'arrive même pas à la cheville.

Je ris en reniflant, elle plaisante sur le fait de lui rendre la pareille, puis je lui dis :

— Tu sais qu'il me faudra l'étourdisseur quand même, hein ?

— Ouais t'inquiète, tu peux compter sur moi.

CHAPITRE 47

Les pieds nus dans le sable chaud, je serre contre mon cœur la sphère luminescente d'une main et porte mes bottines de l'autre. La nuit étend son voile sur l'Oniriie et allume des lueurs sur la voûte traversée de baleines célestes, de méduses phosphorescentes et de poissons aux nageoires aussi fluides qu'un voile translucide. Seul le clapotis de l'eau léchant la grève vient déranger la sérénité des lieux. Les vaguelettes sur le sable ainsi que mon cœur tambourinant dans ma poitrine.

J'avance à pas lents, tout en comptant ma respiration. Inspiration sur cinq secondes, expiration sur cinq secondes, et ainsi de suite. Je répète mon mantra de temps à autre et plante mes ongles dans le cuir pour conserver calme et contrôle.

Le ponton de bois humide est en vue et il n'y a personne à l'horizon.

Le temps presse, mais il me semble suspendu depuis si longtemps. J'en ai perdu toute notion, je n'ai plus aucun repère. Où suis-je ? Quand suis-je ? Où en est-on sur Terre ? Où en est Elias ? Où est mon corps ? Quand ai-je dormi pour la dernière fois ? Je l'ignore.

Tout ce que je sais, c'est la raison pour laquelle je suis ici. La suite n'existe pas encore.

Un pas devant l'autre, je savoure chaque sensation. J'apprécie l'énergie particulière des lieux, la quiétude du Lac des illusions perdues et des vérités retrouvées, sa lumière tamisée diffusée par ses lunes oubliées, et l'impatience qui fait battre mon cœur plus fort.

Lorsque mes pieds touchent enfin le bois rêche qui avance sur le lac, je ravale une grimace et ferme les paupières pour ne pas défaillir.

Pétrichor.

Pétrichor.

Pétrichor.

Si tout se passe comme je l'espère, Euristide sera sauvé d'ici très peu de temps.

Il *faut* que cela fonctionne. J'ai besoin de cette victoire avant la fin.

Je souffle un coup sec, inspire avec force, et ouvre les yeux, armée de courage, je force mes convictions à me pousser plus avant.

Je dépose mes bottines à côté de moi, tout au bout de la jetée, puis la sphère juste à côté. Je m'empare de la lanterne et l'embrase d'une simple pensée. Je la balance de droite à gauche dans la nuit, signal d'appel au gardien.

Grand-père.

Je peine à calmer les battements affolés de mon cœur lorsque je perçois l'ombre de l'espoir naviguer vers moi. Les rides se rapprochent à mesure que sa barque fend les flots et que son bâton s'enfonce dans les tréfonds du lac.

Une fois certaine qu'il ne fera pas demi-tour, j'accroche la lanterne flamboyante à son support, puis je relève le tissu de ma robe et m'agenouille tout au bord du ponton. Les mains tremblantes, je saisis la lune, qui va rejoindre ses consœurs sous peu, en lui insufflant toute ma volonté de la voir n'y demeurer qu'un instant. Je la serre entre mes bras, frissonne, et la porte à mes lèvres. Je peux sentir le cœur palpitant qu'elle contient... le mien.

Mon cœur. Ma vie. Mes espoirs. Mes craintes. Mes connaissances acquises.

Mes illusions perdues.

Les martèlements puissants de ces vérités provoquent une onde de choc dans l'invisible, pulsent entre mes doigts, sous mes lèvres, et jusqu'à mes oreilles.

Lorsque je rouvre les paupières, je les vois se diffuser vers Euristide. Son bâton marque un temps d'arrêt quand la première vibration l'atteint. Alors enfin, je sais que j'avais raison, et que j'ai fait le bon choix.

Avec toute la délicatesse dont je dispose, je dépose la lune sur l'eau froide du lac et lui donne une légère impulsion dans la bonne direction. Les pulsations qui émanent d'elle provoquent des sillons jusqu'à la barque du gardien, intrigué.

Je me relève, attrape mes bottines et le cœur noyé de larmes, je m'enfuis à toutes jambes. Je cours sur le bois humide, dans le sable et jusqu'aux fourrés, sans me retourner.

— Petite ! me hèle-t-il. Petite ! Tu m'as appelé !

Je ne réponds rien. Je plaque une main fébrile sur ma bouche pour empêcher les sanglots d'en sortir et d'attirer son attention, et je me tiens prête.

Je veux juste m'assurer qu'il l'a trouvé, ensuite je basculerai loin d'ici. Il ne doit pas me retrouver.

Il ne doit pas me retenir.

À la seconde où il se souviendra, il faudra que j'entre au bal. Je dois faire diversion pour que la Morue n'ait d'yeux que pour moi et détourne son regard de mon grand-père. Elle serait bien capable de venir le cueillir ici, de couper le fil qui le retient à la vie ou de le menacer pour me faire chanter.

Ce serait bien futile.

Je vais me rendre.

Il passe à côté de la lune qui l'appelle, la dépasse non sans un mouvement de retenue, puis accoste au ponton en continuant de m'appeler. Pourquoi fait-il cela ? marmonné-je pour moi-même. Ne peut-il pas juste aller la ramasser ? Il a bien senti que c'est cela qu'il cherche depuis si longtemps ! Des années qu'il erre ici telle une âme en peine à la recherche de son identité. Et maintenant que je la lui offre, il l'évite ?

Quelque chose me dit qu'il continue de vouloir me protéger. Mais c'est trop tard.

Je reste ici encore quelques minutes et comprends que je ne peux rien faire de plus : il s'en saisira lorsque *lui* sera prêt.

Je me résous à m'en aller le cœur lourd d'avoir échoué.

Il se libèrera quand il en aura la volonté. On a beau vouloir sauver les gens, parfois on ne peut rien pour eux, ils doivent accepter de se sauver eux-mêmes.

Je lui ai offert la possibilité de le faire. Je lui ai tout donné. Je ne peux rien faire de plus.

L'esprit soulagé, je détaille une dernière fois mon grand-père qui repart à la dérive et essuie mes larmes.

À l'instant où je m'apprête à fermer les paupières, à basculer définitivement vers mon destin, une onde de choc me renverse et la scène qui se joue au loin sous mes yeux illumine mon âme !

Ça y est.

Euristide tient sa vie entre ses mains.

Son visage s'éclaire, ses yeux s'agrandissent, sa mâchoire se décroche. Il vacille, les doigts cramponnés à la sphère et, à la seconde où son visage entier se tourne vers l'endroit où il a vu disparaître la « petite », je bascule.

Je bascule avant que le courage ne me manque.

Je bascule avant de lui laisser une chance de me retenir.

Je bascule, le sourire aux lèvres, comblée d'allégresse.

Je bascule et je franchis les portes de l'Académie de la Grande Tisseuse, noyée dans le groupe des rebelles, comme convenu.

Nous y sommes.

Chapitre 48

Je me faufile entre les rebelles jusqu'à reconnaître un visage familier derrière son masque à plumes, sous une cape sombre aux aigrettes dressées, accompagné de sa nuée de chouettes. Je dépasse un autre Souffleur d'ombres et ses loups, Silas, puis me positionne à la droite de Cibèle.

— Tu aurais pu faire un effort vestimentaire. Li m'a obligée à porter une robe, moi.

— Je me disais bien que tu ne resterais jamais loin des ennuis. Et je porte une robe sous ma cape, figure-toi.

Elle tourne son visage vers moi et m'octroie l'ombre d'un sourire qui ne monte pas jusqu'à ses yeux. Je devine aisément la raison de sa tristesse et décide qu'il est temps de reprendre le flambeau.

— C'est bon de te revoir, vieille dinde.

Sa mâchoire béante, elle est si surprise qu'elle ne trouve aucune répartie digne de ce nom. Je crois même distinguer un doute dans son regard, elle se demande si Éfi s'est réincarné dans mon corps.

Je m'esclaffe un peu trop fort, les rebelles qui nous entourent me jettent des regards noirs et des « chuuuuut » désapprobateurs.

Mince, encore une réaction un peu trop inappropriée… je navigue avec mon autisme depuis toujours et il m'arrive encore ce genre de bévues.

— Je t'ai cru perdue dans le passé à vouloir retrouver ta brosse à chiotte.

— Jolie pique, j'applaudis. J'aurais pu, mais poil de carotte m'a fait promettre de « continuer à vivre ».

Je mime la voix d'Éfi dans une simagrée dégoulinante de dérision, un pincement au cœur. Il aurait été fier de moi, je crois.

Cibèle sourit franchement cette fois, mais continue de taire le néant qu'il a laissé en elle également. Pour rien au monde elle ne l'admettrait, j'en mettrais ma main à couper. Ou peut-être pas, ce serait de mauvais goût, pensé-je en me massant le poignet aux réminiscences douloureuses qui remontent dans mon corps. June a fait du beau boulot, ce serait dommage de le gâcher ainsi.

— Tu es venue foutre le bordel ?

Je perçois la pointe de défi dans le ton à peine audible de sa voix, mes lèvres s'étirent, les siennes se retroussent et une étincelle embrase ses prunelles.

— Comme toujours, n'est-ce pas ?

— Je te couvre. J'ai des amis à venger. Jure que tu lui feras payer.

— Cibèle, tu sais qu'il est mort de cause naturelle, rassure-moi ?

— Évidemment, je ne parlais pas de ta brosse à chiotte au caractère de merde.

Bien sûr que si, c'est tout à fait à lui qu'elle pensait. Et ce n'est pas sa mort à proprement parler dont elle veut se venger, mais du temps dont la Morue les a dépouillés pour mieux se voler dans les plumes. Et au fond, qui sait si Éfi n'aurait pas survécu plus longtemps sans tous ces tracas ? Sans moi…

Je chasse cette idée loin de mon esprit, je sais que c'est la peine et l'anxiété qui parlent. Pas lui. Pas moi. Jamais il n'aurait échangé une minute de sa vie pour la vivre sans moi et le souci permanent que j'ai dû être pour lui. Ma vilaine brosse à chiotte, mon poil de carotte, ma boule d'amour, mon guide et ami.

— Je le vengerai. Je les vengerai tous.

Cibèle acquiesce d'un air grave, le pacte silencieux est scellé. Elle ignore ce que sera ma vengeance et je doute qu'elle donne son accord le cas échéant, mais elle le découvrira trop tard de toute manière. Quand le monde sera enfin en paix, libéré de la Morue et de son joug.

— Qu'est-ce que je dois faire ?

— Je dois me rendre dans l'atrium et rejoindre Li. Le reste, je m'en occupe.

J'aurais probablement pu basculer directement dans la forteresse de la Morue sous le dôme de son Académie à force d'entraînement et de déconstruction de certitudes ancrées. Je suis devenue puissante, j'aurais su m'affranchir de cette limite qu'elle a imposée, mais il m'aurait fallu plus de temps. Du temps que nous n'avons pas. Elle est bien à l'abri dans sa forteresse, et je préfère économiser mon énergie pour notre confrontation.

– Li est devant avec Amshul.

Ah oui, tiens donc... ne puis-je m'empêcher de souligner.

Je la remercie d'une œillade complice, puis la quitte en accélérant le pas. Je caresse mon holster vide qui ne servira pas à accueillir une arme, mais l'étourdisseur de mon amie. J'oscille dans la foule en bloquant mon souffle, concentrée sur l'objectif : Li.

Je fais abstraction du monde, des odeurs, des bruits, des gens. On devrait nous entendre arriver, mais même aussi nombreux, nos pas n'émettent pas le moindre bruit sur le sol en verre du complexe. Je soupçonne June et Jude d'y être pour quelque chose. Je les dépasse et viens me ranger à côté de la jolie blonde qui n'a d'yeux que pour son mentor. Celui-ci est raide comme un piquet, toutefois je remarque désormais les subtils coups d'œil qu'il lui jette à la dérobée et qui semblent innocents de premier abord. Pourtant, je sais qu'ils ne le sont pas, il la couve du regard. Il aurait préféré qu'elle ne vienne pas.

— On est deux, soupiré-je. On est deux.

Il s'écarte de Li pour me laisser une place entre eux, je ferme les yeux une fraction de seconde — par curiosité, je l'admets — et découvre leurs âmes qui se cherchent, les fils d'énergies qui se nouent entre eux et l'électricité qui s'en dégage. Je voudrais changer d'avis et me placer à la gauche de mon amie, mais cela paraîtrait suspicieux maintenant que j'y suis presque.

— Tu l'as ?

— Oui, me répond-elle en tapotant sa jambe.

L'écarlate de sa soie forme un pli autour de l'objet qu'elle dissimule dessous.

— Et… l'autre ?

Ses lèvres esquissent un demi-sourire carnassier et elle tapote l'autre jambe.

— T'es dingue.

— Pas autant que toi.

Nous partageons une œillade complice qu'Amshul abhorre, je le sens instinctivement se hérisser à côté de moi. Il perd le contrôle de son calme et l'air crépite.

— Tu veilleras sur elle. Elle est tellement imprévisible, le taquiné-je.

— Délicieusement folle, soupire-t-il à son tour, les yeux levés au ciel.

Puis Li se défait de l'étourdisseur et me le remet discrètement. Il s'apparente à un simple bâton lisse, un peu plus large et sans fioritures. Il me fait penser à une baguette magique. Ou un stylet graphique. Un bouton déborde un peu sur le côté et des stries subtiles et transparentes s'enroulent en spirales autour.

Je dévisage Li, incrédule.

— Je n'avais peut-être pas besoin d'un holster pour ça, si ? J'aurais pu le glisser sous l'élastique de mon poignet.

— Ouais, mais c'est quand même vachement moins classe. Et puis le holster, c'était pour ça.

Elle sort une dague, presque aussi fine que l'étourdisseur, de sa cachette et me la tend avec cérémonie. Je l'accepte le visage grave. La lame est délicate, pointue et tranchante, aussi claire et lumineuse que du cristal, alors que sa garde est noire comme la nuit. Elle n'attend pas que je l'aie rangée avant de me remettre un gantelet de nuit piqueté d'étoiles. Mon cœur manque de cesser de battre au souvenir qui lui est rattaché. Elle ne le remarque pas, elle sait que j'aurais pu matérialiser ce que je souhaite, je ne comprends pas vraiment sa démarche.

— Pour te trancher la main et revenir, au cas où… et puis l'autre tu sais comment t'en servir, si des fois on n'aurait pas encore fini de mettre la pâté aux Chimères, n'hésite pas à nous rejoindre. Enfin, seulement quand la Morue aura eu son compte, hein.

Je hoche la tête, émue aux larmes. Je croise le regard d'Amshul derrière son masque sombre.

— Chez Soli.

— Chez Soli, répète-t-il.

Ce sont les derniers mots que nous échangeons. Les bulles disparaissent, les rues s'élargissent et dégagent la vue : l'immense lotus en verre nous fait face.

Les premiers rebelles s'engagent sur les ponts de cristal, les lumières et les sons embrasent le complexe de teintes festives.

Je ralentis légèrement afin de laisser Li et Amshul s'effleurer une dernière fois. Leur pudeur discrète déborde d'amour. J'espère qu'ils pourront le vivre au grand jour. À ce propos, une idée folle me traverse l'esprit et je cours rejoindre mon amie pour lui murmurer à l'oreille :

— Je crois que je n'ai pas été assez précise : la Nouvelle Académie n'est plus, c'est l'Académie d'Éfi maintenant. Donc les règles sont à refaire. À bon entendeur.

Je ponctue ma suggestion d'un clin d'œil complice et Li me remercie d'un baiser spontané sur la joue. Elle s'éclipse dans un concert de tissus volants sous mes yeux, et je la vois tirer sur le bras du chaman pour lui glisser le même espoir qui la nourrit. Je souris de le voir piquer un fard derrière son loup et fouiller l'entourage autour de lui pour veiller à ce que personne ne l'ait entendue. Je me détourne au dernier moment pour lui offrir ce secret qu'il veut conserver.

Enfin, ils s'enfoncent dans l'Académie, sans heurt, et c'est ainsi que nous nous séparons.

Pour le moment.

Tout se passe très vite.

Dans le calme le plus absolu, les rebelles aux identités cachées par leur costume envahissent l'Académie au nez et à la barbe de tous et se mêlent aux réjouissances.

Je contourne le chemin officiel qui mène à l'atrium et prends un autre couloir. Pourquoi ? Je l'ignore. Jusqu'à ce que je comprenne.

Dilemna m'attend, son regard aveugle porté sur l'invisible, un sourire teinté de certitudes sur les lèvres et les bras retenant une autre entrée pour moi. Celle des derniers éléments qui me manquent.

Chapitre 49

Les actes les plus courageux sont souvent accomplis en silence, dans la solitude la plus totale.

En cet instant, ces mots n'ont jamais eu autant de sens pour moi alors que j'avance seule face à mon destin dans le couloir que m'a ouvert Dilemna.

Elle ne s'est pas épanchée en volubilité, elle savait depuis le premier jour.

Je me souviens encore de ses paroles énigmatiques, de son sourire étrange et de son regard si profond qui sondait mon âme.

Je n'ai pas tardé à la rejoindre dans l'invisible, et nous nous sommes vues. Reconnues.

Elle a su que j'étais prête cette fois et que je serai capable de changer les choses. Elle n'a rien dit. Elle m'a montré l'équilibre de toute chose, il réside dans cette magie permanente, cette énergie qui circule partout autour de nous et en nous, et dont nous sommes tous faits. L'équilibre est primordial. Puis, elle a insisté sur ce mot : tous. Mais elle n'aurait pas eu à le faire, car j'ai déjà compris que nous ne sommes qu'un.

Je l'ai quittée dans le calme. Et me voilà en train de rejoindre la foule d'apprentis Dream Jumpers endoctrinés, d'enseignants corrompus et de rebelles infiltrés.

Seule.

Seule au milieu du couloir.

Seule sur mon chemin.

Seule face à ma destinée, mon choix.

Et seule au milieu des gens.

Seule sans Éfi.

Si je devais résumer ma vie en un seul mot, ce serait sûrement celui-ci. La solitude fait partie de moi, chante pour moi, m'imprègne de nostalgie, de mélancolie et m'ouvre sur un autre monde. Même entourée, choyée, et aimée, je suis seule. D'aussi loin que je me souvienne, cette sensation de solitude a toujours fait partie de moi. Et c'est d'autant plus vrai ce soir.

Là au centre de l'atrium, les danseurs masqués virevoltent autour de moi, je ne suis pas invisible, mais personne ne me voit. Je suis seule.

Ai-je réellement besoin de l'étourdisseur ? Je me rends compte que non. Du moins, pas s'il suffisait que je sorte de l'atrium pour rejoindre la Grande Tisseuse, qui elle non plus ne me voit pas. Je ne le désire pas.

Cependant, pour la retrouver, il faut que j'actionne l'escalier, et cela tout le monde le remarquera.

Je me dirige vers le bar et commande un vin des fées, pour me donner un peu de courage. Je glisse un doigt sous mon masque qui m'irrite déjà et soupire.

Je ne repousse pas le moment fatidique. Pas vraiment.

Je savoure simplement mes derniers instants, invisible.

Amshul a trouvé le courage d'inviter sa douce à danser, il est droit comme un i, si bien que je me dis qu'elle a dû l'y forcer. Je ris doucement et avale gorgée après gorgée. Le temps semble suspendu à mes désirs.

C'est ainsi que je laisse l'alcool infuser mes veines jusqu'à la dernière goutte. Je repose mon verre sur le bar, glisse mes doigts le long de ma cuisse à la recherche de l'étourdisseur et soudain une main ferme m'arrête, plaquée sur ma peau.

Je n'ai pas besoin de me retourner pour reconnaître l'âme à qui elle appartient, je suis seulement surprise de ne pas l'avoir sentie approcher plus tôt. Mes lèvres s'étirent lentement, je ferme les paupières et murmure pour lui seul :

— Tu es revenu.

— Juste à temps pour t'empêcher de faire n'importe quoi, on dirait.

Il me retourne délicatement, il n'y a aucune trace de rancœur dans le velouté de sa voix et moins encore au creux de ses lèvres.

Son loup effleure le mien en même temps que sa bouche trouve la mienne.

Notre baiser s'éternise, je manque de m'y noyer. Il y insuffle tout ce qu'il est. Tout ce qu'il sait. Tout ce que nous sommes. Il m'embrasse comme s'il savait que ce serait peut-être la dernière fois. Comme si une part de lui l'acceptait et l'autre non.

Il s'accroche à moi, m'embrasse fougueusement et tendrement. Ses lèvres se font tantôt douces, tantôt pressantes, tantôt pleines de compréhension, tantôt débordantes de désespoir.

Il s'arrache à moi douloureusement et se contraint à ne rien laisser paraître. Il se saisit de ma main et m'entraîne sans un mot vers la piste de danse. Les rebelles ont disparu, ils s'activent dans l'ombre. Bientôt l'alerte sonnera, le temps coule inexorablement vers sa fin.

Elias pose une main au creux de mes reins et l'autre glisse entre mes doigts. Il ne me quitte pas des yeux et conduit la danse d'une main experte que je ne lui connaissais pas.

Il doit lire la surprise sur mes traits parce qu'il ricane et me souffle :

— Ça a du bon de se former dans le passé, on dirait que ça fait son petit effet.

— C'est donc cela qui t'a pris si peu de temps ? Tu apprenais à danser ?

— J'apprenais à t'aimer. Je ne savais pas que c'était possible de t'aimer plus encore, mais c'est le cas.

— Qu'as-tu vu ?

Je tente de maîtriser ma voix, mais l'inquiétude y transparaît malgré tout.

— Rien que je ne savais déjà, et tant de choses que j'ignorais avoir besoin de connaître.

— Comme quoi ?

— Le son de ta voix à travers les âges, la force de notre amour au petit jour, le parfum du sol après la pluie ces matins où nous nous retrouvions en cachette, le sel sur ta bouche et les embruns dans tes cheveux, la lueur dans tes prunelles à chaque je t'aime, l'exaltation de ton souffle sur mes lèvres à chacun de nos baisers, la douceur de ta peau nue au creux de mes bras, tes soupirs, tes rires, tes larmes, tes espoirs, tes craintes… tout de toi. De toutes les toi. De nos innombrables nous.

Je ravale un sanglot. Il a tout vu, tout vécu. Comme moi, mais plus vite. Pourquoi ?

— C'était rapide. Tu ne t'es pas perdu ?

— Comment l'aurais-je pu alors que tu m'attendais ?

— Tu ne m'as pas oubliée ?

— Jamais.

Le son délicat et mélodieux des instruments à cordes compose une litanie envoûtante, nous valsons dans l'ignorance la plus totale au milieu de nos ennemis. Tout s'efface autour de nous le temps de nous offrir une dernière parenthèse enchantée ; car oui, il sait.

— Elias, soupiré-je dans ses bras.

Il m'attire à lui, ralentit le rythme effréné et enivrant de notre danse, et s'accorde sur les pulsations de mon cœur. Fortes. Lentes. Désespérées. Effrayées. Impuissantes.

— Partons d'ici, tous les deux. Nora, on peut fuir encore.

— On le pourrait.

— Mais ce n'est pas ce que tu désires…

Sa voix se brise au creux de mon cou alors que ses lèvres caressent ma peau.

— C'est justement tout ce que je désire. Tu le sais bien. Nous avons fui tant de fois, et cela nous ramène toujours au même endroit.

— Juste une vie de plus. S'il te plaît, me supplie-t-il.

— Je ne peux pas. Pas cette fois. Il y a trop d'autres vies dans la balance, il ne s'agit plus juste de nous deux ou des Onirigraphes.

— Fuyons une dernière fois ensemble. Au diable les autres ! On vient de se retrouver !

Ses mains se cramponnent à moi, il a beau savoir que mon choix est juste, ça n'en reste pas moins le plus difficile que j'aie eu à prendre. Je ne peux pas le laisser me convaincre de céder ; il en a le pouvoir, lui seul en a le pouvoir parce que c'est moi qui le lui accorde.

Mon cœur saigne si abondamment à la simple pensée de ce que je m'apprête à faire, que je crains d'en mourir. Jamais il ne me le pardonnera.

J'acquiesce.

Il soupire de soulagement, je peux sentir le bonheur envahir la pièce.

Il relâche la pression.

Un peu.

À peine suffisamment pour que j'atteigne l'étourdisseur dans la sangle sur ma cuisse.

Mes doigts roulent sur le bouton et à l'instant même où il comprend ce que je fais, il plaque ses mains sur ses oreilles et me relâche.

Une onde de choc traverse l'atrium, toutes les personnes présentes tombent à genoux, égarées. Tous sauf Elias qui me dévisage avec effroi.

Je lis la douleur et la déception dans son regard quand il comprend ma trahison. Mais je ne peux pas rester et m'expliquer. Il m'a relâchée.

J'actionne l'escalier qui monte vers les quartiers de la Grande Tisseuse d'une simple pensée, celui-ci descend lentement, beaucoup trop lentement.

Des gardes arrivent, Elias se rue sur moi, effaré, au comble du désespoir.

Il va m'atteindre avant que je ne puisse monter.

Quelques secondes, il me faut quelques secondes de plus.

Une main se referme sur mon bras et m'arrête. Mais ce n'est pas Elias.

Chapitre 50

Elias face à moi écarquille les yeux de panique. Les choses se ressemblent tant. Nous sommes morts si souvent que tout a un arrière-goût de déjà vu, mais cette fois c'est Estéban qui me tient à sa merci. Il m'avait prévenu qu'il ne me ferait pas de cadeau. Ce n'est pas grave, j'ai besoin qu'il m'emmène loin d'Elias, vers sa patronne. Ce sera plus facile pour Elias, il pourra se dire qu'il a tout fait, il pourra accabler Estéban. C'est sûrement leur contrat. Je l'accepte.

Je me résigne.

Estéban le ressent. Du moins le comprend-il quand je ne lui oppose aucune résistance et qu'il voit se dessiner sur ma bouche un sourire entendu.

Je suis prête.

Il fait alors une chose très surprenante à laquelle rien ne m'avait préparée.

Estéban avise Elias se ruant sur nous. J'ai l'impression d'assister à la scène au ralenti. Ses yeux vont d'Elias à l'escalier tout juste arrivé au sol, puis soudain, sans sommation, mon âme-sœur sort une arme inconnue d'on ne sait où et pulvérise mon seul espoir de monter.

Le tir précis d'Elias nous propulse loin de l'accès aux étages supérieurs dans une déflagration assourdissante digne d'une grenade.

Je suis secouée, ébranlée, mais je reste déterminée. Je n'abandonnerai pas.

Estéban se tourne alors vers moi. Me jauge. Moi.

Il me regarde.

Et en une fraction de seconde, il comprend.

Il prend parti.

Il me pousse derrière lui, tandis qu'Elias lui hurle de ne pas me toucher.

— Nora, je suis désolé ! poursuit-il. Je ne peux pas te laisser faire : je t'aime trop pour te laisser te sacrifier !

Tout s'accélère, les gens reprennent lentement contenance, l'atrium est sens dessus dessous, je suis collée dos à un mur, des entailles ont déchiré ma robe et ma peau. Elias semble sombrer dans le gouffre de la folie et comment l'en blâmer, je ne sais que trop bien ce qu'il ressent.

Je pleure, je saigne, mais je dois le faire.

Estéban me jette un dernier regard entendu. Son amende honorable. Sa façon à lui de se racheter. Puis il se redresse et s'interpose entre ma moitié d'âme et moi. Dernier rempart à sa folie, dernière chance pour l'humanité.

Je ferme les yeux. Les limites explosent.

Je bascule une dernière fois.

Mes lèvres esquissent un adieu silencieux à Elias.

Il le reçoit, car la dernière chose que je perçois, c'est le son déchirant d'un cœur brisé dans un hurlement de damné.

Je rouvre les paupières sur la Grande Tisseuse.

Elle me sourit.

Chapitre 51

Elle savait que je venais, je le lis sur sa posture, dans la pointe de dédain et de victoire qui éclate au coin de ses lèvres fines et sur le calme déroutant qui émane d'elle. Elle est confiante.

Je suis à sa merci.

Je serre les poings, arrache mon masque et avance d'un pas. J'aurais aimé qu'Éfi soit à mes côtés.

Elle ne se relève pas de son fauteuil de brume Il n'était pas là à ma dernière venue. Elle a délaissé son métier à tisser de cristal le temps de m'accueillir, elle trône fièrement et me toise de haut pour marquer sa supériorité.

Mon cœur bat plus fort à mesure que j'avance. Je ne peux plus faire demi-tour.

Pourquoi ne dit-elle rien ?

Il n'y a plus rien à dire, comprends-je. Les dés sont jetés, la toile est tissée et sa trame s'incarne sous ses yeux.

Je perçois la mélodie céleste des cordes d'énergie qui s'entrecroisent, se nouent, se défont. Elles vibrent et claironnent sa victoire. Elles chantent ma fin.

Alors, resignée, j'accepte la fatalité.

— Je suis là.

La Grande Tisseuse ricane et, dans une lenteur exagérée, daigne enfin se redresser de toute sa hauteur. Elle descend une marche après l'autre, mais jamais elle ne se rabaissera à être vue comme mon égale. Elle est investie d'une mission divine et, par conséquent, sa position fait d'elle notre supérieure à tous.

Du moins, le croit-elle…

Elle n'a toujours pas compris la profondeur de cette vérité universelle qui imprègne l'évidence des mondes : nous ne sommes qu'un. Par conséquent, je suis elle et elle est moi.

Je ferme les yeux sur le paysage toujours aussi sublime à m'en faire pleurer. Les baleines célestes naviguent autour de sa bulle sans perturber l'équilibre. Les teintes bleues, mauves et émeraude expirent et se teintent d'or. Ma vision se trouble et bascule sur l'invisible. Sur l'essence profonde de chaque chose, l'énergie.

Je distingue la masse sombre qui tourbillonne autour de la Grande Tisseuse. Elle l'imprègne, la guide, la constitue et l'aveugle.

Ma crainte muselée au creux de mon ventre, je fais un pas de plus vers elle. J'ai besoin de comprendre le vrombissement terrifiant qui pulse des profondeurs noires de son âme.

Une mélopée écrasante s'en dégage.

Haine, dégoût, férocité, avidité, frustration, fureur, colère, amertume, mépris, jalousie, rage, vengeance.

Ses émotions me heurtent de plein fouet, je manque de tomber à la renverse sous la violence des informations que je recueille. Mon souffle se perd dans ce tourbillon d'animosité. Je suffoque lorsqu'elles s'insinuent en moi. Je tente de résister, de faire barrage, de m'en protéger avant de me souvenir que je ne suis plus là pour ça.

J'ouvre grand les portes de ma conscience et accueille sa noirceur. Elle a besoin d'un déversoir.

Elle a besoin que quelqu'un comprenne le hurlement de désespoir qui gronde en elle.

— Je t'entends.

— Que fais-tu ? hasarde-t-elle en ne trouvant aucune résistance en moi.

Trop occupée à tenir debout, je ne peux me permettre de rediriger la moindre énergie vers une réponse. Je tiens bon. J'accueille son agonie et la fais mienne.

La tornade qui l'entoure souffle plus fort, cherche à me renverser, à m'engloutir, à m'accabler.

Je demeure droite, ancrée au sol et connectée aux cieux.

Je m'accroche de toutes mes forces à la lumière qui jaillit de mon cœur, celle nourrie par mes amis, ma famille, mes expériences et ma volonté.

Mon sacrifice.

Tout à coup, je me retrouve dans l'œil du siphon, la tempête gronde autour de moi. De nous. Mais plus aucun vent ne me malmène.

Et là, tout au fond de son âme, recroquevillée sur elle-même au milieu d'une nuit éternelle, de monstres assoiffés de pouvoir et d'obscurité, une lueur vacillante résiste.

— NON !

Un hurlement de rage et d'accablement déchire l'invisible.

Un déferlement d'autres émotions enfouies me submerge.

Honte, peur, insécurité, solitude, lassitude, panique, regrets, tristesse, vulnérabilité, pression, angoisses, abandon, méfiance, dévotion, découragement, dégoût, consternation, impuissance… agonie.

Terreur.

Naufrage.

Une fillette pleure au cœur de son âme. Elle a peur. Tellement peur. Elle se sent si seule, accablée. Abandonnée.

Sa terreur et sa solitude me prennent à la gorge. Je tombe à genoux devant elle.

La Grande Tisseuse se débat, hurle, griffe les parois de mon esprit.

Elle veut la protéger.

Des larmes roulent sur mes joues. Je le voudrais aussi.

— Que t'est-il arrivé ? m'entends-je lui demander.

La petite fille relève la tête et plonge son regard sans âge dans mes yeux. Son visage encore vierge de tout bandeau. Ses prunelles s'illuminent et un vent de panique soulève ses cheveux autour d'elle. Nichée au cœur d'une douce lueur aux teintes de miel et de rose, une bouffée de gratitude m'atteint en même temps qu'une phrase. Une unique phrase qui recèle tant de complexité qu'il me faut plusieurs minutes pour en saisir tous les aboutissants.

Je m'appelle Anahi, je veux vivre.

Elle avait une vie. Elle n'a pas choisi celle-ci. Elle n'a pas voulu être abandonnée. Vivre dans la solitude la plus douloureuse.

Je la vois. Je l'entends. Je viens de briser son armure.

La Grande Tisseuse déchaîne sa rage à l'extérieur de nous. Elle s'empare de ciseaux et coupe les fils par dizaines, impuissante à mon incursion. Son insécurité grandissante révèle sa vulnérabilité, son accablement, sa détresse et sa souffrance.

Personne ne naît néfaste, on le devient par la force des choses, des expériences, des mauvais choix… tout découle de nos blessures et de notre capacité à les gérer, les surmonter. Ou non.

La fillette face à moi me sourit.

Je murmure son prénom dans un sanglot.

— Je te vois, Anahi.

Et je comprends.

— Je suis toi.

Je rouvre les paupières sur le sol de cristal de la bulle de la Grande Tisseuse, les yeux embués de larmes. Elle n'est plus que déchaînement de fureur et de folie, elle sectionne les fils de sa toile à grands coups de rage et de désespoir. Les animaux célestes s'éloignent, apeurés. L'Oniriie émet un grincement sinistre, un gémissement à fendre l'âme.

Le monde s'effondre.

Alors je me relève, sans cesser de pleurer, et la hèle doucement.

— Anahi…

Je dois m'y reprendre à plusieurs fois avant qu'elle ne reçoive le son de ma voix au cœur de la tempête.

— Ne m'appelle pas comme ça ! Anahi est morte ! Tout comme tu l'es !

Aveuglée par sa rage, elle arrache le bandeau qui cachait ses yeux et je découvre deux abîmes sanguinolents qui n'ont jamais cicatrisé.

À l'instant où je m'interroge sur le monstre qui l'a stigmatisée ainsi, des images m'assaillent. Celles de l'évidence, ce don qui m'a été donné — ou que j'ai choisi, qui sait. Elle s'est mutilée elle-même pour ne plus voir le monde continuer sans elle, pour valider son sacrifice, témoin de sa dévotion sans faille.

Sa fureur se mêle au chagrin, sa cruauté se teinte de vérités à la lumière des évidences perçues, et son indignation n'a d'égal que son amertume.

Elle se précipite sur moi, ses ciseaux levés, prête à mettre un terme à ma vie, prête à sacrifier sa chance et attendre ma réincarnation pour m'extorquer le secret des Onirigraphes, par simple crainte d'avoir exposé sa vulnérabilité. Elle abandonne son désir ardent de vivre, guidée par la terreur d'être blessée à nouveau.

Mon cœur saigne pour elle.

Pour moi.

Car je suis elle, et elle est moi.

J'ai compris il y a bien longtemps quelle est ma destinée, mais je n'avais pas pris la mesure de mon sacrifice.

Il s'agit d'une libération.

De pardon.

D'un acte d'amour.

Alors, comme si le temps se suspendait, je glisse ma main le long de ma cuisse, en tire la dague que m'a offert Li et à l'instant même où ses ciseaux pénètrent la chair et les os de mon corps, ma lame s'enfonce dans sa poitrine.

Le portrait de la fillette innocente se superpose au monstre créé par besoin, et ses prunelles se fondent dans les miennes. Sa bouche s'entrouvre de surprise. La panique la gagne alors de mes dernières forces je la rassure :

— Tu es libre, Anahi. Mon corps meurt avec le tien, il n'y aura de réincarnation et d'oubli que pour l'une de nous deux, et ce sera toi. Tu es libre. Je prends ta place désormais.

À ces mots, nos corps tombent côte à côte.

La fillette s'évapore, un sourire léger flottant sur ses lèvres, et les cavités vides de ceux de la Grande Tisseuse me font face.

Je ferme mes paupières une dernière fois sur l'horreur et les ouvre sur l'invisible.

Le cœur léger.

L'âme en paix.

Chapitre 52

J'attends ce qui me semble être une éternité, allongée dans mon corps sans vie, les yeux ouverts sur le cadavre de la Grande Tisseuse.

Je ne sais pas vraiment à quoi je m'attendais finalement. À ce que quelqu'un vienne me chercher pour m'emporter vers la lumière ? Ma mère et mon père sûrement. Or, personne ne vient.

Dans le fond, je sais très bien pourquoi et pourtant j'attends.

Elle est déjà loin.

Libre.

Longtemps je demeure ainsi, le regard tourné vers l'invisible et les changements qui s'opèrent déjà. Subtils, mais tangibles.

L'ambiance s'allège. Les Chimères fuient et se terrent dans leurs cachettes, loin des rebelles qui les traquent. Évidemment, jamais elles ne seront annihilées, mais elles se feront plus discrètes.

Les couleurs pastel de l'aube naissante enrobent l'Oniriie de douceur. D'apaisement.

Puis, loin des lois humaines, les corps que nous habitions s'évaporent lentement en volutes de poussières scintillantes et rejoignent l'énergie universelle.

L'équilibre.

Le bien et le mal n'existent pas, tout est une question d'équilibre.

Il n'y a plus de différence entre la Grande Tisseuse et moi. Il n'y en a jamais eu.

Et je suis elle désormais.

Lorsque j'aurai le courage de laisser mon corps astral se relever, ma conscience prendra sa place. Le métier à tisser la trame du monde m'attend. Il m'appelle.

C'était mon choix. Mon contrat.

Il m'a fallu des dizaines de vies pour l'accepter.

Je suis en paix avec mes actes, cependant mon esprit n'a de cesse de fuir vers Elias, Euristide, Li, Amshul et les autres… Ils s'en sortiront très bien sans moi, mais moi ? Comment vais-je m'en sortir sans eux, leurs conseils, leur soutien ?

La tâche qui m'incombe désormais est écrasante. Une terreur sourde s'infiltre en moi : et si je n'étais pas à la hauteur ? Et si je commettais les mêmes erreurs ? Et si l'avidité et la corruption me rongeaient ? Si je me perdais dans la folie et la solitude ?

— Mais tu n'es pas seule, souffle une voix désincarnée à mon oreille.

Une voix teintée de sagesse, dont l'écho résonne en moi.

Je me redresse instantanément sur les coudes, mes lèvres s'élargissent et mon cœur cogne plus fort derrière mes côtes. Face à moi, l'être lumineux sans réelle forme, ni visage, m'accueille bras ouvert.

— Éfi ?

— En chair et en os ! Enfin, pas du tout, mais tu as bien compris, n'est-ce pas ?

Pour toute réponse, je ris et pleure tout à la fois dans un savant mélange de chaos indescriptible parfaitement disgracieux.

Sa lumière m'englobe dans une chaleureuse étreinte réconfortante.

— Tu reviens pour moi ?

— Évidemment ! Tu croyais vraiment que je te laisserais faire n'importe quoi toute seule ?

De l'humour. Je le sais parce que personne d'autre que moi ne peut tisser le destin du monde dorénavant, et il est impuissant à m'aider. Or il est là, pour moi. Il ne m'abandonnera pas.

Mes craintes les plus profondes sont anéanties par sa simple présence.

Je dois me souvenir que rien ne sera identique ; je suis la nouvelle tisseuse de monde, mais je connais le secret, le pouvoir de l'intention, l'abolition des limites et, surtout je ne suis pas obligée d'être seule. Je peux changer les règles établies. Les modeler à ma guise pour le bien commun.

Oui, le monde sera meilleur.

Ensemble, nous serons plus forts, meilleurs, plus justes.

— Vraiment ? On est obligé d'inclure l'autre dinde ?

Mon rire percute les parois de verre de la bulle de la Grande Tisseuse jusqu'à la faire voler en éclat. Il n'y a plus aucune barrière autour de nous.

Je flotte au milieu des chants célestes, les pieds dans les nuages, et j'avance vers les fils incandescents du métier à tisser qui m'appelle.

Mes doigts effleurent les cordes tendues, un son vibrant et puissant électrise mon âme.

J'embrasse mon destin.

Chapitre 53

Parfois, j'ai l'impression de me perdre dans la toile et l'unité universelle. J'oublie qui je suis. D'où je viens. Mon histoire. Les souvenirs se mélangent, ceux de mes vies, et ceux de tous mes protégés.

Souvent, je songe à la Grande Tisseuse et à son parcours. Ce qu'elle a dû traverser seule et ce qui l'a conduite à la folie.

Et je comprends.

Heureusement, je suis bien entourée et personne ne me laissera sombrer dans l'oubli et l'aliénation. Éfi est de retour et il y veille, chaque jour. Chaque nuit. Chaque seconde d'éternité qui me fait perdre toute notion de temps et d'espace.

Il m'épaule dans ma tâche, me prodigue des tas de conseils avisés que je bafoue systématiquement pour n'en faire qu'à ma tête. Enfin, pas vraiment si je dois être entièrement honnête… disons plutôt que je prends un malin plaisir à le contrarier. Il opte toujours pour le choix de la raison alors que celui du cœur prime. Cependant, je l'écoute, je l'entends, et son opinion pèse toujours dans la balance. J'attends simplement qu'il ait le dos tourné pour suivre ses directives, histoire de ne pas lui donner l'impression que je me perds entièrement. Je tiens à conserver ce qui fait de moi celle que je suis aujourd'hui, d'honorer chaque épreuve, chaque leçon tirée et chaque fil que j'ai tissé moi-même dans ma propre histoire. Je suis ma propre toile et c'est cette

Nora-là qui doit poursuivre la grande œuvre qui lui était destinée. Je ne veux pas — je ne peux pas ! — risquer l'avenir du monde en voulant me conformer à un moule obsolète et dangereux.

Éfi fait semblant de s'énerver et de ne pas savoir que j'écoute ses conseils, que je les applique. Il ne veut pas de cette responsabilité. Il accepte simplement de continuer à me guider alors que plus rien ne l'y oblige. Il n'est plus mon guide officiel et je n'ai plus à être accompagnée. Il est simplement mon ami. Du moins l'est-il ici pour moi. Car il est bien davantage maintenant. L'être de lumière qu'il est travaille dans l'ombre pour le bien de tous. Il est l'égal d'Écho et de tant d'autres. Et il ne se gêne pas pour le lui rappeler d'ailleurs, ris-je pour moi-même. L'être de lumière s'est dépouillé de ses anciennes incarnations et ne contribue qu'au bien de tous.

Je le soupçonne tout de même d'avoir conservé une bonne dose d'humanité et de libre arbitre. Et ne parlons même pas de son humour douteux ! Au plus grand plaisir de Cibèle d'ailleurs, qui a retrouvé son compagnon de chamaillerie.

Quant à moi, je découvre chaque jour un peu plus la tâche qui m'incombe, celle de régisseuse des mondes, garante de l'équilibre universelle et de l'évolution des consciences. La guilde des guides, les Souffleurs d'ombres, les Dream Jumpers... tous œuvrent dans le même but que moi. Pour moi. Je veille sur eux, sur leur travail, sur la direction que chacun prend. Chaque conscience choisit son chemin, ses expériences, ses blessures et comment s'en libérer de vie en vie, et moi je tire les ficelles de leurs choix pour en dessiner le tableau et veiller à ce que l'équilibre perdure dans son ensemble. Sans jugement. Dans l'impartialité.

Je distille mon aide dans leur songe et leur cauchemar, j'active la toile, propose des choix et respecte leur libre arbitre. Peu importe qu'ils parviennent à remplir leur contrat d'incarnation dans cette vie ou les suivantes, l'essentiel reste l'expérience pour laquelle ils sont là, l'école de la vie.

Chaque erreur, chaque échec est aussi important que leur réussite. Chaque choix compte. Chacun évolue à son rythme et contribue au chant des âmes, à la résonnance universelle et à l'élévation des taux vibratoires des mondes.

Je souris devant ma toile, les mains emmêlées dans les fils des vies. Je souffle le vent qui emporte le journal de cette âme et fais lever les yeux à celle d'en face. Les mains se tendent et attrapent le papier, des sourires se dessinent sur les visages, des rires, des excuses, un premier échange et une nouvelle histoire se tisse entre ces deux âmes. Une histoire qui les mènera sur une route commune, qui les fera grandir... s'ils choisissent de se revoir, bien entendu. Et sinon ? Leurs chemins se recroiseront encore, et je serai celle qui en aura tiré les ficelles...

Mes lèvres s'étirent devant la douceur de cette scène qui monte jusqu'à moi, comme si je la vivais moi-même. C'est un peu le cas, en fin de compte.

— Tu viens ?

Je sursaute et manque de lâcher l'entrelacs de ficelles sous mes doigts agiles.

— Éfi !

— Quoi ? Je n'avais pas vu que t'étais encore entre train de rêvasser.

— Je ne rêvasse pas ! Je tisse !

— Ouais ouais *je tisse*...

Il répète ça avec une intonation moqueuse qui m'arrache un sourire.

— Tu es jaloux.

— Moi ? Jaloux ? Pour rien au monde je ne voudrais devenir la nouvelle grosse Morue !

Je me décompose soudain, animée par les vieux réflexes, mes doigts cherchent l'élastique qui ceint mon poignet, tandis qu'une angoisse sourde gronde en moi.

— Les gens pensent que je suis juste une nouvelle Morue ?

— Tu ne peux pas lire sur tes fils ?

— Je ne fais pas dans l'abus de pouvoir !

Il s'esclaffe et secoue la tête. Il n'a plus de réelle forme ou visage, mais pour moi, il reste toujours ce petit écureuil au panache roux, et je verrais presque ses oreilles frétiller de joie.

— Non Nora, soupire-t-il une fois calmé. Les gens ne te prennent pas pour la nouvelle Morue. Décidément, certaines choses ne changeront jamais.

— Comme ta connerie ? grogné-je, vexée.

— Non, plutôt comme ta naïveté, le plaisir que je prends à te charrier, et mon charisme légendaire.

Je lève les yeux au ciel, tout en me retournant vers mon métier à tisser.

Si mes yeux tendent à s'éclaircir, je n'ai pas éprouvé l'envie et le besoin de m'en séparer. Encore une différence que je m'efforce de cultiver régulièrement entre la Grande Tisseuse et moi pour me rappeler que je n'ai pas à finir comme elle, enchaînée à un destin non désiré.

Mon choix, ma façon de gérer.

Cependant, je doute conserver la vue à terme, mes yeux étant plus souvent ouvert sur l'invisible que sur le tangible, l'équilibre se fera de lui-même.

Et puis, le blanc, ça a son charme, non ?

— Le blanc c'est tendance, regarde Dilemna.

— ÉFI !

— Eh, tu n'as qu'à penser moins fort ! Pas ma faute !

— T'es insupportable, tu ne veux pas mourir de nouveau, histoire d'avoir des vacances ?

— C'est mesquin et tellement faux, je sais que tu as failli faire exploser le monde quand je suis mort, tu crois quoi, je ne suis pas né de la dernière pluie. Je ne peux plus mourir de toute façon, et puis tu m'aimes trop. Qu'est-ce que tu ferais sans moi ?

— J'apprécierai le silence ?

— Il n'y a jamais de silence pour toi. C'est surfait de toute façon. Bon, tu n'as pas répondu à ma question, tu viens ? Tout le monde va boire un verre à *La Flûte Enchantée* après les cours.

Mon cœur rate un battement, tandis que mes pensées fusent vers Soli, Aric et Arkin. Leurs énergies pétillantes volent jusqu'à moi et m'emplissent de joie.

Éfi me voit hésiter et insiste :

— Il y aura tout le monde. Il serait temps…

Je secoue la tête, prise de panique. Je ne suis pas prête.

— Pas aujourd'hui.

— Nora…

— Pas encore.

— Tu ne peux pas rester cloitrée ici à longueur de temps.

— Bien sûr que si !

— Oui, si tu veux devenir la nouvelle Morue ! Andouille !

— J'ai trop de choses à faire.

— Tu peux le faire d'où tu veux, tu le sais très bien.

— Raaaah, je n'aurais jamais dû te confier le secret !

— C'est dommage parce que je n'ai pas l'INTENTION d'oublier ! Allez Nora, tout le monde a très envie de te revoir.

— Ils veulent voir si je commence à avoir des écailles ?

— Ils savent que non. Et si tu veux tout savoir, tu n'es pas devenue la Grande Tisseuse non plus. Tu es restée Nora. Bon, de temps à autre ils t'appellent la *sauveuse*, mais je trouve ça un peu exagéré quand même, ne va pas chopper la grosse tête.

Éfi perçoit mon hésitation et s'engouffre dans la brèche en m'attrapant par le bras pour m'écarter du métier à tisser qui chante pour moi. Les vibrations ondulent dans l'air, mélodieuses et colorées.

— Allez viens ! Ce sera cool, tu verras !

— Pas aujourd'hui, refusé-je une nouvelle fois.

— Je savais que tu n'en ferais qu'à ta tête, soupire-t-il d'un air coupable. Je suis désolé.

— Désolé de quoi ? m'empressé-je de l'interroger.

Au même moment, une porte de lumière se dessine dans le vide de ma bulle et une silhouette se dessine derrière.

— J'ai fait réparer l'escalier. Finis ta tranquillité.

— Éfi, non…

Il m'offre un dernier clin d'œil complice, sans le moindre scrupule et j'entends ses derniers mots résonner dans mon esprit. Un encouragement.

Puis le visage que je redoutais tant de revoir apparaît dans l'embrasure de la porte.

Chapitre 54

Je ferme instinctivement les paupières, un vieux réflexe humain qui ne m'est plus d'aucune utilité puisque je vois dans tous les cas, sans condition, alors même qu'en cet instant, je ne désire rien d'autre que de rester dans le déni.

Mais il est là. Elias me fait face pour la première fois depuis ma trahison. Je l'ai abandonné.

Je redoutais cette confrontation de toute mon âme. Je ne suis pas prête à lire le dégoût et la déception dans ses yeux, la colère et le ressentiment dans son cœur.

Je ne suis pas prête à entendre ses reproches.

Une part de moi ne cesse de me souffler qu'il n'en fera rien, qu'il me connaît mieux que personne d'autre, qu'il est ma moitié d'âme, qu'il comprend et qu'il me pardonne, mais celle qui a peur prend toujours le dessus, gouvernée par l'anxiété, je suis tétanisée par la panique.

Je baisse la tête pour échapper à sa lumière éclatante qui m'engloutit, mais son âme et la mienne crépitent d'impatience. Les filaments d'or s'arrachent à nous et s'appellent. J'ai honte, j'ai l'impression de ne lui laisser aucun choix.

— Elias, je suis désolée, va-t'en.

— Tu ne veux pas de moi ici ? Ou tu ne veux plus de moi tout court ?

Je ravale un hoquet d'horreur en l'entendant proférer de telles insanités. Et je me flagelle intérieurement, car c'est bien ma faute s'il en est venu à cette déduction.

— Tu n'es pas forcé de rester. Éfi n'aurait pas dû t'obliger à venir.

— Il ne l'a pas fait.

Ça y est, la déception teinte le timbre suave de sa voix. Je m'effrite et ravale un sanglot.

— Je ne suis pas prête pour ça... va-t'en s'il te plaît.

— Pourquoi ?

— J'étais obligée ! Il le fallait, tu le sais très bien ! J'ai lutté des milliers de vies pour rester avec toi, mais à chaque fois, c'était le mauvais choix : il n'y avait pas de malédiction, la Grande Tisseuse n'y était pour rien. Du moins pas entièrement. On s'est créé cette malédiction tout seuls à force de refuser d'évoluer. Il fallait que l'un de nous deux soit assez fort pour l'accepter. Il fallait que ce soit moi...

— Je ne te demandais pas ça, me sourit-il avec douceur en approchant lentement de moi, les mains tendues devant lui.

Son corps, son âme, son cœur, tous battent à l'unisson avec le mien et brûlent de réduire la séparation à néant.

— Je te demandais pourquoi tu attendais si longtemps pour me revenir. Tu avais promis.

J'ai conscience de ne plus avoir de corps physique, mais à la seconde ou ses mots me parviennent, je jurerais ressentir mes jambes fébriles flageoler, mes mains trembler, mon corps vibrer et mon cœur exploser. Les larmes dévalent mes joues. Secouée de sanglots, rien de compréhensible ne franchit la barrière de mes lèvres.

Toute retenue s'évapore, il se précipite vers moi, ses bras s'enroulent autour de moi sans que je puisse comprendre comment cela est possible, et je retrouve ma place au creux de son cœur.

— Nora, voilà des semaines que tu es seule là-haut, j'ai supplié Éfi de m'emmener, il me suppliait d'attendre que tu sois prête. J'ai attendu, je te jure que j'ai attendu, mais la douleur était trop intense. Pourquoi Nora ? Pourquoi devais-tu être prête à me revenir ? Tu avais promis que quoi qu'il arrive, rien ne nous séparerait !

— Je t'ai trahi, je suis désolée, me lamenté-je de plus belle en déversant le fruit de ces semaines de tortures mentales et émotionnelles contre sa poitrine.

La chaleur de son corps astral apaise mes tourments. Et je devine avant même qu'il ne l'affirme, combien j'ai été bercée par mes propres angoisses illusoires. C'est tellement évident. Jamais il ne m'en a voulu, jamais il ne m'a accablée de fautes qui ne sont pas les miennes. J'ai agi comme il le fallait, il le sait. Il n'a juste pas eu la force de me laisser partir le moment voulu, animé par ses propres peurs.

— Et je t'ai trahie. Je t'ai retenue. Je n'ai pas su te faire confiance, aveuglé par la douleur de te perdre encore.

Je hoche la tête contre lui, il enfouit son visage dans mes cheveux, ses mains dans ma nuque, autour de mon corps. Il me serre contre lui, je me blottis dans ses bras. Puis ses doigts cherchent mon menton, soulèvent mon visage vers le sien, et je me contrains à rouvrir mes paupières avant qu'il ne choisisse de m'embrasser. Je veux qu'il comprenne. J'ai besoin de savoir qu'il sait de quoi sera fait l'avenir.

Mes prunelles translucides trouvent les siennes et je saisis la seconde où l'évidence se dessine dans son esprit à l'éclat qui illumine le fond de ses pupilles. Mais je n'y lis aucune peur, aucun dégoût, aucune déception.

— Tes yeux…

— Ils ne redeviendront jamais comme avant.

— Ils n'ont jamais été aussi éclatants, on dirait deux perles nacrées enfin révélées. Ils sont uniques. Comme cette condition.

— Comme nous, conclus-je le sourire aux lèvres.

Il acquiesce et ses lèvres retrouvent enfin les miennes. Il m'embrasse comme il l'a fait des dizaines de fois, dans des milliers d'autres vies. Comme il le fera encore. À l'infini.

Il déverse en moi son amour et rencontre le mien.

Ses doigts parcourent mon visage, ma peau, mon corps.

Son cœur remplit le mien.

Son âme comble la mienne, unité parfaite.

Et je me perds dans cet amour sans barrière. Il est éternel.

Peu importe l'avenir, nous nous retrouverons toujours. C'est une promesse. Une évidence. Nos âmes ne survivent pas l'une sans l'autre. Je demeurerai ici et Elias vivra, mourra et reviendra encore et encore.

Je l'attendrai.

Toujours.

Chapitre 55

Voilà déjà plusieurs heures que le jour s'est levé sur Terre. Tout le monde vaque à ses occupations tandis que je veille sur les fils du destin et de l'univers. Cependant, mon attention ne cesse de dériver ailleurs. Maintenant qu'Éfi m'a contrainte à affronter mes démons et a provoqué la confrontation que je redoutais tant avec Elias, je ne peux m'empêcher de savourer cette libération et de me demander si j'aurai la force d'en faire de même avec Euristide.

N'est-ce pas pour lui que j'ai fait exploser le monde tel qu'il était après tout ? Pour avoir la chance de le retrouver ?

Je me terre lâchement ici, par crainte de sa réaction.

Je pourrais faire vibrer ses cordes d'énergie, tisser les retrouvailles dont je rêve, ou même aller jusqu'à lui faire oublier qui je suis. Ce serait un avenir dénué de solitude et de souffrance pour lui, il s'agirait d'un acte de charité d'une grande générosité. Je serais seule à me souvenir de tout notre passé et il pourrait reconstruire sa vie, être heureux. Je lui ai déjà offert une nouvelle chance, une nouvelle vie près d'Elias et Li, loin de notre ancienne ville où tous se souviendraient de lui et moi, du drame qui a secoué la ville, de nos disparitions. Il vit désormais dans le même village que les autres humains si chers à mon cœur, et je sais qu'ils prendront soin de lui comme si c'était moi. Il jouit d'un quotidien paisible, loin des ennuis ou de la précarité. Je l'observe chaque jour profiter de son petit jardin, sourire au soleil, et tourner son regard vers les cieux. Vers moi. Il me cherche. M'attend.

La nuit, lorsque son corps dort, il laisse son âme voguer sur les flots de l'Oniriie. Il rejoint mes amis à l'Académie d'Éfi et endosse son nouveau rôle de professeur avec sérieux et enthousiasme. Il forme les nouvelles générations de Dream Jumpers à faire fi des codes et des limites pour s'affranchir de leur carcan et être libres. Être qui ils sont véritablement. Être, tout simplement.

Le statut d'Onirigraphe semble bien moins mystique et inaccessible. Il ne leur divulgue jamais le secret, mais les clés pour le découvrir par eux-mêmes.

Son œuvre lui survivra.

Il est admirable. Il offre un refuge à chaque nouvel éveillé effrayé. À lui seul, il illumine le monde de sa lumière.

Je soupire et chasse toutes mes idées, je ne peux le priver de ses souvenirs, du chagrin que lui cause mon absence, ou de la nostalgie qui l'habite lorsque son regard me cherche sur tous les visages. Il mérite ces retrouvailles autant que je les ai désirées. Je les ai tant désirées !

Un élan de joie pétille dans ma poitrine et instille la graine du courage dans mon cœur. La crainte s'évapore. Je suis prête.

Je bascule.

Je contourne la modeste demeure en pierres grises qui termine le cul-de-sac tout en vérifiant que mes lunettes de soleil soient bien en place. Je ne veux pas l'effrayer.

Je prends une longue inspiration. Il est étrange de ressentir l'air pénétrer ce corps subtil qui me semble trop étroit et pourtant plus assez dense. Mon corps a péri durant mon affrontement avec Anahi, il ne me reste que mon essence. J'espère que Grand-père saura me voir. J'aurais peut-être dû attendre la nuit…

Les sensations demeurent familières, mais elles semblent… archaïques. Presque désagréables. Et tellement contraignantes. Je me sens comme muselée, réprimée, lourde et gauche. Mes gestes ne sont plus fluides, entravés par ces vibrations plus basses du monde physique et de la matière. Je note que mon autisme se porte mieux dans les mondes subtils. Il ne me quittera jamais, mais je le vénère, je l'incarne pleinement.

Je glisse le long des murs qui s'ouvrent soudain sur le magnifique jardin que je contemplais d'en haut.

Il est là.

J'avise mon corps d'énergie translucide puis mon grand-père, penché sur ses salades. Je caresse son dos vouté par les épreuves et le poids du temps d'un regard, et tressaille. Je recule d'un pas. Jamais il ne me verra. J'ai beau être la nouvelle tisseuse de destin, je continue à être moi : j'aurais dû réfléchir avant d'agir.

Soudain, il se redresse, un vent doux soulève mes cheveux de miel et porte ma présence jusqu'à lui. Comment ? Je l'ignore, car je n'ai plus d'odeur, plus de substance, plus rien. Mais il sait que je suis là. Je distingue un subtil mouvement dans les poils de sa barbe, l'ébauche d'un sourire.

— Avance, ma chérie. Rejoins-moi.

Il se tourne vers moi, je plonge mon regard dans le sien. Il est brillant d'amour, brûlant d'émotions et débordant de joie.

— Grand-père...

Je m'élance vers lui, abandonnant toute retenue et me jette dans ses bras. Avant de reculer d'un bond, surprise de ne pas l'avoir traversé. J'écarquille de grands yeux ronds de stupeur, alors que lui laisse éclater son bonheur dans un rire aux mille couleurs.

— Toi plus que quiconque devrait le savoir, nous n'avons que les limites que l'on s'impose ! Et toi et moi, nous n'en avons aucune, Aliénor.

Je fonds en larmes et me blottis entre ses bras ouverts pour moi. Combien de fois ai-je espéré ce moment ? Combien de fois l'ai-je rêvé ? Tant que j'ai cessé de compter.

Je sanglote de bonheur et de soulagement, la chaleur de son corps et de son étreinte me réchauffe le cœur, et remplit mon âme solitaire de réconfort.

— Grand-père... ne m'appelle pas comme ça.

Il rit de plus belle en me serrant plus fort encore si c'est possible. Je pourrais me fondre en lui, mon seul parent. Ma famille.

— Tu seras toujours mon Aliénor.
— Tu m'as tellement manqué, si tu savais.
— Je sais, je sais...
— Tu aurais dû être là, avec moi.
— J'aurais aimé l'être.
— Tu aurais dû m'aider, me montrer la voie, m'épauler...
— Tu sais bien que je n'aurais pas pu. Il fallait que tu dessines ton chemin, sans entrave.
— Mais tu n'as jamais été une entrave !

Il me repousse juste assez pour retirer mes lunettes. J'ai un mouvement de recul instinctif qu'il balaye d'un soupir agacé alors j'obéis. Lorsqu'il rencontre le blanc de mes yeux, il ne recule pas. Pas le moindre tressaillement ne le secoue. Il plonge son regard sans âge dans le mien, je me sens comme une enfant. Petite, fragile, vulnérable et pleine de doutes devant cet être charismatique qui transpire l'expérience et la sagesse. Il tient mes bras frêles entre ses larges mains calleuses et secoue la tête de droite à gauche sans cesser de sourire derrière les poils de son épaisse barbe grise. Ses yeux étincellent. Les mots s'évaporent, il ne reste qu'un seul langage universel entre nous, celui de l'amour.

Non, il n'a jamais été une entrave, mais je comprends pourquoi il fallait que je sois seule pour découvrir qui je suis. Je sais bien qu'il a raison, toutefois, j'aurais aimé qu'il soit là, même silencieux, juste pour me serrer sur son cœur.

— Aliénor…

— Je sais, tu seras toujours là pour moi désormais.

— Toujours.

Il m'attire à lui, enfant dans les bras sécurisants de son grand-père. Son parfum de terre et de sueur soulève les réminiscences de mon enfance dans mon esprit, et je me laisse bercer par sa lourde respiration tandis que mes cheveux de lumière s'emmêlent dans sa barbe. Comme avant.

— Grand-père ? ne puis-je m'empêcher de sourire.

— Mhm ?

— Est-ce que tu pourrais éviter de tuer Elias à l'avenir ?

Il rit et reprend un ton presque sérieux pour me répondre :

— Tout dépendra de son comportement. S'il n'est pas correct avec toi, s'il ne te rend pas heureuse, s'il… il ravale un grondement et reprend. S'il ose te faire pleurer, je le tuerai sans hésiter.

Je souris, roulée en boule entre ses bras. Je n'en attendais pas moins de lui.

ÉPILOGUE

Je danse sur l'harmonie du monde, douce mélodie du chant des âmes.
Je tisse les destins des miens derrière le voile de l'oubli.

Dans l'ombre et la lumière, je hume le parfum de leurs choix.

Avec parcimonie, bienveillance et fermeté, je veille sur eux, sur leurs rêves et leurs cauchemars. Je leur offre des expériences, des choix et des apprentissages dans l'école de la vie. Et j'attends leur retour auprès de moi.

Je vis avec eux, pour eux et pour moi.

Je choisis mon destin.

J'existe à travers eux, pour eux et pour moi.

Mon prénom n'existe plus que pour de rares éveillés.

Le secret n'est plus sauvagement gardé, il est à la portée de chacun de s'affranchir de ses chaînes et de ses propres limites. Il n'y en a aucune.

L'intention et l'équilibre cohabitent.

Je lâche prise, rien d'autre n'existe que l'instant présent.

Je ferme les paupières et quitte le toit de l'univers, les fils tissent leurs propres toiles, mes yeux les couvent d'amour telle une mère.

Je veille.

— Nora : Bordel de merde t'es là ou pas ?

— Éfi, cesse de jurer ainsi devant ma petite-fille !

— La brosse a chiotte ne sait rien faire d'autre, à quoi bon se fatiguer pour lui, Papi.

Euristide couve les jeunes d'un regard empreint d'amusement et de sagesse, tandis que June et Jude rient de bon cœur.

Je souris, attendrie par la scène.

Amshul se raidit lorsque Li se blottit dans ses bras.

— Ce n'est pas vrai ! Regarde-le, râle-t-elle en me prenant en témoin. Il continue d'avoir ce vieux réflexe à la con ! Sage chaman et handicapé des effusions de tendresse en public !

Tout le monde éclate de rire. Soli elle-même est secouée de spasmes qui s'apparentent à un tremblement de terre, si bien qu'un concert de vaisselle cassée se fait entendre au loin. Les voix combinées d'Aric et Arkin grondent de la cuisine en chœur :

« Soliiiiii ! Les verres ! »

La demeure se fait toute petite, Li pince les lèvres, honteuses, et Amshul la sermonne d'un regard sombre. Les ensorceleuses remuent les doigts et psalmodient des incantations, les tenanciers hurlent un merci sincère, puis les conversations reprennent. Éfi et Cibèle débattent au sujet d'un de leurs protégés et Euristide me cajole du regard avant de me serrer dans ses bras, sans le moindre égard pour mon autisme — eh oui, il y a des choses qui ne changent pas. Mais celle-ci je l'honore, ma différence est ma force, je l'ai bien compris désormais.

— Grand-père, pas devant tout le monde.

— Tisseuse de destin ou pas, tu restes mon bébé.

Je souris, attends qu'il me relâche et me frotte discrètement la peau partout où il m'a touchée pour en effacer les réminiscences malgré moi. Il secoue la tête, amusé plus que vexé. Je l'embrasse au creux de sa joue parcheminée de rides, et soudain mon corps est parcouru de frissons.

Sans un regard derrière moi, je sais qu'il est là.

Ma moitié d'âme…

Un cri puissant déchire la nuit.
Des larmes de soulagement.
Une étreinte débordante d'amour.
L'enfant ouvre ses grands yeux chauds sur
une nouvelle vie
Un éclat de gratitude et de liberté.
Le voile de l'oubli.
Un sacrifice honoré.
Une nouvelle vie.
« Elle s'appellera Anahi. »

FIN

Remerciements

À l'heure où j'écris ces quelques mots, je pose le point final à cette trilogie si chère à mon cœur. J'ai débuté ce récit, animée par l'envie folle de mettre en avant l'autisme au féminin, de montrer les difficultés différentes que rencontrent les femmes avec un TSA, et de souligner à quel point il s'agit d'un handicap invisible. Toutes ces femmes autistes sont des héroïnes, tout comme Nora. Elles, et toutes ces autres femmes neuro-atypiques, qui se battent au quotidien pour parfois ne serait-ce que parvenir à la fin d'une « simple » journée. Et selon moi, elles méritaient d'être représentées dans la littérature telles les héroïnes qu'elles sont. Elles m'inspirent par leur force, leur résilience et leur différence. Merci pour ça ! (Je n'oublie pas les messieurs neuro-atypiques et je ne minimise pas leurs propres difficultés, bien entendu, mais là n'était pas le personnage principal de cette trilogie.)

Je souhaite en tout premier lieu remercier mon équipe de bêta-lectrices et amies sans qui cette saga n'aurait jamais été aussi aboutie : Morgane, Amandine, Marine, Jennifer, Margaux, Justine, Coralie, Sophie et Rosalie. Merci pour votre temps, vos commentaires aussi pertinents qu'encourageant, merci de m'avoir fait retravailler ce qui devait l'être, et merci de ne pas juger mes horribles fautes !

Ensuite, merci à Lucienne, Josyane et Sorine de m'avoir permis d'appréhender ces mondes subtils pour mieux pouvoir en parler.

Merci à ma meilleure amie, ma sœur d'âme et de cœur, Isa, pour toutes nos discussions, nos recherches respectives, et nos chemins qui se rejoignent à l'infini !

Enfin, que seraient des remerciements en bonne et due forme si je n'accordais pas un paragraphe entier à ma famille et mes amis ? Qu'ils me lisent ou non, ils sont là pour me soutenir dans tous mes projets, dans mes choix de vie, mon métier et mon quotidien. Merci à mes filles, ces merveilleuses lumières qui me font grandir chaque jour. Merci à mon mari, qui veille à ce que je garde les pieds sur Terre et qui me permet de poursuivre mes rêves même quand le doute s'invite en moi. Merci à mon frère, de l'autre côté du voile. Merci à mes parents qui continuent à me regarder comme si j'étais leur plus belle réussite, alors qu'ils se suffisent à eux-mêmes. Merci à mes amis qui vantent mes mérites à qui veut l'entendre et merci d'être là, tout simplement, pour me changer les idées parfois.

Quelques remerciements tout à fait fondés aux copines/collègues autrices avec qui je peux parler ouvertement de toutes les facettes de ce métier, sans attiser le moindre jugement ou jalousie. Vous m'êtes essentielles !

Et il paraît qu'on garde toujours le meilleur pour la fin, alors merci à vous lecteurs et lectrices ! Je n'aurais pu espérer une plus belle communauté. Merci pour votre bienveillance, votre soutien, vos mots gentils qui tombent toujours à pic, vos chroniques extraordinaires, vos photos plus belles les unes que les autres, vos sourires, vos messages, nos rencontres… MERCI d'être là pour moi !

GLOSSAIRE

Académie des Dream Jumpers : École qui enseigne aux éveillés à devenir des Dream Jumpers.

Bulle de conscience : Refuge propre à chacun en Oniriie.

Chemin de vie : Cheminement de vie choisi avant de venir s'incarner dans son enveloppe physique.

Chimère : Créature éthérique se modelant à sa guise. Tantôt brume sombre, tantôt plus dessinée. Les Chimères travaillent pour la Grande Tisseuse. Elles traquent les éveillés et les Onirigraphes.

Diurne/Nocturne : Poste de jour/Poste de nuit.

Dream Jumper : Employé de la Grande Tisseuse et de la Boîte à Rêves. Peut matérialiser momentanément ce qu'il souhaite dans sa bulle de conscience, et l'emporter dans l'Oniriie. Il a pour mission de veiller sur l'Oniriie, ainsi que sur la tranquillité et la sécurité des consciences.

Élémental/Élémentaux : Créature(s) liée(s) aux éléments.

Esprit de la nature : Créature assimilée aux élémentaux.

Éveillé : Être conscient de ses voyages astraux. Conscience qui se détache de son corps et s'éveille dans l'Oniriie. A la possibilité de faire apparaître des choses matérielles, de les rendre tangibles pour un temps. Peut devenir un Dream Jumper et signer un contrat avec la Grande Tisseuse.

Frimaste : Créature brumeuse, qui s'infiltre dans les pensées, fige les vérités, les extrait et laisse derrière elle un tapis glacé de cristaux de souvenirs que l'on peut déposer sur sa langue pour s'en approprier les réminiscences.

Guide : Accompagnateur. Il n'a pas le droit d'interférer ou influencer les choix de son protégé, ni révéler des vérités qu'il n'aura pas apprises par lui-même. Il veille et guide subtilement son protégé sur son chemin de vie.

Hallucinophile : Entité avide d'illusions qui se nourrit d'émotions. Peut prendre l'apparence d'un souvenir en trouvant cette information dans les consciences. Elle a la capacité de s'introduire dans les esprits. Elle se contente en général de se glisser dans les bulles, pour prendre la forme de ce à quoi ses victimes aspirent le plus dans l'instant et se nourrit des émotions qu'elles transpirent. De vos pires craintes à vos fantasmes.

La Boîte à Rêves : Entreprise qui régit l'Oniriie, dirigée par la Grande Tisseuse. Les Dream Jumpers travaillent pour elle, veillent à la sécurité des esprits endormis et parfois, récoltent de quoi nourrir les autres créatures de l'Oniriie.

Mangeur de rêves : Créature onirique qui peut forcer les portes des bulles de conscience pour se nourrir des rêves des humains.
Inoffensif.

Méduses chantantes : Sonnent la fin des cours.

Onirigraphe : Il s'agit d'un être éveillé dans l'Oniriie et capable de voyager entre les mondes à sa guise, tout en emportant son enveloppe physique.

Orchifées : Élémentaux de la terre. Fleurs fées.

Persifleur : Traqueur

Souffleur d'ombres : Créature d'apparence humaine, en général, qui porte une cape sombre comme une seconde peau. Souvent accompagnée de leurs animaux totem, alors cette cape est parfois couverte de plumes, parfois de peaux de bêtes, ou autre selon l'animal qui les accompagne. Elle souffle un venin sombre si volatile qu'il parvient à franchir les portes des bulles de conscience et empoisonne la vie de ses proies. Elle ne les tue pas. Elle pourrit la vie de ses victimes, fait ressortir leurs parts d'ombre et le plus mauvais en chacune d'elles.

Vermirium : Asticot nébuleux, il s'infiltre par les portes des esprits et grignote petit à petit tout l'équilibre mental du sujet, s'enroule autour des piliers de construction des personnalités, les fragilise jusqu'à les faire plier, s'entortille et forme des ponts entre des idées que tout oppose. Il provoque démence, brouillard mental et folie. Il ne s'attaque qu'aux esprits humains. Il y a une certaine poésie dans son fonctionnement : tout en perfidie, de manière si insidieuse qu'il est trop tard lorsque les Dream Jumpers s'en rendent compte. Il détruit et se nourrit de la pourriture qu'il a engendrée.

Ce roman vous a plu ?

Vous en voulez davantage ?
Rejoignez la communauté de lecteurs VIP de l'autrice !
Rendez-vous sur le site web juliemullervolb.fr pour retrouver les personnages !

Et sur ses réseaux sociaux pour d'autres aventures :
Facebook : juliemullervolbauteure
Instagram : juliemullervolbauteure
TikTok : juliemullervolbauteure

N'oubliez pas de partager votre avis pour faire vivre ce roman. *VOUS* faites la différence !
(Amazon, Booknode, Babelio, Goodreads, Fnac...)

Tous les romans de Julie Muller Volb

Fantastique/*young adult*
L'Hayden - 1 Le secret d'Eli
L'Hayden - 2 Esperance
L'Hayden - 3 La prophétie

Oniriie 1 - Le dernier Onirigraphe
Oniriie 2 - Les psychés du passé

Comédie romantique/romance
Foutue alchimie
Vin chaud et plans foireux
Cocktails, tocard et sable chaud

Roman
Et si tout était encore possible ?

Dystopie/anticipation/post apo
Apis Apocalypsis 1 - Ordre d'appel
Apis Apocalypsis 2 - Réanimation